AGATHA CHRISTIE
DIE VERGESSLICHE MÖRDERIN
BERTRAMS HOTEL

AGATHA CHRISTIE

DIE VERGESSLICHE MÖRDERIN

BERTRAMS HOTEL

VERLEGT BEI
KAISER

Die vergeßliche Mörderin — Titel des Originals: »Third Girl«
Einzig berechtigte Übersetzung aus dem Englischen von Edda Janus
Bertrams Hotel — Titel der Originals: »At Bertram's Hotel« von Edda Janus
Einzig berechtigte Übersetzung aus dem Englischen von Maria Meinert

Berechtigte Ausgabe für den Neuen Kaiser Verlag — Buch und Welt,
Hans Kaiser, Klagenfurt,
mit Genehmigung des Scherz Verlages, Bern und München

Schutzumschlag: Volkmar Reiter unter Verwendung eines Fotos
von Hubertus Mall, Stuttgart, Reproduktion: Schlick KG., Graz
Fotosatz: Times 9,5 Punkt, Druck: Wulfenia, Feldkirchen, Kärnten
Bindearbeit: Kaiser, Klagenfurt

DIE VERGESSLICHE MÖRDERIN

1

Hercule Poirot saß am Frühstückstisch. Vor ihm stand eine Tasse heißer Schokolade. Dazu aß er eine Brioche. Sie schmeckte hervorragend, und er nickte wohlgefällig. Sie kam aus einer dänischen *patisserie,* der vierten, die er durchprobiert hatte.

Poirot war rundherum zufrieden — vielleicht sogar allzu selbstzufrieden. Er hatte sein *Magnum Opus,* eine Analyse über berühmte Autoren von Kriminalromanen, beendet. Diese literarische Arbeit hatte ihn angeregt, und nun gönnte er sich nach den geistigen Strapazen zunächst eine Erholungspause. Aber man konnte sich nicht immer ausruhen, man mußte etwas Neues beginnen. Leider wußte er nicht, was. Eine neue literarische Arbeit? Nein. Um ehrlich zu sein, er langweilte sich. Er war nervös; er hatte schlechte Gewohnheiten angenommen . . .

Die Tür öffnete sich, und sein Diener George trat herein. Er hüstelte und murmelte verlegen: »Eine — äh — eine junge Dame möchte Sie sprechen.«

Poirot betrachtete ihn erstaunt. »Aber ich empfange nie jemand um diese Tageszeit«, sagte er mit leichtem Tadel.

»Nein, Sir«, stimmte George zu.

»Ist die junge Dame hübsch?« fragte Poirot nach kurzem Überlegen.

»Meiner Meinung nach nein, Sir. Aber über Geschmack läßt sich nicht streiten.«

»Hat sie gesagt, warum sie mich sprechen möchte?«

»Sie sagte . . .« George zögerte und schien sich von vornherein für seine Worte entschuldigen zu wollen, »daß sie Sie wegen eines Mordes sprechen wolle, den sie vielleicht begangen habe.«

Hercule Poirot zog die Augenbrauen hoch. »*Vielleicht?* Ja, *weiß* sie das denn nicht?«

»So hat sie sich ausgedrückt, Sir.«

»Hm . . . das läßt zwar an Klarheit zu wünschen übrig, könnte aber interessant sein.«

»Und wenn es — ein Scherz ist, Sir?«

»Das ist natürlich möglich. Aber ich kann mir kaum vorstellen, daß . . .« Poirot griff nach der Tasse. »Führen Sie sie in fünf Minuten herein.«

»Jawohl, Sir.«

Poirot leerte die Tasse, schob sie fort und stand auf. Er ging zum Kamin und zwirbelte vor dem Spiegel auf dem Sims sorgfältig die Schnurrbartspitzen. Dann kehrte er zufrieden zu seinem Stuhl zurück, und wartete auf die Besucherin. Er wußte nicht recht, was für ein Bild er sich von ihr machen sollte . . .

Als George sie hereinführte, wurde er bitter enttäuscht. Brr! dachte er voller Mißfallen: Diese Mädchen! Warum versuchen sie nicht wenigstens, was aus sich zu machen? Geschicktes Make-up, gut angezogen, eine erstklassige Figur — dann könnte die gerade noch angehen. Aber so!

Sie mochte Anfang Zwanzig sein. Langes, strähniges Haar von undefinierbarer Farbe fiel ihr über die Schultern. Die großen ausdruckslosen, ins Leere starrenden Augen waren grünlich-blau. Sie trug die Uniform ihrer Generation: schwarze, hohe Stiefel, weiße, durchbrochene Wollstrümpfe von zweifelhafter Sauberkeit, einen engen Rock und einen langen, viel zu weiten, dicken Wollpullover. Jeder in Poirots Alter hätte bei ihrem Anblick nur einen Wunsch verspürt: das Mädchen so schnell wie möglich in die Badewanne zu stecken. Er erhob sich höflich wie immer, schüttelte ihr die Hand und rückte ihr einen Stuhl zurecht. »Sie wollten mich sprechen, Mademoiselle? Nehmen Sie doch bitte Platz.«

»Oh.« Ihre Stimme klang etwas atemlos. Sie starrte ihn an.

»Eh bien?«

»Ich glaube, ich — ich möchte lieber stehen«, sagte sie zögernd. Die großen Augen musterten ihn zweifelnd.

»Wie Sie wünschen.« Poirot setzte sich und betrachtete sie abwartend.

Sie trat von einem Fuß auf den anderen, senkte den Blick und richtete ihn dann wieder auf Poirot. »Sie — Sie sind Hercule Poirot?«

»Gewiß. Und wie kann ich Ihnen behilflich sein?«

»Oh, wissen Sie, das ist schwierig. Ich meine . . .«

Poirot hatte das Gefühl, ihr zu Hilfe kommen zu müssen. »Mein Diener hat mir gesagt, Sie wollten mich sprechen, weil Sie glaubten, daß Sie ›vielleicht einen Mord begangen hätten‹. Habe ich das richtig verstanden?«

Das Mädchen nickte. »Ja.«

»Aber wie können Sie darüber im Zweifel sein? Sie müßten doch wissen, ob Sie einen Mord begangen haben oder nicht.«

»Ach, ich weiß nicht, wie ich das sagen soll. Ich meine . . .«

»Nun kommen Sie schon«, sagte Poirot freundlich. »Setzen Sie sich, entspannen Sie sich und erzählen Sie mir alles.«

»Ich glaube nicht — ach, ich weiß nicht, wie . . . Es ist alles so kompliziert. Ich hab's — ich hab's mir anders überlegt. Ich möchte nicht unhöflich sein, aber — ich glaube, es ist am besten, wenn ich wieder gehe.«

»Seien Sie doch nicht so verzagt.«

»Nein, ich kann nicht. Ich hab geglaubt, ich . . . ich könnte Sie fragen, was ich tun soll — aber das kann ich nicht, wissen Sie. Es ist alles so ganz anders als . . .«

»Als was?«

»Es tut mir furchtbar leid, und ich möchte wirklich nicht unhöflich sein, aber . . .«

Sie stieß einen tiefen Seufzer aus, sah Poirot an, sah wieder fort und platzte plötzlich heraus: »*Sie sind zu alt.* Niemand hat mir gesagt, daß Sie so alt sind. Ich möchte nicht unhöflich sein, aber — das ist es eben: *Sie sind zu alt.* Es tut mir wirklich schrecklich leid.« Sie machte auf dem Absatz kehrt und stürzte aus dem Zimmer.

Poirot, dem der Mund offen stand, hörte die Wohnungstür ins Schloß fallen. »*Nom d'un, nom d'un, nom* . . .« murmelte er vor sich hin.

2

Das Telefon klingelte. Hercule Poirot nahm es nicht einmal wahr. Es klingelte schrill und anhaltend weiter.

George kam ins Zimmer, ging auf den Apparat zu und warf dabei einen fragenden Blick auf Poirot. Der machte eine Handbewegung: »Nein.«

Gehorsam entschwand George wieder. Das Telefon schrillte penetrant weiter und verstummte unvermittelt. Doch kaum zwei Minuten später klingelte es erneut.

»Ach, *Sapristi!* Das muß eine Frau sein — dazu ist nur eine Frau fähig.« Er seufzte, stand auf und ging zum Apparat.

»Sind Sie — ist da Monsieur Poirot?«

»Ja, ich bin's.«

»Hier ist Mrs. Oliver — Sie klingen so komisch! Ich hab Sie gar nicht erkannt.«

»*Bonjour,* Madame — es geht Ihnen gut, hoffe ich?«

»Oh, glänzend, danke.« Ariadne Olivers Stimme war fröhlich wie immer. Die bekannte Autorin von Kriminalromanen und Hercule Poirot waren gute Freunde. »Entschuldigen Sie, daß ich so früh anrufe, aber ich habe ein Attentat auf Sie vor.«

»So?«

»Ja, es geht um das Festessen des Clubs der Kriminalromanautoren. Ich wollte Sie fragen, ob Sie nicht dieses Jahr die Festrede bei uns halten können. Es wäre ganz besonders reizend von Ihnen, wenn Sie das tun würden.«

»Wann ist das?«

»Im nächsten Monat, am Dreiundzwanzigsten.«

Ein tiefer Seufzer, dann: »Ach! Ich bin zu alt.«

»Zu alt? Ja, um alles in der Welt, was soll das? Sie sind doch gar nicht alt.«

»Meinen Sie nicht?«

»Natürlich nicht. Sie werden es großartig machen. Und Sie können uns so viele fabelhafte Geschichten über echte Verbrechen erzählen.«

»Und wer soll mir zuhören wollen?«

»Na, alle. Sie — Monsieur Poirot, ist irgendwas? Ist etwas passiert? Sie klingen so — so verstört.«

»Ja, ich bin verstört. Meine Gefühle — ach, lassen wir das.«

»Nein. Es ist nicht egal. Was ist los?«

»Ach, nichts. Ich stelle mich nur an . . .«

»Das glaube ich nicht. Wissen Sie was? Kommen Sie zu mir und erzählen Sie es mir! Wann kommen Sie? Heute nachmittag?«

»Sie sind rührend, Madame! Was für eine Mühe Sie sich geben! Ich trinke gern eine Tasse Schokolade bei Ihnen.«

»Gut. Und dann erzählen Sie mir, worüber Sie sich so aufgeregt haben.«

Poirot dachte eine Weile nach, dann wählte er eine Nummer. Gleich darauf fragte er: »Mr. Goby! Hier ist Hercule Poirot. Sind Sie gerade sehr beschäftigt?«

»Ziemlich«, sagte Gobys Stimme. »Ziemlich, man könnte fast sagen sehr. Aber für Sie, Monsieur Poirot, könnte ich mich freimachen. Sie haben es doch immer so eilig. Meine jungen Männer können mal allein weiterarbeiten. Natürlich kommt man heutzutage nicht mehr so leicht an gute junge Männer wie früher. Die denken immer nur an sich. Die glauben, sie wissen schon alles, ehe sie überhaupt mit dem Lernen anfangen. Na ja, junge Leute sind wohl so. Ihnen stehe ich selbstverständlich zur Verfügung, Monsieur Poirot. Vielleicht kann ich sogar ein oder zwei von meinen besten Leuten für Sie abzweigen. Es geht doch sicher um das Übliche — sollen wir Auskünfte für Sie einholen?«

Während Poirot ihm bis ins kleinste Detail erklärte, worum es sich handelte, lauschte er aufmerksam. Nach dem Gespräch mit Goby rief Poirot einen guten Freund bei Scotland Yard an. Nachdem der ihm eine Weile zugehört hatte, fragte er: »Bißchen viel verlangt, findest du nicht? Sämtliche Morde — egal, wo. Zeit, Ort und Opfer unbekannt. Genausogut könntest du Mondkälber jagen, mein Lieber.« Abfällig fügte er hinzu: »Du scheinst ja wirklich *überhaupt nichts* zu wissen!«

Um Viertel nach vier saß Poirot in Mrs. Olivers Wohnzimmer und nippte genießerisch an einer großen Tasse Schokolade, auf der sich ein Berg Schlagsahne türmte. Eben brachte seine Gastgeberin ihm noch einen Teller mit Löffelbiskuits.

»*Chère* Madame, Sie sind reizend.« Dann blickte er über den Rand der Tasse mit mildem Staunen auf Mrs. Olivers Frisur und auf ihre neue Tapete. Beides war ihm neu. Als er Mrs. Oliver zum letztenmal gesehen hatte, trug sie das Haar glatt und streng frisiert. Jetzt türmte es sich in Locken und Wellen, die auf dem ganzen Kopf verschlungene Muster bildeten. Er hatte den starken Verdacht, daß diese üppige Fülle zum großen Teil falsch sein müsse. In Gedanken versuchte er sich auszurechnen, wie viele Haarlocken herunterfallen würden, wenn Mrs. Oliver plötzlich in lebhafte Erregung geriet, was bei ihr jeden Augenblick vorkommen konnte. Und dann die Tapete . . .

»Diese Kirschen — sie sind neu?« Er zeigte mit dem Teelöffel auf die Wand. Er hatte das Gefühl, in einem Obstgarten zu sitzen.

»Meinen Sie, es wären zu viele Kirschen?« fragte Mrs. Oliver. »Ich weiß bei Tapeten nie, wie sie nachher aussehen. Fanden Sie die alte schöner?«

Poirot erinnerte sich schwach an viele grellbunte Tropenvögel in einem Urwald. Am liebsten hätte er laut gesagt: *Plus ça change, plus c'est la même chose,* aber er beherrschte sich.

»Und jetzt«, erklärte Mrs. Oliver, als ihr Gast mit einem zufriedenen Seufzer die Tasse absetzte und sich den Rest der Schlagsahne aus dem Schnurrbart wischte, »müssen Sie erzählen, was los ist!«

»Da gibt's nicht viel zu erzählen. Heute morgen ist ein junges Mädchen gekommen, das mich sprechen wollte. Eigentlich empfange ich um diese Zeit keinen Besuch. Sie kennen ja meine Gewohnheiten. Aber sie sagte meinem Diener, sie müsse mich unbedingt sprechen, denn sie habe vielleicht einen Mord begangen.«

»Wie merkwürdig! So etwas weiß man doch!«

»Allerdings! George brachte sie herein. Sie blieb stehen! Sie lehnte es ab, Platz zu nehmen. Sie stand da und starrte mich an. Sie sah fast schwachsinnig aus. Ich wollte ihr gut zureden. Aber da erklärte sie plötzlich, sie hätte es sich anders überlegt. Sie wolle nicht unhöflich sein, aber ich — *ich sei zu alt . . .*«

Mrs. Oliver begann sofort, ihn zu trösten. »Unsinn, junge Mädchen sind nun mal so! Wer über fünfunddreißig ist, ist für sie ein Greis. Junge Mädchen haben einfach keinen Verstand . . .«

»Es hat mich gekränkt.«

»An Ihrer Stelle würde ich mich nicht darüber aufregen. Natürlich war es ungehörig und taktlos.«

»Darum geht es nicht. Und es dreht sich auch nicht nur um meine Gefühle. Ich bin beunruhigt. Ja, sehr beunruhigt.«

»Schwamm drüber. Vergessen Sie's«, riet Mrs. Oliver.

»Sie mißverstehen mich. Ich bin wegen des Mädchens beunruhigt. Sie kam zu mir, weil sie Hilfe brauchte. Und dann war ich ihr zu alt, um ihr zu helfen. Natürlich war das Unsinn, das ist klar. Aber sie ist eben fortgerannt. Und dieses Mädchen braucht Hilfe, das weiß ich.«

»Davon bin ich gar nicht so überzeugt«, sagte Mrs. Oliver besänftigend. »Junge Mädchen stellen sich oft schrecklich an!«

»Nein. Sie irren sich. *Sie braucht Hilfe.*«

»Ja, glauben Sie denn, daß sie wirklich einen Mord begangen hat?«

»Warum nicht? Sie hat es behauptet.«

»Ja, aber . . .« Mrs. Oliver unterbrach sich. »Sie sagte, sie habe es vielleicht getan. Was kann sie denn damit meinen?«

»Das ist es eben. Das hat keinen Sinn.«

»Wen hat sie ermordet, oder glaubt sie, ermordet zu haben?« Poirot zuckte die Achseln. »Und warum hat sie jemand ermordet?« Wieder zuckte Poirot die Achseln.

»Da gibt's natürlich viele Möglichkeiten.« Mrs. Oliver wurde lebhaft. »Sie könnte jemand überfahren und nicht angehalten haben. Sie könnte von einem Mann auf einer Klippe angefallen worden sein, mit ihm gekämpft und ihn über den Rand gestoßen haben. Sie könnte jemand aus Versehen die falsche Medizin gegeben haben. Sie könnte zu einer dieser Tablettenpartys gegangen sein und mit jemandem Krach bekommen haben. Vielleicht hat sie, als sie aus dem Rausch erwachte, entdeckt, daß sie jemand erstochen hat. Sie . . .«

»*Assez,* Madame, *assez!*«

Aber Mrs. Oliver war im besten Zug. »Sie könnte als Krankenschwester bei einer Operation assistiert haben, und dann hat sie die Narkotika verwechselt . . .« Sie hörte auf, um genauere Details zu erfragen. »Wie sah sie aus?«

Poirot überlegte eine Weile: »Wie Ophelia, aber ohne das gewisse Etwas.«

»Meine Güte«, rief Mrs. Oliver. »Komisch, ich seh sie direkt vor mir. Nur nach Ihrer Beschreibung!«

»Sie ist nicht lebenstüchtig in meinen Augen. Sie gehört nicht zu den Menschen, die mit Schwierigkeiten fertig werden oder die Gefahren voraussehen können, die auf sie zukommen. Sie ist eine leichte Beute für alle, die ein Opfer suchen. Nach dem ersten Blick werden sie sagen: ›Wir nehmen die da.‹«

Aber Mrs. Oliver hörte nicht mehr zu. Sie vergrub beide Hände in der Lockenpracht. Poirot kannte diese Bewegung. »Warten Sie«, rief sie gequält. »Warten Sie!«

Poirot wartete mit hochgezogenen Brauen.

»Sie haben mir nicht gesagt, wie sie heißt.«

»Sie hat sich leider nicht vorgestellt.«

»Warten Sie«, flehte Mrs. Oliver noch einmal. Sie lockerte den Griff um den Kopf und seufzte tief auf. Die Haare lösten sich, fielen offen über ihre Schultern, und eine Partie besonders prächtiger Locken landete auf dem Fußboden. Poirot hob sie auf und legte sie kommentarlos auf den Tisch.

Mrs. Oliver hatte sich plötzlich wieder beruhigt. Sie steckte ein paar Haarnadeln fest und nickte nachdenklich vor sich hin. »Wer hat dem Mädchen von Ihnen erzählt?«

»Niemand, soweit ich weiß. Aber natürlich wird sie von mir gehört haben, bestimmt.«

Mrs. Oliver fand das gar nicht so natürlich. Natürlich war nur, daß Poirot es für selbstverständlich hielt, daß jeder von ihm gehört hatte. Und dabei gab es sehr viele Menschen, denen der Name Hercule Poirot überhaupt nichts sagte, besonders unter den jüngeren. Aber wie soll ich ihm das beibringen, ohne ihn zu kränken? fragte sich Mrs. Oliver.

»Davon bin ich gar nicht so überzeugt«, sagte sie schließlich. »Mädchen — junge Mädchen und junge Männer — was wissen die schon von Detektiven und der Aufklärung von Verbrechen? Sie hören doch nie etwas davon.«

»Von Hercule Poirot müssen Sie gehört haben«, erklärte Poirot selbstherrlich. Für ihn war das ein Artikel seines Glaubensbekenntnisses.

»Aber heutzutage sind alle so ungebildet«, gab Mrs. Oliver zu bedenken. »Sie kennen nur die Namen von Popsängern, von Beatgruppen oder Schallplattenjockeys, sonst nichts. Wenn Sie einen Spezialisten brauchen, ich meine einen Arzt oder Detektiv oder Zahnarzt — dann müssen sie fragen, zu wem sie gehen sollen. Sie wird sich auch bei jemand erkundigt haben, und der hat sie zu Ihnen geschickt.«

»Das bezweifle ich.«

»Woher wollen Sie das wissen, ohne daß es Ihnen jemand sagt? Hören Sie zu — eben ist's mir aufgegangen: *Ich* habe Ihnen das Mädchen geschickt.«

Poirot blinzelte. »Sie? Aber das hätten Sie mir doch längst erzählen können!«

»Es ist mir erst aufgegangen, als Sie von Ophelia sprechen. Langes Haar, das feucht wirkt, und ein unscheinbares Gesicht. Es kam mir so vor, als beschrieben Sie jemand, den ich gesehen hatte, und zwar vor gar nicht langer Zeit. Und dann fiel mir ein, wer sie war.«

»Na, und wer ist sie?«

»Den Namen kenne ich nicht, aber das kann ich leicht feststellen. Wir haben über Privatdetektive gesprochen, dabei erwähnte ich Sie und einige Fälle, die Sie so verblüffend gelöst haben.«

»Haben Sie ihr meine Adresse gegeben?«

»Nein, natürlich nicht. Ich hatte keine Ahnung, daß sie die Hilfe eines Detektivs brauchte. Für mich war das nichts als eine Unterhaltung. Aber ich habe Ihren Namen mehrfach genannt, und da brauchte sie ja nur noch im Telefonbuch nachzusehen und zu kommen.«

»Haben Sie über Mord gesprochen?«

»Ich glaube kaum. Ich weiß nicht mal mehr, wie wir auf Detektive gekommen sind — falls sie nicht, ja, falls sie nicht davon angefangen hat . . .«

»Was wissen Sie von ihr? Erzählen Sie alles — auch wenn Sie ihren Namen nicht kennen.«

»Es war am vergangenen Wochenende. Ich war bei den Lorrimers. Die haben aber nichts damit zu tun, außer daß sie mich zu Freunden auf einen Drink mitgenommen haben. Sie wissen ja, wie ich Cocktailpartys mit ihrem albernen Geschwätz verabscheue. Allmählich habe ich mich zwar daran gewöhnt, mir anzuhören, wie gut den Leuten mein widerwärtiger Detektiv Sven Hjerson gefällt. Wenn Sie wüßten, wie ich den Kerl hasse! Vermutlich hat sich daraus ein Gespräch über echte Detektive ergeben, und dabei hab ich von Ihnen geredet, und das Mädchen hat dabeigestanden und zugehört. Als Sie sagten, eine Ophelia ohne das gewisse Etwas, hat es bei mir geklickt. Ich hab' gleich gedacht: an wen erinnert dich das nur? Und dann kam's: an das Mädchen auf der Cocktailparty. Ich glaube, sie gehörte zur Familie, wenn ich sie jetzt nicht verwechsle.«

Poirot stöhnte. Mit Mrs. Oliver mußte man immer viel Geduld haben. »Wie heißen die Leute, zu denen Sie auf einen Drink fuhren?«

»Trefusis. Oder Treherne. So ähnlich jedenfalls. Er ist ein großes Tier. Reich. Hat ein Büro in der City und ist lange in Südafrika gewesen . . .«

»Verheiratet?«

»Ja. Eine sehr gut aussehende Frau. Viel jünger. Blond. Es ist die zweite Frau. Die Tochter stammt aus seiner ersten Ehe. Dann war da ein Monument von einem Onkel. Stocktaub. Stinkvornehm mit einem Rattenschwanz von Titeln. Admiral oder Luftmarschall. Ich glaube, er beschäftigt sich auch mit Astronomie. Auf dem Dach ist ein Teleskop oder etwas Ähnliches. Aber das kann natürlich ein Steckenpferd von ihm sein. Eine kleine Ausländerin war auch da. Sie spielt offenbar den Wachhund für den Alten. Wenn er nach London fährt, geht sie mit und paßt auf, daß er nicht überfahren wird. Eine hübsche, kleine Person übrigens.«

Poirot sortierte die Informationen, die Mrs. Oliver ihm geliefert hatte, und kam sich wie ein menschlicher Computer vor. »Demnach wohnen in dem Haus Mr. und Mrs. Trefusis . . .«

»Nicht Trefusis — ich weiß es jetzt — Restarick heißen sie.«

»Also Mr. und Mrs. Restarick, der vornehme alte Onkel. Heißt er auch Restarik?«

»Sir Roderick Sowieso.«

»Dann die kleine Ausländerin und die Tochter. Weitere Kinder?«

»Ich glaube nicht, aber bestimmt weiß ich es nicht. Die Tochter wohnt übrigens nicht zu Hause. Sie war nur übers Wochenende da. Ich vermute, daß sie sich nicht mit der Stiefmutter verträgt. Sie arbeitet in London, und wenn ich's richtig verstanden habe, hat sie einen Freund, der den Eltern nicht paßt.«

»Sie wissen aber viel über die Familie.«

»Ach, das schnappt man so auf. Die Lorrimers sprechen dauernd über andere Leute, bei ihnen hört man den ganzen Klatsch und Tratsch aus der Nachbarschaft. Bloß bringe ich dann hinterher alles durcheinander. Wenn ich mich nur an den Vornamen des Mädchens erinnern könnte! Thora? Myra? Norma? Oder Maritana? Norma — Norma Restarick. Ja, das ist sicher richtig.« Unvermittelt fügte sie hinzu: »Sie ist ein drittes Mädchen.«

»Was heißt denn das nun wieder?«

Sie ging zu einem Tisch, nahm die *Times*, blätterte ein paar Seiten um und brachte sie ihm. »Da, sehen Sie das? *DRITTES MÄDCHEN für Komfortwohnung im zweiten Stock gesucht, eigenes Zimmer, Zentralheizung, Earl's Court. Drittes Mädchen für Etagenwohnung gesucht, 5 Guineas wöchentl. eig. Zimmer. Viertes Mädchen gesucht. Regent's Park, eigenes Zimmer.* So leben die jungen Mädchen heute. Das erste nimmt eine möblierte Wohnung und teilt die Miete auf. Das zweite ist meistens eine Freundin. Das dritte Mädchen suchen sie sich durch eine Anzeige, wenn sie sonst kein passendes kennen. Und oft bringen sie sogar noch ein viertes Mädchen unter. Das erste nimmt das beste Zimmer, das zweite zahlt entsprechend weniger, das dritte noch weniger, dafür wohnt es dann auch in einer Abstellkammer. Und untereinander machen sie dann aus, wer wann, an welchem Abend in der Woche die Wohnung für sich allein hat. Das muß wohl ganz gut klappen.«

»Und wo wohnt dieses Mädchen, daß vielleicht Norma heißt, nun in London?«

»Ich hab Ihnen doch schon gesagt, daß ich eigentlich gar nichts von ihr weiß.«

»Aber Sie könnten sich erkundigen?«

»Ja, natürlich.«

»Und Sie sind sicher, daß nicht von einem plötzlichen Todesfall die Rede war?«

»Meinen Sie in London — oder bei den Restaricks?«

»Beides.«

»Ich glaube nicht. Soll ich mal probieren, was ich rausbekommen kann?« Mrs. Olivers Augen begannen zu glitzern. Sie wurde vom Jagdfieber gepackt.

»Das wäre natürlich schön.«

»Ich rufe mal bei den Lorrimers an. Jetzt wäre gerade eine günstige Zeit.« Sie trat ans Telefon. »Haben Sie was da, um Namen und Adresse aufzuschreiben?«

Poirot, der schon einen Taschenkalender in der Hand hielt, nickte bestätigend. Mrs. Oliver preßte den Hörer ans Ohr und stürzte sich in die Unterhaltung. Poirot lauschte aufmerksam.

»Hallo. Kann ich mit . . . Oh, da bist du ja, Naomi. Hier ist Ariadne Oliver. Ja — es waren so viele Leute . . . Ach, du meinst den alten Knaben? . . . Nein, weißt du . . . Was? Er ist fast blind? . . . Aber ich dachte, die kleine Ausländerin fährt mit ihm nach London . . . Ja, das stelle ich mir auch anstrengend vor — aber sie scheint ja glänzend mit ihm fertig zu werden . . . Was ich dich fragen wollte: hast du die Adresse von dem Mädchen? . . . Nein, ich meine die kleine Restarick, in South Kensington, glaube ich. Oder war's Knightsbridge? Ich hab ihr eins meiner Bücher versprochen und mir die Adresse aufgeschrieben, aber du weißt ja, daß ich immer alles verlege. Ich komm nicht mal auf ihren Vornamen. Thora oder Norma? . . . Also doch Norma . . . Augenblick, ich hol mir was zu schreiben . . . Ja? . . . Borodene Mansions Nr. 67 . . . Ja, das kenn ich, so ein großer Block . . . Wer sind die Mädchen, mit denen sie zusammenwohnt? . . . Freundinnen? Oder hat sie inseriert? . . . Claudia Reece-Holland . . . Der Vater ist im Parlament, nicht? Und die andere? . . . Nein, woher sollst du das auch wissen. Aber warum soll sie kein nettes Mädchen sein? . . . Und was tun sie beruflich? Ich meine immer, sie wären alle Sekretärinnen . . . Ach, die andere ist Innenarchitektin und arbeitet in einer Bildergalerie? . . . Nein, Naomi, so sehr interessiert mich das auch wieder nicht. Ich bin nur immer neugierig, wie die jungen Mädchen heutzutage leben. Schließlich muß ich in meinen Büchern mit der Zeit Schritt halten . . . Aber du hast mir was über einen Freund erzählt . . . Ja, dagegen ist man machtlos, findest du nicht auch? Die Mädchen setzen ihren Kopf durch . . . sieht er so schrecklich aus? Ist es so ein Schmuddeliger, Unrasierter? . . . Was? Die Sorte! Mit Brokatweste und langen Locken? Bis auf die Schultern? . . . Was hast du gesagt? Andrew Restarick kann ihn nicht ausstehen? . . . Ja, Männer können die nie leiden . . . Mary Restarick? . . . Das wird der übliche Ärger mit der Stiefmutter sein. Die hat sich bestimmt gefreut, als das Mädchen nach London gegangen ist. Und was meinst du mit ›Gerede‹? . . . Wieso haben sie nicht rausgekriegt, was ihr fehlt? . . . Wer hat das gesagt? . . . Ja, aber wieso vertuscht? . . . Ach, eine Krankenschwester? — und die hat mit dem Kindermädchen der Jenners geredet? Ihr *Mann,* meinst du? Aha. Die Ärzte sind nicht dahintergekommen? . . . So, eine Magengeschichte? . . . Gott, wie lächerlich! Die Leute hätten behauptet, daß dieser Andrew . . . Du meinst, mit den giftigen Pflanzenschutzmitteln wäre es . . . Ja, aber warum? . . . Sie ist doch seine zweite Frau — und soviel jünger, und sie ist attraktiv . . . Ja, das kann schon sein . . . Aber warum denn die Ausländerin? . . . Weil sie von Mrs. Restarick schlecht behandelt worden ist, meinst du? . . . Sie ist so ein apartes Mädchen — ja, warum soll Andrew nicht einen Narren an ihr gefressen haben? Nein, nichts Ernstes natürlich — aber Mary könnte sich geärgert haben, und dann hat sie sich die Kleine vorgeknöpft und . . .«

Mrs. Oliver stellte fest, daß Poirot wild gestikulierte. »Einen

Augenblick, Liebste«, sagte sie ins Telefon. Sie legte den Hörer auf den Tisch und zog Poirot mit sich in die Eßecke. »Warum haben Sie mir Zeichen gemacht? Haben Sie verstanden, was sie . . .?«

Poirot unterbrach sie. »Das können Sie mir gleich erzählen. Das meiste weiß ich. Ich möchte, daß Sie mit Ihrem großartigen Improvisationstalent irgendeinen Vorwand finden, unter dem ich die Restaricks besuchen kann — kann ich nicht eine alter Freund von Ihnen sein, der gerade in der Nachbarschaft zu Besuch ist? Vielleicht könnten Sie sagen . . .«

»Überlassen Sie das mir. Mir wird schon was einfallen. Soll ich einen falschen Namen erfinden?«

»Um Himmels willen, nein! Wir dürfen es nicht zu kompliziert machen.«

Mrs. Oliver nickte und kehrte wieder ans Telefon zurück. »Naomi? Wovon sprachen wir gerade? Jetzt habe ich doch tatsächlich vergessen, warum ich dich angerufen habe. Ach ja, richtig, wegen der Adresse von Norma — und die hast du mir gegeben. Aber ich hatte noch was — jetzt weiß ich es wieder. Ein alter Freund von mir, ein fabelhafter Mann . . . Übrigens habe ich neulich bei euch von ihm gesprochen: von Hercule Poirot. Er ist im Augenblick ganz in der Nähe von den Restaricks und möchte den alten Sir Roderick unbedingt kennenlernen. Er hat viel von ihm gehört und schwärmt geradezu von ihm und irgendeiner Erfindung, die er im Krieg gemacht hat — es kann auch eine wissenschaftliche Entdekkung sein. Würdest du sie auf den Besuch vorbereiten? Sag ihnen, sie sollen sich seine großartigen Spionagegeschichten erzählen lassen . . . Er — was? Oh, die Männer, die den Rasen mähen? Ja, klar, das geht vor. Auf Wiedersehen, Naomi.«

Sie legte den Hörer auf und sank in einen Sessel. »Puh, ist das anstrengend. Hab' ich's gut gemacht?«

»Nicht schlecht«, sagte Poirot.

»Ich hab' alles auf den alten Knaben geschoben. Dann kriegen Sie vermutlich alle zu sehen, und das wird Ihnen ja nur lieb sein. Wollen Sie jetzt hören, was sie gesagt hat?«

»Soviel ich verstanden habe, ist über eine Krankheit von Mrs. Restarick viel geredet worden?«

»Ja. Sie hat irgendeine mysteriöse Magengeschichte, über die die Ärzte sich nicht klarwurden. Sie haben sie ins Krankenhaus geschickt, und da besserte sich ihr Zustand sofort ohne ersichtlichen Grund. Kaum war sie wieder zu Hause, begann alles von vorn — und abermals rätselten die Ärzte herum. Na, und dann kam der Klatsch in Gang. Eine unzuverlässige Krankenschwester hat angefangen, ihre Schwester hat es der Nachbarin erzählt, die hat es weitergetratscht. Und schließlich hieß es, ihr Mann wolle sie vergiften. Naomi und ich haben über die kleine Ausländerin gesprochen —

übrigens ist sie nicht *au pair*. Sie ist als Sekretärin und Gesellschafterin bei dem Alten angestellt — und ich kann mir nicht vorstellen, warum sie Mrs. Restarick Gift ins Essen tun sollte.«

»Ein paar Gründe haben Sie ja selbst erwähnt.«

»*Möglich* ist sowas natürlich immer . . .«

»*Mord erwünscht* . . .« sagte Poirot nachdenklich, »aber noch nicht ausgeführt.«

3

Der Parkplatz im Innenhof der Borodene Mansions war von sechs Autos besetzt. Als Mrs. Oliver einbog, scherte eines rückwärts aus, so daß sie ihren Wagen in der Parklücke abstellen konnte. Dann stieg sie aus und sah sich um. Das Gebäude hatte in der Mitte große Schwingtüren; der Westflügel und der Ostflügel glichen sich aufs Haar. Das Appartement 67 lag im sechsten Stock des rechten Flügels. Mrs. Oliver drückte auf den Liftknopf. Die Türen öffneten sich wie ein gähnendes Maul, und sie sprang eilig hinein.

Der Lift schoß nach oben, und Mrs. Oliver hoppelte wie ein verängstigtes Kaninchen heraus. Nach einem Blick auf die Wand bog sie in den rechten Gang ein. Sie kam zu einer Tür mit der Nummer 67. Die Zahlen waren aus Metall und in der Mitte angebracht. In dem Moment löste sich die Sieben und fiel ihr auf den Fuß. Kein verheißungsvoller Empfang, dachte Mrs. Oliver, während sie mit einem leisen Schmerzensschrei die Zahl aufhob und mit dem Daumen wieder fest an die Tür drückte.

Sie klingelte. Die Tür wurde sofort geöffnet. Ein hübsches, hochgewachsenes junges Mädchen stand vor ihr. Sie trug ein dunkles, gutgeschnittenes Kostüm mit einem sehr kurzen Rock und eine weiße Seidenbluse. Ihre Schuhe waren elegant und teuer. Sie hatte hochgekämmte dunkle Haare, war geschickt und unauffällig zurechtgemacht und wirkte aus irgendeinem Grund auf Mrs. Oliver leicht furchteinflößend.

»Oh«, sagte Mrs. Oliver und suchte nach den richtigen Worten. »Ist Miß Restarick da?«

»Nein, das tut mir leid. Sie ist ausgegangen. Kann ich ihr etwas bestellen?«

Wiederum sagte Mrs. Oliver: »Oh«, bevor sie umständlich ein unordentlich in braunes Packpapier gewickeltes Päckchen herausholte. »Ich hatte ihr ein Buch versprochen«, erklärte sie. »Eins von mir, das sie noch nicht gelesen hat. Hoffentlich habe ich das richtige mitgebracht. Sie wissen nicht zufällig, ob sie bald zurückkommt?«

»Das kann ich Ihnen wirklich nicht sagen. Ich weiß nicht, was sie heute vorhat.«

»Oh. Sind Sie Miß Reece-Holland?«

Das Mädchen warf ihr einen erstaunten Blick zu. »Ja, das bin ich.«

»Ich kenne Ihren Vater.« Mrs. Oliver fuhr fort: »Ich bin Mrs. Oliver. Ich schreibe Bücher.« Das sagte sie in dem schuldbewußten Tonfall, in dem sie diese Ankündigung immer von sich gab.

»Kommen Sie doch herein.«

Mrs. Oliver nahm die Einladung an, und Claudia Reece-Holland führte sie in ein Wohnzimmer. Die Tapete wirkte wie eine grobgemaserte Holztäfelung, an eine Wand war ein riesiger Harlekin geklebt und an die andere ein Affe, der sich durch Palmwedel schwang.

»Norma wird sich über Ihr Buch bestimmt sehr freuen, Mrs. Oliver. Darf ich Ihnen was zu trinken anbieten? Sherry? Gin?« fragte sie mit der gewandten Sicherheit einer guten Sekretärin.

Mrs. Oliver dankte. »Was für eine schöne Aussicht Sie hier haben!« Sie trat ans Fenster und mußte blinzeln, weil ihr die untergehende Sonne direkt in die Augen schien.

»Ja. Aber wenn der Lift nicht funktioniert, ist es weniger schön.«

»Oh, ich hätte nie gedacht, daß dieser Lift es wagt, nicht zu funktionieren. Er wirkt wie — wie ein Roboter.«

»Er ist ganz neu, aber deswegen auch nicht besser. Er muß dauernd nachgesehen und überprüft werden!«

Die Tür ging auf, ein Mädchen kam herein und sagte: »Claudia, hast du eine Ahnung, wo ich mein . . .« Sie entdeckte Mrs. Oliver und blieb stehen.

Claudia übernahm die Vorstellung. »Frances Cary — Mrs. Oliver. Mrs. *Ariadne* Oliver.«

»Oh, wie aufregend!«

Frances war groß und überschlank, hatte langes schwarzes Haar und ein stark geschminktes, totenblasses Gesicht mit leicht nach oben gezogenen Augenbrauen und Wimpern. Die Wirkung wurde durch schwere Lidschatten noch erhöht. Sie trug enge Samthosen und einen dicken Pullover. Der Gegensatz zu der sachlichen, zurückhaltenden Claudia war verblüffend.

»Ich habe ein Buch gebracht, das ich Norma Restarick versprochen hatte«, erklärte Mrs. Oliver.

»Ach! Ein Jammer, daß sie noch auf dem Land ist.«

»Ist sie denn nicht zurückgekommen?«

Es entstand eine merkbare Pause. Mrs. Oliver hatte den Eindruck, daß die beiden Mädchen Blicke wechselten.

»Ich dachte, sie hat einen Job hier in London.« Mrs. Oliver bemühte sich um einen harmlos überraschten Tonfall.

»Das stimmt auch. Sie arbeitet bei einem Innenarchitekten. Und manchmal bringt sie Kollektionen und Musterstücke zu Kunden aufs Land.« Claudia lächelte. »Wir leben hier sehr unabhängig. Jede kommt und geht, wie es ihr paßt, und meistens hinterlassen wir nicht einmal eine Nachricht. Aber ich werde ihr sofort nach ihrer Rückkehr Ihr Buch geben.«

Gegen eine so einleuchtende Erklärung war nichts einzuwenden. Mrs. Oliver erhob sich. »Haben Sie vielen Dank.«

Claudia brachte sie zur Tür. »Ich werde meinem Vater erzählen, daß ich Sie kennengelernt habe. Er liest leidenschaftlich gern Kriminalromane.« Sie schloß die Tür hinter Mrs. Oliver und kehrte ins Wohnzimmer zurück.

Frances lehnte am Fenster. »Tut mir leid, Claudia. Hab ich was vermasselt?«

»Ich hatte gerade gesagt, Norma wäre ausgegangen.«

Frances zuckte die Achseln. »Das konnte ich nicht ahnen. Claudia, wo steckt sie nur? Warum ist sie am Montag nicht zurückgekommen? Wo ist sie hingegangen?«

»Wenn ich das wüßte!«

»Und sie ist bestimmt nicht bei ihren Eltern geblieben? Da war sie doch übers Wochenende.«

»Nein. Ich hab extra dort angerufen.«

»Na, es wird schon nichts los sein . . . Aber trotzdem ist sie ziemlich verrückt, findest du nicht auch?«

»Ach, auch nicht verrückter als andere Leute.« Aus Claudias Stimme sprach Unsicherheit.

»Doch, das ist sie eben«, sagte Frances. »Manchmal macht sie mir richtig Angst. Sie ist nicht normal. Bestimmt nicht.« Plötzlich lachte sie. »Norma ist nicht normal! Und du weißt das auch ganz genau, Claudia, du willst es nur nicht zugeben. Du meinst, du mußt zu deinem Chef halten, nicht wahr?«

4

Hercule Poirot schritt auf ein Haus zu mit einem merkwürdig ausgebuchteten Dachstuhl, der offenbar vor noch nicht allzu langer Zeit angebaut worden war. Das also war das Mekka, dem er entgegenwanderte! Er kam zu einem Tor mit dem Schild *Crosshedges.* Der Garten war viel reizvoller als das Haus und mußte einmal mit viel Sorgfalt und Liebe angelegt worden sein, obwohl er jetzt leicht verkommen aussah. Doch immer noch gab es glatte grüne Rasenflächen, eine Fülle von Blumenbeeten und sorgsam ausgewählte Sträuchergruppen, die ihm einen parkartigen Charakter verleihen sollten. In der Nähe des Hauses stand eine Frau über eine Blumenrabatte gebeugt. Soweit Poirot erkennen konnte, band sie Rosen hoch. Ihr Kopf schien von einer goldenen Gloriole umgeben zu sein. Sie war groß, schlank und breitschultrig. Poirot öffnete das Tor und ging auf das Haus zu. Die Frau drehte den Kopf, richtete sich auf und sah ihm forschend entgegen. Sie hielt immer noch ein paar Bastfäden in der linken Hand und blickte ihn verwirrt an. »Ja?«

Poirot zog mit fast südländischer Grandezza den Hut und verneigte sich. Ihre Augen ruhten voller Staunen auf seinem Schnurrbart.

»Mrs. Restarick?«

»Ja. Ich . . .«

»Ich hoffe, ich störe Sie nicht, Madame.«

Ein leises Lächeln umspielte ihre Lippen. »Aber nein. Sind Sie . . .?«

»Ich habe mir erlaubt, Ihnen einen Besuch abzustatten. Eine Freundin von mir, Mrs. Adriane Oliver . . .«

»Natürlich. Ich weiß, wer Sie sind. Monsieur Poiret.«

»Monsieur Poir*ot*«, verbesserte er. »Hercule Poirot. Ich war hier in der Gegend und erlaube mir daher, bei Ihnen in der Hoffnung vorzusprechen, daß ich Sir Roderick Horsefield meine Aufwartung machen darf.«

»Ja. Naomi Lorrimer hat Sie bereits angekündigt.«

»Hoffentlich komme ich nicht ungelegen.«

»Durchaus nicht. Ariadne Oliver ist letzte Woche hiergewesen. Die Lorrimers haben sie mitgebracht. Ihre Bücher sind sehr amüsant, finden Sie nicht auch? Aber vielleicht mögen Sie keine Kriminalromane, da Sie doch selbst Detektiv sind — ein richtiger, meine ich.«

»Das bin ich in der Tat, Madame«, sagte Hercule Poirot gravitätisch. Er merkte, daß sie sich ein Lächeln verkniff, und betrachtete sie nun genauer. Auf eine etwas unnatürliche Art war sie hübsch. Das goldene Haar war kunstvoll frisiert. Es kam ihm vor, als sei sie sich ihrer selbst nicht ganz sicher und habe die Rolle der englischen Lady, die ihren Garten liebt, mühsam einstudiert. Er fragte sich, aus welcher Gesellschaftsschicht sie wohl stammen mochte. »Sie haben einen wunderschönen Garten, Madame.«

»Lieben Sie Gärten?«

»Nicht so wie ein Engländer. Für sie bedeutet ein Garten mehr als für uns.«

»Uns? Damit meinen Sie die Franzosen?«

»Ich bin kein Franzose, sondern Belgier.«

»Richtig, jetzt erinnere ich mich. Bitte kommen Sie doch herein. Sie wollen ja meinen Onkel besuchen.« Sie führte ihn durch eine Terrassentür ins Haus.

»Ich habe ihren Onkel 1944 flüchtig kennengelernt.«

»Der Arme ist sehr alt geworden und leider fast taub.«

Ja, es ist sehr lange her, seit ich ihm begegnet bin. Wahrscheinlich hat er mich vergessen. Damals ging es um eine Spionageaffäre und um die Entwicklung einer bestimmten Erfindung. Diese Erfindung verdanken wir dem Genie Sir Rodericks. Ich hoffe, er wird mich empfangen.«

»Oh, das wird er liebend gern tun. Er führt jetzt ein ziemlich langweiliges Leben. Ich muß oft nach London — wir sind auf der Suche nach einem Haus.« Sie seufzte leise. »Alte Menschen sind mitunter recht schwierig.«

»Ich weiß«, stimmte Poirot zu. »Ich bin auch oft sehr schwierig.«

Sie lachte. »Aber Monsieur Poirot, Sie sind doch nicht alt!«

»Manchmal sagt man mir das.« Poirot wirkte niedergeschlagen. »Junge Mädchen sagen es mir«, fügte er bekümmert hinzu.

»Das ist sehr unliebenswürdig. Aber leider wäre eine solche Äußerung auch unserer Tochter zuzutrauen.«

»Ach, Sie haben eine Tochter?«

»Ja. Allerdings ist sie meine Stieftochter.«

»Es wird mir ein besonderes Vergnügen sein, sie kennenzulernen«, erklärte Poirot höflich.

»Sie — sie ist leider nicht hier. Sie ist in London. Sie arbeitet dort.«

»Heutzutage haben alle jungen Mädchen einen Beruf.«

»Ja, anscheinend gehört es dazu. Selbst als Verheiratete sollen sie weiter ins Büro gehen oder Lehrerin spielen.«

»Und Sie, Madame? Wie steht es mit Ihnen?«

»Ich bin in Südafrika aufgewachsen und erst vor kurzem mit meinem Mann nach England gekommen. Für mich — ist hier alles noch sehr fremd.« Mit einem Blick, dem nach Poirots Meinung jede Begeisterung fehlte, sah sie sich um. Das Zimmer war hübsch, aber konventionell möbliert und wirkte völlig unpersönlich — bis auf zwei große Porträts. Das eine zeigte eine schmallippige Frau im grauen Abendkleid, das an der gegenüberliegenden Wand einen energisch aussehenden Mann von etwa dreißig Jahren.

»Vermutlich findet Ihre Tochter das Landleben langweilig?«

»Ja, sie ist viel lieber in London. Hier gefällt's ihr nicht.« Sie hielt plötzlich inne und sagte dann: »Und mich mag sie auch nicht.«

»Unmöglich!« rief Poirot emphatisch.

»Wieso denn? Ich glaube, das kommt oft vor. Junge Mädchen finden sich wohl schwerer mit einer Stiefmutter ab.«

»Hat Ihre Tochter ihre richtige Mutter so geliebt?«

»Offenbar. Sie ist schwierig — aber das sind wahrscheinlich die meisten jungen Mädchen.«

Poirot seufzte mitfühlend. »Mütter und Väter haben heutzutage so wenig Einfluß auf ihre Töchter. In der guten alten Zeit war das anders.«

»Ja, das kann man wohl sagen.«

»Ich wage kaum, es laut auszusprechen, Madame, aber ich muß Ihnen gestehen, wie bedauerlich ich die Wahllosigkeit finde, mit der sie sich ihre — ihre Freunde aussuchen.«

»In der Beziehung hat Norma ihrem Vater auch schon viel Kummer bereitet. Aber da hilft kein Jammern. Jeder muß seine eigenen Erfahrungen machen. So, nun will ich Sie zu Onkel Roddy bringen. Er wohnt oben.«

Sie ging vor. Poirot blickte über die Schulter zurück. Ein langweiliger Raum, von den Porträts abgesehen, hatte er keine Spur von Atmosphäre. Dem Abendkleid nach mußten sie vor etlichen Jahren gemalt worden sein. Falls dies die erste Mrs. Restarick war, dachte Poirot, so hätte ich gern auf ihre Bekanntschaft verzichtet.

»Das sind ausgezeichnete Bilder, Madame«, sagte er.

»Ja, Lansberger hat sie gemalt«, entgegnete Mary Restarick, die vor ihm die Treppe hinaufschritt. »Sie sind gerade erst aus dem Möbellager gekommen und restauriert worden und . . .«

Sie brach plötzlich ab, blieb stehen und hielt sich mit einer Hand am Geländer fest. Auf dem Treppenabsatz über ihr war eine abenteuerliche Gestalt aufgetaucht, die an eine Maskerade erinnerte und keineswegs in dieses Haus paßte.

In einer anderen Umgebung wäre sie Poirot vertrauter gewesen, auf den Straßen Londons zum Beispiel oder auf Partys. Es war ein Vertreter der jungen Generation. Er trug eine schwarze Jacke, eine reichverzierte Samtweste und hautenge Hosen; über seine Schultern wallten kastanienrote Locken. Er sah exotisch und überaus prächtig aus, und es dauerte einige Sekunden, bis man ihn einwandfrei als Mann identifiziert hatte.

»David!« rief Mary Restarick zornig. »Was hast du hier zu suchen?« Der junge Mann geriet keineswegs aus dem Gleichgewicht. »Hab' ich dich erschreckt? Entschuldige bitte.«

»Was tust du hier? Du — bist doch nicht etwa mit Norma gekommen?«

»Norma? Nein. Ich hatte gedacht, sie wäre hier.«

»Wieso hier? Was meinst du damit? Sie ist doch in London.«

»Das, meine Liebe, ist sie eben nicht. Zumindest nicht in Appartement 67 der Borodene Mansions.«

»Das verstehe ich nicht. Wieso ist sie nicht in ihrer Wohnung?«

»Als sie nach dem Wochenende nicht wieder auftauchte, hab' ich angenommen, sie wäre hier bei euch. Und ich bin rausgekommen, weil ich wissen wollte, was sie treibt.«

»Sie ist wie immer am Sonntagabend abgefahren.« Ärgerlich fügte sie hinzu: »Warum hast du nicht geklingelt, wie sich das gehört? Und was schleichst du hier herum?«

»Na, hör mal, Liebling, glaubst du etwa, ich würde eure Löffel mitgehen lassen? Was ist denn dabei, wenn man am hellichten Tag ein Haus betritt? Was hast du dagegen?«

»Wir sind eben altmodisch und wünschen es nicht.«

»Ach du liebe Güte.« David stöhnte auf. »Was für ein Theater! Na, meine Liebe, wenn ich nicht willkommen bin und du offenbar nicht weißt, wo deine Stieftochter steckt, dann kann ich ja wieder verschwinden. Soll ich vorher noch meine Taschen umkrempeln?«

»Mach dich nicht lächerlich, David.«

»Na, dann *Ciao.*« Der junge Mann ging an ihnen vorbei, winkte ihnen lässig zu und verließ das Haus durch die offene Tür.

»Ein fürchterlicher Kerl!« sagte Mrs. Restarick mit einer solchen Härte und soviel Abscheu, daß Poirot erschrak. »Ich kann ihn nicht ausstehen. Er ist mir ein Graus. Warum wimmelt es eigentlich in England von derartigen Kreaturen?«

»Madame, lassen Sie sich doch davon nicht beunruhigen. Das ist eben gerade Mode. So etwas hat es schon immer gegeben. Auf dem Land sind sie selten, aber in London begegnen Sie diesen jungen Leuten überall.«

»Schrecklich«, sagte Mary Restarick. »Unbeschreiblich! Sie wirken so weibisch und exotisch.«

»Und trotzdem ähneln sie den Porträts von van Dyck, ist Ihnen das nie aufgefallen, Madame? In einem Goldrahmen und mit einem Spitzenkragen würden sie Ihnen weder weibisch noch exotisch vorkommen.«

»Daß er es wagt, hier aufzukreuzen! Andrew wäre außer sich gewesen. Er macht sich schreckliche Sorgen. Und dabei kennt er Norma ja kaum. Er ist ins Ausland gegangen, als sie noch ein Kind war, und hat ihre Erziehung der Mutter überlassen. Jetzt ist sie für ihn ein Buch mit sieben Siegeln. Für mich übrigens auch. Ich weiß nicht, sie ist so eigenartig . . . Und mit was für jungen Männern die Mädchen sich abgeben! Norma ist von diesem David Baker hingerissen. Dagegen ist man machtlos. Andrew hat ihm das Haus verboten, aber er spaziert ungeniert hier herum. Ich glaube — ich sage es Andrew lieber gar nicht. Sonst regt er sich nur noch mehr auf. Ich vermute, daß sie in London mit diesem Kerl rumzieht, und nicht nur mit ihm. Es gibt ja weitaus schlimmere Typen. Die Sorte, die sich nicht wäscht und nicht rasiert.«

»Aber, Madame, nehmen Sie es nicht zu tragisch! Solche Jugendtorheiten vergehen.«

»Hoffentlich! Norma ist ein so schwieriges Mädchen. Manchmal hab' ich das Gefühl, daß sie nicht normal ist. Sie ist so eigentümlich. Oft sieht sie aus, als wäre sie nicht ganz da. Und dann diese übertriebenen Aversionen . . .«

»Aversionen?«

»Mich haßt sie. Sie haßt mich wirklich. Und das ist doch sinnlos. Sicher, sie wird ihre Mutter sehr geliebt haben, aber was ist denn dabei, wenn ihr Vater noch einmal heiratet?«

»Glauben Sie ernstlich, daß sie Sie haßt?«

»Das weiß ich. Den Beweis hab' ich geliefert bekommen. Ich kann Ihnen nicht sagen, wie erleichtert ich war, als sie nach London gegangen ist. Ich wollte es nicht an die große Glocke hängen . . .« Plötzlich verstummte sie. Jetzt erst schien sie zu merken, daß sie einem Fremden ihr Herz ausschüttete. Sie lachte leise auf. »Warum erzähle ich Ihnen das eigentlich alles? Solche Probleme wird's wohl in jeder Familie geben. Und die böse Stiefmutter kommt ja schon im Märchen vor. So, da wären wir.« Sie klopfte an eine Tür.

»Herein. Herein!« brüllte eine dröhnende Stimme.

»Du hast Besuch, Onkel Roddy.« Mary Restarick führte Poirot in das Zimmer.

Ein breitschultriger, erregt aussehender älterer Mann mit einem quadratischen Schädel und rotem Gesicht kam ihnen entgegengestampft. Hinter ihm ordnete ein junges Mädchen an einem Tisch Briefe und Papiere. Sie hielt den schmalen, dunklen Kopf geneigt.

»Das ist Monsieur Hercule Poirot, Onkel Roddy.«

Poirot schaltete sich liebenswürdig ein. »Oh, Sir Roderick, es ist so unendlich lange her, seit ich das Vergnügen hatte, Ihre Bekanntschaft zu machen. Es war noch im Krieg. Zum letztenmal haben wir uns wohl in der Normandie getroffen. Colonel Race war dabei und General Abercromby und Air Marshall Sir Edmund Collingsby. Welch schwere Entscheidungen wir damals treffen mußten! Und die Kämpfe mit der Abwehr! Erinnern Sie sich noch an die Entlarvung des Geheimagenten, der uns so lange an der Nase herumgeführt hatte — Captain Henderson?«

»Ja, natürlich! Dieses verdammte Schwein!«

»An mich werden Sie sich vielleicht nicht mehr erinnern?«

»Selbstverständlich erinnere ich mich. Damals ging es um Kopf und Kragen. Sie waren der französische Verbindungsmann, nicht wahr? Es war noch ein Franzose da, mit dem kam ich nicht zurecht — ich weiß nicht mehr, wie er hieß. Aber setzen Sie sich doch. Das waren noch Zeiten, was?«

»Ich hatte schon Angst, Sie könnten mich und meinen Kollegen, Monsieur Giraud, vergessen haben.«

»Wo denken Sie hin?«

Das Mädchen stand auf und rückte Poirot höflich einen Stuhl zurecht.

»Recht so, Sonja. Sehr gut«, sagte Sir Roderick. »Darf ich Sie meiner reizenden kleinen Sekretärin vorstellen? Sie ist meine rechte Hand. Macht praktisch alles, legt Akten an, und ich weiß nicht, was ich ohne sie anfangen sollte.«

Poirot verbeugte sich. »*Enchanté,* Mademoiselle«, murmelte er.

Auch das Mädchen murmelte etwas. Sie war eine zierliche kleine Person mit schwarzen wuscheligen Haaren. Sie wirkte schüchtern, hielt den Blick meistens bescheiden gesenkt, jetzt aber lächelte sie ihren Chef an, der ihr auf die Schulter klopfte.

»Weiß nicht, was ich ohne sie anfangen sollte«, wiederholte er.

»Aber nein«, protestierte sie. »Ich kann doch gar nichts, und ich tippe auch so langsam.«

»Für mich schreiben Sie schnell genug, Kindchen. Außerdem sind Sie mein Gedächtnis — und meine Augen und Ohren und alles mögliche andere.« Sie lächelte ihn wieder an.

»Manchmal«, murmelte Poirot, »fallen einem wieder all die alten Geschichten ein. Sicher, viele mögen übertrieben gewesen sein . . . Zum Beispiel der Tag, an dem Ihnen Ihr Wagen gestohlen wurde . . .« Er ließ einen weitschweifigen Bericht folgen.

Sir Roderick strahlte. »Ha, ha, und ob ich das weiß! Bißchen übertrieben ist es schon. Aber so ähnlich war's. Ist ja toll, daß Sie das noch wissen! Passen Sie auf, ich habe eine viel bessere Geschichte für Sie.« Und nun begann er eine lange Erzählung.

Poirot hörte zu und kargte nicht mit Beifall. Nach einer Weile sah er auf die Uhr und stand auf. »Ich darf Sie nicht länger aufhalten. Sie sind mitten in einer wichtigen Arbeit. Aber da ich gerade in der Nähe war, wollte ich Ihnen doch meine Aufwartung machen. Fabelhaft, wie Sie sich in den vielen Jahren Ihren Schwung und Ihre Lebensfreude bewahrt haben.«

»Na ja, das mag stimmen, aber Sie dürfen mir nicht so viele Komplimente machen. Wollen Sie denn nicht zum Tee bleiben? Mary wird sich freuen.« Er sah sich um. »Oh, sie ist weggegangen. Mary ist ein gutes Kind.«

»Ja, und so hübsch! Sicher ist sie Ihnen schon seit Jahren eine große Hilfe.«

»Sie ist noch nicht lange hier. Sie ist die zweite Frau meines Neffen. Um ehrlich zu sein, ich hab' mir aus diesem Neffen nie viel gemacht. Andrew ist ein unruhiger Geist. Seinen älteren Bruder, Simon, mochte ich lieber. Sehr gut gekannt hab ich ihn allerdings auch nicht. Andrew hat seine erste Frau schlecht behandelt. Ist durchgebrannt und hat sie sitzenlassen. Wegen einer nichtsnutzigen Person, die einen miserablen Ruf hatte. Er hat einfach den Kopf verloren. Nach ein oder zwei Jahren war alles vorbei. Ein Dummkopf. Die jetzige Frau ist in Ordnung. Simon war da ganz anders — aber fürchterlich langweilig. Mir hat das gar nicht gepaßt, als meine Schwester in die Familie geheiratet hat. Reich waren sie zwar — aber Geld ist nicht alles. Ich hab' nie viel von den Restaricks gesehen.«

»Ihr Neffe hat eine Tochter. Eine Freundin von mir hat sie kürzlich kennengelernt.«

»Ach, Norma. Ein dummes Gör. Zieht sich scheußlich an und

hat einen widerwärtigen Knaben aufgegabelt. Leider sind sie heute ja alle gleich — langmähnige Burschen, Beatniks, Beatles und wie sie heißen. Da komm ich nicht mehr mit. Kann ihr Kauderwelsch nicht verstehen. Aber wen interessiert das schon, was ein alter Mann darüber denkt. Sogar Mary — und ich hab immer geglaubt, die wäre noch vernünftig — stellt sich manchmal fürchterlich an. Wenn's um ihre Gesundheit geht, wird sie hysterisch. Sie müßte zur Beobachtung ins Krankenhaus! Was für ein Blödsinn! Möchten Sie was trinken? Whisky? Nein? Wollen Sie wirklich nicht zum Tee bleiben?«

»Danke, aber ich muß wieder zu meinen Freunden.«

»Na, Ihr Besuch war mir eine große Freude. Es tut immer gut, mal von den alten Zeiten zu reden. Sonja, bitte bringen Sie Monsieur — tut mir leid, jetzt ist mir doch Ihr Name wieder entfallen — ach ja, Poirot. Bringen Sie ihn zu Mary, ja?«

»Nein, nein.« Poirot wehrte hastig ab. »Ich möchte Madame nun wirklich nicht mehr stören. Auf keinen Fall. Ich finde den Weg allein. Es war mir ein Vergnügen, Sie wiederzusehen.« Er verließ das Zimmer.

»Hab' nicht die leiseste Ahnung, wer das gewesen ist«, sagte Sir Roderick, nachdem Poirot gegangen war.

»Sie wissen nicht, wer das war?« Sonja sah ihn verblüfft an.

»Ach, ich kenne die Hälfte der Leute nicht, die mich besuchen. Natürlich muß man sie anpeilen. Das lernt sich mit der Zeit. Mach' ich auf Gesellschaften auch so. Es ist schlecht, wenn man beinahe blind und taub ist. Wir haben uns damals, gegen Ende des Kriegs, mit einem Haufen Franzosen angebiedert. Kann mich kaum noch an einen erinnern. Aber der war bestimmt dabei. Der hat mich gekannt, und ich kannte die meisten Leute, von denen er gesprochen hat. Die Geschichte von dem gestohlenen Auto stimmte auch. War natürlich stark übertrieben. Na, ich glaube, er hat nicht gemerkt, daß ich mich nicht an ihn erinnert habe. Ein schlauer Fuchs, was? Aber ein typischer Franzose. Wie der tänzelt und sich windet und sich verbeugt und Kratzfüße macht, was? So, und wo waren wir stehengeblieben?«

Sonja reichte ihm einen Brief und schob ihm vorsichtig eine Brille hin, die er sofort energisch zurückwies. »Kann das verdammte Ding nicht leiden. Soviel sehe ich noch.« Er hielt den Brief dicht vor die Nase, kapitulierte aber bald und gab ihn ihr zurück. »Vielleicht doch besser, wenn Sie's vorlesen.«

Sie las ihm mit ihrer klaren, weichen Stimme vor.

5

Hercule Poirot blieb einen Augenblick im Treppenhaus stehen. Er legte den Kopf schräg und lauschte. Kein Geräusch drang zu ihm herauf. Er trat ans Fenster. Mary Restarick war auf der Terasse und machte sich wieder an die Gartenarbeit. Poirot nickte zufrieden und schlich durch den Flur. Er öffnete eine Tür nach der anderen: erst ein Bad, dann ein Wäscheschrank, ein unbenütztes Zimmer mit zwei Betten, dann ein von einer Frau bewohntes Einzelzimmer mit einem französischen Bett und einer Verbindungstür zum nächsten Raum. Vermutlich die Schlafzimmer von Mary und Andrew Restarick. Poirot ging auf die andere Seite des Treppenabsatzes. Zuerst kam ein Einzelzimmer, das momentan offenbar nicht bewohnt war, an den Wochenenden aber wohl bezogen wurde, denn auf dem Frisiertisch lagen Bürsten. Er horchte, schlich auf Zehenspitzen hinein und öffnete den Kleiderschrank. Es hingen einige Kleider darin, ländliche Garderobe.

Die Schreibtischplatte war leer. Er zog vorsichtig die Schubladen auf. Nichts als Krimskrams und ein paar Briefe, die aber älteren Datums waren und nichts Wichtiges enthielten. Er machte die Schubladen wieder zu, ging nach unten, verließ das Haus und verabschiedete sich von Mrs. Restarick. Ihre Einladung zum Tee lehnte er ab. Er habe seinen Freunden versprochen, rechtzeitig zurückzukommen, da er am frühen Abend wieder nach London müsse.

»Soll ich Ihnen ein Taxi bestellen, oder kann ich Sie fahren?«

»Nein, Madame, besten Dank. Sie sind zu gütig.«

Poirot wanderte zum Dorf und bog bei der Kirche von der Straße ab. Er schritt über eine kleine Brücke. Gleich dahinter stand ein großer Wagen unter einer Buche. Der Chauffeur öffnete die Tür, Poirot stieg ein und zog aufseufzend die Lackschuhe aus. »Wir können jetzt zurückfahren«, sagte er.

Der Wagen setzte sich gemächlich in Bewegung. Der Anblick eines jungen Mannes, der Autostopp machen wollte, war so alltäglich, daß Poirot den bunt gekleideten Jüngling mit der wallenden Mähne kaum beachtete. Doch als sie an ihm vorbeikamen, setzte sich Poirot mit einem Ruck auf. »Halten Sie bitte«, sagte er zu dem Chauffeur. »Ja, und jetzt ein Stückchen zurück . . . Wir könnten den jungen Mann mitnehmen.«

Der Chauffeur warf einen verblüfften Blick über die Schulter. Er traute seinen Ohren nicht. Aber da Poirot nickte, gehorchte er. Der junge Mann namens David kam an die Tür. »Ich dachte schon, Sie würden mich stehenlassen«, erklärte er munter. »Nett von Ihnen.«

Er stieg ein, ließ ein kleines Bündel, das er über der Schulter getragen hatte, auf den Boden gleiten, glättete die kupferfarbenen Locken und sagte: »Sie haben mich also wiedererkannt.«

»Oh, das liegt wohl eher an Ihrer auffallenden Kleidung.«

»Finden Sie das auffallend? Wirklich? Meine Freunde und ich sind alle so angezogen.«

»Die van Dyck'sche Schule. Sehr kleidsam.«

»Ach, darauf bin ich gar nicht gekommen. Aber Sie haben recht.«

»Sie sollten noch einen Kavaliershut und einen Spitzenkragen tragen, wenn ich mir diesen Vorschlag erlauben darf.«

Der junge Mann lachte. »Na, ich glaube, so weit gehen wir doch nicht. Mrs. Restarick kriegt schon zuviel, wenn sie mich bloß sieht. Ich erwidere ihre Gefühle übrigens aufs herzlichste. Aus Restarick mache ich mir auch nichts. Wirtschaftsbosse sind sagenhaft unattraktiv, finden Sie nicht?«

»Das kommt auf den Standpunkt an. Sie haben ein Auge auf seine Tochter geworfen, wenn ich recht unterrichtet bin.«

»Wie reizend Sie das formulieren.« David grinste. »Ein Auge auf die Tochter werfen. Warum nicht? Aber die Sache ist nicht ganz so einseitig, wie das klingt. Sie hat auch ein Auge auf mich geworfen.«

»Und wo ist Mademoiselle zur Zeit?«

David drehte sich zu ihm um. »Warum fragen Sie das?«

»Ich würde sie gern kennenlernen.«

»Ich kann mir kaum vorstellen, daß sie Ihr Typ ist, ebensowenig wie ich, übrigens. Norma ist in London.«

»Aber ihrer Stiefmutter haben Sie gesagt . . .«

»Muß man einer Stiefmutter immer gleich alles sagen?«

»Und wo ist sie in London?«

»Sie arbeitet bei einem Innenausstatter in der King's Road, in Chelsea. Ich komme im Moment nicht auf den Namen. Susan Phelps heißt die Besitzerin, glaube ich.«

»Aber dort wohnt sie nicht. Haben Sie ihre Adresse?«

»Ja. Warum interessiert Sie das so?«

»Es gibt viele Dinge, die einen interessieren können.«

»Was, zum Beispiel?«

»Na, der Grund, warum Sie heute in Restaricks Haus gegangen sind, heimlich, meine ich.«

»Ich gebe zu, daß ich durch die Hintertür gekommen bin.«

»Und was haben Sie im oberen Stock gesucht?«

»Das ist meine Sache. Ich möchte nicht unhöflich sein — aber sind Sie nicht reichlich neugierig?«

»Gewiß, ich lasse meiner Neugier die Zügel schießen. Ich würde gern genau wissen, wo die junge Dame sich aufhält.«

»Aha. Der liebe Andrew und die liebe Mary — der Teufel soll sie beide holen! — haben Sie angestellt. Stimmt, was? Die wollen sie finden?«

»Bisher wissen sie meiner Meinung nach noch nicht, daß sie verschwunden ist.«

»Jemand muß Sie engagiert haben!«

»Ich gratuliere Ihnen zu Ihrem Scharfblick!«

»Ich wollte herausbekommen, was Sie im Schilde führen. Deswegen hab' ich Sie angehalten. Ich hoffte, ich könnte was aus Ihnen rausquetschen. Norma ist mein Mädchen. Aber das wissen Sie wohl?«

»Ich habe so etwas läuten hören«, sagte Poirot vorsichtig. »In dem Fall müßten Sie doch wissen, wo sie ist, Mr. — oh, entschuldigen Sie, aber ich kenne nur Ihren Vornamen.«

»David Baker.«

»Mr. Baker, sollten Sie vielleicht Streit gehabt haben?«

»Nein. Wie kommen Sie denn darauf?«

»Wann ist Miß Norma Restarick gewöhnlich nach London gefahren, am Sonntagabend oder am Montagmorgen?«

»Verschieden. Es gibt einen frühen Bus, mit dem man kurz nach zehn in London ist. Norma kommt dann etwas zu spät ins Geschäft. Aber meistens fährt sie schon am Sonntagabend.«

»Das hat sie auch diesmal gemacht, aber sie ist nicht in den Borodene Mansions angekommen.«

»Nach dem, was Claudia sagt, nein.«

»Diese Miß Reece-Holland — so heißt sie doch? —, war sie erstaunt oder besorgt?«

»Ja, um Himmels willen, warum denn? Die drei kontrollieren sich doch nicht gegenseitig.«

»Aber Sie dachten, sie würde in die Wohnung zurückkommen?«

»Im Geschäft ist sie auch nicht aufgetaucht. Die waren sauer, kann ich Ihnen sagen.«

»Und Sie, Mr. Baker, sind Sie beunruhigt?«

»Nein. Natürlich . . . na, ich weiß es einfach nicht. Ich sehe keinen Grund zur Aufregung, aber es sind immerhin schon ein paar Tage. Was haben wir heute, Donnerstag?«

»Sie hat sich bestimmt nicht mit Ihnen gezankt?«

»Nein. Wir zanken uns nie.«

»Trotzdem machen Sie sich Sorgen, Mr. Baker?«

»Was geht Sie das an?«

»Gar nichts, aber ich weiß, daß es bei ihr zu Hause Ärger gegeben hat. Sie mag ihre Stiefmutter nicht.«

»Und das mit vollem Recht. Diese Frau ist ein Biest, ein eiskaltes Luder. Und sie mag Norma auch nicht.«

»Sie war krank, nicht wahr? Sie mußte ins Krankenhaus.«

»Von wem sprechen Sie? Von Norma?«

»Nein, von Mrs. Restarick.«

»Ich habe gehört, daß sie im Krankenhaus war. Keine Ahnung warum. Die ist kerngesund, wenn Sie mich fragen.«

»Und Miß Restarick haßt ihre Stiefmutter.«

»Na, Norma ist manchmal ein bißchen überkandidelt. Man wird

aus ihr nicht recht schlau. Aber zeigen Sie mir mal das Mädchen, das seine Stiefmutter nicht haßt.«

»Werden die Stiefmütter davon immer krank? So krank, daß sie ins Krankenhaus müssen?«

»Worauf wollen Sie eigentlich hinaus?«

»Vielleicht auf die Gartenarbeit, auf Pflanzenschutzmittel.«

»Was heißt das? Wollen Sie damit sagen, daß Norma . . . daß sie . . .«

»Die Leute reden«, sagte Poirot. »So was wird weitergetragen.«

»Sie meinen, daß jemand behauptet, Norma hätte ihre Stiefmutter vergiften wollen? Das ist ja lächerlich. Das ist Quatsch.«

»Ich halte es auch für höchst unwahrscheinlich. Das ist übrigens auch nicht behauptet worden.«

»Oh, Verzeihung, dann hab' ich Sie mißverstanden. Was meinten Sie denn nun?«

»Mein lieber junger Freund«, sagte Poirot, »ich sprach von Gerüchten, und Gerüchte befassen sich fast immer mit der Schlüsselfigur — mit dem Ehemann.«

»Was, der arme, alte Andrew? Nein, das glaub' ich nicht.«

»Ich halte es auch für unglaubwürdig.«

»Und warum sind Sie dann dort gewesen? Sie sind doch Detektiv, oder?«

»Ja.«

»Na, und?«

»Wir reden aneinander vorbei«, sagte Poirot. »Ich bin nicht wegen einer dubiosen Giftgeschichte dort gewesen. Entschuldigen Sie bitte, wenn ich Ihre Frage nicht beantworte. Ich bin zu strengster Geheimhaltung verpflichtet.«

»Nanu? Was soll denn das wieder?«

»Ich war dort, um Sir Roderick Horsefield zu sprechen.«

»Was, den alten Knacker? Der ist doch plemplem, oder?«

»Nun, immerhin sind ihm viele Geheimsachen bekannt. Heute hat er mit diesen Dingen nicht mehr direkt zu tun, aber er weiß eine Menge. Im Krieg stand er mit allen möglichen berühmten Leuten in Verbindung.«

»Das ist aber reichlich lange her.«

»Ja, ja. Seine Rolle ist längst ausgespielt. Aber alte Leute erinnern sich oft nicht an das, was vor einer Woche, einem Monat oder einem Jahr geschehen ist, sondern an das, was vor zwanzig Jahren war. Und vielleicht erinnern sie sich an jemand, der nicht möchte, daß man sich seiner erinnert. Oder sie können Ihnen Einzelheiten aus dem Leben eines bestimmten Mannes oder einer bestimmten Frau erzählen. Ich muß so vage sprechen. Das verstehen Sie sicher? Ich brauchte Auskünfte von ihm.«

»Auskünfte! Von dem alten Burschen? Der ist doch nicht bei Trost. Und der hat Ihnen was erzählt?«

»Sagen wir, ich bin recht zufrieden.«

David starrte ihn groß an. »Jetzt möchte ich nur wissen, ob Sie in Wirklichkeit zu dem Alten gegangen sind oder zu der Kleinen. Na? Wollten Sie rausbekommen, was sie in dem Haus treibt? Darüber hab' ich mir auch schon Gedanken gemacht. Glauben Sie, daß sie den Job angenommen hat, um den alten Knaben wegen früher auszuquetschen?«

»Ich halte es nicht für sinnvoll, daß wir dieses Thema weiter diskutieren«, erklärte Poirot. »Auf mich wirkt sie wie eine sehr aufmerksame, anhängliche — Sekretärin.«

»Das ist schon eher eine Mischung aus Krankenschwester, Sekretärin, Gesellschafterin, Haustochter und Austauschstudentin. Für das Mädchen kann man eine Menge Namen finden. Er ist völlig weg von ihr. Ist Ihnen das auch aufgefallen?«

»Das ist unter diesen Umständen nicht verwunderlich.«

»Aber es gibt jemand, der sie nicht ausstehen kann: unsere liebe Mary nämlich.«

»Und sie, mag sie Mary Restarick vielleicht auch nicht?«

»Das also ist es?« David pfiff durch die Zähne. »Sonja hat was gegen Mary Restarick. Nehmen Sie etwa an, sie wollte an Ort und Stelle nach giftigen Pflanzenschutzmitteln fahnden? Das ist doch alles Quatsch . . . Na, jedenfalls schönen Dank fürs Mitnehmen. Ich möchte hier aussteigen.«

»So? Sie sind schon da? Wir haben noch gut zwölf Kilometer bis London.«

»Ich steig hier aus. Auf Wiedersehen, Monsieur Poirot.«

»Auf Wiedersehen.«

Mrs. Oliver wanderte unruhig in ihrem Wohnzimmer auf und ab. Vor einer guten Stunde hatte sie ein fertig korrigiertes Manuskript verpackt. Ihr Verleger wartete schon ungeduldig darauf und hatte sie deshalb alle drei Tage gemahnt.

»Da haben Sie's«, sagte Mrs. Oliver zu einem unsichtbaren Verleger. »Da haben Sie's, und hoffentlich gefällt's Ihnen. Mir gefällt es nämlich nicht. Ich find's unter aller Kritik. Außerdem glaub ich nicht, daß Sie beurteilen können, ob das, was ich schreibe, gut oder schlecht ist. Bitte, ich habe Sie gewarnt. Ich habe Ihnen gesagt, daß es schandbar ist. Und Sie haben geantwortet: ›Aber nein! Das nehme ich Ihnen einfach nicht ab.‹ Na, Sie werden's ja sehen«, erklärte Mrs. Oliver rachsüchtig. »Warten Sie's nur ab.« Sie rief nach ihrem Mädchen Edith, gab ihr das Päckchen und schickte sie damit zur Post.

»So, und was fange ich nun mit mir an?« fragte Mrs. Oliver und begann, wieder umherzuwandern. »Ja«, murmelte sie, »ich könnte . . .« Sie ging zum Telefon. »Ich werde nachsehen, Madam« sagte George, der an den Apparat kam. Gleich darauf ertönte eine andere Stimme. »Hercule Poirot. Was steht zu Diensten, Madame?«

»Wo waren Sie? Sie waren den ganzen Tag nicht zu erreichen. Vermutlich bei den Restaricks, was? Waren Sie bei Sir Roderick? Was haben Sie rausbekommen?«

»Nichts«, antwortete Hercule Poirot.

»Wie langweilig!«

»Nein, ich finde das durchaus nicht langweilig. Es ist sogar erstaunlich, daß ich nichts herausbekommen habe.«

»Wieso erstaunlich? Das verstehe ich nicht.«

»Weil entweder nichts herauszubekommen ist«, erklärte Poirot, »und das, meine ich, paßt nicht zu den Tatsachen, oder aber: irgend etwas wird geschickt verheimlicht. Und das ist zumindest interessant. Übrigens wußte Mrs. Restarick nicht, daß das Mädchen verschwunden ist.«

»Soll das heißen, daß sie nichts mit dem Verschwinden des Mädchens zu tun hat?«

»Es sieht so aus. Ich habe den jungen Mann dort getroffen.«

»Den, den sie alle nicht ausstehen können?«

»Ja, den unerfreulichen jungen Mann.«

»Finden Sie ihn auch unerfreulich?«

»Das Mädchen, das mich hier besucht hat, wäre bestimmt von ihm hingerissen.«

»Sah er schrecklich aus?«

»Er sah sehr schön aus«, sagte Hercule Poirot.

»Schön?« wiederholte Mrs. Oliver.»Ich hab' von jeher was gegen schöne junge Männer.«

»Junge Mädchen aber nicht.«

»Da haben Sie recht.«

»Übrigens scheint er nicht zu wissen, wo das Mädchen jetzt ist . . .«

»Vielleicht wollte er es nur nicht verraten.«

»Vielleicht. Aber warum ist er dort hingefahren? Er war im Haus. Er wollte nicht gesehen werden. Aus welchem Grund? Hat er nach dem Mädchen gesucht oder wonach sonst?«

»Sie meinen, er hätte etwas gesucht?«

»Ja. Im Zimmer des Mädchens.«

»Woher wissen Sie das? Haben Sie ihn dort entdeckt?«

»Nein. Als ich ihn sah, kam er die Treppe herunter. Aber in Normas Zimmer war eine noch feuchte Lehmspur, die zu seinen Schuhen paßte. Vielleicht hat sie ihn hingeschickt, um etwas für sie zu holen. Es gibt viele Möglichkeiten. Im Haus ist noch ein junges Mädchen — ein sehr hübsches sogar. Vielleicht wollte er die treffen.«

»Was wollen Sie denn jetzt tun?« fragte Mrs. Oliver.

»Nichts.«

»Sie sind langweilig«, rügte sie ihn.

»Vielleicht erfahre ich etwas von den Leuten, die für mich Recherchen angestellt haben; aber es ist durchaus möglich, daß dabei nichts herausgekommen ist.«

»Ja, wollen Sie denn nichts unternehmen?«

»Erst wenn der richtige Zeitpunkt da ist.«

»Na, ich werde jedenfalls etwas tun«, erklärte Mrs. Oliver.

»Seien Sie bloß vorsichtig«, warnte er.

»Ach, das ist doch Unsinn. Was soll mir schon passieren?«

»Vergessen Sie nicht, daß es um einen Mord geht! Da kann immer was passieren. Ich sage Ihnen das, ich, Poirot.«

6

Mr. Goby saß auf einem Stuhl: ein kleiner schmächtiger Mann, der vor lauter Unscheinbarkeit kaum vorhanden zu sein schien. Jetzt betrachtete er den Löwenfuß eines antiken Tisches und sprach mit ihm. Er wandte sich niemals direkt an sein Gegenüber. »Gut, daß Sie Namen hatten, Poirot. Sonst hätte es noch viel länger gedauert. Jetzt habe ich einige Tatsachen für Sie — und am Rande noch ein bißchen Klatsch . . . Klatsch ist nützlich. Soll ich mit den Borodene Mansions beginnen?«

Poirot nickte huldvoll.

»Gleich mehrere Portiers« teilte Goby der Kaminuhr mit. »Mit denen habe ich angefangen. Zwei meiner jungen Leute haben das gemacht. Teuer, aber immer lohnend. Ich wollte nicht, daß es so aussah, als wäre eine bestimmte Person hinter Auskünften her. Soll ich Anfangsbuchstaben statt der Namen verwenden?«

»Hier, in diesem Zimmer, können Sie Namen nennen,« sagte Poirot.

»Miß Claudia Reece-Holland gilt als besonders nett. Der Vater ist im Parlament. Ehrgeiziger Mann, übrigens. Wird oft in der Presse erwähnt. Hat nur diese Tochter. Sie ist Sekretärin. Ein solides Mädchen. Keine wilden Partys, kein Alkohol, keine Beatniks. Wohnt mit zwei anderen Mädchen zusammen. Nummer zwei arbeitet in der Wedderburn-Galerie in Bond Street. Macht auf künstlerisch. Ist ein Anhängsel vom Chelsea-Set. Reist für die Firma herum und arrangiert Kunstausstellungen. Die dritte ist die, für die Sie sich interessieren. Wohnt noch nicht lange da. Gilt allgemein als — na, ›unterbelichtet‹. Nicht ganz richtig im Kopf. Aber das sind so Gerüchte. Einer von den Portiers ist ein Schwätzer. Wenn Sie dem einen Schnaps spendieren, werden Sie staunen, was Sie alles zu hören kriegen! Wer trinkt und wer Rauschgift nimmt, und wer Ärger mit der Steuer hat, und wer sein Geld hinter dem Spülkasten aufhebt. Darf man nicht alles glauben. Immerhin: es gibt da eine Geschichte von einem Revolverschuß, der nachts losgegangen ist.«

»Ein Revolverschuß? Ist jemand verletzt worden?«

»Das scheint nicht ganz klar zu sein. Er erzählt es so: er hat nachts einen Schuß gehört, ist rausgelaufen und findet *Ihr* Mädchen mit einem Revolver in der Hand. Sie wirkt wie betäubt. Und dann kommt eine von den anderen jungen Damen angerannt — nein, beide sogar. Miß Cary (das ist die künstlerische) sagt: ›Norma, um Himmels willen, was hast du gemacht?‹ und Miß Reece-Holland faucht sie an: ›Halt doch den Mund, Frances. Bist du verrückt?‹ Und dann nimmt sie Ihrem Mädchen den Revolver weg und sagt: ›Gib ihn mir.‹ Sie steckt ihn in die Handtasche und bemerkt jetzt erst den Portier Micky; sie geht zu ihm und fragt lachend: ›Da haben Sie sich aber schön erschreckt, was?‹ Micky sagt, er hätte einen Mordsschrecken bekommen. Na, dann sagt sie: ›Regen Sie sich nicht auf. Wir hatten keine Ahnung, daß das Ding geladen war. Wir haben damit rumgespielt.‹ Und sie fügt hinzu: ›Wenn jemand fragen sollte, was losgewesen ist, sagen Sie einfach, es wäre alles in Ordnung.‹ Als nächstes ruft sie: ›Komm, Norma‹, nimmt sie beim Arm, bugsiert sie in den Aufzug, und fort sind alle drei. Aber Micky hat dem Frieden nicht getraut. Er ist auf den Hof gegangen und hat sich umgesehen.«

Goby zitierte jetzt aus dem Notizbuch. »Ich sag Ihnen, ich hab' auch was gefunden! Feuchte Flecken — und zwar Blut! Ich hab's auf dem Finger gehabt. Wissen Sie, was ich glaube? Sie hat auf jemand geschossen. Ein Mann ist fortgerannt . . . Ich bin raufgegangen und hab' nach Miß Reece-Holland gefragt. Zu der hab' ich gesagt: ›Ich glaub, Miß, daß jemand verletzt worden ist. Auf dem Hof sind Blutspuren.‹ — ›Du liebe Güte‹, hat sie gesagt, ›machen Sie sich doch nicht lächerlich! Das ist eine von den Tauben gewesen.‹ Und dann: ›Tut mir leid, daß Sie sich so erschreckt haben‹, und damit gibt sie mir einen Fünfpfundschein! Fünf Pfund, was sagen Sie dazu! Natürlich hab' ich da den Mund gehalten . . . Wenn Sie mich fragen, dann hat sie auf den Burschen geballert, der immer zu ihr kommt. Die haben bestimmt Krach gehabt, und sie hat ihn umlegen wollen. Aber ich halt mich da raus. Wenn mich einer fragt, sag ich, ich wüßte nicht, von was er redet.« Goby machte eine Pause.

»Interessant«, meinte Poirot.

»Ja, aber das kann genauso alles erfunden sein. Außer ihm weiß anscheinend niemand was davon. Nur von einer Halbstarkenbande ist noch die Rede, die eines Abends auf dem Hof eine Rauferei gehabt haben soll — mit Schnappmessern und allem Drum und Dran.«

»Hm«, machte Poirot. »Daher könnte das Blut also auch stammen.«

»Vielleicht hat das Mädchen wirklich mit den Burschen Krach bekommen und ihm mit dem Revolver gedroht. Und Micky hat's gehört und den Rest frei erfunden. Es braucht ja nur ein Auto zur gleichen Zeit eine Fehlzündung gehabt zu haben.«

Poirot seufzte. »Eine einleuchtende Erklärung.«

Goby blätterte in seinem Notizbuch und wandte sich diesmal an einen elektrischen Heizofen. »Josuah Restarick, Ltd. Eine Familienfirma. Existiert seit über hundert Jahren. Hat einen guten Ruf. Finanziell gesund. Nichts Außergewöhnliches. 1850 von Josuah Restarick gegründet. Nach dem Ersten Weltkrieg hat sich das Auslandsgeschäft stark entwickelt, Südafrika, Westafrika und Australien. Simon und Andrew Restarick sind die Letzten der Familie. Simon, der ältere Bruder, ist vor etwa einem Jahr gestorben, keine Kinder. Seine Frau lebt nicht mehr. Andrew Restarick soll zwar sehr tüchtig gewesen sein, hat aber anscheinend kein Sitzfleisch gehabt. Zum Schluß ist er mit einer Frau durchgebrannt und hat seine Frau und Tochter — die war damals fünf — in England sitzenlassen. Er war in Südafrika, Kenia und allen möglichen anderen Gegenden. Die Ehe wurde nie geschieden. Seine Frau ist vor zwei Jahren gestorben. Sie war lange krank. Überall, wo er gewesen ist, hat er Geld gemacht, vorwiegend mit Schürfrechten für Erze. Und nach dem Tod des Bruders fand er es wohl an der Zeit, seßhaft zu werden. Er hatte wieder geheiratet und ist zurückgekommen, um sich um seine Tochter zu kümmern. Jetzt wohnen sie bei einem angeheirateten Onkel, Sir Roderick Horsefield. Aber das ist eine Übergangslösung. Seine Frau sucht in London nach einem Haus. Geld spielt keine Rolle. Darin schwimmen sie.«

Poirot zuckte resigniert die Achseln. »Eine Erfolgsstory wie aus dem Bilderbuch . . . Jeder macht Geld, jeder kommt aus einer guten Familie und ist angesehen. Alle haben sie vornehme Verwandte und einen erstklassigen geschäftlichen Ruf. Nur eine Wolke trübt den Himmel: ein Mädchen, das ›unterbelichtet‹ sein soll. Sie hat einen zweifelhaften Freund, der schon mehrmals ›Bewährung‹ bekommen hat. Es kann sehr gut sein, daß sie ihre Stiefmutter vergiften wollte, daß sie entweder unter Halluzinationen leidet oder ein Verbrechen begangen hat! Und wie soll das zu Ihrer Erfolgsstory passen? Wie?«

Goby nickte traurig vor sich hin und erklärte düster: »Das gibt es in jeder Familie.«

»Diese Mrs. Restarick ist noch jung. Vermutlich ist sie nicht die Frau, mit der er durchgebrannt ist?«

»Nein, nein. Die Sache ging schief. Es soll eine ziemlich üble Person gewesen sein, eine Abenteurerin. Keiner versteht, wie er auf sie reingefallen ist.« Goby klappte das Notizbuch zu und sah fragend an Poirot vorbei. »Was kann ich noch für Sie tun?«

»Ich wüßte gern mehr über die verstorbene Mrs. Andrew Restarick. Sie war leidend und oft in Sanatorien. In was für Sanatorien? Heilanstalten?

»Ja, ich verstehe.«

»Gab es Fälle von Geisteskrankheit in beiden Familien?«

Goby erhob sich. »Dann darf ich mich verabschieden, Sir.«

Poirot blieb nachdenklich zurück. Es gab vieles, was er gern gewußt hätte. Schließlich rief er Mrs. Oliver an. »Ich habe Sie gewarnt«, sagte er, »und ich wiederhole: nehmen Sie sich in acht!«

»Wieso?« fragte Mrs. Oliver.

»Weil ich glaube, daß jedem Gefahr droht, der sich in diese Sache einläßt. Mord liegt in der Luft, Madame! Ich möchte nicht, daß Sie das Opfer sind.«

»Haben Sie denn inzwischen etwas erfahren?«

»Ja, ein paar Kleinigkeiten, Gerüchte, Klatsch . . . Aber offenbar ist in den Borodene Mansions etwas geschehen.«

»Und was?«

»Blutspuren auf dem Hof«, sagte Poirot.

»Du liebe Zeit! Das klingt ja wie der Titel eines altmodischen Kriminalromans.«

»Na, vielleicht war kein Blut auf dem Hof. Vielleicht hat sich das ein phantasiebegabter irischer Portier nur eingebildet.«

»Wahrscheinlich ist eine Milchflasche umgefallen und ausgelaufen. Bei Nacht kann er das nicht erkennen«, sagte Mrs. Oliver. »Was war nun eigentlich los?«

Poirot antwortete nicht auf ihre Frage. »Das Mädchen glaubte, vielleicht einen Mord begangen zu haben. Ob das der Mord war, an den sie dachte?«

»Wieso? Hat sie denn jemand erschossen?«

»Man kann allenfalls vermuten, daß sie auf jemand geschossen, ihn aber verfehlt hat. Ein paar Tropfen Blut . . . das war alles. Keine Leiche, kein Verletzter . . .«

»Das ist alles so verworren«, seufzte Mrs. Oliver. »Oder würden Sie etwa glauben, einen Mord begangen zu haben, wenn der Betreffende noch aus dem Hof rennen kann?«

»*C'est difficile.*« Damit beendete Poirot das Gespräch.

»Ich mache mir Sorgen«, sagte Claudia Reece-Holland und schenkte sich eine zweite Tasse Kaffee ein. Frances Cary gähnte. Die beiden Mädchen frühstückten in der kleinen Küche der gemeinsamen Wohnung. Claudia war schon fürs Büro angezogen, Frances saß im Schlafanzug und Morgenrock am Tisch. Das schwarze lange Haar fiel ihr ins Gesicht.

»Ich mache mir Sorgen um Norma«, fuhr Claudia fort.

Wieder gähnte Frances. »An deiner Stelle würde ich das bleibenlassen. Ich bin sicher, daß sie früher oder später anruft oder hier aufkreuzt.«

»Glaubst du? Weißt du, Fran, ich denke immer . . .«

»Warum machst du dir so viele Gedanken?« Frances goß sich Kaffee ein. Sie nippte daran. »Ich meine — na, was geht uns Norma eigentlich an? Wir sind doch weder als Leibwächter noch als Kindermädchen engagiert. Sie wohnt bei uns — weiter gar nichts. Bist du ihre Mutter? Ich würde mich nicht aufregen.«

»Nein, *du* bestimmt nicht. Du regst dich nie über was auf. Aber für mich sieht die Sache anders aus.«

»Wieso? Meinst du, weil du die Wohnungsinhaberin bist?«

»Nein. Trotzdem könnte man meine Lage prekär nennen.«

Frances gähnte schon wieder gewaltig. »Ich war gestern zu lange auf«, sagte sie. »Basils Party ist mir nicht bekommen. Hoffentlich hilft der schwarze Kaffee. Willst du noch welchen, ehe ich die Kanne leer habe? Basil hat uns seine neuen Pillen aufgedrängt. Smaragdträume! Ich weiß nicht, warum man immer wieder auf denselben Blödsinn reinfällt.«

»Du kommst zu spät in deine Galerie, Frances.«

»Na, wenn schon. Da kümmert sich doch keiner drum. Übrigens hab ich gestern David getroffen. Er war toll angezogen und sah phantastisch aus.«

»Jetzt fang du nicht auch noch mit diesem David an, Fran! Er ist ein Schauerstück.«

»Ich weiß, daß du das findest. Du bist so altmodisch, Claudia.«

»Keineswegs. Aber deine Künstlertypen liegen mir eben nicht. Ihr mit euren ewigen Tabletten und euren Rauschzuständen, in denen es doch nur zu Schlägereien kommt!«

Frances grinste. »Ich bin nicht rauschgiftsüchtig, Claudia, nur neugierig. Und ein paar von den Leuten taugen was. Wenn David will, ist er ein guter Maler . . .«

»Er will aber nicht sehr oft, wie?«

»Du hast immer was an ihm rumzumäkeln, Claudia . . . Wenn er Norma besucht, stellst du dich auch so an. Dabei fällt mir die Sache mit dem Messer ein . . .«

»Mit was für einem Messer?«

»Ich hab' dauernd überlegt«, sagte Frances langsam, »ob ich's dir erzählen soll oder nicht.«

Claudia sah nervös auf die Uhr. »Ich habe keine Zeit mehr. Erzähl's mir heute abend, wenn es wirklich wichtig ist. Jetzt bin ich auch nicht in der Stimmung . . . Wenn ich nur wüßte, was ich tun soll.«

»Immer noch wegen Norma?«

»Ja. Müßten wir nicht ihren Eltern Bescheid sagen, daß sie . . .«

»Hältst du das für anständig? Arme Norma, warum soll sie nicht mal für ein paar Tage verschwinden, wenn sie Lust dazu hat?«

»Aber Norma ist doch nicht ganz . . .« Claudia stockte.

»Allerdings . . . sie ist nicht ganz zurechnungsfähig. Das hast du doch gemeint, oder? Hast du in dem schrecklichen Laden angerufen, in dem sie arbeitet? Natürlich — klar, jetzt erinnere ich mich.«

»Wo ist sie nun?« fragte Claudia. »Hat David was gesagt?«

»Der weiß es offenbar auch nicht. Aber ich verstehe wirklich nicht, Claudia, warum du das so tragisch nimmst.«

»Ich nehme es tragisch, weil ihr Vater zufällig mein Chef ist«, sagte Claudia. »Wenn ihr nämlich irgendwas passiert ist, werden sie mich früher oder später fragen, warum ich nicht Laut gegeben habe, als sie am Montag nicht zurückkam.«

»Ja, das ist möglich. Aber ich seh nicht ein, warum Norma uns Bescheid sagen sollte, wenn sie mal für ein paar Tage fortfährt. Wir haben schließlich kein Hotel. Und du bist nicht für sie verantwortlich.«

»Nein, aber Mr. Restarick hat ausdrücklich erklärt, was für eine Beruhigung es für ihn ist, daß sie hier bei uns wohnt.«

»Und das veranlaßt dich, jedesmal ein großes Tamtam zu machen, wenn sie mal unentschuldigt abhaut? Vielleicht steckt ein neuer Mann dahinter.«

»Dazu ist sie viel zu vernarrt in David. Sag mal, könnte sie sich bei ihm verstecken?«

»Ach, das glaube ich nicht. Er ist nämlich gar nicht so wild auf sie.«

»Das würde dir so passen. Du rennst ja selbst hinter ihm her.«

»Keine Rede davon!« Frances' Stimme wurde hart.

»David muß Norma gern haben. Warum wäre er sonst hergekommen und hätte nach ihr gefragt?«

»Du hast ihn schnell genug an die Luft gesetzt. Im übrigen nehme ich an, daß er in Wirklichkeit *mich* besuchen wollte.«

»Dumme Gans! Wegen Norma ist er gekommen.«

»Die spinnt doch.«

»Das glaube ich auch bald.«

»Ich weiß es. Jetzt erzähle ich's dir doch, Claudia. Du mußt es erfahren. Vor ein paar Tagen ist mir der Träger von meinem BH gerissen, und weil ich's eilig hatte und weiß, daß du's nicht gern hast, wenn man an deine Sachen geht . . .«

»Das habe ich gar nicht gern!«

»Eben. Aber Norma ist es egal, oder sie merkt's nicht. Na, ich hab' in ihrer Schublade rumgewühlt, und da hab' ich was gefunden: ein Messer.«

»Ein Messer? Was für ein Messer?«

»Erinnerst du dich an den Krawall auf dem Hof? Die Bande, die plötzlich auftauchte und eine Messerstecherei anfing? Und Norma ist unmittelbar danach erschienen.«

»Ja, ich erinnere mich.«

»Einer von den Jungen ist verletzt worden und davongerannt.

Das hat mir ein Reporter erzählt. Und das Messer in Normas Schublade war so ein Schnappmesser. Es war fleckig — das hätte getrocknetes Blut sein können.«

»Frances! Mach's doch nicht so schrecklich dramatisch!«

»Hm. Ich bin überzeugt davon, daß es Blut war. Und kannst du mir vielleicht sagen, warum das Ding sonst in Normas Schublade versteckt sein sollte?«

»Kann sie es nicht — auf dem Hof gefunden haben?«

»Und dann versteckt sie es und sagt uns nichts davon?«

»Was hast du damit gemacht?«

»Ich hab's dort gelassen«, sagte Frances langsam. »Ich — ich wußte nicht, wohin damit . . . Ich war mir nicht klar, ob ich dir was sagen sollte oder nicht. Gestern hab' ich nochmal nachgesehen. *Es ist nicht mehr da, Claudia.* Es ist verschwunden.«

»Meinst du, daß sie David geschickt hat? Damit er es holt?«

»Könnte sein . . . Aber eins sag ich dir, Claudia, in Zukunft schließe ich meine Tür nachts ab.«

7

Mrs. Oliver wachte schlecht gelaunt auf. Ein endloser, langweiliger Tag lag vor ihr, nachdem sie das Manuskript abgeschickt hatte. Sie pendelte ziellos durch die Wohnung, nahm hier etwas auf, stellte es dort wieder ab und zog schließlich die Schubladen des Schreibtisches auf. Sie hatte viele Briefe zu beantworten, aber in dem augenblicklichen Hochgefühl, eine große Arbeit abgeschlossen zu haben, wollte sie sich nicht mit solchem Kleinkram abgeben.

Das Gespräch mit Hercule Poirot fiel ihr wieder ein. Sie dachte an seine Warnung. Lachhaft! Warum sollte sie sich eigentlich nicht auch um diese Sache kümmern, die sie beide beschäftigte? Soll Poirot doch auf seinem Stuhl sitzen, die Hände zusammenlegen und seine grauen Zellen rotieren lassen, während er selbst sich nicht aus seinen vier Wänden fortbewegte! Für Ariadne Oliver war das nichts! Sie hatte ja auch gesagt, mit Nachdruck sogar, daß sie etwas unternehmen würde. Wo war Norma Restarick? Was tat sie?

Mrs. Oliver wurde zusehens ruheloser. Sollte sie einen weiteren Besuch in den Borodene Mansions riskieren? Dort konnte sie noch am ehesten etwas Neues in Erfahrung bringen. Unterwegs bastelte sie sich eine Ausrede zurecht. Sehr originell war sie nicht, aber vielleicht war es gerade gut, wenn sie einen so alltäglichen, glaubhaften Grund anführte . . .

Der Portier unterhielt sich mit einem Möbelwagenfahrer; ein Milchmann schob seinen Flaschenkarren vor sich her zum Lieferantenlift, neben dem Mrs. Oliver stehengeblieben war. Die Flaschen klirrten, und er pfiff fröhlich, während Mrs. Oliver gedankenverloren den Möbelwagen anstarrte.

»Nummer 76 zieht aus«, erklärte der Mann, der Mrs. Olivers abwesenden Blick mißdeutete. Er hob einen Kasten mit Milchflaschen in den Lift.

»Dabei ist sie, genaugenommen, längst ausgezogen«, fügte er hinzu, als er wieder aus dem Aufzug kam, und er zeigte mit dem Daumen in die Höhe. »Hat sich aus dem Fenster gestürzt — aus dem siebten Stock — genau vor 'ner Woche. Um fünf Uhr früh! Komische Zeit für so was!«

So komisch fand Mrs. Oliver das gar nicht. »Warum?«

»Warum sie das getan hat? Das weiß kein Mensch. In einem Anfall von geistiger Umnachtung — heißt's ja dann immer.«

»Eine junge Frau?«

»Ach was, 'ne alte Schachtel. Mindestens fünfzig.«

Zwei Männer hievten eine Kommode in den Möbelwagen. Sie entglitt ihnen, und zwei Mahagonischubladen schlugen krachend auf die Erde. Ein Blatt Papier flatterte Mrs. Oliver entgegen. Sie fing es auf.

»Immer feste druff, Charlie!« rief der fröhliche Milchmann und verschwand mitsamt seinen Flaschen hinter der Lifttür.

Die Möbelpacker stritten sich. Mrs. Oliver hielt ihnen das Papier hin, aber sie winkten unwillig ab. Mrs. Oliver, die zu einem Entschluß gekommen war, betrat das Gebäude und fuhr zum Appartement Nr. 67. Durch die Tür hörte sie etwas klirren, und gleich darauf öffnete ihr eine Frau in mittleren Jahren, die einen Mop in der Hand hielt und offensichtlich beim Putzen war.

»Guten Morgen. Ist — ist eine von den jungen Damen da?«

»Nein, Madam. Leider. Sie sind alle fort.«

»Ja, naturlich . . . Ich habe bei meinem letzten Besuch meinen Taschenkalender hier vergessen. Er muß irgendwo im Wohnzimmer sein . . .«

»Bis jetzt habe ich keinen Kalender gefunden, Madam. Ich glaube wenigstens nicht. Woll'n Sie nicht lieber selbst nachsehen?« Sie öffnete die Tür weit, stellte den Mop fort und begleitete Mrs. Oliver ins Wohnzimmer.

»Ach, da ist ja das Buch, das ich für Miß Restarick abgegeben habe, für Miß Norma. Ist sie wieder vom Land zurück?«

»Ich glaube, im Moment ist sie nicht da. Ihr Bett war nicht benützt. Wird wohl noch bei ihren Eltern sein. Ich weiß, daß sie zum Wochenende rausgefahren ist.«

»Ja, das kann schon sein«, sagte Mrs. Oliver. »Das Buch da hatte ich ihr gebracht. Es ist eins von meinen.«

Mrs. Olivers Bücher riefen bei der Putzfrau keinerlei Reaktionen hervor.

»Da habe ich gesessen.« Mrs. Oliver klopfte auf einen Sessel.

»Ich glaube es wenigstens. Danach war ich am Fenster. Und dann wohl auf dem Sofa.« Sie faßte eifrig unter die Kissen des Sessels. Die Putzfrau widmete sich bereitwillig den Sofakissen.

»Eine glatte Katastrophe, wenn man so was verliert«, sagte Mrs. Oliver redselig. »Alle meine Verabredungen stehen drin. Ich weiß genau, daß ich heute jemand zum Lunch treffen soll, der für mich sehr wichtig ist. Aber ich komme einfach nicht drauf, wer es ist und wo wir uns verabredet haben!«

»Ja, so was ist schrecklich, Ma'am«, meinte die Putzfrau mitfühlend.

Mrs. Oliver warf einen Blick in die Runde. »Hübsche Wohnungen sind das.«

»Bißchen hoch, finde ich.«

»Na, dafür hat man die schöne Aussicht.«

»Für mich geht nichts über 'ne Parterrewohnung. Wenn man Kinder hat, ist das viel praktischer. Und dann die hohen Mieten, die sie hier verlangen. Deswegen muß Miß Holland ja auch die zwei anderen Mädchen in die Wohnung nehmen.«

»Ja, die kenne ich auch beide. Miß Cary ist Künstlerin, nicht wahr?«

»Sie arbeitet in 'ner Gemäldegalerie. Arbeit nennt sich so was! Sie malt selbst — Kühe und Bäume, bloß, daß man die nicht erkennen kann. Die ist vielleicht unordentlich! Wie das Zimmer aussieht! Aber bei Miß Holland — bei der ist immer alles picobello. Früher war sie Sekretärin bei der Kohlenbehörde, jetzt ist sie Privatsekretärin bei 'ner Firma in der City, bei 'nem schwerreichen Herrn, der gerade aus Südamerika oder so gekommen ist. Er ist der Vater von Miß Norma, und als die andere junge Dame geheiratet hat, hat er gefragt, ob Miß Holland sie nicht nehmen könnte. Na, da konnte sie ja nicht gut ablehnen, was? Wo er doch ihr Chef ist.«

»Hätte sie denn gern abgelehnt?«

Die Frau schnaufte verächtlich. »Bestimmt, wenn sie das vorher gewußt hätte.«

»Was denn gewußt hätte?« Die Frage war zu direkt gewesen.

»Oh, da möchte ich lieber nichts gesagt haben, Ma'am. Mich geht's ja nichts an.«

Mrs. Oliver sah sie so sanft und fragend an, daß die Frau schließlich die Segel strich.

»Ach, nett ist sie schon, nur eben so konfus. Konfus sind die Mädchen heute ja alle, aber die müßte mal zum Arzt. Manchmal weiß sie nicht, wo sie ist oder was sie tut, so schlimm ist das mit ihr . . . Dann sieht sie genau wie der Neffe von meinem Mann aus, wenn der 'nen Anfall hat. Und bei dem ist es oft schrecklich! Aber bei ihr sind das keine Anfälle. Vielleicht schluckt sie Pillen. Das tun ja viele heute.«

»Soviel ich weiß, hat sie einen Freund, den ihre Eltern nicht mögen.«

»Ja, das habe ich auch gehört. Er war sogar ein oder zweimal hier — aber ich habe ihn nie gesehen. Miß Holland ist sehr dagegen — was soll sie machen? Die Mädchen lassen sich ja nichts sagen.«

»Manchmal versteht man diese modernen Mädchen wirklich nicht mehr«, sagte Mrs. Oliver ernst und besorgt.

»Keine Erziehung! Daran liegt's, das sage ich Ihnen.«

»Da haben Sie wirklich recht. So ein Mädchen wie Norma Restarick sollte zu Hause bei ihren Eltern sein und nicht allein in London leben und arbeiten.«

»Die will aber nicht daheim bleiben.«

»Ach?«

»Ja, wegen der Stiefmutter. Dabei muß die sich solche Mühe mit ihr gegeben haben. Sie hat diese unsoliden jungen Männer nicht ins Haus gelassen. Die weiß eben, was alles passieren kann, wenn ein Mädchen den Falschen erwischt. Manchmal bin ich froh, daß ich keine Töchter habe.«

»Haben Sie denn Söhne?«

»Ja, zwei. Beides fleißige, tüchtige Jungen. Wissen Sie, Söhne können einem auch Sorgen machen, aber nichts gegen Mädchen! Bei Mädchen meint man immer, man müßte ihnen helfen können.«

»Ja, das meint man«, stimmte Mrs. Oliver nachdenklich zu. Sie merkte, daß die Frau wieder an ihre Arbeit wollte. »Zu dumm, daß ich den Kalender verloren habe. Vielen Dank jedenfalls. Hoffentlich habe ich Sie nicht aufgehalten.«

»Na, Sie werden ihn schon wiederfinden«, sagte die Frau freundlich.

Auf dem Heimweg überlegte sich Mrs. Oliver, was sie bei diesem Besuch an neuen Tatsachen erfahren hatte. Am wichtigsten erschien ihr, daß Claudia Reece-Holland die Sekretärin von Normas Vater war. Ob Hercule Poirot das wußte? Sie beschloß, diese Nachricht vorläufig für sich zu behalten. Denn in ihrem Kopf begann sich ein Schlachtplan für den nächsten Tag zu formen . . .

Die Beobachtung der Büroräume von Josuah Restarick Ltd. war ein Fehlschlag gewesen, wie sich Mrs. Oliver enttäuscht eingestand. Sie begann an ihren kriminalistischen Fähigkeiten zu zweifeln und wollte schon nach Hause fahren, als ihr einfiel, daß ein solides zweites Frühstück nichts schaden könnte. Beflügelt von dieser Aussicht, betrat sie das nächstgelegene Café und sah sich nach einem geeigneten Tisch um. Plötzlich hielt sie den Atem an. Da . . . dicht an der Wand saß Norma einem jungen Mann mit langen, bis auf die Schulter fallenden rötlichen Locken gegenüber. Er trug eine rote Samtweste und ein extravagantes Jackett. Er und das Mädchen redeten lebhaft.

»David«, flüsterte Mrs. Oliver. »Das muß er sein.«

Sie nickte zufrieden und marschierte auf eine Tür zu, auf der *DAMEN* stand. Sie war nicht sicher, ob Norma sie wiedererkennen würde oder nicht. Momentan war es zwar unwahrscheinlich, daß Norma den Blick auch nur eine Sekunde von David abwenden würde, aber möglich war es eben doch.

Mrs. Oliver betrachtete sich in dem kleinen, mit Fliegendreck getüpfelten Spiegel der Damentoilette. Sie wußte aus Erfahrung, wie sehr die Frisur eine Frau verändern kann, und nach einem weiteren prüfenden Blick machte sie sich an die Arbeit. Erst entfernte sie die Haarnadeln, dann ganze Haarteile, die sie in ein Taschentuch packte und in der Handtasche verschwinden ließ. Darauf zog sie in der Mitte einen Scheitel, kämmte die Haare straff zurück und steckte sie in einem biederen Knoten im Nacken fest. Zuletzt setzte sie noch eine Brille auf. Jetzt sah sie wirklich äußerst gediegen aus! »Fast intellektuell!« flüsterte sie anerkennend vor sich hin. Mit dem Lippenstift veränderte sie noch die Konturen des Mundes und kehrte dann ins Café zurück, wobei sie sich überaus vorsichtig bewegte, denn die Lesebrille ließ sie die Umwelt nur verschwommen erscheinen. Der Tisch neben Norma und David war frei. Sie setzte sich so, daß sie David ins Gesicht sah und Norma ihr den Rücken zukehrte. Als die Kellnerin kam, bestellte Mrs. Oliver eine Tasse Kaffee und Hefegebäck. Norma und David beachteten sie mit keinem Blick. Sie waren in eine erhitzte Debatte verstrickt.

». . . du bildest dir das ja bloß ein«, sagte David gerade. »Das sind doch Phantasien. Mein Gott, das ist doch alles Blödsinn.«

»Ich weiß nicht; ich weiß es wirklich nicht.« Normas Stimme war merkwürdig tonlos. Was war nur mit dem Mädchen los? Hatte sie Halluzinationen? War sie vielleicht doch nicht ganz richtig im Kopf, oder stimmte ihre Geschichte wirklich, und sie hatte dabei einen Schock bekommen?«

»Meiner Meinung nach stellt Mary sich an! Sie ist ein saudummes Frauenzimmer, das sich lauter Krankheiten einbildet!«

»Aber sie war tatsächlich krank.«

»Na gut, dann war sie eben krank. Aber jede einigermaßen vernünftige Frau würde den Arzt holen und sich Antibiotika geben lassen, statt so einen Heckmeck zu machen.«

»Sie glaubt, *ich* wäre schuld daran. Und mein Vater glaubt es auch.«

»Ich sage dir doch, Norma, du bildest dir das ein.«

»Ja, das sagst du, David. Um mich zu beruhigen. Aber wenn ich ihr nun wirklich Gift gegeben habe?«

»Was heißt das? Du mußt doch wissen, was du getan hast, Norma. Du bist doch nicht verrückt.«

»Ich weiß es nicht.«

»Ach, das sagst du andauernd.«

»Wenn ich's dir nur klarmachen könnte. Du hast ja keine Ahnung, was Haß ist. Ich habe sie vom ersten Augenblick an gehaßt.«

»Ich weiß. Das hast du mir erzählt.«

»Siehst du, das ist es ja gerade. Ich hab's dir gesagt, und nicht einmal daran kann ich mich erinnern. Verstehst du das? Ich erzähle den Leuten etwas. Ich erzähle ihnen, was ich tun will, was ich getan habe, was ich tun werde. Und dann kann ich mich nicht erinnern, es ihnen erzählt zu haben. Es kommt mir so vor, als dächte ich das alles, nur daß ich es manchmal laut ausspreche, wenn mir jemand zuhört. Dir habe ich das doch auch schon erzählt, David?«

»Ach . . . hm . . ., nun laß uns nicht wieder damit anfangen.«

»Aber ich hab's dir gesagt, nicht wahr?«

»Ja, von mir aus! So was sagt doch jeder mal: ›Ich hasse sie und möchte sie am liebsten umbringen.‹ Aber das sind doch Kindereien, Norma. Kapierst du das denn nicht? Kinder sagen so was alle Nase lang. Schon in der Schule, wenn sie einen Lehrer nicht leiden können.«

»Meinst du, es wäre nur so gemeint gewesen? Aber — das klingt dann so, als wäre ich noch ein Kind . . .«

»Na, in mancher Hinsicht bist du's auch. Nimm dich doch zusammen und mach dir klar, wie dumm das alles ist! Was für eine Rolle spielt es denn, ob du sie haßt oder nicht? Du bist fort und hast nichts mehr mit ihr zu tun.«

»Aber warum soll ich denn nicht zu Hause mit meinem Vater zusammen wohnen können?« fragte Norma. »Das ist so ungerecht! Erst geht er fort und läßt meine Mutter sitzen, und kaum entschließt er sich zur Rückkehr zu mir, muß er Mary heiraten. Natürlich hasse ich sie, und sie haßt mich auch. Immer wieder habe ich mir ausgemalt, daß ich sie umbringen würde. Und wie ich's anstellen wollte. Aber dann . . . dann wird sie tatsächlich krank . . .«

Voller Unbehagen fragte David: »Du hältst dich doch nicht etwa für eine Hexe? Oder machst du Figürchen aus Wachs, die du mit Nadeln spickst, oder was Ähnliches?«

»Keine Spur. Ich habe wirklich etwas getan. *Wirklich.*«

»Hör mal, Norma, was meinst du eigentlich damit?«

»Die Flasche war in meiner Schublade. Ich habe sie gefunden.«

»Was für eine Flasche?«

»*Der Drachentöter, Unkrauttod.* Das stand auf dem Etikett. Das Zeug war in einer dunkelgrünen Flasche. Man sollte damit die Unkrautnester einsprühen. *Vorsicht! Gift!* stand auch noch drauf.«

»Hast du's gekauft? Oder irgendwo weggenommen?«

»Ich weiß nicht, wie ich dazu gekommen bin. Es war einfach in meiner Schublade. Die Flasche war halb leer.«

»Und dann hast du dich erinnert . . .«

»Ja«, sagte Norma mit träumerischer, unsicherer Stimme. »Ja — dann ist mir wohl alles wieder eingefallen. Das meinst du doch auch, David?«

»Ich weiß nicht, was ich von dir halten soll, Norma. Ich begreife dich nicht. Ich glaube manchmal fast, du erfindest es und redest es dir selbst ein.«

»Aber sie war doch im Krankenhaus. Zur Beobachtung. Und sie sind nicht dahintergekommen, was es war. Und weil man nichts finden konnte, wurde sie entlassen — und prompt wurde sie wieder krank. Ich hab's mit der Angst zu tun gekriegt. Mein Vater hat mich so komisch angesehen; dann kam der Arzt, und mit dem hat er sich in seinem Zimmer eingeschlossen. Ich bin ums Haus gerannt, habe mich unter dem Fenster versteckt und gelauscht. Sie wollten mich in eine geschlossene Anstalt schicken! Zur Behandlung . . . Sie hielten mich für verrückt, David! Und ich habe Angst bekommen, weil ich . . . weil ich nicht wußte, was — und ob ich etwas getan hatte.«

»Und da bist du durchgebrannt?«

»Nein — das war später . . .«

»Was war da?«

»Ich kann nicht mehr drüber reden!«

»Du wirst ihnen sagen müssen, wo du bist . . .«

»Nein! Nie! Ich hasse sie. Ich hasse meinen Vater genauso sehr wie Mary. Wenn sie doch beide tot wären! Dann — dann könnte ich vielleicht wieder glücklich werden.«

»Nun reg dich mal nicht so auf! Hör zu, Norma . . .« Fast verlegen verstummte er einen Augenblick. »Ich bin bestimmt nicht wild aufs Heiraten und all diesen Quatsch . . . Ich . . . das habe ich nie gewollt — oder erst viel später. Ich wollte mich nicht binden — aber jetzt meine ich doch, es wäre das gescheiteste, was wir tun können. Wir sollten heiraten. Auf dem Standesamt. Du mußt behaupten, du wärst einundzwanzig. Vielleicht kannst du dir die Haare hochstecken und 'ne Brille aufsetzen, damit du älter aussiehst. Sobald wir verheiratet sind, ist dein Vater machtlos und kann dich nicht mehr in irgendeine Anstalt oder so was schicken.«

»Ich hasse ihn.«

»Du scheinst alle Menschen zu hassen, Norma.«

»Nur meinen Vater und Mary.«

»Was ist denn schon dabei, wenn ein Mann sich wiederverheiratet? Das ist doch ganz natürlich.«

»Und was hat er meiner Mutter angetan?«

»Aber das muß doch Ewigkeiten her sein!«

»Ja, ich war noch ein Kind, aber ich erinnere mich genau. Er ist fortgegangen und hat uns allein gelassen. Weihnachten hat er mir Geschenke geschickt — aber gekommen ist er nie. Ich hätte ihn nicht wiedererkannt, wenn er mir nach seiner Rückkehr auf der Straße begegnet wäre. Da war er ein wildfremder Mann für mich. Ich glaube, meine Mutter hat er auch ins Irrenhaus sperren lassen. Sobald sie krank war, verschwand sie plötzlich. Wohin weiß ich nicht. Keine Ahnung, was ihr gefehlt hat. Manchmal habe ich Angst, David . . . Ich glaube, daß mit mir was nicht stimmt, und eines Tages wird was Schreckliches passieren. Wie die Sache mit dem Messer.«

»Mit welchem Messer?«

»Ach, ist egal. Ein Messer eben.«

»Wie wär's, wenn du mir sagst, worüber du eigentlich redest?«

»Ich glaube, es war Blut dran . . . und es war unter meinen Strümpfen versteckt . . .«

»Erinnerst du dich, es da versteckt zu haben?«

»Vielleicht. Aber ich weiß nicht, was ich *vorher* damit gemacht habe. Ich war — von dem Abend fehlt mir eine Stunde, eine ganze Stunde, und ich weiß nicht, wo ich gewesen bin. Ich bin irgendwo gewesen und habe was getan.«

»Pst!« zischte er. Die Kellnerin kam zu ihrem Tisch. »Es kann dir nichts passieren. Ich werde auf dich aufpassen. Wir wollen noch was bestellen«, sagte er laut zu der Kellnerin und griff nach der Speisekarte. »Zweimal Toast mit gebackenen Bohnen.«

8

Hercule Poirot war gerade beim Diktat, als das Telefon klingelte. Miß Lemon griff nach dem Hörer. »Ja? Wer spricht bitte?« Sie deckte die Hand über die Muschel. »Mrs. Oliver.«

Etwas ungehalten über die Störung, meldete sich Poirot.

»Hallo, Monsieur Poirot, bin ich froh, daß ich Sie erreicht habe! Ich habe sie gefunden!«

»Wie bitte?«

»Ich habe das Mädchen gefunden. Ihre Besucherin, die glaubt, jemand ermordet zu haben, Sie wissen schon. Und sie redet auch fortgesetzt davon. Für mich hat sie den Verstand verloren. Aber das ist jetzt egal. Kommen Sie schnell und holen Sie sie!«

»Wo sind Sie, *chère* Madame?«

»Zwischen St. Paul's und dem Mermaid-Theater, in der Calthorpe Street«, sagte Mrs. Oliver und streckte plötzlich den Kopf aus der Telefonzelle, in der sie stand. »Können Sie sofort kommen? Die beiden sind in einem Restaurant.«

»Die beiden?«

»Ja, sie und ihr Freund. Ich glaube wenigstens, daß er es ist. Dabei ist er recht nett und scheint sie gern zu haben. Unbegreiflich! Na ja, Menschen sind komisch. Aber ich will jetzt wieder zurück. Ich habe sie nämlich verfolgt und dann in dem Café gefunden.«

»Ach? Wie tüchtig von Ihnen, Madame!«

»Nein, ganz so war es nicht. Ich bin zufällig in das Café gegangen, und da saß das Mädchen.«

»Also hatten Sie Glück — das ist ebenso wichtig.«

»Ich habe am Nebentisch gesessen, und sie kehrte mir den Rükken zu. Aber sie könnte mich sowieso nicht erkennen. Ich habe nämlich meine Frisur geändert. Jedenfalls reden sie so, als wären sie allein auf der Welt. Als sie noch was bestellt haben . . .«

». . . sind Sie aus dem Café gelaufen, um zu telefonieren?«

»Ja. Jetzt muß ich zurück. Oder ich könnte auch draußen warten. Kommen Sie bitte so schnell wie möglich!«

»Wie heißt das Café?«

»*The Merry Shamrock*. Ein ziemlich mieser Laden, aber der Kaffee ist gut. «

»Wir machen lieber Schluß, Madame. Gehen Sie zurück. Ich werde mich beeilen.«

»Ausgezeichnet«, sagte Mrs. Oliver und legte auf.

Die tüchtige Miß Lemon wartete auf der Straße neben einem Taxi. Es dauerte eine Weile, bis Poirot erschien, aber sie fragte nicht, was ihn aufgehalten hatte. Ein Blick in sein Gesicht belehrte sie, daß er in der Zwischenzeit nicht untätig und offenbar erfolgreich gewesen war.

»Ecke Calthorpe Street stieg Poirot aus, zahlte und blickte sich suchend um. Er entdeckte zwar das Café, aber niemand, der einer noch so gut getarnten Mrs. Oliver auch nur entfernt ähnlich sah. Er ging von einem Ende der Straße zum anderen: keine Mrs. Oliver. Dann hatten die beiden also entweder das Café verlassen, und Mrs. Oliver hatte die Verfolgung fortgesetzt, oder . . . Um das Oder zu klären, betrat er das Café.

Sofort fiel sein Blick auf das Mädchen, das ihn beim Frühstück heimgesucht hatte. Sie saß allein an einem Tisch an der Wand. Sie rauchte eine Zigarette und starrte, in Gedanken versunken, vor sich hin. Nein, überlegte Poirot, von Gedanken kann nicht die Rede sein. Sie ist geistesabwesend; sie ist gar nicht da. Er ging leise durch den Raum und setzte sich auf den Stuhl ihr gegenüber. Jetzt sah sie auf, und er hatte wenigstens die Genugtuung, daß sie ihn erkannte. »So trifft man sich wieder, Mademoiselle«, sagte er liebenswürdig. »Und Sie erkennen mich, nicht wahr?«

»Ja.«

»Und woran, wenn ich fragen darf?«

»An Ihrem Schnurrbart«, antwortete Norma prompt.

Poirot war sichtlich geschmeichelt. »Ja, Miß Restarick, Miß Norma Restarick, mein Schnurrbart ist in der Tat einmalig.«

»Woher . . . woher wissen Sie meinen Namen? Wer hat Ihnen gesagt, wie ich heiße?«

»Oh, ein Freund. Manchmal sind Freunde sehr nützlich.«

»Wer war es?«

»Mademoiselle, Sie vertrauen mir Ihre Geheimnisse nicht an, und ich möchte Ihnen die meinen vorenthalten.«

»Es ist mir ein Rätsel, wie Sie das herausbekommen haben!«

»Ich bin Hercule Poirot«, sagte er großartig. Dann überließ er ihr die Initiative. Er schwieg und lächelte freundlich.

»Ich . . . ich . . . würde gern . . .« Sie verstummte.

»Neulich sind wir nicht sehr weit gekommen«, sagte Hercule Poirot. »Sie haben mir lediglich erzählt, Sie hätten einen Mord begangen.«

»Ach, *das*!«

»Ja, Mademoiselle, *das*.«

»Aber — so habe ich das natürlich nicht gemeint. Das war . . . das war doch nur ein Scherz.«

»Wirklich? Sie haben mich sehr früh am Morgen aufgesucht und erklärt, es sei dringend, Sie müßten mich unbedingt sprechen, weil sie einen Mord begangen haben könnten. Und das soll ein Scherz gewesen sein?«

Eine Kellnerin, die in der Nähe herumgeirrt war und Poirot nicht aus den Augen gelassen hatte, kam plötzlich an den Tisch und gab ihm etwas, das wie ein Papierschiffchen aussah.

»Kann das für Sie sein, Mr. Poirot? Eine Dame hat es mir gegeben.«

»Ja, das ist für mich. Vielen Dank.« Poirot entfaltete das Schiffchen und strich das Papier glatt. Sie hatte mit Bleistift hastig gekritzelt: *Er geht. Sie bleibt noch. Ich überlasse sie Ihnen und folge ihm.* Die Unterschrift lautete: *Ariadne.*

»Hm«, sagte Poirot, faltete das Blatt zusammen und steckte es in dic Tasche. »Wovon haben wir eben gesprochen? Ach ja, über Ihre Auffassung von Humor, Miß Restarick.«

»Kennen Sie nur meinen Namen — oder wissen Sie mehr über mich?«

»Ein paar Tatsachen, weiter nichts. Sie sind Norma Restarick, Ihre Londoner Adresse ist Borodene Mansions, Appartement Nummer 67. Ihre Familie wohnt in Long Basing, das heißt Ihr Vater, Ihre Stiefmutter, ein Großonkel und — ja — eine kleine Ausländerin. Sie sehen, ich weiß recht gut Bescheid.«

»Sie haben mich beobachten lassen.«

»Aber nein«, wehrte Poirot ab. »Keine Rede davon. Ehrenwort.«

»Und Sie sind nicht von der Polizei?«

»Nein, ich bin nicht von der Polizei.«

Plötzlich gab sie nach. »Ich weiß nicht, was ich tun soll«, sagte sie.

»Ich möchte mich Ihnen nicht aufdrängen. Sie haben ja bereits festgestellt, daß ich zu alt sei. Vielleicht haben Sie recht. Aber da ich Sie nun kenne und einiges über Sie weiß, sehe ich nicht ein, warum wir uns nicht über Ihre Sorgen in aller Freundschaft unterhalten sollten. Alte Leute mögen nicht mehr so aktiv sein, aber immerhin verfügen sie über Erfahrungen.«

Norma starrte ihn aus großen Augen unverwandt an. Offenbar war sie am Ende ihrer Kräfte und mußte sich einem Menschen anvertrauen.

»Alle halten mich für verrückt«, sagte sie unvermittelt. »Und ich — ich glaub's auch. Ich bin verrückt.«

»Das ist interessant«, sagte Poirot munter. »Dafür gibt es viele verschiedene Bezeichnungen. Psychiater und Psychologen gebrauchen sie gern. Aber das, was Sie ›verrückt‹ nennen, ist klar und allgemeinverständlich. Also gut: Sie sind verrückt, oder Sie wirken verrückt, oder Sie glauben, verrückt zu sein, oder Sie *könnten* verrückt sein. Das will aber noch gar nichts heißen. Heutzutage kommt das häufig vor, und im allgemeinen ist es leicht zu kurieren. Starke seelische Belastungen, Sorgen, Überarbeitung oder begründeter Haß auf den Vater oder die Mutter können die Ursache sein. Und natürlich Liebeskummer.«

»Ich habe eine Stiefmutter, die ich hasse, und ich fürchte, ich hasse auch meinen Vater. Ein bißchen viel, was?«

»Fast alle Menschen hassen irgend jemand«, sagte Poirot. »Und wahrscheinlich haben Sie Ihre Mutter sehr geliebt. Ist sie geschieden oder tot?«

»Sie ist vor über zwei Jahren gestorben.«

»Und Sie hingen sehr an ihr?«

»Ja. Vermutlich. Nein, natürlich habe ich an ihr gehangen. Sie war leidend und mußte oft in ein Sanatorium.«

»Und Ihr Vater?«

»Mein Vater war lange im Ausland. Als ich fünf oder sechs war, ist er nach Südafrika gegangen. Ich glaube, er wollte sich scheiden lassen, aber Mutter hat nicht eingewilligt. Weihnachten hat er mir immer geschrieben und mir Geschenke geschickt. Das war alles, was ich von ihm gehört habe. Er — ich konnte ihn mir nie richtig vorstellen. Vor einem Jahr ist er zurückgekommen, weil er das Geschäft meines Onkels übernehmen mußte. Und da — brachte er eine neue Frau mit.«

»Dagegen hatten Sie etwas?«

»Ja.«

»Aber da war Ihre Mutter doch schon tot. Es ist keineswegs ungewöhnlich, daß ein Mann zum zweitenmal heiratet. Besonders, wenn er viele Jahre von seiner ersten Frau getrennt gelebt hat. Wollte er sich wegen seiner jetzigen Frau von Ihrer Mutter scheiden lassen?«

»Nein, die ist noch ziemlich jung. Sie sieht sehr gut aus, aber sie tut so, als gehöre ihr mein Vater!« Nach einer Weile fuhr sie mit veränderter, fast kindlicher Stimme fort: »Ich hatte gedacht, daß er sich jetzt nach seiner Rückkehr mal um mich kümmern würde, daß er mich gern hätte . . . aber das läßt sie nicht zu. Sie ist gegen mich. Sie hat mich rausgedrängt . . .«

»In Ihrem Alter spielt das doch keine Rolle mehr. Im Gegenteil — es ist vielleicht sogar gut. Sie stehen auf eigenen Füßen, Sie können sich Ihre Freunde selbst aussuchen . . .«

»Sie kennen meine Eltern nicht, sonst würden Sie das nicht sagen! Vor allem, was die Wahl meiner Freunde betrifft.«

»Fast alle Mädchen werden wegen ihrer Freunde kritisiert«, erklärte Poirot.

»Ich darf gar nicht an früher denken.« Norma seufzte. »Mein Vater ist ganz anders, als ich ihn in Erinnerung hatte. Damals hat er immer mit mir gespielt und war so lustig. Jetzt ist er gar nicht mehr lustig, sondern düster und schroff und — ach, eben ganz anders.«

»Das muß auch fünfzehn Jahre her sein. In der Zeit ändern sich die Menschen.«

»Ändern sie sich so sehr?«

»Ist er denn äußerlich auch verändert?«

»Nein, das nicht. Kein bißchen! Auf dem Bild, das hinter seinem Stuhl hängt, sieht er genauso aus wie heute, bloß jünger natürlich. Aber ich habe ihn eben anders in Erinnerung gehabt.«

»Ach, wissen Sie, mein Kind«, sagte Poirot behutsam, »die Menschen sind nie so, wie man sie in Erinnerung hat. Im Laufe der Jahre formt man sie immer mehr nach den eigenen Wünschen um, und schließlich werden sie so, wie man sich an sie erinnern möchte. Man macht sie besser, als sie es je waren.«

»Glauben Sie? Glauben Sie das wirklich?« Nach einer Pause fragte sie plötzlich: »Aber aus welchem Grund könnte ich, Ihrer Meinung nach, jemand umbringen wollen?« Es klang völlig natürlich.

Jetzt sind wir endlich an einem entscheidenden Punkt angelangt, dachte Poirot. »Eine interessante Frage«, entgegnete er, »und der Grund kann auch sehr interessant sein. Aber eine Antwort darauf wird Ihnen wohl nur ein Arzt geben können. Ein sehr guter Arzt.«

Sie reagierte sofort. »Ich gehe zu keinem Arzt. Mich bringen Sie zu keinem Arzt! Die anderen wollten mich auch zu einem Arzt schicken, und dann wäre ich in eine Anstalt gekommen und für immer eingesperrt worden. Dazu kriegen Sie mich nie!« Sie war auf dem Sprung, aufzustehen und fortzulaufen.

»Das liegt auch weder in meiner Absicht noch in meiner Macht. Wenn Sie wollen, können Sie freiwillig einen Arzt aufsuchen. Sie können hingehen und ihm das sagen, was Sie mir erzählt haben, und ihn nach dem Grund fragen. Vielleicht kann er ihn Ihnen nennen.«

»Das hat David auch gesagt. David sagt auch, ich sollte es tun, aber ich glaube nicht, daß er — es wirklich versteht. Ich müßte dem Arzt sagen, daß ich vielleicht etwas getan habe . . .«

»Und warum vermuten Sie das?«

»Weil ich mich oft nicht erinnern kann, was ich getan habe — oder wo ich gewesen bin. Eine Stunde fehlt plötzlich, manchmal zwei — und ich weiß nichts mehr. Einmal war ich auf einem Flur — auf einem Flur vor einer Tür, vor ihrer Tür! Ich hielt etwas in der Hand — und ich weiß nicht, woher ich es hatte. Sie kam auf mich zu . . . Aber als sie dicht vor mir war — veränderte sich ihr Gesicht. Sie war es gar nicht mehr. Es war jemand anders.«

»Kann es nicht ein Alptraum sein, an den Sie sich erinnern? In Träumen wechseln die Menschen plötzlich die Gestalt?«

»Es war kein Alptraum. Ich habe den Revolver aufgehoben . . . Er lag vor meinen Füßen . . .«

»War das auf dem Korridor?«

»Nein, auf dem Hof. Sie hat ihn mir abgenommen . . .«

»Wer?«

»Claudia. Sie hat mich nach oben gebracht und mir was Bitteres zu trinken gegeben.«

»Und wo war Ihre Stiefmutter?«

»Die war auch da. Nein, das stimmt nicht. Sie war zu Hause in Long Basing . . . Oder im Krankenhaus. Dort haben sie die Vergiftungserscheinungen festgestellt — und daß ich es war.«

»Warum Sie? Es hätte auch jemand anders sein können.«

»Ja, aber wer?«

»Na — zum Beispiel ihr Mann.«

»Vater? Wieso sollte Vater ausgerechnet Mary vergiften wollen? Er vergöttert sie.«

»Es wohnen ja noch mehr Leute im Haus, nicht wahr?«

»Der alte Onkel Roderick? Das ist doch Quatsch!«

»Das kann man nicht wissen«, sagte Poirot. »Vielleicht ist er geisteskrank. Vielleicht hält er es für seine Pflicht, eine schöne Frau zu vergiften, weil sie eine Spionin sein könnte. So was ist möglich.«

Norma wurde vorübergehend abgelenkt und sprach jetzt völlig natürlich. »So schrecklich abwegig wäre das nicht mal. Onkel Roderick hat im letzten Krieg wirklich viel mit Spionage zu tun gehabt. Aber wer könnte noch in Frage kommen? Höchstens Sonja? Die könnte am ehesten Ihre schöne Spionin sein, aber ich kann's mir nicht vorstellen.«

»Nein, ich auch nicht. Und warum sollte sie ausgerechnet Ihre Stiefmutter vergiften wollen? Wie steht's mit den Dienstboten, den Gärtnern?«

»Von denen wohnt keiner im Haus. Ich glaube nicht . . . nein, was für einen Grund sollten sie haben?«

»Sie könnte es vielleicht selbst getan haben.«

»Um Selbstmord zu begehen? Meinen Sie das? So wie die andere?«

»Das wäre eine Möglichkeit.«

»Nein, nicht bei Mary. Sie ist viel zu vernünftig. Und warum auch?«

»Ja, bei ihr kann man sich höchstens vorstellen, daß sie den Kopf in den Gasbackofen steckt oder sich hübsch arrangiert ins Bett legt und eine Überdosis Schlaftabletten schluckt. Geht Ihnen das auch so?«

»Ja, zumindest würde es besser zu ihr passen.« Norma wurde ernst. »Sie sehen ja, *ich muß es gewesen sein.*«

»Aha. Das ist interessant. Es scheint fast, als gefiele Ihnen die Idee, daß Sie es gewesen sein müssen. Der Gedanke übt eine Anziehungskraft auf Sie aus; Sie möchten die Hand im Spiel gehabt haben.«

»Wie können Sie das behaupten! Wie kommen Sie dazu?«

»*Weil ich glaube, daß es so ist.* Warum gefällt Ihnen die Idee so gut, einen Mord begangen zu haben?«

»Das tut sie nicht!«

»Ich bin nicht so sicher«, sagte Poirot.

Sie griff nach der Handtasche und suchte mit zitternden Fingern darin herum. »Ich will mir das nicht länger anhören müssen.« Sie winkte der Kellnerin, die die Rechnung auf einen Block schrieb, den Zettel abriß und ihn neben Norma legte.

»Erlauben Sie.« Poirot nahm den Zettel an sich und zog die Brieftasche heraus. Das Mädchen entriß ihm die Rechnung wieder. »Nein. Ich bezahle selbst!«

»Bitte sehr«, sagte Poirot, der gesehen hatte, was er sehen wollte. Die Rechnung war für zwei Personen. Der schöne David hatte also nichts dagegen, daß eine Anbeterin für ihn bezahlte.

»Ach, dann haben Sie ihn also freigehalten, so, so.«

»Woher wissen Sie, daß ich mit jemand zusammen war?«

»Ich sagte Ihnen ja schon, daß ich sehr viel weiß.«

Sie legte Geldstücke auf den Tisch und stand auf. »Ich gehe jetzt, und ich verbiete Ihnen, mir zu folgen!«

»Oh, ich glaube, das wird mir kaum möglich sein.« Poirot lächelte. »Bedenken Sie mein Alter! Wenn Sie durch die Straßen rennen, komme ich bestimmt nicht mehr hinterher.«

Sie schritt auf die Tür zu. »Hören Sie? Sie sollen mir nicht folgen!«

»Vielleicht erlauben Sie mir wenigstens, Ihnen die Tür zu öffnen.« Er riß sie mit Grandezza vor ihr auf. »*Au revoir,* Mademoiselle.«

Sie sah ihn noch einmal argwöhnisch an, dann schritt sie schnell davon und warf von Zeit zu Zeit einen Blick über die Schulter.

Poirot blieb auf der Türschwelle stehen, machte aber keine Anstalten, ihr zu folgen. Als sie außer Sicht war, kehrte er ins Café zurück. Die Kellnerin kam ihm schon mißgelaunt entgegen. Er setzte sich wieder an den Tisch und bestellte eine Tasse Kaffee, um sie zu besänftigen. »Merkwürdig«, murmelte er vor sich hin, »ja, das ist sehr, sehr merkwürdig.«

Eine Tasse mit blassem hellbraunem Inhalt wurde vor ihn hingestellt. Er nahm einen Schluck und schnitt eine Grimasse. Er hätte zu gern gewußt, wo sich Mrs. Oliver gerade befand.

9

Mrs. Oliver saß in einem Bus, etwas außer Atem, sonst aber von ungebrochenem Jagdfieber erfüllt. Der Pfau, wie sie ihn insgeheim nannte, hatte sie ganz schön in Trab gehalten. Auf dem Embankment mußte sie in etwa zwanzig Meter Abstand hinter ihm herhasten. In Charing Cross nahm er die U-Bahn. Mrs. Oliver ebenfalls. Er fuhr bis Sloane Square. Mrs. Oliver auch. In der Schlange an der Bushaltestelle wartete sie hinter ihm. Er stieg in World's End aus. Mrs. Oliver tat es ihm nach. Dann tauchte er in ein unübersichtliches Gewirr kleiner Straßen zwischen der King's Road und der Themse. Er bog in einen Hof ein, der zu einer Baufirma zu gehören schien. Mrs. Oliver beobachtete ihn von einem Hauseingang. Er verschwand hinter einem Torbogen. Mrs. Oliver gab ihm einige Sekunden Vorsprung und folgte dann — er war von der Bildfläche verschwunden. Sie machte sich auf die Suche und verlor bald jeden Orientierungssinn. Plötzlich fand sie sich wieder auf dem Hof der Baufirma und schreckte zusammen, als hinter ihr eine höfliche Stimme sagte: »Hoffentlich bin ich nicht zu schnell für Sie gegangen?«

Sie fuhr herum. Da stand er — eine drohende Gestalt mit starken, grausamen Händen . . . Sie wußte genau, daß er erwog, ob er diese Hände gebrauchen sollte . . . Der Pfau! Ein eitler Pfau in Samt und eleganten schwarzen, engen Hosen, mit einer leisen, ironischen Stimme, in der verborgener Zorn mitschwang . . . Mrs. Oliver holte hastig ein paarmal Luft, faßte blitzschnell einen Entschluß und ging zur Verteidigung über. Sie ließ sich entschlossen auf einer Mülltonne nieder, die unmittelbar neben ihr an der Mauer lehnte. »Meine Güte, haben Sie mich erschreckt!« sagte sie atemlos. »Ich habe Sie überhaupt nicht gesehen. Hoffentlich sind Sie mir nicht böse.«

»Dann sind Sie mir also gefolgt?«

»Ja, leider. Sicher bin ich Ihnen sehr lästig geworden, aber wissen Sie, es war eine so günstige Gelegenheit! Sie ärgern sich bestimmt furchtbar über mich, aber das brauchen Sie nicht, wirklich nicht. Wissen Sie . . .« Mrs. Oliver setzte sich bequemer auf der Mülltonne zurecht, »wissen Sie, ich schreibe nämlich Bücher, Kriminalromane. Heute morgen war ich an einem toten Punkt angelangt und habe mich in ein Café gesetzt, um mir was auszuknobeln. Ich bin nämlich gerade an einer Stelle, wo ich jemand beschatte. Nicht ich, natürlich, sondern mein Held. Und dabei ging mir auf, daß ich nicht weiß, wie man das macht. Ich müßte es eben selbst mal ausprobieren, dachte ich mir, denn wenn man etwas nicht kennt, kann man es auch nicht beschreiben. Und in dem Augenblick habe ich Sie in dem Café am Nebentisch entdeckt, und ich fand — jetzt dürfen Sie mir aber nicht schon wieder böse sein! —, daß Sie sich besonders gut für eine Beschattung eignen müßten.«

Immer noch starrte er sie aus diesen merkwürdig kalten blauen Augen an, aber sie spürte, daß die Wut verraucht war. »Warum bin ich besonders gut geeignet?«

»Weil Sie so dekorativ sind«, erklärte Mrs. Oliver treuherzig. »Sie sind so hübsch angezogen — fast stilechtes Regency. Und Sie sind so leicht von den anderen zu unterscheiden, deswegen dachte ich, daß es bei Ihnen leichter sein würde, und deswegen bin ich Ihnen auch nachgegangen, als Sie das Café verließen. Aber es war gar nicht so einfach. Sagen Sie, haben Sie die ganze Zeit gewußt, daß ich hinter Ihnen herrannte?«

»Nein, nicht gleich.«

»Aha«, sagte Mrs. Oliver nachdenklich. »Aber ich bin ja auch viel weniger auffällig. Ich meine, für Sie sehe ich wie all die anderen älteren Frauen aus. Ich bin doch unauffällig, nicht wahr?«

»Schreiben Sie Bücher, die auch gedruckt werden? Kann ich was von Ihnen gelesen haben?«

»Das weiß ich nicht. Vielleicht. Ich habe bisher dreiundvierzig geschrieben. Ich heiße Oliver.«

»Ariadne Oliver?«

»Dann kennen Sie also meinen Namen. Das ist ja sehr schmeichelhaft, allerdings kann ich mir vorstellen, daß Sie nichts mit meinen Büchern anfangen können. Sicher sind sie Ihnen zu altmodisch — zu wenig brutal.«

»Und Sie wußten vorher bestimmt nicht, wer ich bin?«

Mrs. Oliver schüttelte den Kopf. »Nein, bestimmt nicht.«

»Wie steht's mit dem Mädchen, mit dem ich zusammen saß?«

»Meinen Sie die, mit der Sie — was war's denn? — ach ja, gebackene Bohnen gegessen haben? Nein, ich glaube nicht. Aber ich habe sie nur von hinten gesehen. Mir kam sie . . . na, ich finde, die Mädchen gleichen sich heute alle, stimmt's nicht?«

»Sie hat Sie aber gekannt«, sagte er, plötzlich wieder beißend scharf. »Sie hat gesagt, sie hätte Sie erst kürzlich kennengelernt. Vor ungefähr einer Woche.«

»Wo denn? Auf einer Gesellschaft? Das könnte gut sein. Wie heißt sie denn? Vielleicht sagt mir der Name was.«

Zunächst schwankte er, und als er sich entschieden hatte, beobachtete er sie genau. »Sie heißt Norma Restarick.«

»Norma Restarick. Natürlich, ja. Auf dem Land, bei einer Cocktailparty! Warten Sie mal, das Dorf heißt Long Norton. Kann das sein? Ich war mit Freunden da. Aber ich glaube nicht, daß ich sie wiedererkannt hätte. Ich erinnere mich nur, daß wir über meine Bücher gesprochen haben. Ich wollte ihr sogar eins leihen. Merkwürdig, daß ich ausgerechnet jemand beschatte, der mit jemand zusammensitzt, den ich flüchtig kenne! So ein Zufall! Aber für meinen neuen Roman kann ich das nicht verwenden, das nimmt mir kein Mensch ab, finden Sie nicht auch?« Mrs. Oliver erhob sich. »Du lieber Himmel! Eine Mülltonne! Und da habe ich drauf gesessen! Und wie die riecht! Sagen Sie, wo sind wir hier eigentlich?«

David sah sie an. Wie absurd, dachte sie. Wie bin ich nur darauf gekommen, daß er gefährlich ist und mir etwas tun könnte? David lächelte sie sehr charmant an. Er bewegte leicht den Kopf, und die kastanienfarbenen Locken fielen ihm über die Schulter. »Wenigstens kann ich Ihnen zeigen, wohin Sie Ihre Verfolgungsjagd geführt hat«, sagte er. »Kommen Sie mit. Wir müssen hier die Treppe hinauf.« Er wies auf eine Holztreppe, die auf einen Dachboden zu führen schien.

»Da hinauf?« fragte Mrs. Oliver unsicher. Vielleicht wollte er sie nur nach oben locken, um ihr dann eins über den Kopf zu geben. »Hält die Treppe mein Gewicht aus? Sie wirkt so morsch.«

»Die ist ganz stabil«, sagte er. »Darf ich vorangehen?«

Mrs. Oliver kletterte hinter ihm die steilen Stufen empor. Oben öffnete er eine Tür, die in einen großen, kahlen Raum führte, eine Art Atelier. Matratzen lagen auf der Erde, Staffeleien standen herum, Bilder waren aufgestapelt. Es roch durchdringend nach Farbe. An einer Staffelei malte ein bärtiger junger Mann. Als sie hereinkamen, drehte er sich um. »Na, David, bringst du Besuch mit?«

Noch nie hatte Mrs. Oliver einen so schmutzigen jungen Mann gesehen. Öliges schwarzes Haar hing ihm in Strähnen bis in den Nacken und über die Stirn bis in die Augen. Er war bärtig und außerdem unrasiert und trug einen schmierigen schwarzen Lederanzug und Schaftstiefel. Mrs. Olivers Blick wanderte weiter zu dem Mädchen, seinem Modell. Sie saß hingegossen auf einem Holzstuhl, den Kopf zurückgeworfen, so daß die langen dunklen Haare fast den Boden berührten. Mrs. Oliver erkannte sie sofort: das zweite Mädchen aus der Wohnung in der Borodene Mansions. An den Nachnamen konnte sie sich nicht erinnern, wohl aber an den Vornamen. Es war die auffällig zurechtgemachte, ätherisch wirkende Frances.

»Das ist Peter«, sagte David mit einer Geste zu dem Maler. »Eins unserer aufstrebenden Genies. Und das ist Frances, die da als verzweifeltes Mädchen posiert, das nach einer Abtreibung schreit.«

»Brems dich mal, du Affe!« sagte Peter.

»Kennen wir uns nicht?« fragte Mrs. Oliver naiv. »Wir haben uns doch irgendwo getroffen, nicht? Und das kann noch gar nicht lange her sein.«

»Sie sind Mrs. Oliver, nicht wahr?« fragte Frances.

»Ja, das hat sie mir auch gesagt«, erklärte David. »Das stimmt also sogar.«

»Wo habe ich sie bloß kennengelernt?« fuhr Mrs. Oliver fort. »Auf einer Party? Nein. Warten Sie mal. Oh, ich weiß es! In den Borodene Mansions.«

Frances hatte sich aufgerichtet. Peter stöhnte laut. »Jetzt hast du dich schon wieder anders gesetzt! Mußt du dich denn wie ein Aal winden? Kannst du nicht stillhalten?«

»Nein, ich kann nicht mehr. Das ist eine blöde Stellung.«

»Ich habe ein Experiment gemacht«, sagte Mrs. Oliver. »Ich habe versucht, jemand zu beschatten. Es ist viel schwerer, als ich dachte. Sagen Sie, ist das ein Maleratelier?« Sie blickte sich neugierig um.

»Ja, so sehen sie heutzutage aus. Nichts als ein Dachboden. Und wenn Sie nicht durch die Decke brechen, haben Sie Glück.«

»Aber es ist alles da, was man braucht.« David mischte sich ein. »Gutes Nordlicht, viel Platz, eine Schlafgelegenheit, ein Viertel Teilhaberschaft am Klo im Untergeschoß und eine Kochmöglichkeit. Und was zu trinken gibt's auch.« Er wandte sich mit vollendeter Höflichkeit an Mrs. Oliver: »Was dürfen wir Ihnen anbieten?«

»Ich trinke keinen Alkohol.«

»Die Dame trinkt nicht«, sagte David. »Wer hätte das gedacht!«

»Jetzt machen Sie sich über mich lustig, aber Sie haben sogar recht. Die meisten Leute halten mich für eine Quartalsäuferin.« Sie klappte die Handtasche auf — drei lange graue Haarlocken fielen heraus. David hob sie auf und überreichte sie ihr.

»Oh, danke. Ich war heute morgen so eilig. Vielleicht habe ich noch ein paar Haarnadeln.« Sie fischte in der Handtasche danach und begann, die Locken an ihrem Kopf festzustecken.

Peter brüllte vor Lachen: »Eins zu null für Sie!«

Und davor habe ich nun Angst gehabt, dachte Mrs. Oliver überrascht, Angst — vor diesen netten jungen Leuten: Es stimmt schon: ich habe viel zu viel Phantasie.

Bald darauf verabschiedete sie sich und wurde von David mit geradezu altmodischer Höflichkeit die steile Treppe hinuntergeleitet. Er beschrieb ihr den nächsten Weg zur King's Road. »Dort«, sagte er abschließend, »können Sie den Bus nehmen oder ein Taxi.«

»Ein Taxi«, seufzte Mrs. Oliver. »Ich kann kaum mehr auf den Füßen stehen. Ich brauche dringend ein Taxi. Übrigens vielen Dank, daß Sie die Beschattung nicht übelgenommen haben. Das war sehr nett von Ihnen. Aber ich glaube auch wirklich nicht, daß ich wie ein Privatdetektiv oder ein Schleicher, oder wie die nun heißen, aussehe.«

»Nein, wohl kaum«, bestätigte David ernst. »Also, erst links, dann rechts, bis Sie den Fluß sehen, dann wieder scharf rechts und geradeaus.«

Merkwürdigerweise überkam sie das Gefühl des Unbehagens sofort wieder, als sie den Hof überquerte. Sie drehte sich noch einmal zur Treppe und dem Atelierfenster um. David blickte ihr nach. »Drei reizende junge Leute«, sagte Mrs. Oliver vor sich hin. »Ausgesprochen nett und liebenswürdig. Jetzt links, und dann rechts. Nur weil sie so merkwürdig aussehen, bildet man sich ein, sie könnten gefährlich werden. Jetzt wieder nach rechts? Oder links? Und jetzt regnet's auch noch!« Der Weg nahm kein Ende, und die King's Road schien kilometerweit entfernt. Nicht mal der Verkehrslärm war noch zu hören. Und wo war der Fluß geblieben? Allmählich fürchtete sie, sich verirrt zu haben. Müde bog Mrs. Oliver um die nächste Ecke — jetzt sah sie das schwache Glitzern der Wasseroberfläche vor sich. Sie eilte durch eine schmale Durchfahrt, hörte hinter sich Schritte, wollte sich gerade umdrehen — und bekam einen Schlag über den Kopf, der die Welt in sprühende Funken auflöste.

10

Eine Stimme sagte: »Trinken Sie!«

Norma zitterte. Ihre Augen waren glasig. Sie verkroch sich tiefer in den Sessel. Der Befehl wurde wiederholt: »Trinken Sie!«

Diesmal trank sie gehorsam, dann mußte sie husten. »Das ist — schrecklich stark«, keuchte sie.

»Es wird Ihnen guttun. In einer Minute fühlen Sie sich besser. Bleiben Sie ganz still sitzen.«

Ihr war schlecht gewesen und schwindlig, jetzt gab sich das allmählich. Ihre Wangen bekamen wieder Farbe, und das Zittern ließ nach. Zum erstenmal sah sie sich um. Angst und Entsetzen hatten sie geschüttelt, aber nun beruhigte sie sich etwas. Der mittelgroße Raum und das Mobiliar erweckten unbestimmte Erinnerungen: ein Schreibtisch, eine Couch, ein Sessel, ein Stuhl, auf einem Tisch ein Stethoskop und ein Apparat, der wohl etwas mit Augenuntersuchungen zu tun hatte. Ihr Blick wanderte zu dem Mann, der ihr befohlen hatte zu trinken. Er war ungefähr dreißig, rothaarig und von einer faszinierenden Häßlichkeit. Er nickte ihr beruhigend zu. »Na, bekrabbeln Sie sich wieder?«

»Ich — ja, ich glaube. Ich — Sie haben . . . Was war los?«

»Erinnern Sie sich nicht mehr?«

»Doch. Die Autos . . . Sie kamen plötzlich auf mich zu.« Sie sah ihn an. »Ich bin unter ein Auto gekommen?«

»Nein, zum Glück nicht, das habe ich verhindert.«

»Sie?«

»Ja, Sie waren mitten auf der Straße, und ein Wagen schoß auf Sie zu. Ich habe Sie gerade noch zurückreißen können. Was haben Sie sich eigentlich dabei gedacht? Einfach so über die Straße zu rennen!«

»Ich kann mich nicht erinnern. Ich — ich muß mit meinen Gedanken woanders gewesen sein . . .«

»Der Jaguar raste auf Sie zu; auf der anderen Fahrbahn kam ein Bus. Kann es sein, daß der Wagen es auf Sie abgesehen hatte?«

»Ich — nein. Nein. Warum? Ich . . .«

»Na, es hätte ja immerhin so sein können, oder?«

»Wie meinen Sie das?«

»Daß es Absicht war . . .«

»Was heißt Absicht?«

»Ehrlich gestanden, habe ich mich gefragt, ob Sie sich absichtlich überfahren lassen wollten. Stimmt das?« fügte er beiläufig hinzu.

»Ich wollte . . . Nein, natürlich nicht.«

»Wäre auch eine sehr ungeschickte Methode gewesen.« Sein Tonfall veränderte sich leicht. »Jetzt sagen Sie mal: an irgend etwas müssen Sie sich doch noch erinnern können.«

Wiederum begann sie zu zittern. »Ich dachte . . . es würde alles vorbei sein. Ich wollte . . .«

»Dann wollten Sie sich also doch umbringen? Was ist denn los? Mir können Sie's ruhig sagen. Liebeskummer? Das kann einem schon zusetzen, ich weiß. Außerdem hat man immer die Hoffnung, daß es ihm leid tut, wenn man sich seinetwegen das Leben nimmt, aber darauf sollte man sich besser nicht verlassen. Schuldbewußtsein kann kein Mensch ertragen. Erinnern Sie sich an meine goldenen Worte, wenn Sie wieder mal Ihre Kräfte mit einem Jaguar messen wollen. Auch Jaguare haben eine Seele. Und was ist nun los? Hat Ihr Freund Sie sitzenlassen?«

»Nein«, sagte Norma. »Nein, ganz im Gegenteil. Er wollte mich heiraten.«

»Das ist doch kein Grund, sich gleich vor ein Auto zu werfen.«

»Doch. Das ist es, ich wollte es, weil . . .« Sie verstummte.

»Wie wär's, wenn Sie mir alles hübsch der Reihe nach erzählen?«

»Wie bin ich hierher gekommen?« fragte Norma.

»Ich habe Sie in ein Taxi verfrachtet. Sie hatten offenbar keine Verletzungen. Na, ein paar blaue Flecken werden Sie wohl kriegen. Aber Sie waren so erschreckt und außer sich vor Angst, daß Sie mir nicht mal Ihre Adresse sagen konnten, als ich Sie danach fragte. Um uns herum blieben alle Leute stehen. Da habe ich das nächste Taxi genommen und Sie erstmal hierher gebracht.«

»Ist das eine — eine Arztpraxis?«

»Ja, das ist das Behandlungszimmer, und ich bin der Arzt. Ich heiße Stillingfleet.«

»Ich will zu keinem Arzt! Ich sage kein Wort mehr! Nicht zu einem Arzt!«

»Na, immer mit der Ruhe. Sie reden ja schon seit zehn Minuten mit einem Arzt. Was haben Sie denn gegen Ärzte?«

»Ich habe Angst. Ich habe Angst, ein Arzt könnte . . .«

»Meine liebe junge Dame, sie konsultieren mich ja nicht beruflich. Betrachten Sie mich als einen Außenstehenden, der Sie lediglich vor dem Tod bewahrt hat, wahrscheinlich aber nur vor einem Arm- oder Beinbruch, einer Schädelverletzung oder irgend etwas anderem Unerfreulichen. Sie hätten Ihr Leben zum Beispiel im Rollstuhl verbringen können. Wenn ich nicht dagewesen wäre, hätte man Sie wegen Selbstmordversuch vor Gericht stellen können. So, jetzt habe ich Ihnen ehrlich die Meinung gesagt. Vielleicht revanchieren Sie sich und sagen mir, warum Sie Angst vor Ärzten haben. Was hat Ihnen ein Arzt angetan?«

»Nichts. Angetan hat mir keiner was. Aber ich habe Angst, Sie könnten mich . . .«

»Was könnten die Ärzte?«

»Mich einsperren.«

Dr. Stillingfleet zog die rötlichen Brauen hoch und sah sie an. »Was haben Sie für komische Vorstellungen von Ärzten? Warum sollte ich Sie einsperren wollen? — Möchten Sie Tee? Oder halten Sie mehr von LSD, Preludin oder einem Beruhigungsmittel? Darauf stehen die jungen Leute Ihres Alters ja wohl. Sie haben das alles auch schon durchprobiert, was?«

Norma schüttelte den Kopf. »Nein — nicht richtig.«

»Das nehme ich Ihnen nicht ab. Aber warum die ganze Aufregung und Verzweiflung? Sie sind doch nicht geisteskrank, oder etwa doch? Ich würde das Gegenteil behaupten. Ärzte haben's so gar nicht eilig mit dem Einsperren. Die Kliniken sind sowieso schon überfüllt. Man kriegt kaum jemand mehr rein. In letzter Zeit mußte man sogar Leute entlassen — und zwar Hals über Kopf —, die besser dringeblieben wären . . . Na, wie steht's? Wollen Sie lieber was aus dem Giftschrank oder eine Tasse guten, altmodischen englischen Tee?«

»Tee bitte«, sagte Norma.

Er ging zur Tür, riß sie auf und rief: »Annie! Eine Kanne Tee für zwei Personen!« Dann setzte er sich wieder. »Nun wollen wir erst mal etwas klarstellen, Miß . . . Wie heißen Sie überhaupt?«

»Norma Rest . . .« Sie verstummte.

»Wie?«

»Norma West.«

»Also, Miß West, damit wir uns richtig verstehen: ich bin nicht Ihr Arzt, und Sie sind nicht meine Patientin. Sie haben einen Verkehrsunfall gehabt — bei der Bezeichnung wollen wir bleiben, und wahrscheinlich hatten Sie es ja auch so geplant. Für den Mann im Jaguar hätte das übrigens böse Folgen haben können.«

»Erst wollte ich mich auch von einer Brücke runterstürzen.«

»So? Das wäre bestimmt nicht leicht geworden. Die Brückenbauer denken heutzutage einfach an alles. Sie hätten erst auf das Geländer klettern müssen, und inzwischen wäre längst ein Lebensretter aufgetaucht. Aber jetzt weiter im Text: ich habe Sie mit zu mir genommen, weil Sie sich in Ihrem Schock nicht an Ihre Adresse erinnern konnten. Wo wohnen Sie übrigens?«

»Ich wohne nirgends . . .«

»Interessant! Die Polizei nennt das ›ohne festen Wohnsitz‹. Wie machen Sie das? Übernachten Sie auf Parkbänken?«

Sie warf ihm einen argwöhnischen Blick zu.

»Ich hätte den Unfall der Polizei melden können, bin aber nicht verpflichtet dazu. Ich stelle mich auf den Standpunkt, daß Sie in mädchenhafter Verträumtheit über die Straße gewandelt sind, ohne links und rechts zu sehen.«

»Ich habe mir Ärzte immer ganz anders vorgestellt . . .«

»Ach nein? Ich habe mittlerweile sämtliche Illusionen über meinen Beruf verloren. Übrigens löse ich meine Praxis gerade auf und gehe in vierzehn Tagen nach Australien. Sie sind also absolut sicher bei mir. Wenn Sie wollen, können Sie mir ruhig erzählen, daß rosa Elefanten die Wände hochkrabbeln oder Bäume ihre Äste nach Ihnen ausstrecken, um Sie festzuhalten und Sie zu erwürgen, oder was Sie sonst noch Fröhliches auf Lager haben. Keinen Finger werde ich rühren! Sie sehen aber ganz normal aus, wenn ich das sagen darf.«

»Ich glaube nicht, daß ich das bin.«

»Mag sein, daß Sie recht haben«, sagte Dr. Stillingfleet entgegenkommend. »Lassen Sie mich mal Ihre Gründe hören.«

»Ich tue Dinge, an die ich mich nicht erinnern kann . . . Ich erzähle den Leuten, was ich getan habe, aber ich erinnere mich nicht, es ihnen erzählt zu haben . . .«

»Das klingt, als hätten Sie ein schlechtes Gedächtnis.«

»Sie verstehen mich nicht. Es dreht sich um — um schreckliche Dinge.«

»Religiöser Wahn? Hochinteressant.«

»Es hat nichts mit Religion zu tun, sondern mit — Haß.«

Es klopfte. Eine ältere Frau brachte ein Tablett und stellte es auf den Schreibtisch.

»Zucker?« fragte Dr. Stillingfleet.

»Ja, bitte.«

»Sie sind ein vernünftiges Kind. Zucker ist immer gut bei einem Schock.« Er schenkte Tee ein und schob ihr die Tasse hin. »So. Wovon sprachen wir? Ach ja, vom Haß.«

»Ist es möglich, daß man jemand so sehr haßt, daß man ihn umbringen möchte?«

»Aber ja«, sagte Stillingfleet gleichbleibend gutgelaunt. »Und ob das möglich ist! Aber selbst, wenn Sie es wirklich wollen, schaffen Sie es dann im letzten Moment doch nicht. Die Natur hat den Menschen eine Art Bremssystem verliehen, das genau im richtigen Augenblick zu funktionieren beginnt.«

»Das klingt so, als wäre es etwas ganz Alltägliches.« Eine gewisse Verärgerung sprach aus Normas Stimme.

»Ja, es ist auch völlig natürlich. Bei Kindern kommt es jeden Tag vor. Sie fahren aus der Haut und sagen zu ihren Müttern oder Vätern: ›Du bist gemein, ich hasse dich! Wenn du doch tot wärst!‹ Als Erwachsener haßt man immer noch manche Leute, aber es ist ein bißchen mühsam, sie alle gleich umbringen zu wollen. Und falls Sie es trotzdem tun — na, dann landen Sie eben im Gefängnis. Sagen Sie, Sie ziehen doch hier keine große Schau ab, oder?«

»Natürlich nicht.« Norma richtete sich auf und funkelte ihn wütend an. »Natürlich nicht! Glauben Sie etwa, ich würde so etwas Schreckliches sagen, wenn es nicht stimmte?«

»Ach, wissen Sie, auch das passiert, daß Menschen die schrecklichsten Dinge von sich erzählen und das sehr genießen.« Er nahm ihr die leere Tasse ab. »So, und jetzt sollten Sie mal auspacken. Wen hassen Sie, warum, und was wollen Sie ihm oder ihr antun?«

»Aus Liebe kann Haß werden.«

»Au! Das klingt aber melodramatisch! Übrigens kann umgekehrt auch Haß zu Liebe werden. Um Ihren Freund handelt es sich also nicht?«

»Nein. Es ist . . . meine Stiefmutter.«

»Die böse Stiefmutter! Das ist doch Blödsinn. In Ihrem Alter! Was hat Sie Ihnen angetan, abgesehen davon, daß sie Ihren Vater geheiratet hat? Hassen Sie den auch, oder lieben Sie ihn so sehr, daß Sie ihn mit niemand teilen wollen?«

»Nein, darum geht es nicht. Früher habe ich ihn sehr geliebt. Ich habe ihn wirklich geliebt. Er war — er war — ich fand ihn fabelhaft.«

»Na, nun passen Sie mal auf«, sagte Dr. Stillingfleet, »ich möchte Ihnen etwas vorschlagen. Sehen Sie die Tür da?«

Norma drehte sich um und blickte verblüfft auf die Tür.

»Eine ganz gewöhnliche Tür, stimmt's? Nicht verschlossen.

Geht auf und zu wie jede Tür. Probieren Sie's. Sie haben meine Haushälterin hereinkommen und hinausgehen sehen, nicht wahr? Los, stehen Sie auf. Tun Sie, was ich Ihnen sage.«

Norma erhob sich zögernd und öffnete die Tür. Auf der Schwelle blieb sie stehen und sah ihn fragend an.

»Gut. Was ist da draußen? Ein Korridor, der mal gestrichen werden müßte. Aber das lohnt sich nicht mehr, weil ich nach Australien auswandere. So, jetzt gehen Sie zur Haustür, machen sie auf und laufen hinaus auf die Straße. Dann werden Sie wohl kapieren, daß Sie frei sind und keiner Sie einsperren will. Wenn Ihnen das ganz klar ist, können Sie wiederkommen, sich auf den Sessel da setzen und mir erzählen, was los ist. Danach kann ich Ihnen einen Rat geben, den Sie aber nicht befolgen müssen. Alles klar? Sind Sie einverstanden?«

Norma schritt über die Schwelle in den Korridor, öffnete die Haustür, die kein Schnappschloß hatte, und stand nun auf dem Bürgersteig. Sie wußte nicht, daß der Arzt sie durch einen Spalt im Vorhang beobachtete. Nach zwei Minuten machte sie kehrt und kam in das Behandlungszimmer zurück.

»Glauben Sie mir jetzt, daß ich nichts Böses im Schilde führe? Sind Sie überzeugt?« Sie nickte. »Fein. Setzen Sie sich. Machen Sie sich's gemütlich. Rauchen Sie?«

»Ja, aber . . .«

»Nur Marihuana oder so? Keine Sorge, Sie brauchen mir das nicht zu erzählen.«

»Natürlich rauche ich kein solches Zeug!«

»Daß das so ›natürlich‹ ist, hätte ich nicht ohne weiteres angenommen. Aber man muß seinen Patienten Glauben schenken. Und nun fangen Sie mal an.«

»Ich weiß nichts. Eigentlich gibt es nichts zu erzählen . . . Muß ich mich denn nicht auf die Couch legen?«

»Ach, Sie meinen, Sie sollten sich an Träume erinnern? Nein, das brauchen Sie nicht. Ich möchte nur mal die Vorgeschichte hören. Wo Sie geboren sind, ob Sie auf dem Land oder in der Stadt gelebt haben, ob Sie Geschwister haben und so weiter. Hat der Tod Ihrer Mutter Sie sehr stark erschüttert?«

»Aber natürlich«, sagte Norma fast beleidigt.

»Ihre Vorliebe für das Wort ›natürlich‹ grenzt ans Unnatürliche, Miß West. Das ist doch nicht Ihr richtiger Name? Nein, regen Sie sich nicht auf. Von mir aus können Sie sich West, Ost oder Nord nennen. Also was passierte nach dem Tod Ihrer Mutter?«

»Sie war schon vorher lange krank und oft in Sanatorien. Ich wohnte bei einer alten Tante in Devonshire. Vor etwa einem halben Jahr ist mein Vater zurückgekommen. Ich — ich habe mich so gefreut.« Sie sah den klugen, prüfenden Blick nicht, den der scheinbar so unbeteiligte junge Arzt ihr zuwarf. »Ich konnte mich kaum noch an ihn erinnern. Er ist ins Ausland gegangen, als ich fünf war. Ich hatte nicht damit gerechnet, ihn noch mal wiederzusehen. Und Mutter hat fast nie von ihm gesprochen. Ich glaube, daß sie anfangs gehofft hat, er würde sich von der anderen trennen und zu ihr zurückkehren.«

»Von welcher anderen?«

»Er ist mit einer anderen Frau weggegangen.«

»Hat Ihr Vater sie geheiratet?«

»Nein. Mutter wollte sich nicht scheiden lassen.«

»Wie hieß die Frau?«

»Ich kann mich nicht an ihren Nachnamen erinnern.« Norma schüttelte den Kopf. »Die beiden sind nach Südafrika gegangen, müssen sich dort aber bald getrennt haben. Trotzdem ist er nicht zurückgekommen; er hat nicht mal geschrieben. Auch mir nicht. Nur zu Weihnachten kriegte ich immer Geschenke.«

»Also hatte er Sie sehr gern?«

»Ich weiß es nicht. Ich kann's nicht sagen. Niemand hat über ihn gesprochen. Bloß Onkel Simon — das war sein Bruder. Der hatte ein Geschäft in der City und war böse auf Vater, weil er alles im Stich gelassen hat. Er wäre schon immer so gewesen, sagte er. Vater wäre so unstet, aber sonst ein anständiger Mensch. Nur eben schwach. Aber ich habe Onkel Simon wenig gesehen. Ich kannte bloß Mutters Freunde, und die waren alle langweilig. Mein ganzes Leben war langweilig . . . Oh, ich habe mich so gefreut, daß Vater nach Hause kam! Ich wollte mich wieder an ihn erinnern, wissen Sie, an Sachen, die er gesagt hat, an Spiele, die wir gespielt haben. Er war immer so lustig. Ich habe nach alten Fotos von ihm gesucht. Aber Mutter muß sie wohl alle verbrannt haben.«

»Sie hat ihm also nie verziehen?«

»Ich glaube eher, daß sie sich an Louise rächen wollte.«

»Louise?« Er merkte, wie Norma zusammenzuckte.

»Ich weiß nicht . . . ich sagte Ihnen ja schon, daß ich mich an keine Namen erinnere.«

»Das macht nichts. Sie sprachen eben von der Frau, mit der Ihr Vater durchgebrannt ist, nicht wahr?«

»Ja. Mutter hat immer gesagt, sie wäre 'ne Alkoholikerin und rauschgiftsüchtig und würde mal schlimm enden.«

»Hat sie recht behalten?«

»Ich weiß von gar nichts . . .« Ihre Erregung steigerte sich. »Stellen Sie mir doch nicht so viele Fragen! Ich weiß überhaupt nichts von ihr! Ich habe nie wieder etwas von ihr gehört! Ich hatte sie völlig vergessen. Ich sage Ihnen doch, daß ich *nichts* über sie weiß!«

»Nun mal langsam, regen Sie sich nicht so auf«, sagte Dr. Stillingfleet. »Das ist alles längst vorbei. Wir sollten lieber mal über die Zukunft reden. Was haben Sie jetzt vor?«

Norma seufzte tief auf. »Ich weiß es nicht. Ich weiß nicht, wo ich hin soll. Ich glaube . . . ja, bestimmt, es ist am besten, ich mache Schluß, aber . . .«

»Aber einen zweiten Versuch schaffen Sie nicht? Das wäre auch schön dumm, mein liebes Kind! Gut — Sie wissen nicht, wohin, Sie können niemand vertrauen. Wie steht's mit Geld?«

»Ich habe ein Konto, und Vater überweist mir jedes Vierteljahr einen großen Betrag, aber ich traue mich nicht . . . ich glaube, daß sie jetzt schon nach mir suchen. *Sie sollen mich nicht finden.*«

»Das läßt sich verhindern. Ich weiß was für Sie. Kenway Court heißt es. Ein Haus für Rekonvaleszenten, ein Erholungsheim. Es gibt dort keinen Arzt, keine Couch und niemand, der Sie einsperren will. Das schwöre ich Ihnen. Wenn Sie wollen, können Sie einfach fortgehen. Aber Sie können auch im Bett frühstücken oder den ganzen Tag liegen bleiben. Ruhen Sie sich aus, und dann besuche ich Sie mal, und wir beraten, was geschehen soll. Wäre das was für Sie? Wollen Sie das?«

Norma starrte ihn ausdruckslos an und nickte langsam.

Am gleichen Abend führte Dr. Stillingfleet ein Telefongespräch. »Operation Kidnapping erfolgreich beendet«, sagte er. »Sie ist in Kenway Court. Sie war folgsam wie ein Lamm. Viel kann ich Ihnen noch nicht sagen. Das Mädchen ist randvoll mit Rauschgift. Vermutlich hat sie Marihuana und Haschisch genommen, wahrscheinlich auch noch LSD . . . Das muß schon einige Zeit so gehen. Sie leugnet zwar strikt, aber ich traue ihr nicht so recht.« Er lauschte eine Weile. »Keine Ahnung! Da muß man sehr vorsichtig sein. Sie ist sehr argwöhnisch . . . Ja, sie hat Angst, oder sie tut so, als habe sie vor etwas Angst . . . Das weiß ich noch nicht. Nein. Denken Sie daran, daß Rauschgiftsüchtige schwierig sind. Man darf ihnen nicht alles glauben. Ich habe nichts übereilt; ich möchte nicht, daß sie sich aufregt . . . Ja, als Kind hat sie einen Vaterkomplex gehabt. Aus der Mutter hat sie sich nicht viel gemacht — die muß auch unerfreulich gewesen sein, eine selbstgerechte Märtyrerin. Sagt Ihnen der Name Louise etwas? . . . Allein die Erwähnung schien ihr Angst einzujagen. Offenbar hat sie sie als kleines Mädchen gehaßt. Mit der ist der Vater durchgebrannt, als sie fünf war. In dem Alter verstehen die Kinder nicht viel, aber sie sind schnell bereit, Abneigung gegen den zu entwickeln, dem sie an etwas die Schuld geben. Den Vater hat sie erst vor ein paar Monaten wiedergesehen. Vermutlich hat sie davon geträumt, daß er nur noch für sie da sein würde. Statt dessen kam er mit einer hübschen jungen Frau angereist. *Die* heißt doch nicht etwa Louise, oder? . . . Na, ich habe nur mal gefragt . . .«

Nach einer Pause fuhr der Arzt fort: »Übrigens gibt es noch was, daß Sie vielleicht interessiert. Das Mädchen hat einen ziemlich lahmen Selbstmordversuch gemacht. Beunruhigt Sie das? . . . Na, um so besser . . . Nein, weder Tabletten, noch Gas. Sie wollte sich vor einen Jaguar werfen, der schneller fuhr, als er sollte . . . Das kann ich nicht sagen. Ich habe sie gerade noch rechtzeitig erwischt . . . Ja, das schien mir wirklich ein impulsiver Entschluß zu sein. Sie hat es zugegeben.«

Er lauschte einem vehementen Redeschwall und sagte dann: »Das weiß ich nicht. In diesem Stadium läßt sich das schwer beurteilen. Momentan sieht es so aus: ein empfindsames Mädchen, das neurotisch und überreizt ist, weil es zuviel verschiedene Narkotika geschluckt . . . Nein, das kann ich nicht mit Bestimmtheit sagen. Davon gibt es Dutzende, die alle verschiedene Wirkungen hervorrufen: Verwirrtheit, Gedächtnisverlust, Aggressivität oder nur Benommenheit. Es ist schwierig, ihre eigenen Reaktionen von denen zu trennen, die durch die Medikamente entstanden sind. Es gibt zwei Möglichkeiten: entweder steigert sie sich in diese Sache hinein, wird immer unsteter, neurotischer und überspannter, bis sich wirklich eine Tendenz zum Selbstmord entwickelt; oder es ist ein groß angelegter Schwindel. Nicht ausgeschlossen, daß sie allen diese Geschichte aus einem unerfindlichen Grund vorspielt. Vielleicht will sie sich anders darstellen, als sie ist. Das gelingt ihr jedenfalls glänzend. Trotzdem tauchen immer wieder gewisse Unstimmigkeiten und Widersprüche auf. Begabte Schauspielerin oder halbschwachsinnige Selbstmordkandidatin? Beides ist denkbar . . . Was haben Sie eben gesagt? . . . Hm, der Jaguar? . . . Ja, der ist viel zu schnell gefahren. Ach, Sie meinen, es wäre vielleicht kein Selbstmordversuch gewesen? Sie sollte absichtlich überfahren werden?«

Er dachte einige Zeit darüber nach. »Ich kann es nicht sagen. Könnte immerhin sein. Möglich ist schließlich alles, nicht wahr? Jedenfalls werde ich bald mehr erfahren. Sie hat etwas Vertrauen zu mir gefaßt, aber ich darf den Bogen nicht überspannen, sonst wird sie argwöhnisch. Im Moment hat sie vor irgend etwas Angst . . . Ja, natürlich, wenn sie mir einen Bären aufbindet, dann müssen wir den Grund herausbekommen. Ich glaube schon, daß sie in Kenway Court bleiben wird. Trotzdem würde ich vorschlagen, daß Sie jemand hinaufschicken, der in den nächsten Tagen ein bißchen auf sie aufpaßt. Sie darf ihn nicht kennen, damit er ihr folgen kann, falls sie fortlaufen sollte.«

11

Andrew Restarick schrieb einen Scheck aus und schnitt dabei eine Grimasse. Er hatte das geräumige Chefbüro Simon Restaricks unverändert gelassen und lediglich zwei Bilder gegen sein eigenes

Porträt ausgewechselt, das er mit einem Aquarell des Tafelbergs vom Land mitgebracht hatte.

Obwohl Andrew Restarick jetzt etwas fülliger zu werden begann, unterschied er sich merkwürdig wenig von dem um fünfzehn Jahre Jüngeren auf dem Bild. Dasselbe vorspringende Kinn, die fest zusammengepreßten Lippen, die fragend hochgezogenen Augenbrauen. Alles in allem ein absolut durchschnittlicher Typ.

Seine Sekretärin kam herein und blieb vor dem Schreibtisch stehen. Er sah auf. »Ein Monsieur Hercule Poirot ist hier. Er sagt, er sei mit Ihnen verabredet. Ich habe aber keinen Termin notiert.«

»Monsieur Hercule Poirot? Ich kann mich nicht erinnern«, sagte er kopfschüttelnd, »aber den Namen muß ich schon mal gehört haben. Wie sieht er aus?«

»Sehr klein — sehr — sehr französisch. Mit einem riesigen Schnurrbart . . .«

»Oh, jetzt weiß ich es! Mary hat ihn mir beschrieben. Er hat den alten Roddy besucht. Aber wieso will er mit mir verabredet sein?«

»Er sagt, Sie hätten ihm geschrieben.«

»Komisch, daran kann ich mich gar nicht erinnern. Ob Mary . . . Ach, er soll ruhig reinkommen. Das ist wohl das beste.«

Kurz darauf erschien Claudia Reece-Holland wieder in Begleitung eines kleinen Mannes mit eiförmigem Kopf, mächtigem Schnurrbart und spitzen Lackschuhen, der überaus selbstgefällig wirkte und genau Marys Beschreibung entsprach.

»Monsieur Hercule Poirot«, verkündete Claudia Reece-Holland und ging gleich wieder hinaus. Restarick erhob sich.

»Monsieur Restarick? Ich bin Hercule Poirot und stehe Ihnen zur Verfügung.«

»Ich habe durch meine Frau von Ihnen gehört. Sie haben uns — oder besser — meinen Onkel besucht. Was kann ich für Sie tun?«

»Ich bin aufgrund Ihres Briefes zu Ihnen gekommen.«

»Das verstehe ich nicht. Ich habe Ihnen nicht geschrieben.«

Poirot sah ihn groß an. Dann nahm er einen Brief aus der Tasche, entfaltete ihn, warf einen Blick darauf und legte ihn mit einer Verneigung auf den Schreibtisch. »Hier, Monsieur, überzeugen Sie sich selbst.« Restarick las staunend. Er trug den Briefkopf seiner Firma und war mit seinem Namen unterzeichnet.

Sehr geehrter Monsieur Poirot,
ich wäre Ihnen sehr verbunden, wenn Sie mich unter der oben genannten Adresse möglichst bald aufsuchen könnten. Meine Frau hat mir von Ihnen erzählt, und ich habe in London Erkundigungen über Sie eingezogen. Ich weiß, daß Sie überall vollstes Vertrauen genießen und über jeden Auftrag, den Sie akzeptieren, strengstes Stillschweigen bewahren. Ich sehe Ihrem Besuch entgegen.

Ihr sehr ergebener
Andrew Restarick

»Wann haben Sie diesen Brief erhalten?« fragte er.

»Heute früh. Da ich gerade nichts Eiliges vorhatte, bin ich sofort zu Ihnen gekommen.«

»Monsieur Poirot, diesen Brief habe ich nicht geschrieben.«

»Sie haben ihn nicht geschrieben?«

»Nein. Meine Unterschrift ist ganz anders. Bitte, überzeugen Sie sich selbst.« Ohne weiter nachzudenken, drehte er das Scheckheft um, auf das er soeben seinen Namenszug gesetzt hatte. »Sehen Sie, Monsieur Poirot? Die Unterschrift auf Ihrem Brief stammt nicht von mir.«

»Merkwürdig. Außerordentlich merkwürdig! Wer kann mir denn diesen Brief geschrieben haben?«

»Das möchte ich auch gern wissen.«

»Und — entschuldigen Sie — Ihre Frau kann es nicht gewesen sein?«

»Nein. So etwas würde Mary nie tun. Und warum sollte sie mit meinem Namen unterzeichnen? Ausgeschlossen! Sie hätte mir das doch gesagt, wenn Sie Ihnen geschrieben hätte, hätte mir Ihren Besuch angekündigt.«

»Dann wissen Sie auch nicht, warum mir jemand diesen Brief geschrieben hat?«

»Nein.«

»Und Sie können mir auch nicht sagen, Mr. Restarick, weswegen ich, diesem Brief nach, von Ihnen engagiert werden sollte?«

»Nein. Woher sollte ich das wissen?«

»Oh, verzeihen Sie«, sagte Poirot, »Sie haben den Brief ja noch gar nicht ganz gelesen. Es steht noch etwas auf der Rückseite.«

Restarick drehte das Blatt um.

Die Angelegenheit, über die ich mich mit Ihnen beraten möchte, betrifft meine Tochter Norma.

Restaricks Gesicht färbte sich dunkler. »Das ist es also! Aber wer weiß davon etwas — wer könnte sich denn in diese Angelegenheit einmischen?«

»Kann es sein, daß jemand Sie dazu bewegen will, sich an mich zu wenden? Ein Freund vielleicht? Haben Sie wirklich keine Ahnung, wer der Schreiber sein könnte?«

»Nein, nicht die mindeste.«

»Und Sie haben auch keine Sorgen mit Töchtern — mit einer Tochter namens Norma?«

»Ich habe eine Tochter Norma. Meine einzige Tochter.« Beim letzten Satz veränderte sich Restaricks Tonfall kaum merklich.

»Und gibt sie einen Anlaß zur Besorgnis?«

»Nicht, daß ich wüßte.« Er zögerte etwas.

Poirot beugte sich vor. »Das glaube ich nicht ganz, Mr. Restarick. Ich glaube vielmehr, daß Sie sich Sorgen machen, daß es da ein Problem gibt . . .«

»Wie kommen Sie darauf? Hat jemand mit Ihnen über Norma gesprochen?«

»Nein, ich habe nur sehr aufmerksam zugehört, Monsieur. Viele Eltern haben Kummer mit ihren Töchtern. Heutzutage entwickeln die jungen Damen entschieden Talent, von einer Schwierigkeit in die andere zu geraten. Warum sollte das hier nicht auch der Fall sein?«

Restarick blieb einige Zeit stumm. Er trommelte mit den Fingern auf die Schreibtischplatte. »Ja«, sagte er endlich, »ich mache mir Sorgen um Norma. Sie ist ein schwieriges Mädchen. Neurotisch, fast hysterisch. Und ich — ich kenne sie bedauerlicherweise nur wenig.«

»Vermutlich ist ein junger Mann im Spiel?«

»Ja, das auch, aber darüber rege ich mich nicht so sehr auf. Ich glaube . . .« Er betrachtete Poirot abschätzend. »Kann ich mich auf Ihre Diskretion verlassen?«

»Wäre ich sonst so erfolgreich?«

»Ich weiß nicht, wo meine Tochter ist.«

»Ach?«

»Letztes Wochenende war sie noch bei uns auf dem Land. Am Sonntagabend ist sie wie gewöhnlich nach London zurückgekehrt. Wie wir glaubten, in die Wohnung, die sie mit zwei jungen Mädchen teilt. Aber ich habe jetzt erfahren, daß sie dort nicht aufgetaucht ist. Wo sie ist, weiß ich nicht.«

»Dann ist sie also verschwunden?«

»Das klingt sehr dramatisch, aber darauf läuft es leider hinaus. Vermutlich findet sich eine ganz natürliche Erklärung, trotzdem wäre wohl jeder Vater beunruhigt. Sie hat übrigens nicht angerufen und auch ihren Hausgenossinnen nichts gesagt.«

»Sind die auch besorgt?«

»Nein, ich glaube nicht. Sie — na ja, sie finden nichts dabei. Diese modernen Mädchen sind so selbständig. In den letzten fünfzehn Jahren hat sich vieles verändert.«

»Und was ist mit dem jungen Mann, den Sie erwähnt haben und den sie nicht leiden können? Kann sie bei ihm sein?«

»Ich hoffe nicht! Es ist möglich, aber ich — meine Frau nimmt es nicht an. Sie sind ihm wohl begegnet, als Sie meinen Onkel besuchen wollten . . .«

»Ja, jetzt weiß ich, von welchem jungen Mann Sie sprechen. Er ist hübsch, aber nicht der Typ, der einem Vater gefällt, wenn ich mich so ausdrücken darf. Ihre Frau schätzt ihn auch nicht sonderlich, schien mir.«

»Meine Frau ist überzeugt davon, daß er sich heimlich einschleichen wollte.«

»Vielleicht weiß er, daß er bei Ihnen nicht gern gesehen ist?«

»Und ob er das weiß«, sagte Restarick erbittert.

»Und Sie glauben trotzdem nicht, daß Ihre Tochter bei ihm ist?«

»Ich weiß nicht mehr, was ich glauben soll.«

»Waren Sie schon bei der Polizei?«

»Nein.«

»In einem solchen Fall empfiehlt sich unbedingt die Vermißtmeldung bei der Polizei. Die Polizei ist auch diskret und hat viel mehr Möglichkeiten als ich.«

»Ich will nicht zur Polizei. Mann, es geht um meine *Tochter,* verstehen Sie das nicht? Meine Tochter. Wenn Sie ohne unser Wissen für einige Zeit fortgehen will — gut, das ist ihre Sache. Es besteht keinerlei Anlaß zu der Vermutung, daß sie in Gefahr ist. Ich — ich möchte nur wissen, wo sie ist.«

»Ist es möglich, Mr. Restarick, daß sie sich nicht nur aus diesem Grund um Ihre Tochter Sorgen machen?«

»Wie kommen Sie zu dieser Frage?«

»Weil es heute nicht so außergewöhnlich ist, daß ein junges Mädchen für ein paar Tage verreist, ohne es den Eltern oder den Freundinnen mitzuteilen. Außer ihrem Verschwinden muß es noch etwas geben, das Sie so beunruhigt.«

»Hm.« Restarick sah Poirot zweifelnd an. »Es ist sehr schwer, über so etwas mit einem Fremden zu sprechen . . .«

»Im Gegenteil — mit Freunden fällt das wesentlich schwerer. Stimmt's nicht?«

»Vielleicht. Sie mögen recht haben. Ja, ich gebe zu, daß ich mir um das Kind große Sorgen mache. Sie ist so anders als andere junge Mädchen, und es ist etwas vorgekommen, das mich, das uns beide — sehr beunruhigt hat.«

»Ihre Tochter ist vermutlich in jenem kritischen Alter, in dem viele junge Leute Dinge tun, die einem unbegreiflich sind und für die man sie nicht verantwortlich machen kann. Bitte nehmen Sie mir meine Bemerkung nicht übel, aber kann es sein, daß Ihre Tochter die Stiefmutter ablehnt?«

»Leider ja. Dabei hat sie keinerlei Anlaß dazu. Meine erste Frau und ich haben uns vor langer Zeit getrennt. Ich will Ihnen ehrlich sagen, was gewesen ist. Wir hatten uns auseinandergelebt. Ich will nichts beschönigen: ich hatte mich Hals über Kopf in eine andere verliebt und ging mit ihr nach Südafrika. Meine Frau war immer gegen eine Scheidung, und ich habe sie auch nicht darum gebeten. Ich habe meine Frau und das Kind — Norma war damals erst fünf — in jeder Weise finanziell gesichert.« Nach einer Pause fuhr er fort: »Zurückblickend weiß ich, daß ich schon längere Zeit unzufrieden war. Ich haßte diese Schreibtischhockerei. Mein Bruder machte mir oft Vorwürfe, daß ich mich so wenig ums Geschäft kümmerte und ihn nicht genügend unterstützte, aber dieses Leben lag mir einfach nicht. Ich war ruhelos, ich wollte reisen und die Welt sehen . . .«

Er unterbrach sich plötzlich. »Aber Sie sollen nicht meine gesamte Lebensgeschichte zu hören bekommen. Ich ging also mit Louise nach Südafrika. Dort erlitten wir leider sehr bald Schiffbruch. Ich liebte sie, aber wir zankten uns andauernd. Sie fand Südafrika entsetzlich und wollte wieder nach London oder nach Paris, in kultiviertere Städte. Schon nach einem Jahr trennten wir uns.« Er seufzte. »Vielleicht hätte ich damals zurückkehren sollen, zu diesem zahmen Leben am Schreibtisch, das mir so zuwider war. Ich weiß nicht, ob meine Frau mich wieder aufgenommen hätte. Möglich, daß sie es für ihre Pflicht gehalten hätte. Das Wort Pflicht wurde bei ihr immer ganz groß geschrieben.«

Poirot fiel die Bitterkeit auf, mit der er das sagte.

»Natürlich hätte ich an Norma denken müssen. Aber das Kind war bei seiner Mutter; es lebte in geordneten Verhältnissen. Ich schrieb ihr hin und wieder und schickte ihr Geschenke, aber ich bin nie auf den Gedanken gekommen, nach England zurückzukehren. Wissen Sie, ich lebte in einer völlig anderen Welt und hatte Angst, den Seelenfrieden des Kindes zu stören, wenn ich gelegentlich auftauchte, nur um gleich wieder zu verschwinden . . .« Restarick sprach nun immer schneller. Anscheinend tat es ihm gut, sein Leben vor einem wohlmeinenden Zuhörer ausbreiten zu können.

Poirot fragte mitfühlend: »Sie selbst verspürten demnach nie den Wunsch, nach England zurückzukehren?«

Restarick schüttelte energisch den Kopf. »Nein. Nie. Ich lebte so, wie ich es mir immer gewünscht hatte. Von Südafrika ging ich nach Ostafrika. Ich habe damals glänzend verdient. Alles, was ich anfing, glückte. Ob mit oder ohne Partner, meine Geschäfte florierten immer. Nein, ich hatte nicht die geringste Sehnsucht nach dem konventionellen Leben, das ich hier geführt hatte.«

»Aber dann sind Sie doch heimgekehrt?«

Restarick seufzte. »Ja. Das bin ich. Wissen Sie, man wird eben alt. Außerdem hatte ich zusammen mit einem anderen Schürfrechte erworben, die außerordentlich erfolgversprechend schienen. Dazu mußte ich nach London. Mein Bruder war kurz zuvor gestorben, sonst hätte er das übernehmen können. Ich war immer noch an der Firma beteiligt. Das war das erste Mal, daß ich eine Rückkehr erwogen habe. Eine Rückkehr in die City, meine ich . . .«

»Nun, Ihre Frau, vielleicht wollte Ihre zweite Frau . . .«

»Ja. Das war auch ein Beweggrund. Ich hatte Mary gerade geheiratet, als mein Bruder starb. Mary ist in Südafrika geboren, aber sie war oft in England und sehr gern dort. Ein englischer Garten war schon immer ihr Wunschtraum. Und mir gefiel die Idee, in England zu leben, plötzlich auch. Schon Normas wegen. Ihre Mutter war vor zwei Jahren gestorben. Ich habe alles mit Mary besprochen. Sie war sofort bereit, meine Tochter aufzunehmen. Norma sollte endlich wieder ein Heim haben. Ja, so hat sich alles entwikkelt — und jetzt bin ich wieder hier.« Er lächelte.

Poirot betrachtete das Porträt Restaricks. Warum hatte er es wohl im Büro aufgehängt? Aus Eitelkeit? Wollte er dadurch zeigen, daß er jemand war, daß er in der Geschäftswelt eine Rolle spielte? Oder war es eine Art Selbstbestätigung? Wollte er sich Mut machen?

Nach kurzem Schweigen sagte Restarick entschuldigend: »Verzeihen Sie, Monsieur Poirot, daß ich Sie mit meiner Lebensgeschichte gelangweilt habe.«

»Aber da gibt es doch nichts zu entschuldigen, Mr. Restarick. Sie haben mir nur das erzählt, was im Zusammenhang mit Ihrer Tochter von Bedeutung ist. Sie sind in großer Sorge um Ihre Tochter. Aber trotzdem vermute ich, daß Sie mir den wirklichen Grund noch nicht genannt haben. Sie möchten, daß sie gefunden wird, nicht wahr?«

»Ja.«

»Aber möchten Sie auch, daß ich sie finde? Hören Sie — ich, Hercule Poirot, gebe Ihnen den Rat, der Polizei zu melden, daß Ihre Tochter verschwunden ist. Die Polizei hat größere Möglichkeiten, und ich weiß aus eigener Erfahrung, daß sie sehr verschwiegen sein kann.«

»Ich will mich nicht an die Polizei wenden. Nicht, wenn es sich vermeiden läßt.«

»Ein Privatdetektiv ist Ihnen lieber?«

»Ja. Aber ich habe keine Erfahrung mit Privatdetektiven. Ich weiß nicht, wem man trauen kann und wem nicht.«

»Und was wissen Sie über mich?«

»Immerhin etwas. Ich weiß, daß Sie während des Krieges ein wichtiger Mann bei der Abwehr waren. Mein Onkel legt die Hand für Sie ins Feuer! Er schwört auf Sie.«

Restarick nahm das flüchtige zynische Lächeln, das über Poirots Gesicht huschte, nicht wahr. Also sind alle auf meinen Schwindel hereingefallen, dachte Poirot, sogar Restarick, der doch wissen sollte, wie wenig man Sir Rodericks Gedächtnis und seinen Augen trauen darf. Alle hatten den von ihm ausgelegten Köder samt Haken und Angelschnur geschluckt.

»Ich versichere Ihnen«, sagte er, »daß ich in meinem Beruf außergewöhnlich erfolgreich bin. Ja, in vieler Hinsicht bin ich sogar unübertroffen.«

Restarick sah nicht so begeistert aus, wie er es hätte sein müssen. Zögernd fragte er: »Glauben Sie, daß Sie meine Tochter finden werden?«

»Wahrscheinlich nicht so schnell, wie die Polizei es könnte, aber ich bin sicher, daß ich sie finde. Allerdings müßten Sie mich zuvor genau über sämtliche Einzelheiten informieren.«

»Aber das habe ich doch getan. Ich kann Ihnen höchstens noch die Adressen ihrer Freunde geben . . .«

Poirot schüttelte abwehrend den Kopf. »Nein, nein. Sagen Sie mir die Wahrheit.«

»Soll das heißen, daß ich nicht die Wahrheit gesagt hätte?«

»Nicht die volle Wahrheit. Davon bin ich überzeugt. Wovor haben Sie Angst? Was haben Sie mir verschwiegen, das ich wissen muß, um Erfolg zu haben? Ihre Tochter mag Ihre Stiefmutter nicht. Das ist klar. Und es ist sogar ganz natürlich. Wahrscheinlich hat sie Sie seit vielen Jahren idealisiert. Das kommt in unglücklichen Ehen oft vor, wenn Kinder unter Mangel an Liebe leiden. Sie hat sich ihr eigenes Bild von Ihnen gemacht und sich nach Ihrer Rückkehr gesehnt. Ihre Mutter wird sicher nie mit ihr über Sie gesprochen haben, und daher hat sie um so mehr an Sie gedacht. Sie wurden ihr immer wichtiger. Und da sie mit der Mutter nicht über Sie reden konnte, gab sie ihr die Schuld für die Abwesenheit des Vaters. Auch das ist eine ganz natürliche Reaktion bei Kindern. Und aus diesen Gründen entstand ein geheimes Band zwischen ihr und Ihnen. Als sie hört, daß Sie zurückkommen, kehren viele Erinnerungen wieder, und sie ist überglücklich. Daß eine Stiefmutter existiert, geht ihr erst richtig auf, als sie sie vor sich sieht. Sie ist sofort rasend eifersüchtig. Das ist wiederum nur natürlich. Zum Teil liegt es daran, daß Ihre Frau attraktiv, klug, elegant und sicher ist. Dagegen sind Mädchen oft besonders empfindlich, weil sie selbst unsicher sind. Vielleicht ist sie etwas linkisch und hat Minderwertigkeitskomplexe. Als sie nun ihre schöne, gewandte Stiefmutter sieht, verspürt sie Haß, aber sie verfolgt sie mit dem Haß eines Kindes, obwohl sie fast erwachsen ist.«

»Ja«, sagte Restarick zögernd. »Das entspricht dem, was der Arzt uns gesagt hat, als wir . . .«

»Ach, Sie haben also einen Arzt zu Rate gezogen? Dafür mußte es doch einen schwerwiegenden Grund geben.«

»Den gab es nicht.«

»Das nimmt Ihnen Hercule Poirot niemals ab! Es muß sich um eine ernste Angelegenheit gehandelt haben, und Sie sollten mir das nicht vorenthalten. Nur wenn ich weiß, was in dem Mädchen vorging, kann ich etwas erreichen und schneller zum Ziel gelangen.«

Nach längerem Schweigen fragte Restarick: »Bleibt das auch ganz unter uns? Ich muß mich auf Sie verlassen können, Monsieur Poirot. Versprechen Sie mir das?«

»Aber selbstverständlich. Was war denn nun los?«

»Ich bin nicht absolut sicher . . .«

»Hat Ihre Tochter etwas gegen Ihre Frau unternommen? Keine bloße Kinderei, sondern vielleicht einen regelrechten Angriff?«

»Nein, nicht direkt — es ist auch nicht nachgewiesen . . . Meine Frau wurde plötzlich leidend . . .«

»So?« fragte Poirot. »Aha. Und was für ein Leiden war es? Magenbeschwerden? Eine Art Darmkatarrh?«

»Sie haben eine rasche Kombinationsgabe, Monsieur Poirot. Ja, es war eine merkwürdige Geschichte, denn meine Frau war immer kerngesund gewesen. Schließlich wurde sie zur Beobachtung ins Krankenhaus eingewiesen. Zu einer gründlichen Untersuchung.«

»Und das Ergebnis?«

»Sie haben nichts finden können . . . Es ging ihr bald wieder gut, und sie wurde entlassen. Aber zu Hause tauchten die Beschwerden erneut auf. Sie hat strenge Diät eingehalten, wir haben die Küche überwacht, doch sie schien an einer Art Lebensmittelvergiftung erkrankt zu sein, deren Ursache wir nicht ergründen konnten. Dann haben wir Proben der Gerichte, die sie gegessen hatte, untersuchen lassen, und es stellte sich heraus, daß sie eine bestimmte Substanz enthielten. Es waren immer Speisen, die nur meine Frau zu sich genommen hatte.«

»Kurz und gut: jemand gab ihr Arsen. Stimmt das?«

»Jawohl. In kleinen Dosen, die aber nach und nach immer stärker wirkten.«

»Und Sie verdächtigen Ihre Tochter?«

»Nein.«

»Ich glaube doch. Wer hätte es sonst tun können? Sie verdächtigen sie.«

Restarick seufzte tief. »Ehrlich gestanden — ja.«

Als Poirot nach Hause kam, wurde er schon von George erwartet. »Eine Frau namens Edith hat angerufen, Sir.«

»Edith?« Poirot runzelte die Stirn.

»Soviel ich verstanden habe, ist sie bei Mrs. Oliver angestellt. Sie bat mich, Ihnen mitzuteilen, daß Mrs. Oliver im St.-Giles-Krankenhaus liegt.«

»Was ist denn mit ihr?«

»Sie hat eins — eins über den Schädel bekommen, wenn ich ihre Worte wiederholen darf, Sir.« George verschwieg den Nachsatz. »Sagen Sie ihm, daß es allein seine Schuld ist!«

Poirot schnalzte mit der Zunge. »Ich habe Sie gewarnt. Warum können die Frauen nicht auf uns hören . . .«

12

»Einen Pfau sollte man kaufen«, erklärte Mrs. Oliver plötzlich. Ihre Augen waren geschlossen, und ihre Stimme klang schwach, aber zutiefst entrüstet.

Drei Menschen richteten gleichzeitig erstaunte Blicke auf sie. Sie fügte eine weitere lakonische Mitteilung hinzu: »Schlag auf den Kopf.« Mühsam öffnete sie die Augen und versuchte herauszufinden, wo sie war. Das erste, was sie sah, war das Gesicht eines ihr fremden jungen Mannes, der in einem Notizbuch kritzelte; er hielt den gezückten Bleistift in der Hand.

»Polizei«, verkündete Mrs. Oliver energisch.

»Wie bitte, Madam?«

»Ich sagte, Sie wären ein Polizist. Habe ich recht?«

»Ja, Madam.«

»Tätlicher Angriff«, flüsterte Mrs. Oliver und klappte befriedigt die Augen zu. Als sie sie wieder aufschlug, nahm sie die Umwelt klarer wahr. Sie lag in einem hohen, ungeheuer hygienisch wirkenden Krankenhausbett. Nach einem prüfenden Blick erklärte sie: »Krankenhaus, vielleicht auch Sanatorium.«

An der Tür stand eine etwas furchteinflößende Krankenschwester, eine weitere hatte sich vor ihrem Bett postiert. Dann entdeckte sie noch eine vierte Person. »Aha«, sagte Mrs. Oliver. »Den Schnurrbart gibt's nur einmal. Was tun Sie hier, Monsieur Poirot?«

Hercule Poirot schlich auf Zehenspitzen näher. »Madame, ich hatte Sie so gewarnt!«

»Verirren kann sich jeder«, sagte Mrs. Oliver. Und dann: »Mein Kopf tut weh.«

»Kein Wunder. Wie Sie vermuteten: Sie haben einen Schlag auf den Kopf bekommen.«

»Ja. Vom Pfau.«

Der Polizist sah beunruhigt auf, »Verzeihung, Madame, behaupten Sie, von einem Pfau überfallen worden zu sein?«

»Aber ja. Mir schwante schon so etwas, eine Art Vorahnung.«

»Können Sie mir sagen, wo Sie überfallen wurden?«

»Keinen Schimmer. Ich habe mich verlaufen. Ich kam von einem Atelier, einem schmutzigen Atelier. Der andere junge Mann hatte sich seit Tagen nicht rasiert. Schmierige Lederjacke, übrigens.«

»Und er hat Sie überfallen?«

»Nein, ein anderer.«

»Wenn Sie mir sagen könnten . . .«

»Das tue ich doch, oder? Ich habe ihn vom Café aus beschattet und bin in World's End ausgestiegen. Natürlich dachte ich, er wäre einen anderen Weg gegangen. Statt dessen war er hinter mir her.«

»Wer?«

»Der Pfau«, sagte Mrs. Oliver. »Er hat mich erschreckt. Na ja, ich hatte Angst. Weiß eigentlich nicht, warum. Er war nämlich sehr höflich und sagte: ›Kommen Sie mit ins Atelier.‹ Ich kroch also die Hühnerleiter rauf, und oben war der andere junge Mann, der schmutzige. Er malte ein Bild, und das Mädchen saß ihm Modell. Sie war ziemlich sauber und recht hübsch. Na, sie waren alle nett und zuvorkommend, und als ich sagte, daß ich gehen müßte, haben sie mir den Weg zur King's Road beschrieben. Kann aber nicht der richtige gewesen sein, oder ich habe mich verlaufen. Passiert mir öfter. Jedenfalls war ich in einem Elendsviertel dicht am Fluß. Da hatte ich schon keine Angst mehr. Und deswegen habe ich nicht aufgepaßt, als mir der Pfau eins über den Kopf gab.«

»Ich glaube, sie phantasiert«, erklärte die Schwester.

»Keine Spur!« protestierte Mrs. Oliver. »Ich weiß genau, was ich sage. Samt und Seide und lange Locken.«

»Ein Pfau in Seide? Ein Pfau, Madame? Sie haben einen Pfau in Chelsea gesehen?«

»Natürlich nicht. Wie kommen Sie denn auf so was? Was soll denn ein Pfau am Themsekai in Chelsea?« Darauf schien niemand eine Antwort geben zu können.

»Er schlägt Rad«, sagte Mrs. Oliver. »Deswegen habe ich ihn Pfau getauft. Er gibt an, verstehen Sie. Er ist eitel, stolz auf sein gutes Aussehen, und wahrscheinlich nicht nur darauf.« Jetzt wandte sie sich an Poirot. »David Sowieso. Sie wissen schon, wen ich meine.«

»Und Sie bleiben dabei, daß dieser David Sie angegriffen und Ihnen den Schlag über den Kopf versetzt hat?«

»Ja freilich.«

»Haben Sie ihn tatsächlich gesehen?« erkundigte sich Hercule Poirot.

»Gesehen habe ich ihn nicht. Ich habe überhaupt nichts gemerkt. Ich glaubte, etwas gehört zu haben, und ehe ich mich umdrehen konnte — war es schon geschehen. Als hätte man eine Tonne Ziegelsteine auf mich geschüttet. So, und jetzt möchte ich schlafen.

13

Als Poirot vom Krankenhaus kam, machte ihm Miß Lemon auf. »Sie haben zwei Besucher«, empfing sie ihn. »Mr. Goby und Sir Roderick Horsefield. Wen möchten Sie zuerst sprechen?«

»Sir Roderick Horsefield.« In dem Augenblick stürzte Goby aus Miß Lemons Arbeitszimmer. »Ich werde mit George in der Küche Tee trinken«, verkündete er und verzog sich.

Poirot betrat das Wohnzimmer, in dem Sir Roderick rüstig auf und ab marschierte. »Hab' ich Sie glücklich aufgetrieben, alter Junge«, sagte er herzlich. »War gar nicht so einfach.«

»Ich bin entzückt, Sie zu sehen«, entgegnete Poirot. »Darf ich Ihnen einen Whisky anbieten?«

»Ja, gern.«

Poirot klingelte nach George, der den Whisky und ein Siphon brachte und sich wieder zurückzog.

»Was kann ich für Sie tun?« erkundigte sich Poirot.

»Meine Papiere wiederbeschaffen. Hatte sie in einem Banksafe. Da habe ich sie rausgeholt, um sie durchzusehen. Warum soll ich schließlich keine Memoiren schreiben? Tun die anderen auch alle. Ich habe also meine Papiere geholt und sie zusammen mit der Kleinen sortiert. Und jetzt kommt's: *die Papiere, die ich gesucht habe, waren nicht da.*«

»Tatsächlich?«

»Tatsache. Wir haben erst gedacht, wir hätten sie übersehen, aber ich sage Ihnen, Poirot, man hat sie mir gestohlen! Genau die Briefe, die ich für meine Memoiren brauchte.«

»Was sind das für Briefe?«

»Kann ich Ihnen leider nicht sagen, alter Freund. Das ist hochpolitisch und streng geheim.«

»Ohne nähere Angaben wird es nicht leicht, sie wiederzufinden.«

»Zunächst möchte ich wissen, wer sich dafür interessieren könnte.«

»Wer hat die besten Möglichkeiten . . .«

»Aha. Ich soll also die Kleine beschuldigen. Kommt nicht in Frage. Sie sagt, sie war's nicht, und ich glaube ihr. Verstanden?«

Poirot seufzte leise. »Ja. Wer hatte außerdem Zugang zu den Papieren?«

»Andrew und Mary. Aber Andrew interessiert sich nicht die Bohne dafür. Außerdem kann ich mir ihn einfach nicht als Spion vorstellen. Mary auch nicht. Die hat nur Augen für ihre Rosen. Dann ist da der Gärtner, aber der ist aus dem Dorf. Jetzt ist er dreiundachtzig. Und die Frauen, die im Haus rumwirtschaften und Lärm mit dem Staubsauger machen. Keine Spioninnen, wenn Sie mich fragen. Muß ein Fremder sein, auf jeden Fall. Natürlich, Mary hat eine Perücke.« Sir Roderick fuhr nach dieser seltsamen Bemerkung fort: »Ich meine, wegen der Perücke könnte man annehmen, daß sie eine Spionin ist. Stimmt aber nicht. Sie war krank und hat mit achtzehn die Haare verloren. Hatte keine Ahnung von der Perücke, aber dann blieb sie in einem Rosenstrauch hängen. Bitter für eine junge Frau, was?«

»Mir war aufgefallen, daß sie so merkwürdig frisiert ist«, sagte Poirot.

»Gute Geheimagenten tragen keine Perücken«, belehrte ihn Sir Roderick. »Die kriegen gleich eine kosmetische Operation verpaßt. Trotzdem ist jemand an meine Papiere gegangen.«

»Und daß Sie sie verlegt haben, ist unmöglich? Wann haben Sie sie zuletzt gesehen?«

»Vor einem Jahr vielleicht. Ich weiß genau, daß sie damals alle da waren. Jetzt hat sie einer geklaut.«

»Sie verdächtigen also weder Ihren Neffen, noch seine Frau, noch das Personal. Wie steht's mit der Tochter?«

»Norma? Hm, bei Norma sind ein paar Schrauben locker. Ich meine, sie könnte eine Kleptomanin sein, aber daß Sie in meinen Papieren rumstöbert, kann ich mir nicht vorstellen.«

»Verschließen Sie die Tür Ihres Zimmers — zum Beispiel, wenn Sie nach London fahren?«

»Früher nie. Erst jetzt, wo es keinen Sinn mehr hat. Aber mein Schlüssel paßt zu allen anderen Türen. Heutzutage kommen die Leute am hellen Tag ins Haus, trampeln überall herum, laufen in alle Zimmer, brechen die Schmuckkassette auf und hauen wieder ab. Kümmert sich keiner drum. Solche Rockers und Beatniks, oder wie man das Pack mit den langen Haaren und schmutzigen Nägeln nennt, habe ich selber im Haus rumschleichen sehen. Vermutlich Normas Freunde. Wäre früher nicht möglich gewesen. Aber schmeißen Sie sie mal raus, und nachher war's Viscount Endersleigh oder Lady Charlotte Marjoribanks, was dann?« . . . Er schnaubte. »Gibt nur einen, der dahintersteigen kann . . . Sie, Poirot.« Nach dem letzten Schluck stand er auf. »Na, Sie übernehmen doch den Fall, oder?«

»Ich werde es versuchen«, entgegnete Poirot.

Es klingelte an der Wohnungstür. »Die Kleine«, sagte Sir Roderick. »Pünktlich auf die Minute. Fabelhaft, was? Könnte ohne sie nicht mehr nach London, wissen Sie. Bin blind wie eine Fledermaus.«

George führte Sonja herein. Sie sah reizend aus. Poirot eilte liebenswürdig auf sie zu. »*Enchanté,* Mademoiselle.« Er beugte sich über ihre Hand.

»Hoffentlich habe ich Sie nicht warten lassen, Sir Roderick.«

»Pünktlich auf die Minute, kleines Fräulein«, sagte er. »Und jetzt müssen wir zum Bahnhof.«

»Soll George Ihnen ein Taxi holen?« fragte Poirot.

»Das Taxi wartet schon unten«, wehrte Sonja ab.

»Na, bitte, was habe ich gesagt! Sie denkt eben an alles.« Sir Roderick klopfte ihr auf die Schulter, und sie dankte ihm mit einem Blick, bei dem Poirot warm ums Herz wurde.

Poirot begleitete sie zur Wohnungstür. Goby war inzwischen aus der Küche in die Diele gekommen, wo er mit viel Talent die Rolle des Mannes mimte, der die Gasleitung überprüfen soll. Er folgte Poirot ins Wohnzimmer, nahm auf einem steiflehnigen Stuhl Platz, holte ein Notizbuch mit vielen Eselsohren aus der Tasche, schlug es auf und wandte sich an das Siphon. »Offenbar ist die Familie Restarick völlig okay.«

»Kein einziges schwarzes Schaf, keine — hm — Krankheiten?«

»Ich habe nichts finden können.«

»Wie enttäuschend.«

Goby räusperte sich, feuchtete den Finger an und blätterte um. »David Baker. Zwei Strafen sind zur Bewährung ausgesetzt worden. Die Polizei hat ein Auge auf ihn. Er soll an einem großen Kunstraub beteiligt gewesen sein, ist ihm aber nicht nachzuweisen. Bevorzugt Freundinnen mit Geld. Läßt sich von ihnen aushalten oder abfinden. Der Kerl taugt nichts, gar nichts, ist aber klug genug, kein Risiko einzugehen. Kennen Sie ihn?«

»Ja.«

»Was halten Sie von ihm, wenn ich fragen darf?«

»Dasselbe wie Sie.« Nachdenklich fügt Poirot hinzu: »Ein schillernder Typ.«

»Die Frauen rennen ihm nach«, sagte Goby. »Heute hat ein ordentlicher fleißiger Junge keine Chancen. Die Mädchen schwärmen für Taugenichtse und Tagediebe.«

»Sie erinnern an einen Pfau, der radschlägt.«

»Kein schlechter Vergleich.«

»Können Sie sich vorstellen, daß er jemand mit einem Knüppel niederschlägt?«

Goby versank in Gedanken, schüttelte langsam den Kopf und sprach mit dem Heizofen. »Möglich wär's meiner Meinung nach schon, aber es ist nicht seine Masche. Er macht alles auf die sanfte Tour, Gewalttätigkeit liegt ihm nicht.«

»Nein, das habe ich auch nicht angenommen. Sie sagten, man kann ihn kaufen?«

»Wenn es sich für ihn lohnt, läßt der jedes Mädchen sausen. Für Geld bestimmt!«

Poirot nickte. Er erinnerte sich, wie ihm Andrew Restarick das Scheckheft gezeigt hatte. Poirot hatte nicht nur die Unterschrift, sondern auch den Namen gelesen, auf den der Scheck ausgestellt war: David Baker, und die Summe war beträchtlich . . .

Goby fuhr nach einem Blick in das Notizbuch fort: »Aus Südafrika habe ich nicht viel erfahren können. Restarick war dauernd unterwegs, in Kenia, Uganda, an der Goldküste und sogar zeitweilig in Südamerika. Er war reich genug, um zu leben, wo es ihm Spaß machte. Verdient hat er auch viel. Alle, die ihn kennengelernt haben, mochten ihn gut leiden. Aber er hat nie irgendwelche Verbindungen aufrechterhalten, weil er so rumzigeunert ist. Dreimal ist er totgesagt worden. Er verschwand irgendwo im Busch und tauchte nach fünf oder sechs Monaten plötzlich wieder auf, manchmal in einer ganz anderen Gegend. Durch den Tod des Bruders hat er anscheinend einen Schock bekommen und sich zur Rückkehr entschlossen, vielleicht auch unter dem Einfluß seiner jungen Frau. Sie soll Lehrerin gewesen sein.«

»Sie haben mir soviel Material geliefert, und ich weiß trotzdem noch nicht genug«, sagte Poirot. »Sind Sie sicher, daß es in der Umgebung des Mädchens keinen Todesfall gegeben hat? Das ist überaus wichtig . . .«

»Nein. Nichts deutet darauf hin. Sie hat in einer Firma gearbeitet, die kurz vor dem Bankrott steht, und nicht viel verdient. Und daß die Stiefmutter kürzlich zur Beobachtung im Krankenhaus war, wissen Sie ja.«

»Was ich brauche«, sagte Poirot blutrünstig, »ist ein *Todesfall.*«

Goby schüttelte bedauernd den Kopf und stand auf. »Haben Sie weitere Aufträge für mich?«

»Nein, im Augenblick nicht.«

Goby steckte das Notizbuch wieder ein. »Sir, entschuldigen Sie die Bemerkung, aber die junge Dame, die eben hier war . . .«

»Ja, was ist mit ihr?«

»Ich glaube, es hat mit Ihrem Fall nichts zu tun, aber ich dachte, ich sollte vielleicht erwähnen, daß ich sie vor etwa zwei Monaten gesehen habe.«

»Und wo?«

»In den Kew Gardens.«

»In Kew Gardens?« fragte Poirot erstaunt.

»Oh, ich habe nicht sie beschattet, sondern den Mann, mit dem sie sich getroffen hat.«

»Und wer war das?«

»Er dürfte für Sie kaum von Wichtigkeit sein, Sir. Ein junger Attaché einer ausländischen Botschaft.«

Poirot zog die Brauen hoch. »Das interessiert mich sogar sehr. Haben sich die beiden unterhalten?«

»Nein, Sir. Die junge Dame trug ein Buch bei sich. Sie setzte sich auf eine Bank, las ein Weilchen und legte das Buch neben sich. Dann kam er daher und setzte sich auf die Bank. Sie haben kein Wort geredet, aber die junge Dame ging bald darauf. Er blieb noch ein bißchen sitzen, dann stand er auch auf und nahm das Buch mit, das die junge Dame vergessen hatte. Das war alles, Sir.«

»Das ist wirklich hochinteressant.«

Goby verabschiedete sich. Poirot seufzt erschöpft auf. *»Enfin«,* sagte er. »Was zuviel ist, ist zuviel. Jetzt haben wir auch noch Spionage und Gegenspionage! Und alles, was ich suche, ist nur ein schlichter, simpler Mord. Es würde mich gar nicht mehr wundern, wenn dieser Mord nur im Gehirn einer Rauschgiftsüchtigen stattgefunden hat!«

14

»Chère Madame!« Poirot überreichte Mrs. Oliver mit einer Verbeugung ein Bukett.

»Monsieur Poirot! Das ist aber reizend, daß Sie mich besuchen.

»Ich wollte Sie zur Ihrer Genesung beglückwünschen, Madame.«

»Mir geht's wieder recht gut — bis auf die scheußlichen Kopfschmerzen.«

»Erinnern Sie sich, Madame, ich habe Sie gewarnt, sich ja nicht in Gefahr zu begeben.«

»Ja, und das habe ich nicht befolgt. Ich hatte auch ein ungutes Gefühl dabei. Und Angst. Aber ich habe mir eingeredet, daß das Unsinn sei. Schließlich war ich in London, und um mich herum wimmelte es von Menschen.«

Er betrachtete sie prüfend. »Wann haben Sie diese Furcht empfunden?«

»Als ich von der Hauptstraße abbog. Bis dahin war alles ganz normal und spannend und — ja, es hat mir Spaß gemacht, obwohl ich zu meinem Leidwesen feststellen mußte, daß es sehr schwer ist, jemand zu verfolgen.« Nachdenklich sah sie vor sich hin. »Erst war es wie ein Spiel, aber dann wurde es ernst, weil die Straßen immer enger und verkommener wurden; es kamen Schuppen und freie Flächen und verfallene Häuser . . . Ach, ich kann's nicht erklären. Alles war eben *anders*. Wie in einem Traum. Wissen Sie, man träumt zum Beispiel, man ist auf einer Party, und dann findet man sich plötzlich im Dschungel wieder.«

»Im Dschungel?« wiederholte Poirot. »Bemerkenswert, daß Sie das so ausdrücken. Sie glaubten also in einem Dschungel zu sein, und Sie fürchteten sich vor einem Pfau?«

»Wohl nicht direkt vor ihm. Ein Pfau ist ja kein gefährliches Tier. Ich habe — ich meine, ich empfand ihn als Pfau, weil er so dekorativ ist.«

»Sie hatten nicht das Gefühl, verfolgt zu werden?«

»Nein. Keineswegs. Aber er hat mich absichtlich falsch geschickt, davon bin ich überzeugt.« Poirot nickte. »Natürlich muß der Pfau mich niedergeschlagen haben. Wer denn sonst? Der schmutzige junge Mann in dem schmierigen Zeug? Er roch schlecht, aber er war nicht unheimlich. Und diese kraftlose Frances kann's auch nicht gewesen sein. Sie saß hingegossen auf einem Stuhl und versteckte sich hinter ihren langen schwarzen Haaren. Sie hat mich an eine Schauspielerin erinnert. Haben Sie sie eigentlich mal gesehen?«

»Nein, ich hatte nicht das Vergnügen, falls es eins ist.«

»Na, sie ist unordentlich, aber ganz reizvoll. Furchtbar angemalt! Schneeweiß und viel schwarze Tusche und die übliche lange Mähne, die ihr ins Gesicht hängt. Sie arbeitet in einer Gemäldegalerie, dazu paßt es ja wohl, daß sie mit diesen Beatniks rumzieht und ihnen Modell steht. Vielleicht hat sie sich in den Pfau verliebt. Für wahrscheinlicher halte ich allerdings den Schmutzfink. Nein, ich kann sie mir nicht vorstellen, wie sie mir eins über den Kopf gibt!«

»Ich hatte noch eine andere Idee, Madame. Vielleicht hat jemand gemerkt, daß Sie David verfolgten, und ist daraufhin Ihnen nachgegangen.«

»Schon möglich. Aber wer sollte das sein?«

Poirot seufzte. »Es ist zu kompliziert! Es sind zu viele Menschen und zu viele Dinge auf einmal da. Ich sehe nur das Mädchen klar, das gesagt hat, es könne einen Mord begangen haben. Das ist mein einziger Anhaltspunkt, und sogar da gibt es Schwierigkeiten.«

»Was meinen Sie damit?«

»Ich sprach von einem Mord — aber von welchem Mord?«

»Vermutlich von dem an der Stiefmutter.«

»Die Stiefmutter ist ja nicht ermordet worden. Sie lebt.«

»Sie können einem wirklich auf die Nerven fallen«, sagte Mrs. Oliver. »Erzählen Sie mir lieber, was Sie unternommen haben, während ich im Krankenhaus war.«

Poirot überhörte das. »Wir müssen ganz von vorn anfangen. Sie riefen mich eines Tages an. Ich war niedergeschlagen. Sie, Madame, waren die personifizierte Güte. Sie haben mich getröstet, und Sie haben mir geholfen, das Mädchen zu finden, das gesagt hatte, es habe vielleicht einen Mord begangen! Wer ist ermordet worden? Warum ist er ermordet worden? Bisher suche ich vergebens nach einem Mord.«

»Ich komme nochmals auf Mary Restarick zurück. Mit etwas gründlichem Nachforschen hätte man doch bestimmt irgendwo Arsen gefunden, das Norma versteckt hat.«

»Das hat man auch.«

»Ich geb's auf«, stöhnte Mrs. Oliver. »Sie wollen einfach nicht glauben, daß Norma ihre Stiefmutter umbringen wollte.«

»Einen solchen Mordversuch halte ich durchaus für möglich. Das ist psychologisch erklärbar, wenn man ihre Verfassung in Betracht zieht. Aber es ist nicht *bewiesen*. Das Arsen konnte jeder andere in Normas Zimmer verstecken. Sogar der Ehemann.«

»Es scheint eine fixe Idee von Ihnen zu sein, daß Männer immer ihre Frauen umbringen.«

»Der Mann ist so naheliegend, und deshalb denkt man zuerst an ihn. Aber es könnte auch Norma gewesen sein, oder jemand vom Personal, oder die kleine Ausländerin, oder Sir Roderick. Sogar *Mrs. Restarick selbst* kommt in Frage.«

»Unsinn! Wieso denn?«

»Oh, dafür könnte es Gründe geben, vielleicht weithergeholte, aber möglich wäre es.«

»Monsieur Poirot, Sie können doch nicht alle verdächtigen.«

»Mais oui, das kann ich sehr wohl. Erst verdächtige ich sie, dann suche ich nach Motiven.«

»Und welche Motive hat die kleine Ausländerin?«

»Das hängt davon ab, was sie in dem Haus tut, warum sie nach England gekommen ist, und von einigem anderen.«

»Sie leiden unter Wahnideen!«

»Ihr David kann es auch gewesen sein. Ihr Pfau.«

»Das ist zu weit hergeholt. David war nicht im Haus.«

»Aber ja. Ich habe ihn selbst dort getroffen.«

»Aber er hat kein Gift in Normas Zimmer geschmuggelt!«

»Woher wollen Sie das wissen?«

»Die beiden lieben sich doch?«

»Ich gebe zu, daß es so aussieht.«

»Sie machen immer alles viel komplizierter, als es ist«, klagte Mrs. Oliver.

»Nein. Für *mich* ist alles kompliziert gemacht worden. Ich habe nur einen Menschen, von dem ich etwas erfahren kann, und der ist verschwunden.«

»Sie meinen Norma? Aber die haben wir doch gefunden, Sie und ich.«

»Sie ist aus dem Café davongelaufen, und seitdem habe ich sie nicht mehr gesehen.«

»Und Sie haben sie davonlaufen lassen?« Mrs. Olivers Stimme zitterte vor unterdrückten Vorwürfen.

»Leider!«

»Und Sie haben nicht versucht, sie wiederzufinden?«

»Das habe ich nicht gesagt.«

»Aber Sie haben sie nicht gefunden! Monsieur Poirot, ich bin sehr enttäuscht von Ihnen.«

»Es gibt ein bestimmtes Muster«, sagte Poirot fast träumerisch. »Ja, ein Muster, aber ein bestimmter Teil fehlt, und deshalb kann man es nicht richtig erkennen. Verstehen Sie?«

»Nein.« Mrs. Oliver hatte Kopfschmerzen.

Poirot führte sein angefangenes Selbstgespräch fort. Mrs. Oliver hörte kaum zu. Sie war wütend auf Poirot und fand, daß die kleine Restarick völlig recht gehabt hatte. Poirot war tatsächlich zu alt! Da hatte sie nun Norma für ihn entdeckt, hatte ihn angerufen, damit er schnell kam, hatte den Pfau beschattet und das Mädchen Poirot überlassen. Und was hatte Poirot gemacht? Er hatte sie verloren! Nein, sie konnte wirklich nicht feststellen, daß Poirot während des ganzen Falls irgend etwas Sinnvolles getan hatte. Wenn er mit seinem Monolog aufhörte, würde sie es ihm klipp und klar ins Gesicht sagen!

Poirot erläuterte indessen ruhig und methodisch, was er unter »Muster« verstand. »Eines paßt ins andere, deswegen ist es so kompliziert. Eins paßt ins andere und dann wieder in ein drittes, das gar nicht ins Muster zu gehören scheint. Dadurch erweitert sich der Kreis der Verdächtigen. Wessen sind sie verdächtig? Das wissen wir nicht. Wir haben zunächst das Mädchen. Und ich darf mich von dem kompliziertesten Muster nicht von der Frage ablenken lassen: Ist sie ein unschuldiges Opfer? Ist sie in Gefahr? Oder ist sie mit allen Wassern gewaschen? Spielt sie uns absichtlich etwas vor? Beides ist möglich. Mir fehlt noch eine Kleinigkeit, ein einziger Hinweis. Und den gibt es! Ich weiß, daß es ihn irgendwo gibt.«

Mrs. Oliver kramte in ihrer Handtasche. »Warum kann ich das Aspirin nie finden, wenn ich es brauche?«

»Wir haben ein passendes Muster: den Vater, die Tochter, die Stiefmutter. Die gehören zusammen. Dazu kommt der alte Onkel, bei dem sie wohnen, und der ein bißchen gaga ist. Dann das Mädchen Sonja. Die gehört wieder zum Onkel. Sie arbeitet für ihn; sie ist wohlerzogen und liebenswürdig. Er ist von ihr hingerissen und frißt ihr aus der Hand. Aber welche Rolle spielt sie in diesem Haushalt?«

»Meine Güte! Sie will Englisch lernen, weiter nichts.«

»Sie trifft sich mit dem Attaché einer ausländischen Botschaft in Kew Gardens. Sie trifft ihn, spricht aber nicht mit ihm. Sie läßt ein Buch liegen, das er an sich nimmt.«

»Was reden Sie da?« fragte Mrs. Oliver.

»Gehört das nun ins zweite Muster? Das wissen wir noch nicht. Es wirkt unwahrscheinlich, muß es aber nicht sein. Ist Mary Restarick zufällig auf etwas gestoßen, das für das Mädchen gefährlich werden könnte?«

»Jetzt erzählen Sie bloß nicht, daß es sich um einen Spionagefall handelt!«

»Das behaupte ich auch nicht. Ich überlege nur.«

»Sie haben selbst gesagt, daß Sir Roderick senil ist.«

»Darum geht es nicht. Im Krieg war er ein einflußreicher Mann und hatte sicher mit wichtigen Dokumenten zu tun.«

»Aber das ist doch Ewigkeiten her!«

»Trotzdem kann die Vergangenheit eine Rolle spielen. Vielleicht gibt es Briefe, die eine bestimmte Person in einem ganz anderen Licht erscheinen lassen! Vielleicht hat deshalb jemand ein Interesse daran, sie zu vernichten oder sie einer ausländischen Regierung zuzuleiten. Wer ist dazu besser in der Lage als eine reizende junge Dame, die einem älteren berühmten Mann hilft, das Material für seine Memoiren zusammenzustellen? Wenn nun der Stiefmutter an dem Tag etwas ins Essen getan wird, an dem die hilfsbereite Sekretärin kocht? Und wenn sie es nun so arrangiert, daß der Verdacht auf Norma fällt?«

»Also das ist einfach zuviel!«

»Ja, eben. Zu viele Muster auf einmal. Welches ist das richtige? Das Mädchen Norma geht nach London. Sie teilt mit zwei anderen eine Wohnung. Die beiden Mädchen sind ihr fremd, aber was stellt sich heraus? Claudia Reece-Holland ist die Privatsekretärin von Normas Vater. Zufall? Oder steckt etwas dahinter? Das andere Mädchen ist ein Malermodell und kennt den sogenannten Pfau, in den Norma Restarick verliebt ist. Verbindungen über Verbindungen. Und welche Rolle spielt David — der Pfau — in der Geschichte? Ist er in Norma verliebt? Es sieht so aus. Ihre Eltern lehnen ihn ab, was nur natürlich und verständlich ist.«

»Die Sache mit Claudia Reece-Holland ist allerdings komisch«, gab Mrs. Oliver nachdenklich zu. »Sie ist außergewöhnlich tüchtig, wenigstens wirkt sie so. Vielleicht hat sie die Frau aus dem siebten Stock aus dem Fenster gestoßen.«

Poirot drehte sich langsam zu ihr um. »Was sagen Sie da?«

»Ach, eine Frau aus dem Wohnblock. Ich weiß nicht mal, wie sie heißt. Aber sie ist im siebten Stock aus dem Fenster gefallen — oder hat sich selbst rausgestürzt.«

Poirot wurde hochrot. »Und das haben Sie mir nicht erzählt?«

Mrs. Oliver starrte ihn verblüfft an. »Was meinen Sie damit?«

»Ich frage Sie dauernd nach einem Todesfall. Und Sie sagen, es gibt keinen. Sie denken an nichts anderes, als an den versuchten Giftmord. *Dabei gibt es einen Todesfall.* In den Borodene Mansions. Wann ist das gewesen?«

»Der Selbstmord? Das muß etwa eine Woche vor meinem ersten Besuch dort gewesen sein.«

»Großartig! Wie haben Sie davon erfahren?«

»Ein Milchmann hat es mir erzählt.«

»Und wie hieß die Frau?«

»Keine Ahnung. Er hat den Namen nicht erwähnt.«

»Wie alt?«

Mrs. Oliver dachte nach. »Er meinte, so um die fünfzig.«

»Hm. Haben die drei Mädchen sie gekannt?«

»Woher soll ich das wissen? Erwähnt haben sie sie nicht.«

»Und Sie haben mir das einfach nicht erzählt!«

»Ach, Monsieur Poirot, ich verstehe wirklich nicht, was das mit unserem Fall zu tun haben soll.«

»Aber es existiert eine Verbindung: unser Mädchen Norma wohnt in diesem Haus; eines Tages begeht dort jemand Selbstmord. Eine Frau fällt oder stürzt sich aus dem Fenster im siebten Stock und *stirbt.* Und dann? Ein paar Tage später kommt Norma zu mir, weil Sie auf einer Party meinen Namen erwähnt haben; sie erklärt, es sei möglich, daß sie einen Mord begangen habe. Verstehen Sie denn nicht? Ein Todesfall — und gleich darauf glaubt jemand, er könne einen Mord begangen haben. Ja, *das muß der Mord sein.*«

Mrs. Oliver hätte gern »Blödsinn!« gesagt, wagte es aber nicht.

»Das muß also die Tatsache sein, die ich noch nicht kannte. Das ist das Verbindungsglied! Ich muß nach Hause gehen und so lange nachdenken, bis alles ineinandergreift. Endlich sehe ich einen Weg.« Er erhob sich, murmelte: *»Adieu, chère Madame!«* und verließ schnell das Zimmer.

Mrs. Oliver machte ihren Gefühlen Luft. »Blödsinn«, sagte sie laut. »So ein horrender Blödsinn! Ob ich wohl vier Aspirin nehmen kann?«

15

Hercule Poirot saß in seinem Zimmer und überlegte. Wie bei einem Puzzlespiel fügten sich seine Gedanken allmählich zu einem klaren Bild . . . Eine Frau, die mit gesenktem Kopf einen Rosenstock beschnitt und sich zu ihm umdrehte . . . Goldenes Haar mit Wellen und Locken. Der alte Sir Roderick hatte gesagt, sie müsse eine Perücke tragen. Dadurch wirkte ihr Kopf zu schwer, zu statisch, zu ordentlich . . . Das Zimmer, in das sie gegangen waren . . . Zwei Porträts an den Wänden. Eine Frau im taubengrauen Kleid. Ein schmallippiger Mund, graubraunes Haar. Offenbar älter als ihr Mann. Sein Bild hing gegenüber. Damals hatte er es nicht so genau gesehen wie später in Restaricks Büro . . .

George erschien und schloß vorsichtig die Tür hinter sich. »Eine junge Dame möchte Sie sprechen, Sir. Dieselbe, die neulich schon mal hier war.«

Poirot fuhr auf. »Die junge Dame, die mich beim Frühstück gestört hat?«

»Nein, Sir. Die Begleiterin von Sir Roderick Horsefield.«

»Ach?« Poirot zog die Brauen hoch. »Führen Sie sie herein, George.«

Sonja stand bereits auf der Schwelle. »Es war schwierig, mich freizumachen, aber ich mußte kommen und Ihnen sagen, daß ich diese Briefe nicht genommen habe. Ich habe nichts gestohlen!«

»Hat Ihnen das jemand vorgeworfen?« fragte Poirot. »Nehmen Sie Platz, Mademoiselle.«

»Danke, ich habe wenig Zeit. Ich bin nur hier, um Ihnen zu sagen, daß das nicht stimmt. Ich bin keine Diebin.«

»Ich verstehe. Sie wollen damit sagen, daß Sie weder Papiere, Briefe, Dokumente oder vertrauliche Mitteilungen Sir Rodericks weitergeleitet haben. Das meinten Sie doch, nicht wahr?«

»Ja. *Er* glaubt mir. *Er* weiß, daß ich so was nie tun würde.«

»Gut. Ich habe Ihre Erklärung zur Kenntnis genommen.«

»Glauben Sie, daß Sie die Papiere finden werden?«

»Ich bin im Moment sehr beschäftigt«, sagte Poirot. »Sir Rodericks Papiere sind noch nicht dran.«

»Er ist sehr beunruhigt. Und es gibt etwas, das ich ihm nicht sagen kann, aber Sie sollen es wissen: *Er verliert dauernd etwas.* Die Sachen sind nie da, wo er sie sucht. Er verlegt alles. Natürlich verdächtigen Sie mich. Alle verdächtigen mich, weil ich Ausländerin bin, weil — weil sie glauben, ich stehle geheime Dokumente, wie die Leute in den dummen englischen Spionageromanen. Aber das tue ich nicht. Ich bin eine Intellektuelle!«

»Aha«, sagte Poirot. »Gut zu wissen. Wollen Sie mir sonst noch etwas mitteilen?«

»Warum?«

»Es könnte doch sein.«

»Womit sind Sie so beschäftigt?«

»Ich möchte Sie nicht aufhalten. Heute ist sicher Ihr freier Tag?«

»Ja. Ich habe einen freien Tag in der Woche. An dem kann ich machen, was ich will. Ich kann nach London fahren. Ich kann ins Britische Museum gehen . . .«

»Ja, und ins Victoria-und-Albert-Museum sicher auch? Und in die Nationalgalerie, wenn Sie sich Gemälde ansehen wollen. Und bei gutem Wetter können Sie in den Kensington-Park oder sogar nach *Kew Gardens*, nicht wahr?«

Sie erstarrte und maß ihn mit einem ärgerlichen, fragenden Blick. »Warum erwähnen Sie *Kew Gardens?*«

»Weil dort so interessante Pflanzen und Bäume sind. Es kostet höchstens Twopence Eintritt. Dafür sehen Sie echte Tropenbäume, und Sie können sich auf eine Bank setzen und ein Buch lesen.« Er lächelte sie entwaffnend an und verzeichnete zufrieden, daß sie noch nervöser wurde. »Aber ich möchte Sie wirklich nicht aufhalten, Mademoiselle. Sie wollen sicher noch Freunde besuchen. Vielleicht an Ihrer Botschaft . . .«

»Wie kommen Sie darauf?«

»Oh, aus keinem bestimmten Grund. Sie haben ja selbst betont, daß Sie hier fremd sind, und daher dachte ich, daß Sie sicher bei der Botschaft Freunde haben.«

»Jemand hat Ihnen etwas über mich erzählt, hat mich beschuldigt! Aber ich sage Ihnen: er ist ein armer alter Mann, der dauernd alles verlegt. Und er weiß gar nichts Wichtiges. Er hat nie geheime Dokumente oder Briefe gehabt. Nie!«

»Wie können Sie das behaupten, Mademoiselle? Seinerzeit hatte er eine bedeutende Funktion und dadurch Zugang zu wichtigen Geheimsachen.«

»Sie wollen mir Angst machen.«

»Keineswegs.«

»Mrs. Restarick steckt dahinter! Sie mag mich nicht.«

»Mir hat sie nichts dergleichen gesagt.«

»Ich kann sie auch nicht leiden! Ich traue ihr nicht. Sie hat Geheimnisse.«

»Ach?«

»Ja. Vor ihrem Mann bestimmt. Ich glaube, sie fährt nur nach London, um sich mit einem anderen zu treffen.«

»So? Das ist aber interessant. Sie meinen, daß sie sich mit einem anderen Mann trifft?«

»Ja. Sie ist so oft in London, ohne es ihrem Mann zu erzählen, oder sie sagt, sie ginge zum Einkaufen. Er hat so viel zu tun, daß er nicht darüber nachdenkt, warum seine Frau so oft in London ist. Sie ist mehr in London als zu Hause. Trotzdem sagt sie immer, wie gern sie im Garten arbeitet!«

»Aber Sie wissen nicht, mit welchem Mann sie sich trifft?«

»Woher soll ich das wissen? Ich verfolge sie doch nicht. Mr. Restarick hat keinen Verdacht. Er glaubt alles, was sie ihm erzählt. Vielleicht denkt er dauernd an sein Büro. Und dann macht er sich wohl Sorgen um seine Tochter.«

»Ja, das glaube ich auch«, bestätigte Poirot. »Was wissen Sie über die Tochter? Wie gut kennen Sie sie?«

»Nicht sehr gut. Aber wenn Sie meine Meinung hören wollen, ich glaube, sie ist verrückt.«

»Sie halten sie für verrückt? Warum?«

»Sie redet so komisch, und sie sieht Dinge, die gar nicht da sind.«

»Zum Beispiel?«

»Leute, die nicht da sind. Manchmal ist sie ganz aufgeregt; und manchmal scheint sie zu träumen. Wenn man mit ihr redet, hört sie einen nicht. Sie gibt keine Antwort. Ich glaube, es gibt Menschen, über deren Tod sie sich freuen würde.«

»Sie meinen Mrs. Restarick?«

»*Und* ihren Vater. Sie sieht ihn an, als ob sie ihn haßte.«

»Weil beide sie daran hindern wollen, den jungen Mann zu heiraten, den sie liebt?«

»Ja. Natürlich haben sie recht damit, aber sie ist wütend. Eines Tages«, sagte Sonja und nickte fröhlich, »wird sie sich noch umbringen. Ich hoffe es natürlich nicht, weil es so dumm ist, aber wenn jemand sehr verliebt ist, kommt es vor.« Sie zuckte bedauernd die Achseln. »Na — ich muß gehen.«

»Sagen Sie mir noch etwas. Trägt Mrs. Restarick eine Perücke?«

»Eine Perücke? Woher soll ich das wissen?« Dann überlegte sie. »Vielleicht. Es ist so praktisch auf Reisen. Und außerdem sehr modern. Ich trage manchmal auch eine, eine grüne! Na, früher wenigstens.« Und damit ging sie.

16

»Heute habe ich viel vor«, verkündete Hercule Poirot, als er am nächsten Morgen vom Frühstückstisch aufstand und zu Miß Lemon ging. »Haben Sie alles arrangiert?«

»Natürlich. Hier.« Sie reichte ihm eine kleine Ledermappe. Poirot überprüfte rasch den Inhalt und nickte. »Auf Sie kann ich mich immer verlassen, Miß Lemon. *C'est fantastique.*«

Hercule Poirot nahm ein Taxi, fuhr zu den Borodene Mansions und besichtigte zunächst den Hof. Ein uniformierter Portier stand unter einer der Eingangstüren; er pfiff eine trübselige Melodie, als Poirot auf ihn zukam. »Bitte, Sir?«

»Können Sie mir vielleicht über den traurigen Vorfall Auskunft geben, der sich kürzlich zugetragen hat?«

»Was für ein trauriger Vorfall, Sir? Ich wüßte nicht . . .«

»Eine Dame hat sich — na, sagen wir lieber — ist aus dem Fenster gestürzt und dabei zu Tode gekommen.«

»Ach, das. Darüber kann ich gar nichts sagen. Ich bin erst seit einer Woche hier. He, Joe!« Von der entgegengesetzten Seite des Blocks näherte sich ein anderer Portier. »Du weißt doch sicher was über die Dame, die aus dem Fenster gefallen ist. Vor 'nem Monat, stimmt's?«

»Ist noch keinen Monat her«, sagte Joe, ein älterer, bedächtig sprechender Mann. »Scheußliche Sache war das.«

»War sie sofort tot?«

»Ja.«

»Wie war ihr Name? Es kann nämlich sein, daß sie eine entfernte Verwandte von mir war.«

»Das täte mir aber leid, Sir. Mrs. Charpentier hieß sie.«

»Wohnte sie schon lange hier?«

»Ein Jahr, nein, anderthalb Jahre vielleicht. In Nummer 76, im siebten Stock.«

»Das ist der oberste Stock?«

»Ja, Sir. Mrs. Charpentier.«

»Um welche Tageszeit ist es denn passiert?«

»Um fünf oder sechs Uhr morgens, glaube ich. Sie ist einfach runtergefallen. Und obwohl's so früh war, wimmelte es gleich von Menschen.«

»Und die Polizei war sicher auch da?«

»Ja, sofort. Und ein Arzt und ein Krankenwagen. Das übliche eben . . .«

»Und aus den anderen Wohnungen sind wohl ebenfalls viele Mieter gekommen, sobald sie hörten, was passiert ist?«

»Das waren nicht so viele. Bei dem Straßenlärm kriegt man so was gar nicht mit. Manche haben zwar gesagt, sie hätte geschrien, als sie runterfiel, aber trotzdem . . . Es waren fast nur Leute da, die es von der Straße aus beobachtet hatten. Na, und die haben dann über die Einzäunung geschaut, und andere haben's ihnen nachgemacht. Sie wissen ja, wie das bei 'nem Unfall ist.«

Poirot nickte. »Sie hat allein gelebt?«

»Ja, Sir.«

»Na, sie wird wohl Freunde und Bekannte im Haus gehabt haben?«

Joe zuckte die Achseln. »Kann schon sein. Im Restaurant hab' ich sie nie mit einem von unsern Mietern gesehen. Sie hat wohl mal Gäste zum Essen dagehabt, aber das waren Fremde. Nein, ich glaub' nicht, daß sie hier mit jemand befreundet war. Aber am besten sprechen Sie mal mit Mr. McFarlane« sagte Joe, der allmählich nervös wurde. »Das ist der Hausverwalter.«

»Ja, danke, das werde ich tun.«

»Das Büro ist da drüben, Sir. Im Parterre. An der Tür ist ein Schild.«

Poirot ging in die angegebene Richtung und entnahm der Mappe den obersten Brief, der an Mr. McFarlane adressiert war. McFarlane war ein gutaussehender Mann Mitte Vierzig, mit intelligentem Gesicht. Poirot reichte ihm den Brief, den er öffnete und las. »Aha. Die Hauseigentümer haben mich beauftragt, Ihnen alles zu sagen, was über den Tod von Mrs. Louise Charpentier bekannt ist. Was möchten Sie darüber wissen. Monsieur . . . Monsieur Poirot?«

»Das ist selbstverständlich streng vertraulich«, sagte Poirot. »Die Verwandten sind von der Polizei und von einem Anwalt benachrichtigt worden, aber da ich gerade nach England fuhr, haben sie mich gebeten, mich persönlich zu erkundigen.«

»Ich will Ihnen gern alles sagen, was ich weiß.«

»Wie lange hat sie hier gewohnt, und wie ist sie an die Wohnung gekommen?«

»Sie wohnte seit etwa zwei Jahren hier. Den genauen Termin kann ich nachsehen. Eine Wohnung wurde damals frei, und wahrscheinlich war die Dame, die fortzog, eine Bekannte von ihr. Eine Mrs. Wilder, die für die BBC arbeitete und dann nach Kanada ging. Eine sehr nette Dame — ich glaube kaum, daß sie die Verstorbene gut gekannt hat. Wahrscheinlich hat sie nur erwähnt, daß ihre Wohnung frei würde, und Mrs. Charpentier gefiel sie.«

»War sie eine angenehme Mieterin?«

Nach einer winzigen Pause antwortete McFarlane: »Hm . . . ja.«

»Sie können mir ruhig alles sagen«, ermunterte ihn Hercule Poirot lächelnd. »Bißchen viele laute Partys, wie? Sie — sie war vielleicht etwas rücksichtslos?«

McFarlane ging nun mehr aus sich heraus. »Es kamen gelegentlich Beschwerden, aber meistens von älteren Leuten.« Auf eine entsprechende Geste Poirots nickte er. »Ja, sie hat wohl gern getrunken, Sir. Und ihre Freunde ebenfalls. Dadurch kam es im Haus zu Scherereien.«

»Und für Männer hatte sie was übrig?«

»Ach, das möchte ich eigentlich nicht behaupten.«

»Na ja, ist doch nichts dabei . . .«

»So jung war sie auch nicht mehr.«

»Für wie alt hätten Sie sie gehalten?«

»Schwer zu sagen — vierzig, fünfundvierzig. Sie soll übrigens kränklich gewesen sein.«

»Ja. Das weiß ich.«

»Zuviel getrunken hat sie zweifellos. Und dann kriegte sie Depressionen. Bildete sich ein, krank zu sein, und rannte unentwegt zum Arzt. Sie wissen ja, wie Frauen in dem Alter sind. Sie muß befürchtet haben, sie hätte Krebs. Der Arzt hat sie beruhigt, aber sie hat es ihm nicht geglaubt. Bei der Leichenschau hat er gesagt, sie wäre ganz gesund gewesen. Na ja, leider hört man so was oft. Sie hat sich regelrecht ruiniert, und eines schönen Tages . . .« Er nickte.

»Traurig«, meinte Poirot. Hatte sie hier im Haus irgendwelche Freunde?«

»Ich glaube nicht. Bei uns gibt's das kaum. Unsere Mieter sind fast alle berufstätig und viel unterwegs.«

»Ich dachte an Miß Claudia Reece-Holland und überlegte, ob die beiden sich wohl gekannt haben.«

»Miß Reece-Holland? Nein, vermutlich nicht. Gekannt haben sie sich wahrscheinlich, vielleicht auch gelegentlich ein Wort miteinander gewechselt — aber gesellschaftliche Beziehungen waren da wohl nicht. Schon der Altersunterschied, ich meine . . .«

Poirot sah ihn neugierig an. »Eine der jungen Damen, die bei Miß Holland wohnen, hat sie gekannt. Miß Norma Restarick, glaube ich.«

»Ach? Darüber weiß ich nichts. Sie wohnt noch nicht lange hier. Ich kenne sie nur vom Sehen. Sie wirkt immer so ängstlich. Noch sehr jung, vermutlich kommt sie direkt von der Schule. Kann ich noch etwas für Sie tun, Sir?«

»Nein, vielen Dank. Sie waren sehr freundlich. Oder könnte ich vielleicht die Wohnung sehen . . . Um in Frankreich sagen zu können . . .« Poirot verstummte.

»Warten Sie. Jetzt wohnt Mr. Travers dort. Er ist tagsüber fort. Ja, kommen Sie bitte mit, Sir.«

Sie fuhren in den siebten Stock. Als McFarlane den Schlüssel ins Schloß steckte, löste sich eine der Zahlen von der Tür und verfehlte um Haaresbreite Poirots Lackschuh. Er bückte sich, hob sie auf, bog den daran befestigten Nagel zurecht und heftete sie sorgfältig wieder fest.

»Tut mir leid, Sir. Die Nummern gehen so leicht ab. Ich muß das in Ordnung bringen lassen.«

Sie betraten ein unpersönliches Wohnzimmer. Poirot ging zum Fenster. »War es dies?« murmelte er gefühlvoll.

»Ja. Das linke. Es hat einen Balkon.«

Poirot beugte sich vor und blickte auf den Hof. »Sieben Stockwerke! Wie hoch das ist!«

»Ja, sie war sofort tot. Ein Glück für sie, muß man sagen. Natürlich könnte es auch ein Unfall gewesen sein.«

Poirot schüttelte den Kopf. »Das kann nicht Ihr Ernst sein, Mr. McFarlane. Sie muß es mit Absicht getan haben!«

»Ich wollte nur die Möglichkeit offenlassen, Sir. Sie war wohl sehr unglücklich.«

»Haben Sie vielen Dank für Ihre Liebenswürdigkeit«, sagte Poirot. »Nun kann ich den Verwandten in Frankreich doch Genaueres berichten.«

Er war enttäuscht. Seine Theorie, daß der Tod der Louise Charpentier von Bedeutung sein müsse, hatte sich nicht erhärtet. Und dann verabschiedete er sich von McFarlane.

17

Chefinspektor Neele beendete seinen Vortrag über die Familie Restarick und sah Poirot erwartungsvoll an. »Na, konnte ich dir irgendwelche Neuigkeiten bieten, alter Junge?«

»Das war mir alles bekannt«, sagte Poirot. »Gibt's irgendwo in der Familie Geisteskrankheiten?«

»Bis auf die alte Tante mit dem religiösen Wahn wüßte ich nichts. Und das ist bei alleinstehenden Frauen nichts Ungewöhnliches.«

»Also läuft alles nur darauf hinaus, daß sie reich sind?«

»Stinkreich«, bestätigte Chefinspektor Neele. »Aber ehrlich erworben. Einen Teil der Vermögenswerte hat Andrew Restarick in die Firma eingebracht. Wenn die ganzen südafrikanischen Besitzungen erst mal zum Tragen kommen, schwimmt die Familie im Geld.«

»Und wer erbt?«

»Das hängt von Andrew Restarick ab, aber vermutlich wohl die Frau und die Tochter.«

»Eine andere Frau spielt bei ihm demnach keine Rolle?«

»Zumindest ist nichts bekannt. Kommt mir auch unwahrscheinlich vor. Er hat eine hübsche, junge Frau.«

»Und ein junger Mann könnte das alles leicht in Erfahrung bringen, nicht wahr?« fragte Poirot nachdenklich.

»Um dann die Tochter zu heiraten, meinst du? Nein, daran kann ihn niemand hindern, selbst wenn ein gerichtlicher Vormund bestellt würde. Natürlich könnte der Vater sie enterben.«

Poirot studierte die Liste, die er in der Hand hielt. »Was ist mit der Wedderburn-Galerie?«

»Wie bist du denn auf die gestoßen? Hat dich ein Klient wegen einer Fälschung um Rat gefragt?«

»Handeln sie etwa mit Fälschungen?«

»Damit handelt doch niemand!« tadelte ihn Neele streng. »Aber es hat Ärger gegeben. Ein Millionär aus Texas hat Bilder gekauft und Unsummen dafür bezahlt. Sie haben ihm einen Renoir und einen Van Gogh angedreht. An dem Renoir, ein kleiner Mädchenkopf, war etwas faul. Ein Anlaß, den guten Glauben der Galerie beim Ankauf zu bezweifeln, bestand nicht. Und so kam es zu einem Prozeß. Man holte zahlreiche Sachverständigengutachten ein, und die waren wie immer widersprüchlich. Die Galerie wollte das Bild zurücknehmen, aber der Millionär hat es behalten, weil der letzte und berühmteste Experte auf die Echtheit schwor. Trotzdem hat die Galerie seither keinen sehr guten Ruf.«

Poirot prüfte abermals die Liste. »Was ist mit David Baker? Hast du was über den gefunden?«

»Der gehört zu einer von den Gangs, die Bars unsicher machen. Sie leben von Preludin, Heroin und Coke. Die Mädchen rennen wie wild hinter ihnen her. Er ist der Typ, bei dem sie sentimental werden und den sie für ein verkanntes Genie halten. Wenn du mich fragst: nichts als guter alter Sex.«

»Was weißt du über Mr. Reece-Holland?«

»Ein erfolgreicher Politiker und blendender Redner; sonst hat's mal Gerede über etwas sonderbare geschäftliche Transaktionen gegeben, aber da hat er sich geschickt wieder rausgewunden. Ein aalglatter Bursche. Hat ziemlich viel Geld dabei verdient.«

Inzwischen war Poirot beim letzten Punkt der Liste angelangt.

»Und Sir Roderick Horsefield?«

»Nett, aber gaga. Wo du deine Nase aber auch überall reinsteckst, Poirot! *Special Branch* hat im Moment viel Ärger mit den Memoirenschreibern. Kein Mensch weiß, wer als nächster mit Enthüllungen aufwartet. Alle diese alten Knaben wetteifern darin, sich gegenseitig anzuschwärzen. Meist spielt es keine Rolle, aber gelegentlich treten sie in zu viele Fettnäpfchen oder veröffentlichen das Falsche, und dann müssen wir die Sache ausbaden und die alten Knacker zum Schweigen bringen. Und die haben manchmal Haare auf den Zähnen! Aber darüber kannst du bei *Special Branch* mehr erfahren. Ein paar von ihnen haben Unterlagen aufgehoben, die längst vernichtet gehörten. Viel ist wohl nicht daran, aber eine ausländische Macht soll sich lebhaft dafür interessieren.«

Poirot seufzte tief auf.

»Das war nicht das, was du wissen wolltest, wie?«

»Oh, ich bin froh, daß du mir zu offiziellen Informationen verholfen hast, aber leider war für mich zuwenig Neues dabei.« Er seufzte noch einmal und fragte dann: »Was würdest du davon halten, wenn dir jemand beiläufig erzählt, daß eine bestimmte Frau — eine junge, hübsche Frau — eine Perücke trägt?«

»Da ist doch nichts dabei. Meine Frau trägt auf Reisen oft eine. Sie findet es sehr praktisch.«

»Nichts für ungut«, sagte Hercule Poirot.

Beim Abschied erkundigte sich Chefinspektor Neele: »Hast du die Unterlagen über den Selbstmordfall in dem Wohnblock bekommen, die du haben wolltest? Ich hab' sie dir geschickt.«

»Ja, danke. Aber eben nur das offizielle Protokoll . . .«

»Dazu ist mir eben noch was eingefallen. Du hast mich doch nach Reece-Holland gefragt. Der läßt auch nichts anbrennen, sieht sich aber höllisch vor. Louise Charpentier ist eine Zeitlang seine Geliebte gewesen, das war's.«

»Eine feste Bindung?«

»Glaub' ich nicht. Sie waren gemeinsam in zweifelhaften Bars und so — auf solche Dinge müssen wir ja ein Auge haben. In die Presse ist allerdings nie was gekommen. Es hat eine ganze Weile gedauert, ein halbes Jahr sicher. Aber vermutlich war sie nicht die einzige; und er bei ihr auch nicht. Du siehst nicht so aus, als könntest du damit viel anfangen, Poirot.«

Poirot hob die Schultern. Als er in den Lift trat, dachte er: Immerhin, es ist ein weiteres Glied. Jetzt weiß ich, warum McFarlane so gestottert hat. Wahrscheinlich ist es nicht von Bedeutung. Aber trotzdem . . . Ach, ich weiß einfach zuviel, sagte sich Poirot ärgerlich. Ich weiß zuviel. Von allen weiß ich etwas, aber die Hälfte davon ist unbrauchbar. Ich brauche das Muster! »Ein Königreich für ein Muster!« sagte er plötzlich laut.

»Wie bitte, Sir?« Der Fahrstuhlführer sah ihn verdutzt an.

»Oh, nichts.«

18

Poirot blieb im Eingang zur Wedderburn-Galerie stehen, um ein Bild zu betrachten, auf dem drei bösartig aussehende, überdimensionale Kühe von einem komplizierten Windmühlenmotiv überragt wurden.

»Interessant, nicht wahr?« fragte eine einschmeichelnde Stimme. Dicht neben ihm tauchte ein Mann auf, dessen Lächeln eine fast abnorme Menge schneeweißer, schöner Zähne freigab. »Es strahlt so viel Frische aus!« Er hatte große, blasse, plumpe Hände, mit denen er durch die Luft wedelte. »Das war eine interessante Ausstellung. Aber sie wurde letzte Woche geschlossen. Vorgestern haben wir die Claude-Raphael-Ausstellung eröffnet. Die wird ein großer Erfolg werden. Ein sehr großer Erfolg.«

»Ach«, entgegnete Poirot einsilbig, während er durch einen grauen Samtvorhang in einen langgestreckten Raum geführt wurde. Der dickliche Mann war ein geschickter Verkäufer. Sofort vermittelte er Poirot das Gefühl, ein willkommener Gast zu sein, der den ganzen Tag in der Galerie bleiben konnte, auch wenn er nichts kaufte und einfach nur die Bilder betrachtete.

Da nun freundliche Beziehungen hergestellt waren und offenbar Zeit in Hülle und Fülle zur Verfügung stand, sagte Poirot: »Arbeitet nicht Miß Frances Cary bei Ihnen?«

»Ja. Frances ist sehr tüchtig und hat viel Kunstverstand. Sie ist selbst eine gute Malerin, aber eben doch nicht Spitzenklasse. Das Geschäftliche liegt ihr mehr. Das weiß sie wohl auch selbst.«

»Ich habe gehört, daß sie sich um die Maler bemüht?«

»O ja, besonders um *Les Jeunes*. Sie fördert ihn sehr. Im Frühjahr hat sie mich überredet, eine Gruppe junger Künstler auszustellen. Wir haben gute Kritiken gehabt und recht ordentlich verkauft. Ja, sie hat einige besondere Schützlinge.«

»Ach, wissen Sie, ich bin ein bißchen altmodisch. Manche von diesen jungen Männern sind mir einfach . . .« Poirot hob die Hände.

»Sie dürfen nicht nach Äußerlichkeiten urteilen.« Boscombe lächelte nachsichtig. »Solche Moden wie Bärte und Blue jeans oder Brokat und lange Locken kommen und gehen.«

»David . . . ich hab den Nachnamen vergessen. Miß Cary scheint viel von ihm zu halten.«

»Sie meinen doch nicht etwa Peter Cardiff? Im Augenblick ist das ihr Protegé. Aber ich bin nicht so sehr von ihm begeistert. Der ist schon nicht mehr Avantgarde, sondern eher reaktionär. So ein bißchen Burne-Jones, wissen Sie, aber das muß man abwarten. Sie sitzt ihm übrigens manchmal Modell.«

»David Baker — das war der Name!« rief Poirot.

»Nicht schlecht.« Boscombe war nicht sehr begeistert. »Meiner Meinung nach ist er nicht originell genug. Er gehört zu den jungen Künstlern, von denen ich sprach. Ein guter Maler, aber nichts Sensationelles.«

Poirot fuhr nach Hause. Miß Lemon hatte Briefe, die er unterschreiben mußte. George servierte ihm ein *omelette fines herbes*. Nach dem Lunch, als Poirot es sich in seinem Ohrensessel bequem machte und Kaffee trank, klingelte das Telefon.

»Mrs. Oliver, Sir«, sagte George und brachte ihm den Apparat.

»Na, was machen Sie? Was haben Sie unternommen?«

»Ich sitze in meinem Sessel und denke nach.«

»Ist das alles?«

»Es ist das, worauf es ankommt«, sagte Poirot. »Ob ich damit Erfolg haben werde, weiß ich allerdings noch nicht.«

»Aber Sie müssen das Mädchen finden. Anscheinend wurde sie doch entführt!«

»Es sieht so aus. Übrigens habe ich gerade von ihrem Vater einen Brief bekommen, in dem er dringend um meinen Besuch bittet. Er will wissen, ob ich Fortschritte erzielt habe.«

»Und wie steht's damit?«

»Bisher nichts.«

»Warum fahren Sie denn nicht nach Chelsea — zu dem Atelier, wo ich eins über den Kopf bekommen habe?«

»Um auch eins über den Kopf zu bekommen?«

»Ich verstehe Sie einfach nicht!« stöhnte Mrs. Oliver. »Ich habe doch das Mädchen gefunden.«

»Ja, ich weiß, ich weiß.«

»Und dann lassen Sie sie glatt davonlaufen!«

»Ich weiß, ich weiß.«

»Was ist mit der Frau, die sich aus dem Fenster gestürzt hat? Ist da was rausgekommen?«

»Nichts. Das übliche: erst war sie jung und hübsch und hatte viele Affären, dann wurde sie älter und unglücklich und trank zuviel. Schließlich glaubte sie, Krebs zu haben, war verzweifelt und einsam und stürzte sich aus dem Fenster.«

»Sie haben doch gesagt, ihr Tod sei wichtig; er habe eine Bedeutung.«

»In der Tat.«

»Ach«, seufzte Mrs. Oliver und legte den Hörer auf.

Poirot lehnte sich zurück und dachte weiter nach. Dabei stellte er sich drei Fragen: »Was weiß ich? Worauf kann ich hoffen? Was soll ich tun? — Vielleicht bin ich wirklich zu alt«, murmelte er erbittert und wandte sich der ersten Frage zu. »Was weiß ich?« Wieder gelangte er zu dem Resultat, daß er zuviel wußte, und schob die Beantwortung zunächst auf.

»Worauf kann ich hoffen?« Nun, er konnte darauf hoffen, daß sein Gehirn, das so viel besser funktionierte als jedes andere, ihm zunächst die Lösung des Problems servieren würde. Eines Problems, das er zu seinem größten Unbehagen einfach noch nicht durchschaute.

»Was soll ich tun?« Die Antwort war leicht. Er sollte unverzüglich zu Andrew Restarick gehen, der sich offensichtlich große Sorgen um seine Tochter machte und Poirot bestimmt mit Vorwürfen überschütten würde, daß er sie noch nicht bei ihm abgeliefert hatte. Poirot hatte Verständnis für ihn, zeigte sich aber nur ungern in schlechtem Licht. Außerdem gab es noch die Möglichkeit, eine bestimmte Telefonnummer zu wählen und sich dort nach dem Stand der Dinge zu erkundigen. Doch bevor er das tat, mußte er sich mit der Frage befassen, die er aufgeschoben hatte. »Was weiß ich?«

Er wußte, daß die Wedderburn-Galerie verdächtig war. Bisher war zwar nichts Ungesetzliches geschehen, aber immerhin war ohne jedes Zögern einem unerfahrenen Millionär ein zweifelhaftes Gemälde angedreht worden. Poirot erinnerte sich an Boscombe mit den plumpen weißen Händen und den vielen Zähnen. Nein, er mochte ihn nicht. Das war ein Mann, der bestimmt vor nichts zurückschreckte, sich selbst aber jederzeit aus allem heraushalten konnte. Vielleicht bot diese Tatsache eine brauchbare Verbindung zu David Baker. Ja, David Baker, der Pfau. Was wußte er über den? Er hatte ihn getroffen, hatte mit ihm gesprochen und sich ein Bild von ihm gemacht. Für Geld würde er auf jedes krumme Geschäft eingehen, würde bedenkenlos eine reiche Erbin heiraten, und vermutlich war er bestechlich. Ja, sicher konnte man sich von ihm loskaufen. Andrew Restarick glaubte es offenbar und schien damit recht zu haben. Falls nicht . . .

Beim Gedanken an Andrew Restarick beschäftigte ihn mehr das Bild an der Wand als der Mann am Schreibtisch. Er erinnerte sich an das strenge Gesicht mit dem vorspringenden Kinn, an den entschlossenen Ausdruck. Dann dachte er an die verstorbene Mrs. Andrew Restarick, an den bitteren Zug, der um den Mund lag . . . Vielleicht sollte er doch noch einmal aufs Land fahren, um das Porträt genauer zu prüfen. Es konnte ihm einen Hinweis auf Norma geben. Nein — Norma war jetzt noch nicht dran. Was wußte er noch?

Mary Restarick, von der Sonja glaubte, daß sie einen Liebhaber hatte, weil sie so oft nach London fuhr. Nein, bei genauerem Überlegen glaubte er nicht, daß Sonja recht hatte. Es paßte viel besser zu Mary Restarick, daß sie nach London fuhr, um Häuser und Luxusappartements zu besichtigen, Möbel auszuwählen und all die Dinge, die man mit viel Geld in einer großen Stadt kaufen konnte.

Geld . . . All seine Überlegungen liefen immer wieder darauf hinaus. In diesem Fall ging es um viel Geld. Bisher hatte er nichts gefunden, das seine Überzeugung rechtfertigte, daß Norma den Tod von Mrs. Charpentier verschuldet hatte. Kein Indiz und kein Motiv; und dennoch glaubte er an eine Verbindung. Das Mädchen hatte gesagt, es habe vielleicht einen Mord begangen. In dem Haus, in dem sie wohnte, hatte sich ein Todesfall ereignet — ein oder zwei Tage vor ihrem Besuch bei ihm. Und das sollte bloßer Zufall sein? Wieder mußte er an die geheimnisvolle Krankheit Mary Restaricks denken. Hatte Mary Restarick sich selbst vergiftet? Wollte ihr Mann sie vergiften? Hatte Sonja ihr das Gift eingegeben? Oder Norma? Poirot mußte sich eingestehen, daß alles auf Norma hinwies.

»*Tout de même*«, sagte er vor sich hin, »da ich nichts finden kann, muß ich die Logik über Bord werfen.« Seufzend erhob er sich und schickte George nach einem Taxi. Er mußte zu Andrew Restarick.

19

Claudia Reece-Holland war nicht im Büro. An ihrer Stelle nahm eine ältere Kontoristin Poirot in Empfang.

»Nun?« herrschte Restarick ihn ungeduldig an. »Was ist? Was ist mit meiner Tochter?«

»Leider weiß ich noch nichts.« Poirot breitete die Arme aus.

»Aber es muß doch irgendeine Spur, einen Hinweis geben! Das Mädchen kann sich ja nicht in Luft auflösen.«

»Auch das ist schon vorgekommen.«

»Es ist Ihnen hoffentlich klar, daß Geld keine Rolle spielt? Ich — ich kann einfach nicht mehr.« Er wirkte erschöpft und vergrämt. Er war abgemagert, und die rotgeränderten Augen zeugten von Schlaflosigkeit.

»Ich weiß, in wie großer Sorge Sie sind, und ich habe wirklich alles getan, um sie zu finden, aber solche Dinge brauchen eben ihre Zeit.«

»Vielleicht hat sie das Gedächtnis verloren — oder sie ist — ich meine, sie könnte — krank sein.«

Poirot setzte sich in den Besuchersessel. »Glauben Sie mir, ich weiß, in welcher Angst Sie leben, aber leider muß ich noch einmal betonen, daß die Polizei in solchen Fällen rascher arbeitet.«

»Nein!« schrie Restarick.

»Sie verfügt über einen großen Apparat und hat viel mehr Möglichkeiten. Mit Geld allein können Sie nie die gleichen Resultate erzielen.«

»Mann! Reden Sie mir doch nicht so begütigend zu! Norma ist meine Tochter. Mein einziges Kind!«

»Haben Sie mir bestimmt alles erzählt? Alles, was es über Ihre Tochter zu berichten gibt?«

»Was könnte ich Ihnen denn noch sagen?«

»Das müssen Sie selbst wissen. Vielleicht irgendein länger zurückliegendes Ereignis?«

»Was meinen Sie damit?«

»Zum Beispiel Vorfälle, die mit einer Geisteskrankheit zusammenhängen.«

»Sie glauben, daß . . .«

»Woher soll ich das wissen?«

»Und woher sollte ich etwas wissen?« Restaricks Stimme wurde plötzlich bitter. »Es liegt alles so lange zurück. Grace war eine harte Frau; sie konnte weder vergessen noch verzeihen. Manchmal denke ich, daß ich ihr Norma nicht hätte ausliefern dürfen.« Er stand auf, wanderte im Zimmer umher, setzte sich endlich wieder. »Natürlich hätte ich meine Frau nicht mit dem Kind alleinlassen dürfen. Damals hatte ich mir allerlei plausible Ausreden zurechtgelegt, aber heute frage ich mich, ob es richtig war. Ich hätte mich um das Kind kümmern müssen. Jetzt ist es zu spät, sich Vorwürfe zu machen.«

Er beobachtete Poirot scharf. »Ja, als ich Norma wiedersah, fiel mir ihr haltloses, neurotisches Wesen auf. Ich hoffte, daß Mary und sie sich bald aneinander gewöhnen würden — aber ich muß gestehen, daß mir Normas Reaktionen nicht normal erschienen. Ich dachte dann, daß es gut wäre, wenn sie in London arbeitete und nur an den Wochenenden nach Hause käme. Ach, ich habe alles falsch gemacht. Wo ist sie bloß, Monsieur Poirot? Kann es sein, daß sie das Gedächtnis verloren hat?«

»Möglich. Und wenn, dann irrt sie vielleicht herum, ohne zu wissen, wer sie ist. Oder sie hat einen Unfall gehabt, was ich allerdings für unwahrscheinlich halte. Ich habe mich bereits bei allen Krankenhäusern erkundigt.«

»Aber Sie glauben nicht, daß sie — tot sein könnte?«

»Nein, dann würde man sie nämlich viel schneller finden. Bitte, beruhigen Sie sich, Mr. Restarick. Sie kann doch Freunde haben, von denen Sie nichts wissen. Freunde, die in einer anderen Gegend Englands wohnen, die sie von früher, von ihrer Mutter, ihrer Tante oder aus der Schulzeit kennt. Es dauert einige Zeit, bis man das überprüft hat. Sie kann auch — darüber dürfen Sie sich keine Illusionen machen — bei einem jungen Mann sein.«

»David Baker? Meine Güte, wenn . . .«

»Bei David Baker ist sie nicht. Das habe ich als erstes festgestellt.«

»Woher soll ich ihre Freunde auch kennen?« Er seufzte. »Wenn ich sie finde, verkaufe ich den ganzen Laden hier und gehe mit ihr in ein Land, in dem man leben kann.«

»Und was wird Ihre Frau dazu sagen?«

»Mary? Die ist an dieses Herumzigeunern gewöhnt.«

»Für Frauen mit Geld kann London sehr reizvoll sein«, meinte Poirot.

»Oh, sie versteht mich.«

Das Telefon auf dem Schreibtisch klingelte. Restarick nahm den Hörer ab. »Ja? Aus Manchester? Ja. Wenn es Miß Reece-Holland ist, stellen Sie bitte durch.« Er wartete einen Augenblick. »Hallo, Claudia? Sprechen Sie bitte lauter, ich kann Sie kaum verstehen. Sie haben zugestimmt? . . . Ach, schade . . . Nein. Das haben Sie ganz richtig gemacht . . . Ja, einverstanden . . . Gut. Kommen Sie heute mit dem Abendzug zurück? Na, dann besprechen wir morgen alles weitere.« Er legte auf. »Ein tüchtiges Mädchen!«

»Miß Reece-Holland?«

»Ja. Ungewöhnlich tüchtig. Sie nimmt mir viel Arbeit ab. Ich habe ihr bei dem Abschluß in Manchester völlig freie Hand gelassen. Ich kann mich im Moment einfach nicht aufs Geschäft konzentrieren. Sie hat es glänzend gemacht. Sie verhandelt fast wie ein Mann.« Plötzlich war er wieder bei der Sache. »Tut mir leid, Monsieur Poirot, ich bin vom Thema abgeschweift. Brauchen Sie noch Geld?«

»Nein, Monsieur. Ich versichere Ihnen, daß ich alles tun werde, ihre Tochter heil und gesund zurückzubringen.«

Wieder auf der Straße, legte er den Kopf in den Nacken, blickte in den Himmel und murmelte: »Eine klare Antwort auf eine Frage. Das ist alles, was ich brauche.

20

Hercule Poirot betrachtete die Fassade des alten Hauses in einer stillen Kleinstadtstraße. Der Messingklopfer an der Tür war blankpoliert. Poirot nickte anerkennend und drückte auf den Klingelknopf. Unmittelbar darauf öffnete ihm eine hochgewachsene grauhaarige Dame mit klaren, energischen Zügen. »Monsieur Poirot? Sie sind sehr pünktlich. Kommen Sie herein.«

»Miß Battersby?«

»Natürlich.« Sie hielt ihm die Tür auf, nahm ihm den Hut ab und legte ihn auf eine Garderobe in der Diele. Dann führte sie ihn in ein freundliches Zimmer, von dem aus man in einen kleinen, von einer Mauer umgebenen Garten sah. Sie deutete auf einen Sessel und setzte sich ihm gegenüber. Miß Battersby hatte offenbar nicht vor, mit konventionellen Floskeln Zeit zu verschwenden.

»Sie sind die frühere Direktorin der Meadowfield-Schule?«

»Ja. Ich bin vor einem Jahr pensioniert worden. Sie wollten mich wegen Norma Restarick sprechen, nicht wahr?«

»Ja.«

»In Ihrem Brief sind Sie nicht auf Einzelheiten eingegangen.« Miß Battersby maß ihn prüfend. »Ich weiß, wer Sie sind, Monsieur Poirot. Daher wäre es mir lieb, genauer zu erfahren, worum es sich eigentlich handelt. Haben Sie vielleicht vor, Norma Restarick zu engagieren?«

»Nein, keineswegs.«

»Da ich Ihren Beruf kenne, werden Sie verstehen, wenn ich Sie um nähere Auskünfte bitte. Haben Sie ein Empfehlungsschreiben von Normas Angehörigen?«

»Ich muß schon wieder verneinen«, sagte Poirot, »aber lassen Sie mich das erklären.«

»Ja, bitte.«

»Ich bin im Auftrag von Miß Restaricks Vater hier, von Mr. Andrew Restarick.«

»Aber Sie haben keinen Brief von ihm?«

»Ich habe ihn nicht darum gebeten.« Miß Battersby sah ihn fragend an. »Ich fürchtete, daß er darauf bestehen würde, mit mir zu kommen. Und dann hätte ich Sie nicht nach den Dingen fragen können, die ich wissen möchte, denn wahrscheinlich hätten ihm Ihre Antworten Kummer bereitet. Und da er im Augenblick schon unglücklich genug ist, wollte ich das vermeiden.«

»Ist Norma etwas zugestoßen?«

»Das hoffe ich nicht . . . Aber man kann die Möglichkeit nicht ganz ausschließen. Erinnern Sie sich an sie, Miß Battersby?«

»Oh, ich erinnere mich an alle meine Schülerinnen. Ich habe ein sehr gutes Gedächtnis. Und Meadowfield ist keine große Schule. Wir haben nie mehr als zweihundert Schülerinnen gehabt.«

»Warum haben Sie den Schuldienst aufgegeben, Miß Battersby?«

»Ich bin siebzig. Genügt Ihnen das?«

»Nein, in Ihrem Fall nicht. Sie sind so tatkräftig und frisch, daß Sie noch viele Jahre in der Lage sein sollten, die Schule weiterzuleiten.«

»Die Zeiten ändern sich, Monsieur Poirot. Und nicht immer nach unserem Geschmack. Um Ihre Neugier zu stillen: ich habe nicht mit den Kindern, sondern mit den Eltern die Geduld verloren. Es geht mir auf die Nerven, wie kurzsichtig und borniert sie ihre Töchter erziehen.«

Poirot, der sich nach der Lehrerin erkundigt hatte, wußte, daß Miß Battersby eine renommierte Mathematikerin war.

»Glauben Sie nur nicht, daß ich untätig bin«, fuhr sie fort. »Ich habe eine Arbeit, die mich außerordentlich befriedigt. Ich bereite Studenten aufs Examen vor. Aber wollen wir nicht zur Sache kommen? Was ist mit Norma Restarick?«

»Um es geradeheraus zu sagen, sie ist verschwunden.«

Miß Battersby sah durchaus nicht beunruhigt aus. »So? Das heißt doch wohl, daß sie ihre Eltern verlassen hat, ohne ihnen mitzuteilen, wohin sie gegangen ist? Ach, ich weiß, ihre Mutter ist tot, also hat sie ihrem Vater nicht gesagt, was sie vorhatte. So ungewöhnlich ist das heutzutage gar nicht, Monsieur Poirot. Hat sich Mr. Restarick mit der Polizei in Verbindung gesetzt?«

»Nein. Er weigert sich mit aller Entschiedenheit.«

»Ich habe natürlich keine Ahnung, wo das Mädchen steckt. Ich habe nichts mehr von ihr gehört, seit sie die Schule verlassen hat. Ich weiß also nicht, wie ich Ihnen helfen sollte.«

»Oh, deswegen bin ich auch nicht zu Ihnen gekommen. Ich wollte von Ihnen erfahren, wie sie ist. Können Sie sie mir beschreiben? Nicht ihr Äußeres, sondern Charaktereigenschaften.«

»Norma war in der Schule ein völlig normales Kind. Sie war nicht überdurchschnittlich begabt, kam aber immer gut mit.«

»Und neurotisch war sie nicht?«

Miß Battersby dachte nach. »Nein. Selbst wenn man ihre häuslichen Verhältnisse in Betracht zieht, kann man das nicht sagen . . .«

»Sie meinen die kranke Mutter?«

»Ja. Norma stammte aus einer zerrütteten Ehe. Der Vater, den sie wohl sehr geliebt hat, ist mit einer anderen Frau auf und davon — und darüber war die Mutter natürlich sehr verbittert. Sie hat das Kind offenbar unnötig mit ihrem Gejammer und ihren Haßausbrüchen belastet.«

»Vielleicht sollte ich Sie lieber nach Ihrer Meinung über die verstorbene Mrs. Restarick fragen?«

»Wollen Sie meine private Meinung hören?«

»Wenn Sie nichts dagegen haben.«

»Nein. Ich weiß genau, wie wichtig die häuslichen Verhältnisse für die Entwicklung der Kinder sind, und habe mich immer bemüht, etwas darüber zu erfahren. Mrs. Restarick war eine anständige, charakterfeste Frau, sehr selbstgerecht, sehr intolerant — und mit unglaublicher Dummheit geschlagen.«

»Aha!« Poirot nickte verständnisvoll.

»Außerdem wirkte sie auf mich wie eine eingebildete Kranke, die ihre Wehwehchen aufbauschte. Der Typ Frau, der dauernd in Sanatorien geht. Für ein kleines Mädchen eine schädliche Umgebung — besonders, wenn es selbst nicht gerade persönlichkeitsstark ist. Norma hatte keine geistigen Ambitionen, kein Selbstvertrauen; sie war nicht der Typ, der eine berufliche Karriere macht. Ich hätte ihr einen angenehmen, ruhigen Job gewünscht, bis sie heiratete und Kinder bekam.«

»Sie haben also nie Zeichen einer Geisteskrankheit bemerkt?«

»Geisteskrankheit?« wiederholte Miß Battersby. »Quatsch!«

»Und neurotisch war sie auch nicht.«

»Ach, fast jedes junge Mädchen hat seine Neurosen — vor allem bei der ersten Liebe. Da fallen sie oft auf die falschen, manchmal sogar auf gefährliche Männer herein. Anscheinend gibt es kaum noch Eltern, die die nötige Kraft haben, ihre Töchter vor solchen Enttäuschungen zu bewahren. Die Mädchen sind dann fast hysterisch unglücklich, heiraten überstürzt und lassen sich bald darauf wieder scheiden.«

»Und Norma hat nie Anzeichen von seelischer Labilität gezeigt?« Poirot blieb beharrlich bei seiner Frage.

»Sie ist ein gefühlsbetontes, aber völlig normales Mädchen.

Seelische Labilität! Wenn ich das schon höre! Ich kann nur wiederholen, daß das Unsinn ist. Wahrscheinlich ist sie mit einem jungen Mann davongelaufen, um ihn zu heiraten, und das halte ich nun für ungewöhnlich normal!«

21

Poirot saß in seinem Ohrensessel. Neben ihm stand ein kleiner Tisch, auf dem sich Berge von Unterlagen stapelten. Noch einmal vergegenwärtigte er sich alle Einzelheiten dieses verworrenen Falles, die Menschen, die in ihn verwickelt waren.

Zuerst Andrew Restarick . . . Poirot mußte plötzlich an das Bild denken, das in Restaricks Büro an der Wand hing. Warum hatte er es nach London gebracht? Die Porträts der beiden Ehegatten gehörten doch zusammen. War das vielleicht eine Reaktion des Unterbewußtseins, durch die Restarick sich noch einmal von seiner ersten Frau trennen wollte? Wollte er sich immer noch von ihr befreien, obwohl sie doch tot war? Eine interessante Frage . . .

Seine Gedanken wanderten zu Mary Restarick. Ihm fiel plötzlich auf, wie wenig er sich mit ihr beschäftigt hatte. Eine tüchtige Frau, die eine Perücke trug, die gut aussah, vernünftig war, aber auch wütend werden konnte. Ja, sie war sehr wütend gewesen, als sie den Pfau plötzlich im Haus entdeckt hatte. Doch das war nur natürlich; gegen ihn würde jede Mutter etwas einzuwenden haben . . .

Poirot schüttelte den Kopf. Mary Restarick war ja nicht Normas Mutter. Was für Gefühle hegte sie also für ihre Stieftochter, die offenbar mit voller Absicht versuchte, sie zu vergiften? Ihre Reaktion wirkte durchaus vernünftig. Sie hatte das Mädchen aus dem Haus haben wollen, um nicht mehr gefährdet zu sein, und hatte alles versucht, ihrem Mann beizustehen und jeden Skandal zu vermeiden. Nur war für Poirot die Frage, wer Mary Restarick das Gift gegeben hatte, keineswegs geklärt. Restarick glaubte, seine Tochter habe es getan . . . Poirot war nicht so sicher. Er begann, über das Mädchen Sonja nachzudenken.

Was tat sie in diesem Haus? Möglicherweise hatte sie Heiratsabsichten. Es kam oft genug vor, daß Männer in Sir Rodericks Alter blutjunge Mädchen heirateten. Für Sonja wäre das gar keine schlechte Lösung. Sie gewann einen Platz in der guten Gesellschaft, und wenn ihr Mann starb, war sie glänzend versorgt. Oder hatte sie völlig andere Ziele? War sie damals mit den Briefen Sir Rodericks nach *Kew Gardens* gefahren? Hatte Mary Restarick Verdacht geschöpft? Und hatte Sonja daraufhin dem Essen Gift in so kleinen Dosen beigemengt, daß kein Verdacht auf sie fiel und jeder an eine Gastritis dachte?

Poirot verbannte Sir Rodericks Haus und seine Bewohner aus seinen Gedanken und wandte sich den drei Mädchen zu, die in London eine Wohnung teilten: Claudia, die Tochter eines bekannten Abgeordneten, wohlhabend, tüchtig, gutaussehend, eine erstklassige Sekretärin. Frances Cary, die Tochter eines Kleinstadtanwalts, künstlerisch begabt, ein paar Semester Schauspiel- und Zeichenunterricht, dann Angestellte einer Gemäldegalerie. Sie kannte David Baker, allerdings wohl nur flüchtig. War sie vielleicht in ihn verliebt? Warum gerade Mädchen aus guten Familien auf diesen Typ hereinfielen, war unverständlich. Und was hielt er nun von David? Ein hübscher Junge, frech und ein wenig süffisant; ein eitler Pfau, der sich in sein Spiegelbild verliebt hatte. Oder steckte mehr dahinter? Wollte der junge Mann Norma wirklich heiraten? Daß sie ihn liebte, stand wohl fest. Aber er hatte von Heirat gesprochen. Hatte Norma Geld, über das sie verfügen konnte? Poirot nahm sich das Testament der ersten Mrs. Restarick vor. Offenbar war sie zu ihren Lebzeiten von ihrem Mann sehr großzügig bedacht worden und hatte außerdem ein eigenes Einkommen gehabt: jährlich etwa tausend Pfund. Sie hatte alles ihrer Tochter hinterlassen. Aber nach Poirots Meinung war dieser Betrag kein Grund, Norma zu heiraten. Wahrscheinlich würde Norma nach dem Tod ihres Vaters eine große Summe erben, aber darauf konnte man sich nicht verlassen.

Also mußte David sie wohl doch lieben. Trotzdem — all das paßte nicht zusammen, es ergab kein Muster. Poirot dachte an Restaricks Schreibtisch, an den Scheck — offenbar hatte er sich damit von dem jungen Mann freikaufen wollen —, und der junge Mann mußte bereit gewesen sein, sich auszahlen zu lassen! Schon wieder etwas, das nicht paßte. Der Scheck war für David Baker gewesen, und der Betrag war sehr hoch — unwahrscheinlich hoch sogar. Trotzdem hatte er Norma am Tag zuvor einen Heiratsantrag gemacht. War das vielleicht nur ein Schachzug gewesen, um den Preis in die Höhe zu treiben? Poirot sah Restaricks zusammengekniffenen Mund vor sich. Er mußte seine Tochter sehr lieben, um eine solche Summe zu bezahlen, und er mußte große Angst davor gehabt haben, daß sie diese Ehe unbedingt eingehen wollte.

Von Restarick kam er auf Claudia. War es reiner Zufall, daß sie seine Sekretärin geworden war? Gab es zwischen ihnen eine Verbindung? Drei Mädchen in einer Wohnung, in Claudia Reece-Hollands Wohnung. Sie hatte sie mit einer Freundin geteilt, und dann war noch ein Mädchen dazugekommen, das dritte Mädchen. *Das dritte Mädchen*, dachte Poirot. Ja, darauf lief es immer wieder hinaus. Seine Suche nach einem Muster führte zu Norma Restarick.

Was hielten die anderen von ihr? Claudia Reece-Holland zum Beispiel? Er wußte es nicht. Auf jeden Fall hatte sie das Mädchen nicht an die Luft gesetzt, was sicher naheliegend gewesen wäre, wenn sie eine Geisteskrankheit befürchtete. Außerdem hatte sie offenbar nicht viel mit Frances Cary darüber gesprochen, sonst hätte die sich nicht so leicht verplappert und zugegeben, daß Norma nicht zurückgekehrt war. Darüber hatte Claudia sich geärgert. Möglich, daß sie viel tiefer in diesen Fall verstrickt war, als es den Anschein hatte. Sie war klug und tüchtig . . . Poirot kam wieder auf das dritte Mädchen, kam wieder auf Norma.

Er hatte für sie getan, was er konnte, aber genügte das? Was hatte er unternommen, seit sie ihn um Hilfe gebeten hatte? Er beantwortete sich die Frage sofort. *Er hatte sie in Sicherheit gebracht.* Wenigstens das. Falls sie überhaupt in Sicherheit gebracht werden mußte. Das war der Angelpunkt. War sie überhaupt in Gefahr? Dieses unglaubliche Geständnis! Nein, kein Geständnis, eher eine Ankündigung: *»Ich habe vielleicht einen Mord begangen.«*

Ja, das war der Angelpunkt. Ein Mord war angekündigt. Er hatte ihn gesucht und nicht gefunden. Arsen in der Suppe? Junge Rowdys, die mit Messern aufeinander losgingen? Blutspuren auf dem Hof? Ein Schuß aus einem Revolver. Warum und auf wen? Nichts davon paßte zu den Worten: »Vielleicht habe ich einen Mord begangen.«

Und dann hatte Ariadne Oliver ihm durch eine beiläufige Bemerkung den Weg gezeigt. Der vermeintliche Selbstmord einer Frau in den Borodene Mansions. *Das* paßte. Dort wohnte das dritte Mädchen. Das mußte der Mord sein, den sie gemeint hatte. Poirot nahm den maschinegeschriebenen Lebenslauf der Mrs. Charpentier zur Hand. Dreiundvierzig, gut situiert, zwei Ehen, zwei Scheidungen — eine Frau, die etwas für Männer übrig hatte. Eine Frau, die zuletzt zuviel getrunken hatte. Eine Frau, die gern auf Partys ging und sich mit wesentlich jüngeren Männern eingelassen hatte. Eine Frau, dic glaubte, Krebs zu haben, und sich in einem Anfall von Verzweiflung aus dem Fenster gestürzt hatte? Aber der Obduktionsbefund widerlegte ihre Befürchtung eindeutig . . .

Und wo war eine Verbindung zu Norma Restarick? Poirot las den trockenen Bericht nochmals gründlich durch. Ein Anwalt hatte die Tote identifiziert. Louise Carpenter — warum hatte sie sich Charpentier genannt? Weil das besser zu ihrem Vornamen paßte? Zu Louise? Warum kam ihm der Name Louise nur so bekannt vor? Er blätterte wieder in den Papieren. Da war es! Die Frau, mit der Andrew Restarick nach Afrika gegangen war, hieß Louise Birell. Kein Zweifel — Louise Charpentier war die frühere Louise Birell.

Aber selbst wenn das stimmte, wie paßte es zu Norma? Hatten Restarick und Louise Charpentier sich nach seiner Rückkehr wiedergesehen? Poirot bezweifelte es. Seine jetzige Frau konnte kaum so eifersüchtig auf die Vergangenheit ihres Mannes sein, daß sie seine ehemalige Geliebte aus dem Fenster stieß.

Das Telefon klingelte. Poirot rührte sich nicht. In diesem Augenblick konnte er keine Störung ertragen. Nicht jetzt, da er das Gefühl hatte, eine Spur gefunden zu haben . . . Er wollte nicht abgelenkt werden . . .

Die Tür ging auf, und Miß Lemon kam herein. »Mrs. Oliver möchte Sie unbedingt sprechen.«

Poirot winkte ab. »Nein, ich kann jetzt nicht.«

»Sie sagt, ihr sei gerade etwas sehr Wichtiges eingefallen. Sie erwähnte ein Blatt Papier — einen angefangenen Brief, der aus einer Schublade in einem Möbelwagen herausgerutscht sei.«

Poirot winkte noch heftiger ab. »Nicht jetzt. Bitte, nicht ausgerechnet jetzt!«

»Ich werde ihr sagen, Sie hätten Besuch.«

Poirot wurde plötzlich von Müdigkeit übermannt. Er hatte zu angestrengt nachgedacht. Er mußte sich entspannen. Nur dann konnte das Muster sichtbar werden. Er schloß die Augen. Er kannte alle einzelnen Bestandteile. Davon war er fest überzeugt. Von *außen* konnte nichts Neues mehr kommen, nur noch von *innen*. Und auf einmal war alles da — es wartete auf ihn! Er mußte es nur noch richtig zusammensetzen . . . Aber er *wußte* es jetzt. Lauter einzelne Steinchen hielt er in der Hand, die sich in das Muster einfügen ließen: eine Perücke, ein Bild, fünf Uhr morgens, Frauen und ihre Frisuren, der Pfau — all das führte zu dem einen Ausdruck, mit dem es begonnen hatte: *Drittes Mädchen . . . »Ich habe vielleicht einen Mord begangen* . . . « Natürlich!

Plötzlich stand Miß Lemon vor ihm. »Dr. Stillingfleet will Sie unbedingt sprechen. Er sagt, es ist dringend!«

»Sagen Sie ihm, er kann . . . Haben Sie eben Dr. Stillingfleet gesagt?« Er rannte an ihr vorbei und riß den Hörer an sich. »Ja, hier Poirot, ist etwas passiert?«

»Sie ist fortgegangen.«

»Was?«

»Sie haben richtig verstanden. Sie ist fortgegangen.«

»Und Sie haben sie nicht daran gehindert?«

»Wie hätte ich das machen sollen?«

»Sie hätten sie festhalten müssen.«

»Nein.«

»Oh, Sie wissen nicht, um was es geht!«

»Aber ich hatte es ihr versprochen. Ich habe ihr gesagt, sie könne jederzeit fortgehen.«

»Und wenn jetzt etwas passiert? Sie haben ja keine Ahnung!«

»Nein. Aber ich weiß, was *ich* tue. Und wenn ich sie jetzt festgehalten hätte, wäre meine ganze Arbeit umsonst gewesen. Und ich habe gearbeitet. Ich habe mir große Mühe mit ihr gegeben. Wir beide haben verschiedene Ziele, Poirot! Und ich hatte etwas erreicht. Ich war sogar sicher, daß sie mir nicht davonlaufen würde.«

»So? Aber dann, *mon ami*, hat sie es doch getan.«

»Ja, und das begreife ich eben nicht. Ich weiß nicht, wie es zu diesem Rückfall kommen konnte.«

»Es muß etwas geschehen sein.«

»Ja, aber was?«

»Jemand hat sie gesehen — oder gesprochen — oder er hat herausgekriegt, wo sie war.«

»Das kann ich mir kaum vorstellen . . . Auf jeden Fall war es eine freie Entscheidung von ihr, das müssen Sie verstehen.«

»Jemand hat sich mit ihr in Verbindung gesetzt. Hat sie einen Brief bekommen? Ein Telegramm, einen Anruf?«

»Nein, nichts dergleichen. Das weiß ich genau.«

»Aber wie — oh, natürlich! Die Zeitungen! Sie haben dort doch sicher Zeitungen?«

»Freilich, das gehört dazu. Wir wollen ja gerade einen festen Kontakt zum normalen Alltagsleben schaffen.«

»Dann haben sie sie auf eben diesem normalen, alltäglichen Weg erreicht. Was für Zeitungen haben Sie?«

»Fünf.« Er zählte sie auf.

»Wann ist sie fortgegangen?«

»Heute vormittag um halb elf.«

»Das paßt genau. Nachdem sie die Zeitung gelesen hat. Wenigstens ein Ansatzpunkt. Welche hat sie gewöhnlich gelesen?«

»Keine Ahnung. Mal die eine, mal die andere. Manchmal hat sie alle gelesen, und manchmal hat sie nur einen Blick darauf geworfen.«

»Hm. Ich darf jetzt keine Zeit mehr verlieren . . .«

»Meinen Sie, sie hätte eine Anzeige entdeckt?«

»Ich weiß keine andere Erklärung. Aber ich muß jetzt Schluß machen. Ich muß nach dieser Anzeige suchen und mich dann sehr beeilen.« Er legte den Hörer auf und rief: »Miß Lemon, bringen Sie mir die *Morning News* und den *Daily Comet*! Und George soll alle Morgenzeitungen kaufen!« Dann schlug er rasch die Seiten mit den persönlichen Anzeigen auf, überflog sie und dachte dabei angestrengt nach. Er würde es rechtzeitig schaffen. Das *mußte* er einfach . . . Es hatte schon einen Mord gegeben. Nun drohte ein weiterer. Aber er, Hercule Poirot, würde ihn verhindern . . .

George brachte einen Packen Zeitungen. »Das sind alle Morgenzeitungen, Sir.«

Poirot wandte sich an Miß Lemon: »Sehen Sie die durch, die ich schon gelesen habe, vielleicht habe ich etwas übersehen.«

»Nur die persönlichen Anzeigen?«

»Ja. Vielleicht taucht der Name David auf, vielleicht ein Mädchenname oder ein Spitzname. Norma dürfte es wohl kaum sein. Vielleicht ist es ein Hilferuf oder die Angabe eines Treffpunktes . . .«

Poirot schlug den *Morning Chronicle* auf. In ihm waren die meisten Anzeigen, drei Spalten. Eine Dame, die ihren Pelzmantel anpries . . . Mitfahrer für Auslandsreise gesucht . . . Reizendes, modernes Haus zu verkaufen . . . Ferienwohnung zu vermieten . . . Zurückgebliebene Kinder . . . Selbstgemachte Pralinen . . . »Julia, ich werde dich nie vergessen! Dein auf ewig.« Ja, das paßte schon besser, aber dann wanderte sein Blick doch weiter zu: Louis-XV.-Möbel . . . Erfahrene Dame zur Leitung eines Hotels gesucht . . . *Verzweifelt in Sorge. Muß dich sehen. Komm in die Wohnung. Erwarte dich. 16 Uhr 30. Stichwort: Goliath.«* Er rief: »George, ein Taxi!« und hörte es im selben Augenblick klingeln. Er kümmerte sich nicht darum, zog den Mantel an und rannte gerade zur Tür, als George sie öffnete. Mrs. Oliver, George und Hercule Poirot stießen in dem winzigen Vorraum unsanft zusammen.

22

Frances Cary, die ein kleines Köfferchen trug, ging durch die Mandeville Road und unterhielt sich mit einer Freundin, die sie an der Ecke getroffen hatte.

»Daß du's in dem Kasten aushältst, Frances! Mir kommt er immer wie ein Frauengefängnis vor.«

»Blödsinn, Eileen. Die Wohnungen sind sagenhaft bequem. Und mit Claudia habe ich auch ein Mordsglück gehabt — mit der gibt's nie Ärger. Sie hat sogar eine erstklassige Putzfrau, und die Wohnung ist immer tadellos in Ordnung.«

»Seid ihr nur zu zweit? Hattet ihr nicht mal ein drittes Mädchen?«

»Hatten wir auch, aber die scheint uns im Stich zu lassen.«

»Wieso? Zahlt sie ihre Miete nicht?«

»Doch, das schon, soviel ich weiß. Aber sie muß wohl einen Freund haben. Sie ist auf und davon.«

Eileen verlor das Interesse. Ein Freund war eine zu natürliche Erklärung. »Woher kommst du denn jetzt?«

»Aus Manchester. Wir hatten mal wieder eine Ausstellung. Großer Erfolg übrigens.«

»Und im nächsten Monat gehst du tatsächlich nach Wien?«

»Ja, sieht ganz so aus. Ich freue mich schon drauf.«

»Und was passiert, wenn eure Bilder gestohlen werden?«

»Ach, die sind versichert«, sagte Frances wegwerfend. »Die wirklich guten jedenfalls.«

»Hat dein Freund Peter mit seiner Ausstellung Erfolg gehabt?«

»Nicht so doll, leider. Aber er hat eine gute Besprechung im *Artist* bekommen, und das ist viel wert.«

Frances verabschiedete sich vor dem Eingang zu den Borodene Mansions von ihrer Freundin, nickte dem Portier zu und fuhr mit dem Lift in den sechsten Stock. Während sie durch den Flur ging, summte sie leise vor sich hin, dann steckte sie den Schlüssel ins Schloß. In der Diele war es dunkel. Claudia würde erst in etwa anderthalb Stunden aus dem Büro kommen. Im Wohnzimmer aber brannte Licht, und die Tür stand offen.

»Komisch«, sagte Frances laut. »Da brennt Licht.« Sie zog den Mantel aus, setzte den kleinen Koffer ab, stieß die Wohnzimmertür weiter auf und ging hinein . . .

Sie blieb stocksteif stehen. Ihr Mund öffnete sich und schloß sich wieder. Sie stand wie gelähmt und starrte auf die Gestalt, die auf dem Fußboden lag, dann hob sie den Blick und sah ihr eigenes schreckverzerrtes Gesicht im Spiegel an der Wand . . . Endlich bekam sie wieder Luft, löste sich aus der Erstarrung, warf den Kopf zurück und schrie. Sie stolperte über den kleinen Koffer, stieß ihn fort, rannte hinaus und hämmerte mit den Fäusten an die Tür der Nachbarwohnung.

Eine ältere Frau machte ihr auf. »Was um alles in der Welt . . .?«

»Ein Toter . . . er ist tot. Und ich glaube, es ist . . . David Baker. Er liegt auf dem Fußboden . . . Ich glaube, er ist erstochen worden . . . überall ist Blut.« Sie begann wild zu schluchzen.

Miß Jacobs schüttelte sie, beruhigte sie, drückte sie aufs Sofa und sagte energisch: »Fassen Sie sich. Hier ist ein Cognac.« Sie gab ihr ein Glas in die Hand. »Bleiben Sie sitzen und trinken Sie das!« Frances nippte gehorsam. Miß Jacobs lief über den Flur und durch die offene Tür in das Wohnzimmer, aus dem der Lichtschein fiel. Sie gehörte nicht zu den Frauen, die laut schreien. Sie blieb auf der Schwelle stehen und preßte die Lippen zusammen. Auf dem Fußboden lag mit weit ausgebreiteten Armen ein hübscher junger Mann, dessen kastanienbraune Locken bis auf die Schultern fielen. Er trug ein rotes Samtjackett, und sein weißes Hemd war blutgetränkt.

Plötzlich merkte sie voller Entsetzen, daß sie nicht allein im Zimmer war. Ein Mädchen stand eng an die Wand gepreßt. Sie hatte ein weißes, wollenes Sackkleid an, das hellbraune, glatte Haar hing ihr ins Gesicht. In der Hand hielt sie ein Küchenmesser. Miß Jacobs starrte sie an, und sie starrte Miß Jacobs an. Dann sagte sie mit leiser, nachdenklicher Stimme, als beantworte sie eine Frage: »Ja, ich habe ihn getötet . . . Das Blut an meinen Händen stammt von dem Messer . . . Ich wollte mich im Bad waschen . . . aber das läßt sich gar nicht abwaschen, nicht wahr? Und dann bin ich wieder hereingekommen, um nachzusehen, ob es wirklich stimmt . . . Aber es stimmt . . . Armer David . . . Wahrscheinlich *mußte* ich es tun.«

Der Schock gab Miß Jacobs merkwürdige Worte ein. »So? Und warum mußten Sie es tun?«

»Ich weiß nicht . . . Wenigstens — doch, ich glaube, ich weiß es. Er war verzweifelt. Er hat mich gerufen — und ich bin gekommen . . . Aber ich wollte frei von ihm sein. Ich wollte von ihm fort. Ich habe ihn gar nicht richtig geliebt.« Sie legte das Messer vorsichtig auf den Tisch und setzte sich auf einen Stuhl. »Man sollte es nicht«, sagte sie. »Man sollte niemand hassen . . . Das darf man nicht, weil man nie weiß, wozu man fähig ist . . . Wie bei Louise . . .« Plötzlich fragte sie ganz ruhig: »Wollen Sie nicht die Polizei anrufen?«

Miß Jacobs wählte gehorsam 999.

In dem Zimmer mit dem Harlekin an der Wand waren nun sechs Menschen. Es war viel Zeit vergangen. Die Polizei war gekommen und wieder gegangen.

Andrew Restarick saß wie betäubt da. Er wiederholte immer wieder: »Ich kann es nicht glauben . . .« Der Anruf hatte ihn im Büro erreicht, und Claudia Reece-Holland hatte ihn begleitet. Auf ihre ruhige Art hatte sie alles Notwendige erledigt: nach Mary Restarick herumtelefoniert; Frances Cary mit einem Beruhigungsmittel zu Bett gebracht.

Hercule Poirot und Mrs. Oliver saßen nebeneinander auf dem Sofa. Sie waren gleichzeitig mit der Polizei eingetroffen.

Nachdem fast alle wieder fort waren, erschien ein stiller, höflicher grauhaariger Mann: Chefinspektor Neele von Scotland Yard. Er hatte Poirot mit einem Kopfnicken begrüßt und sich Andrew Restarick vorgestellt. Ein großer, rothaariger junger Mann stand am Fenster und sah auf den Hof hinunter.

»Wenn ich gehen soll . . .« sagte Mrs. Oliver unsicher.

»Sie sind Mrs. Ariadne Oliver? Nein, bleiben Sie doch bitte hier. Ich weiß, daß das für Sie sehr unangenehm war . . .«

»Es kommt mir so unwirklich vor.« Mrs. Oliver schloß die Augen. Sie sah wieder alles vor sich: den Pfau, der noch im Tod so pittoresk war, als sei er auf der Bühne gestorben. Und das Mädchen — eine völlig veränderte Norma, die sich mit Würde und Gelassenheit in ihr Schicksal fügte.

Poirot hatte gefragt, ob er zwei Telefongespräche führen dürfe. Eines mit Scotland Yard; es war ihm genehmigt worden, nachdem der Sergeant voller Argwohn selbst die Verbindung hergestellt hatte. Er hatte Poirot zum Apparat in Claudias Schlafzimmer gebracht und die Tür hinter sich geschlossen.

Nachdem er telefoniert hatte, machte Poirot die Tür wieder auf und winkte Mrs. Oliver, die verlassen in der Küche herumstand. Sie setzten sich nebeneinander auf Claudias Bett.

»Wenn wir doch nur etwas tun könnten«, sagte Mrs. Oliver.

»Geduld, Madame.«

»Aber *Sie* müssen doch etwas unternehmen können?«

»Das habe ich bereits. Ich habe die Leute angerufen, die Bescheid wissen mußten. Jetzt müssen wir warten, bis die Polizei mit ihrer Untersuchung fertig ist.«

»Wen haben Sie außer dem Inspektor noch angerufen? Den Vater? Kann der sie nicht vielleicht gegen Kaution freibekommen?«

»Bei Mord geht das nicht«, sagte Poirot trocken. »Die Polizei hat ihren Vater schon benachrichtigt. Miß Cary kannte seine Telefonnummer.«

»Wo ist die denn?«

»Soviel ich gehört habe, ist sie nebenan in der Wohnung von Miß Jacobs. Hat einen hysterischen Anfall gehabt. Sie hat die Leiche entdeckt, und das scheint sie umgeschmissen zu haben. Sie ist schreiend aus der Wohnung gerannt.«

»Sie ist die Künstlerin, nicht wahr? Claudia hätte den Kopf nicht verloren.«

»Nein, die nicht. Eine sehr beherrschte junge Frau.«

»Wen haben Sie denn nun angerufen?«

»Dr. John Stillingfleet.«

»Wer ist das? Soll er sagen, daß die arme Norma verrückt ist und nichts dafür kann?«

»Wenn es sein muß, könnte er sehr wohl als Gutachter vor Gericht auftreten.«

»Kennt er sie denn?«

»Oh, sehr gut. Sie ist seit dem Tag, an dem Sie sie in dem Café gefunden haben, in seiner Obhut gewesen.«

»Und wie kam sie zu ihm?«

Poirot lächelte. »Durch mich. Ich habe ein bißchen herumtelefoniert, ehe ich damals zu dem Café gefahren bin.«

»Wie? Und ich war so enttäuscht von Ihnen und habe Ihnen in den Ohren gelegen, Sie sollten endlich was tun — und Sie hatten schon längst etwas unternommen! Und das haben Sie mir verschwiegen, Monsieur Poirot! Das ist ja richtig — richtig gemein!«

»Madame, bitte, regen Sie sich nicht auf. Ich konnte nicht anders handeln.«

»Die übliche faule Ausrede! Was haben Sie sonst noch getan?«

»Ich habe arrangiert, daß ihr Vater mich mit der Suche nach ihr beauftragte. Dadurch konnte ich sie in Sicherheit bringen.«

»Bei diesem Dr. Stillingwater?«

»*Stillingfleet*. Ja.«

»Und wie haben Sie das geschafft?«

»Ich habe mich ihm quasi aufgezwungen. Ich bin zu ihm gegangen und habe behauptet, ich hätte einen Brief von ihm bekommen, in dem er mich um meinen Besuch bat.«

»Und das hat er Ihnen geglaubt?«

»Aber ja. Ich habe ihm den Brief gezeigt. Er war auf Firmenpapier geschrieben und mit seinem Namen unterzeichnet — allerdings nicht in seiner Handschrift.«

»Wollen Sie etwa sagen, daß Sie den Brief geschrieben haben?«

»Ja. Ich hatte darauf getippt, daß er neugierig werden würde und mich sehen wollte. Nachdem ich damit recht behalten hatte, mußte ich mich auf mein Geschick verlassen und improvisieren.«

»Haben Sie ihn über diesen Dr. Stillingfleet informiert?«

»Nein, das habe ich niemand gesagt. Das war zu gefährlich.«

»Für Norma?«

»Ja, oder sie war für einen anderen gefährlich. Diese beiden Möglichkeiten gab es von Anfang an. Der Versuch, Mrs. Restarick zu vergiften, wirkte nicht sehr überzeugend — das zog sich zu sehr in die Länge, es war kein ernsthafter Mordversuch. Dann war da dieser fragmentarische Bericht über einen Revolverschuß in den Borodene Mansions — und noch eine Geschichte über Schnappmesser und Blutflecken. Immer, wenn etwas Derartiges geschieht, weiß Norma nichts davon, kann sich an nichts erinnern und so weiter. Sie findet Arsen in der Schublade, erinnert sich aber nicht, daß sie es hineingelegt hat. Sie behauptet, sie habe Gedächtnislücken, es fehlen ihr manchmal Stunden, sie wisse nicht, was sie in der Zeit getan habe. Das zwingt einem die Frage auf: ist das, was sie sagt, richtig — oder erfindet sie es aus irgendeinem Grund? Ist sie das Opfer einer ungeheuerlichen, irrsinnigen Verschwörung — oder ist sie etwa das Haupt dieser Verschwörung? Stellt sie sich selbst als Geisteskranke dar, weil sie einen Mord plant und auf verminderte Zurechnungsfähigkeit plädieren will?«

»Heute war sie ganz anders. Ist Ihnen das auch aufgefallen? Ganz anders. Nicht mehr so — so wirr.« Poirot nickte.

In der Wohnung und im Hausflur wurde es lauter. Poirot und Mrs. Oliver wurden durch die Unruhe abgelenkt. »Glauben Sie . . .?« fragte Mrs. Oliver und verstummte. Poirot war ans Fenster gegangen. Er sah auf den Hof hinunter. Ein Krankenwagen stand vor dem Eingang.

»Nehmen Sie ihn jetzt mit?« Mrs. Olivers Stimme zitterte. Plötzlich sagte sie mitleidig: »Armer Pfau!«

»Er hat Ihr Mitleid wirklich nicht verdient.«

»Er war so prächtig anzusehen . . . Und so jung!«

»So sind die Frauen!« Poirot öffnete die Tür vorsichtig einen Spalt breit und spähte hinaus. »Entschuldigen Sie mich einen Augenblick.« Sobald er fort war, spähte auch sie durch den Türspalt. Dann ging sie ans Fenster, um den Hof zu beobachten.

Als Poirot ein paar Minuten danach leise ins Zimmer zurückschlich, erklärte sie: »Eben ist Mr. Restarick mit einem Taxi gekommen. Claudia war bei ihm. Sind Sie in Normas Zimmer gewesen? Oder wo wollten Sie sonst hin?«

»In Normas Zimmer tagt die Polizei.«

»Wie ärgerlich für Sie. Was ist eigentlich in diesem komischen Beutel, den Sie da plötzlich haben?«

Poirot konterte: »Und was haben Sie in dieser Stofftasche?«

»In meiner Einkaufstasche? Zwei Avocadobirnen. Wieso?«

»Weil ich Ihnen dann gern diesen Beutel anvertrauen würde. Können Sie ihn einstecken? Aber bitte nicht drücken.«

»Was ist das denn?«

»Etwas, das ich zu finden hoffte — und auch gefunden habe . . . Ach, endlich kommen die Dinge in Gang.«

Und wirklich: in der Wohnung wurde es wieder lebhaft. Restaricks laute, zornige Stimme war zu hören. Claudia kam herein, um zu telefonieren. Durch die halb geöffnete Tür sahen sie einen Polizeistenografen, der zur Nachbarwohnung ging, um die Aussagen von Frances Cary und Miß Jacobs aufzunehmen. Es herrschte eine Atmosphäre geordneter Betriebsamkeit, die erst wieder abflaute, als zwei Männer mit Kameras sich entfernten.

Dann gesellte sich plötzlich ein großer, schlaksiger junger Mann mit roten Haaren zu ihnen. Von Mrs. Oliver nahm er keine Notiz, sondern wandte sich sofort an Poirot: »Was hat sie getan? Jemand ermordet? Wer ist das? Der Freund?«

»Ja.«

»Hat sie's zugegeben?«

»Scheint so.«

»Das genügt mir nicht. Hat sie sich schuldig bekannt?«

»Ich hab' es nicht von ihr gehört. Aber ich konnte sie auch nicht selbst fragen.«

Ein Polizist öffnete die Tür. »Dr. Stillingfleet?« fragte er. »Der Polizeiarzt würde Sie gern einen Moment sprechen.«

Dr. Stillingfleet ging mit ihm hinaus.

»Das ist also Ihr Dr. Stillingfleet«, sagte Mrs. Oliver. »Hm. Der dürfte der Polizei noch zu schaffen machen, was?«

23

Chefinspektor Neele schrieb ein paar Worte auf ein Blatt Papier, dann sah er die fünf im Zimmer Anwesenden der Reihe nach an. Seine Stimme klang kühl und unpersönlich. »Miß Jacobs?« fragte er den Polizeibeamten, der an der Tür stand. »Sergeant Conolly hat ihre Aussage zwar protokolliert, aber ich würde ihr doch noch gern ein paar Fragen stellen.«

Kurz darauf wurde Miß Jacobs hereingeführt. Neele erhob sich, um sie zu begrüßen. »Ich bin Chefinspektor Neele«, sagte er und reichte ihr die Hand. »Es tut mir leid, daß ich Sie noch einmal belästigen muß. Könnten Sie mir wohl mit Ihren eigenen Worten schildern, was Sie gesehen und gehört haben. Ich möchte ein klares Bild bekommen. Es ist sicher quälend . . .«

»Nein, quälend ist es nicht«, sagte Miß Jacobs und setzte sich auf den Stuhl, den er ihr zurechtgerückt hatte. »Natürlich war es ein Schock, aber ich bin ja nicht persönlich beteiligt.«

»Also, Miß Jacobs, was haben Sie gesehen und gehört?«

»Wahrscheinlich unterscheidet es sich von dem, was ich vorhin gesagt habe«, erklärte sie überraschend. »Wissen Sie, ich meine das so: man versucht, alles so genau wie möglich zu beschreiben, und fügt dabei unbewußt Dinge hinzu, die man gesehen zu haben glaubt. Aber ich will es versuchen. Es begann mit lauten Schreien. Ich bin erschrocken. Ich dachte, jemand müsse verletzt worden sein, und rannte schon zur Tür, als draußen dagegengehämmert wurde. Ich machte auf, es war eine meiner Nachbarinnen — eine von den drei jungen Damen, die in Nummer 67 wohnen. Den Namen weiß ich leider nicht, aber ich kenne sie vom Sehen.«

»Frances Cary«, warf Claudia ein.

»Sie war kaum zu verstehen und stammelte, daß jemand tot sei — jemand, den sie kenne — David . . . den Nachnamen habe ich nicht mitgekriegt. Sie schluchzte und zitterte. Ich hab' sie in meine Wohnung gebracht und ihr einen Schnaps gegeben, dann bin ich rübergegangen, um selbst nachzusehen. Sie wissen, was ich dort gefunden habe. Soll ich es beschreiben?«

»Vielleicht nur kurz . . .«

»Ein junger Mann, einer dieser modernen jungen Männer — in Samt und Rüschen und mit langen Haaren — lag auf dem Fußboden. Ich erkannte sofort, daß er tot war. Sein Hemd war steif von Blut.«

Dr. Stillingfleet beobachtete Miß Jacobs aufmerksam.

»Dann merkte ich auf einmal, daß ein Mädchen im Zimmer war. Sie hielt ein Küchenmesser in der Hand. Sie wirkte ganz ruhig und gesammelt — höchst merkwürdig.«

Dr. Stillingfleet fragte: »Hat sie etwas gesagt?«

»Sie sagte, sie sei im Bad gewesen, um das Blut von ihren Händen abzuwaschen — und dann hat sie wörtlich gesagt: ›Aber das läßt sich gar nicht abwaschen, nicht wahr?‹ Dann legte sie das Messer auf den Tisch und setzte sich hin.«

»Was hat sie sonst noch gesagt?« fragte Chefinspektor Neele nach einem Blick auf einen Notizzettel, der vor ihm lag.

»Etwas über Haß. Daß man niemand hassen sollte . . .«

»Hat sie nicht auch ›armer David‹ gesagt? Das hatten Sie Sergeant Conolly gegenüber erwähnt. Und daß sie frei von ihm sein wollte.«

»Ja, das habe ich vergessen. Sie hat etwas davon gesagt, daß er sie gerufen habe — und dann noch etwas von Louise.«

»Was hat sie über Louise gesagt?« fragte Poirot und beugte sich gespannt vor. Miß Jacobs betrachtete ihn zweifelnd.

»Eigentlich nichts. Sie hat nur den Namen erwähnt. ›Wie bei Louise‹, sagte sie und schwieg dann. Zuvor hatte sie das über den Haß gesagt, daß man niemand hassen solle . . .«

»Und dann?«

»Und dann sagte sie mir ganz ruhig, ich müsse die Polizei anrufen. Das habe ich dann auch getan. Wir saßen hier im Zimmer, bis die Polizei kam . . . Ich dachte, ich sollte sie besser nicht alleinlassen. Wir haben nicht mehr gesprochen. Sie schien tief in Gedanken versunken, und ich — ich wußte nicht, was ich sagen sollte.«

»Aber Sie haben doch sicher gesehen, daß sie nicht zurechnungsfähig war?« fragte Andrew Restarick. »Daß das arme Kind nicht wußte, was es getan hatte, und warum, nicht wahr?« Es klang flehend-hoffnungsvoll.

»Wenn es ein Zeichen für geistige Umnachtung ist, daß man nach einem Mord völlig kühl und gefaßt ist, dann ja.« Man konnte ihr deutlich anhören, daß sie nicht dieser Ansicht war.

Dr. Stillingfleet mischte sich ein: »Miß Jacobs, hat sie irgendwann zugegeben, ihn getötet zu haben?«

»O ja, das hätte ich erwähnen sollen. Gleich als erstes hat sie das gesagt. Es war so, als hätte ich eine Frage gestellt, die sie mir beantwortete. Sie sagte: ›*Ja, ich habe ihn getötet.*‹ Danach kam das mit dem Händewaschen.«

Restarick stöhnte auf und vergrub das Gesicht in den Händen. Claudia legte ihm die Hand auf den Arm.

Poirot fragte: »Miß Jacobs, Sie sagten, das Mädchen habe das Messer, das es in der Hand gehalten hatte, auf den Tisch gelegt. Haben Sie es genau aus der Nähe gesehen? Hatten Sie den Eindruck, daß auch das Messer abgewaschen worden war?«

Miß Jacobs blickte zögernd Chefinspektor Neele an. Es war ihr anzumerken, daß sie sich über Poirots Rolle nicht klar war.

»Würden Sie das bitte beantworten«, sagte Neele.

»Nein, ich glaube nicht, daß das Messer abgewaschen oder abgewischt worden war. Es war fleckig und verfärbt von einer dicken, klebrigen Masse.«

»Aha.« Poirot lehnte sich zurück.

»Ich dachte, Sie wüßten genau über das Messer Bescheid.« Miß Jacobs sah Neele strafend an. »Hat die Polizei es denn nicht untersucht? Das ist doch wohl kaum möglich.«

»Sicher, die Polizei hat es untersucht. Aber wir — hm — wir lassen uns so was gern bestätigen.«

Sie warf ihm einen mißtrauischen Blick zu. »Damit meinen Sie doch wohl, daß Sie die Glaubwürdigkeit Ihrer Zeugen prüfen wollen. Sie wollen wissen, was sie wirklich gesehen haben und wieviel sie dazuerfinden.«

Er lächelte leicht. »Bei Ihnen brauchen wir keine Zweifel zu haben, Miß Jacobs. Sie sind eine ausgezeichnete Zeugin.«

»Ja, leider. Um die Aussage vor Gericht werde ich kaum herumkommen.«

»Nein, da brauchen wir Sie noch. Vielen Dank, Miß Jacobs.« Er wandte sich den anderen zu. »Hat noch jemand eine Frage?«

Poirot nickte, und Miß Jacobs blieb in der Tür stehen. »Ja?« fragte sie etwas unwillig.

»Ich möchte auf die Erwähnung des Namens Louise zurückkommen. Wußten Sie, wen das Mädchen meinte?«

»Nein. Wieso?«

»Besteht nicht die Möglichkeit, daß sie Mrs. Louise Charpentier meinte? Die kannten Sie doch sicher?«

»Nein. Ich kannte sie nicht.«

»Aber Sie wußten, daß sie sich vor kurzem in diesem Haus aus dem Fenster gestürzt hat?«

»Das weiß ich natürlich. Ich wußte aber nicht, daß sie Louise hieß, und ich habe sie nicht persönlich gekannt.«

»Vermutlich haben Sie auch keinen Wert darauf gelegt?«

»Das wollte ich nicht sagen, weil die Frau tot ist. Aber ich gebe zu, daß Sie recht haben. Sie war keine angenehme Hausgenossin, und wir mußten uns öfter bei der Hausverwaltung über sie beschweren.«

»Und warum?«

»Um es geradeheraus zu sagen: die Frau hat getrunken. Ihre Wohnung lag genau über meiner, und sie hat ständig laute Feste gefeiert, bei denen es Scherben gab, Möbel umfielen, gesungen und geschrien wurde und ein ständiges Kommen und Gehen herrschte.«

»Vielleicht war sie einsam«, sagte Poirot.

»Den Eindruck hat sie nicht gerade gemacht«, erklärte Miß Jacobs bissig. »Bei der Leichenschau wurde behauptet, daß sie wegen ihres Gesundheitszustandes deprimiert gewesen sei. Das war nichts als Einbildung! Auf mich hat sie durchaus nicht leidend gewirkt.« Nach dieser harten Aburteilung der verstorbenen Mrs. Charpentier zog Miß Jacobs sich zurück.

Poirot wandte sich an Andrew Restarick und fragte vorsichtig: »Mr. Restarick, stimmt es, daß Sie Mrs. Charpentier früher einmal sehr gut gekannt haben?«

Restarick schwieg eine Weile, dann seufzte er tief auf und sah Poirot an. »Ja. Aber das ist lange her. Ich habe sie sehr gut gekannt . . . allerdings nicht unter dem Namen Charpentier. Damals hieß sie Louise Birell.«

»Und sie stand Ihnen nahe?«

»Ja. Ich habe sie geliebt . . . Ich war wahnsinnig verliebt in sie! Ihretwegen habe ich meine Frau verlassen. Wir gingen nach Südafrika. Und nach kaum einem Jahr war alles vorbei! Sie kehrte nach England zurück. Ich habe nie wieder von ihr gehört und wußte nicht, was aus ihr geworden war.«

»Was ist mit Ihrer Tochter? Hat sie Louise Birell gekannt?«

»Sie kann sich unmöglich an sie erinnern. Sie war damals fünf Jahre!«

»Aber sie kannte sie?« beharrte Poirot.

»Ja«, sagte Restarick langsam. »Sie kannte Louise. Louise kam häufig zu uns ins Haus; sie spielte mit dem Kind.«

»Dann wäre es also möglich, daß das Mädchen sich noch an sie erinnert, selbst nach so langer Zeit?«

»Ich weiß es nicht. Ich weiß es wirklich nicht. Und ich weiß auch nicht, wie Louise aussah und ob sie sich sehr verändert hatte. Ich habe sie ja nie wiedergesehen.«

»Aber *gehört* haben Sie von ihr, nicht wahr, Mr. Restarick?« Poirots Stimme war ganz sanft. »Nach Ihrer Rückkehr, meine ich?«

Wieder kam eine Pause und ein tiefer, unglücklicher Seufzer. »Ja. Ich habe von ihr gehört . . .« Plötzlich frage er verblüfft: »Woher wissen Sie das, Monsieur Poirot?«

Poirot nahm ein Briefblatt aus der Tasche, entfaltete es und reichte es Restarick, der mit zusammengezogenen Brauen zu lesen begann. Es waren lauter abgebrochene Entwürfe.

Lieber Andy!
Ich habe in der Zeitung gelesen, daß du wieder in England bist. Wir müssen uns unbedingt treffen. Nach all den Jahren gibt es soviel zu erzählen . . .

Andy — ob Du errätst, von wem das ist? Louise! Und nun sage nicht, Du hättest mich vergessen! . . .

Lieber Andy!
an der Adresse siehst Du, daß ich im gleichen Haus wohne wie Deine Sekretärin. Wie klein die Welt ist! Wir müssen uns treffen! Kannst du nicht Montag oder Dienstag am späten Nachmittag kommen?

Geliebter Andy,
ich muß dich wiedersehen . . . niemand hat mir je wieder so viel bedeutet wie Du! Und Du hast mich auch nicht vergessen, nicht wahr?

»Woher haben Sie das?« fragte Restarick neugierig.

»Von einer guten Freundin, und die hat es von einem Möbelwagen«, sagte Poirot mit einem Seitenblick auf Mrs. Oliver.

Restarick musterte sie unfreundlich.

»Ich kann nichts dafür«, beteuerte Mrs. Oliver, die seinen Blick richtig gedeutet hatte. »Es müssen *ihre* Möbel gewesen sein, die wegtransportiert wurden. Eine Kommode ist den Männern umgekippt, und dabei fiel eine Schublade heraus, und dieses Blatt Papier flatterte auf den Hof. Ich hab's aufgehoben und wollte es den Männern geben, aber die wollten es nicht, und da habe ich es in die Manteltasche gesteckt, ohne weiter darüber nachzudenken. Ich habe es erst heute nachmittag wiedergefunden, als ich den Mantel zur Reinigung bringen wollte. Ich kann wirklich nichts dafür.«

»Hat sie den Brief an Sie doch noch beendet?« fragte Poirot.

»Ja. Eine gemäßigtere Version dieser Entwürfe. Ich habe ihr nicht geantwortet. Ich hielt es für klüger.«

»Sie wollten sie nicht wiedersehen?«

»Nein, auf gar keinen Fall! Sie war eine schwierige Frau — immer schon. Und mir war einiges über sie zu Ohren gekommen — daß sie sehr viel trank, zum Beispiel.«

»Haben Sie ihren Brief aufgehoben?«

»Nein, ich habe ihn zerrissen.«

Plötzlich stellte Dr. Stillingfleet eine Zwischenfrage: »Hat Ihre Tochter jemals mit Ihnen über sie gesprochen?«

Restarick schien nicht antworten zu wollen.

»Das könnte sehr wichtig sein«, drängte Dr. Stillingfleet.

»Ja, sie hat sie einmal erwähnt.«

»Was hat sie gesagt?«

»Sie sagte plötzlich: ›Ich habe Louise neulich gesehen, Vater.‹ Ich war etwas erschrocken und fragte: ›Wo hast du sie gesehen?‹ Und sie antwortete: ›In dem Restaurant, das zu unserem Haus gehört.‹ Mir war das peinlich. Ich sagte: ›Ich hätte nie gedacht, daß du dich noch an sie erinnerst!‹ Darauf sie: ›Ich habe sie nie vergessen. Dafür hat Mutter schon gesorgt.‹«

»Oh, das kann außerordentlich wichtig sein«, erklärte Dr. Stillingfleet zufrieden.

»Und Sie, Mademoiselle?« Poirot wandte sich nun an Claudia. »Hat Norma mit Ihnen über Louise Carpenter gesprochen?«

»Ja — aber erst nach dem Selbstmord. Sie sagte nur, sie sei eine böse Frau gewesen. Es klang irgendwie kindlich — wissen Sie.«

»Waren Sie in der Wohnung, als es passiert ist — als Mrs. Carpenter sich aus dem Fenster stürzte?«

»Nein, damals war ich nicht hier. Ich war verreist. Aber ich entsinne mich, daß ich davon hörte, als ich am nächsten Tag zurückkam.« Sie wandte sich an Restarick. »Erinnern Sie sich? Es war am Dreiundzwanzigsten, damals war ich in Liverpool.«

»Ja, natürlich. Sie haben mich bei der Gesellschafterversammlung von Hever vertreten.«

»Aber Norma war in der Wohnung?« bohrte Poirot weiter.

»Ja.« Claudia wirkte auf einmal befangen.

»Claudia?« Restarick legte seine Hand auf ihren Arm. »*Was* wissen Sie über Norma? Was? Sie verschweigen uns etwas.«

»Nein, nichts. Was sollte ich denn wissen?«

»Sie halten sie für verrückt, nicht wahr?« Dr. Stillingfleet sagte es so gelassen, als rede er vom Wetter. »Und das schwarzhaarige Mädchen glaubt das ebenfalls. Und Sie auch«, fügte er hinzu und sah Restarick an. »Alle hier benehmen sich taktvoll und vermeiden das Thema und denken genau dasselbe! Alle — bis auf den Chefinspektor. Der denkt sich gar nichts, der sortiert das Material: verrückt oder eine Mörderin. Was ist mit Ihnen, Madam?«

»Mit mir?« Mrs. Oliver fuhr zusammen. »Ich weiß nicht.«

»Sie halten mit Ihrem Urteil zurück? Daraus mache ich Ihnen keinen Vorwurf. Es ist schwierig. Die meisten allerdings sind sich über ihre Gedanken klar und verwenden nur verschiedene Bezeichnungen: Nicht alle Tassen im Schrank, verhuscht, eine Schraube locker, von allen guten Geistern verlassen, neurotische Störungen. Glaubt *irgendwer*, daß das Mädchen normal ist?«

»Miß Battersby«, sagte Poirot.

»Und wer, in drei Teufels Namen, ist das?«

»Eine Schuldirektorin!«

»Falls ich jemals eine Tochter haben sollte, schicke ich sie auf die Schule . . . Natürlich bin ich in einer anderen Situation. Ich weiß es. Ich *weiß* alles über das Mädchen.«

Normas Vater starrte ihn an. »Wer ist dieser Mann?« fragte er Neele. »Was meint er mit dieser Behauptung, alles über meine Tochter zu wissen?«

»Ich weiß alles über sie«, sagte Dr. Stillingfleet, »weil sie in den letzten zehn Tagen unter meiner ärztlichen Obhut gewesen ist.«

»Dr. Stillingfleet«, erklärte Neele, »ist ein erfahrener, bekannter Psychiater.«

»Und wie ist sie Ihnen in die Hände gefallen, ohne daß jemand meine Erlaubnis eingeholt hat?«

»Das müssen Sie Mr. Schnurrbart fragen«, sagte Dr. Stillingfleet mit einer Kopfbewegung zu Poirot.

»*Sie* . . . *Sie* . . . « Restarick war so wütend, daß er nur stottern konnte.

Poirot entgegnete gelassen: »Ich hatte Ihren Auftrag. Sie wollten, daß Ihre Tochter gefunden und beschützt würde. Nun, ich habe sie gefunden — und es ist mir gelungen, Dr. Stillingfleet für ihren Fall zu interessieren. Sie war in Gefahr, Mr. Restarick, in ernster Gefahr.«

»Wohl kaum mehr als jetzt! Jetzt ist sie verhaftet und steht unter Mordverdacht!«

»Verfahrenstechnisch ist sie noch nicht angeklagt«, murmelte Neele. Dann sagte er laut: »Dr. Stillingfleet, sind Sie bereit, Ihre ärztliche Meinung über den Geisteszustand von Miß Restarick abzugeben und uns zu sagen, wie weit sie sich ihrer Handlungen bewußt ist?«

»Wir können den *M'Naughten Act* für die Gerichtsverhandlung aufheben«, sagte Dr. Stillingfleet. »Sie wollen ja nur wissen, ob das Mädchen verrückt oder normal ist. Gut, ich werde es Ihnen sagen: Das Mädchen ist völlig gesund und normal — ebenso gesund und normal wie jeder, der hier im Zimmer sitzt.«

24

Alle starrten ihn an. »Das hatten Sie nicht erwartet, was?«

Restarick zischte wütend: »Sie irren sich. Das Mädchen *weiß nicht einmal, was es getan hat.* Norma ist unschuldig — völlig unschuldig. Man kann sie nicht für etwas verantwortlich machen, von dem sie nicht weiß, daß sie es getan hat.«

»Vielleicht lassen Sie mich mal ausreden. Ich weiß, wovon ich rede. Sie nicht. Das Mädchen ist gesund und für ihre Taten verantwortlich. Sie wird übrigens gleich hier sein, dann kann sie für sich selbst sprechen. Ja, sie ist noch hier — sie ist mit einer Polizeibeamtin in ihrem Zimmer eingeschlossen. Aber ehe wir ihr Fragen stellen, möchte ich Ihnen gern noch etwas erklären, das Sie alle wissen sollten. Als das Mädchen zu mir kam, *war sie bis obenhin voller Rauschgift.*«

»Und das hat *er* ihr gegeben!« rief Restarick. »Dieser gemeine, verkommene Kerl!«

»Daß er damit angefangen hat, glaube ich auch.«

»Gott sei Dank«, sagte Restarick. »Gott sei Dank!«

»Wofür danken Sie Gott eigentlich?«

»Ich habe Sie mißverstanden. Ich dachte, Sie wollten sie den Wölfen zum Fraß vorwerfen, als sie so laut betonten, daß sie normal sei. Ich habe Sie mißverstanden. Das Rauschgift war an allem schuld. Das hat sie zu Handlungen getrieben, die sie sonst nie begangen hätte, und deswegen weiß sie auch nichts mehr davon.«

»Wenn Sie mich endlich zu Wort kommen ließen, statt pausenlos selbst zu reden und den Allwissenden zu spielen, würde uns das entschieden weiterhelfen.« Dr. Stillingfleet sprach laut und ärgerlich. »Punkt eins: sie ist *nicht süchtig*! Sie hat keine Injektionsnarben. Sie hat auch nie etwas geschnupft. Irgend jemand, vielleicht der junge Mann, vielleicht jemand anders, hat ihr ohne ihr Wissen Rauschgift eingegeben. Nicht einfach ein oder zwei Pillen irgendeines Aufputschmittels, sondern ein Sortiment verschiedenster Drogen — LSD für lebhafte Wachträume — angenehme und sehr unangenehme übrigens —; dann Haschisch — dadurch verliert man das Zeitgefühl; sie glaubte also, etwas dauerte eine Stunde, statt nur ein paar Minuten. Dazu kamen noch eine Reihe anderer rauschgifthaltiger Substanzen, die ich Ihnen nicht aufzählen will. Jemand, der eine Menge von Opiaten verstand, trieb mit dem Mädchen ein teuflisches Spiel. Anregungsmittel, Beruhigungsmittel in den merkwürdigsten Kombinationen wirkten zusammen, um dem Mädchen ein völlig falsches Bild von sich selbst vorzugaukeln.«

Restarick unterbrach ihn: »Das sage ich ja. Norma ist nicht verantwortlich! Jemand hat ihr diese Taten unter Hypnose aufgezwungen.«

»Sie haben es immer noch nicht begriffen! Niemand konnte sie zwingen, etwas zu tun, *was sie nicht tun wollte*! Man konnte ihr lediglich glauben machen, sie habe es getan. Aber jetzt soll sie kommen, damit wir ihr zeigen können, was mit ihr geschehen ist.« Er sah Neele fragend an, der ihm zunickte.

Dr. Stillingfleet wandte sich in der Tür noch einmal an Claudia: »Wo haben Sie das andere Mädchen hingebracht! Die Sie bei der Jacobs abgeholt und der Sie was zur Beruhigung gegeben haben? Liegt sie in ihrem Zimmer im Bett? Wecken Sie sie doch bitte, und schaffen Sie sie her. Wir werden ihre Hilfe brauchen.«

Auch Claudia verließ das Wohnzimmer. Dr. Stillingfleet kam mit Norma zurück. Er schob sie vor sich her und redete ihr burschikos zu. »Na, los, Mädchen . . . Es beißt Sie keiner. Setzen Sie sich.« Sie gehorchte. Ihre Folgsamkeit war beklemmend. Die Polizeibeamtin blieb mit empörter Miene neben der Tür stehen.

»Ich bitte Sie nur darum, die Wahrheit zu sagen. Das ist leichter, als Sie denken.«

Claudia erschien mit Frances Cary. Das schwarze Haar hing ihr wie ein Vorhang ins Gesicht und verdeckte fast den Mund, während sie immer wieder gähnte.

»Sie brauchen was zur Aufmunterung«, sagte Dr. Stillingfleet.

»Lassen Sie mich doch schlafen«, murmelte Frances kaum verständlich.

»Hier schläft keiner, ehe ich nicht mit ihm fertig bin! So, Norma, jetzt müssen Sie meine Fragen beantworten. Die Frau aus der Nachbarwohnung behauptet, Sie hätten zugegeben, David Baker getötet zu haben. Stimmt das?«

Die gehorsame Stimme sagte: »Ja. Ich habe David getötet.«

»Haben Sie ihn erstochen?«

»Ja.«

»Woher wissen Sie das so genau?«

Sie sah ein wenig erstaunt auf. »Ich weiß nicht, was Sie meinen. Er lag doch auf dem Fußboden — er war tot.«

»Wo war das Messer?«

»Das habe ich aufgehoben.«

»War Blut daran?«

»Ja. Und auf seinem Hemd auch.«

»Wie war das Blut auf dem Messer? Und das, das Sie an den Händen hatten und abwaschen wollten — war es feucht? Oder mehr wie Erdbeermarmelade?«

»Wie Erdbeermarmelade . . . klebrig.« Sie schauderte. »Ich mußte es abwaschen.«

»Klar. Na, dann haben wir ja schon alles. Opfer und Mörder — Sie — und eine Waffe haben wir auch. Erinnern Sie sich an die Tat selbst?«

»Nein . . . daran erinnere ich mich nicht . . . aber ich muß es doch getan haben, oder?«

»Fragen Sie nicht mich! Ich war ja nicht dabei. Sie behaupten das doch. Aber davor gab es noch einen Mord, nicht wahr? Schon vor einiger Zeit?«

»Meinen Sie — Louise?«

»Ja. Ich meine Louise . . . Wann sind Sie zuerst auf den Gedanken gekommen, sie umzubringen?«

»Vor vielen, vielen Jahren.«

»Als Kind?«

»Ja.«

»Da mußten Sie aber lange warten, was?«

»Ich hatte es ganz vergessen.«

»Bis Sie sie wiedersahen und wiedererkannten?«

»Ja.«

»Als Kind haben Sie sie gehaßt. Warum?«

»Weil sie Vater, meinen Vater weggenommen hat.«

»Und Ihre Mutter unglücklich machte?«

»Mutter hat Louise gehaßt. Sie hat gesagt, Louise wäre eine böse Frau.«

»Hat sie oft mit Ihnen über sie gesprochen?«

»Ja. Ich wollte es gar nicht . . . ich konnte nichts mehr von ihr hören.«

»Ja, so was wird monoton, ich weiß. Haß ist stumpfsinnig. Als Sie sie wiedergesehen haben, wollten Sie sie da wirklich noch töten?«

Norma schien nachzudenken. Ihr Gesicht wurde allmählich wacher. »Nein, eigentlich nicht . . . Es war alles so lange her. Und ich konnte es mir nicht vorstellen, daß ich . . . Deswegen war ich auch nicht . . .«

»Sie waren nicht sicher, daß Sie's getan hatten?«

»Ja, ich kam auf die verrückte Idee, daß ich sie gar nicht getötet hätte. Daß es nur ein Traum gewesen sei. Daß sie sich vielleicht wirklich aus dem Fenster gestürzt hätte.«

»Und warum konnte das nicht sein?«

»Weil ich wußte, daß ich es getan hatte. Ich habe gesagt, ich hätte es getan.«

»Sie haben gesagt, *Sie* hätten es getan? Zu wem?«

Norma schüttelte den Kopf. »Das darf ich nicht . . . Es war jemand, der mir helfen wollte, der nett zu mir war . . . Sie hat gesagt, sie würde so tun, als wüßte sie nichts davon.« Norma sprach jetzt immer schneller und aufgeregter. »Ich stand vor Louises Tür, vor der Nummer 76; ich war gerade herausgekommen. Ich dachte, ich wäre geschlafwandelt. Es hieß — sie sagte, es hätte einen Unfall gegeben. Unten, im Hof. Sie hat immer wieder gesagt, es hätte nichts mit mir zu tun. Niemand würde es erfahren . . . Und ich konnte mich nicht erinnern, was ich gemacht hatte — aber ich hatte das Zeug in der Hand . . .«

»Was für Zeug? Meinen Sie Blut?«

»Nein, kein Blut — Vorhangstoff. Als ich sie runtergestoßen habe . . .«

»Sie erinnern sich also, sie runtergestoßen zu haben?«

»Nein. Das war ja gerade so schrecklich. *An nichts* konnte ich mich erinnern. Darum habe ich gehofft . . . Darum bin ich zu ihm gegangen.« Sie drehte sich zu Poirot um, dann sah sie wieder Dr. Stillingfleet an. »Ich habe mich *nie* an das erinnert, was ich getan habe, an nichts. Aber ich habe immer größere Angst bekommen, weil so viel leere Zeit da war, so viele Stunden, von denen ich nichts wußte. Nicht, wo ich gewesen war, nicht, was ich getan hatte. Aber ich hatte Sachen gefunden — Sachen, die ich selbst versteckt haben muß. Mary ist von *mir* vergiftet worden. Daß sie vergiftet wurde, haben sie im Krankenhaus festgestellt. Und ich habe das Unkrautgift in meiner Schublade gefunden! Und hier in der Wohnung war ein Schnappmesser. Und ich hatte einen Revolver — und ich wußte doch nicht mal, daß ich ihn gekauft hatte! Ich *habe* Menschen getötet, aber ich konnte mich nicht daran erinnern; ich bin also kein richtiger Mörder — ich bin *verrückt*! Das ist mir endlich klargeworden. Ich bin verrückt; ich kann nichts dafür. Wenn man verrückt ist, kann man doch nichts dafür? Wenn ich sogar David töten konnte, so beweist das doch, daß ich verrückt bin?«

»Möchten Sie denn so gern verrückt sein?«

»Ich — ja, ich glaube schon.«

»Warum haben Sie dann jemand gestanden, daß Sie die Frau aus dem Fenster gestoßen und ermordet haben? Wem haben Sie das gesagt?«

Norma drehte sich um und streckte zögernd die Hand aus: »Ich habe es Claudia gesagt.«

»Das ist nicht wahr. Nie hast du mir so etwas gesagt!«

»Doch, das habe ich.«

»Wann? Und wo?«

»Mir hat sie gesagt, sie hätte es dir gestanden«, flüsterte Frances. »Ich habe ehrlich geglaubt, sie wäre hysterisch und hätte das Ganze erfunden.«

Dr. Stillingfleet wechselte einen Blick mit Poirot. »Sie könnte es erfunden haben«, sagte er abwägend. »Dafür spricht einiges. Aber dann müßten wir ein Motiv finden, ein sehr starkes Motiv, warum sie den Tod dieser beiden Menschen herbeisehnte. Aus kindlichem Haß, den sie schon seit Jahren überwunden und vergessen hat?

Unsinn! David — nur um von ihm ›loszukommen‹? Deswegen mordet kein Mädchen! Wir brauchen ein besseres Motiv. Eine riesige Menge Geld — ja, so etwas! — Geldgier!« Er sah sich im Zimmer um und sagte plötzlich liebenswürdig: »Wir brauchen Unterstützung. Eine der Beteiligten fehlt immer noch. Ob Ihre Frau noch lange ausbleibt, Mr. Restarick?«

»Ich weiß nicht, wo Mary steckt. Ich habe angerufen. Claudia hat überall Nachricht hinterlassen, wo sie auftauchen könnte. Sie müßte sich längst wenigstens telefonisch gemeldet haben.«

»Vielleicht gehen wir von falschen Voraussetzungen aus«, sagte Hercule Poirot. »Vielleicht ist Madame schon — wenn man es so formulieren darf — teilweise anwesend.«

»Wovon reden Sie eigentlich?« rief Restarick aufgebracht.

»Darf ich Sie bitten, *chère* Madame?« Poirot beugte sich zu Mrs. Oliver, die ihn verwundert anstarrte. »Das Päckchen, das ich Ihnen anvertraut habe . . .«

»Oh!« Sie kramte in ihrer Tasche und gab ihm den schwarzen Beutel.

Poirot hörte, wie dicht neben ihm jemand tief Luft holte, drehte sich aber nicht um. Er öffnete den Beutel vorsichtig und hielt eine goldblonde, kunstvoll frisierte Perücke hoch. »Mrs. Restarick ist nicht hier, wohl aber *ihre Perücke*. Interessant, nicht wahr?«

»Wo hast du die her, Poirot?« fragte Neele überrascht.

»Aus dem kleinen Koffer von Miß Frances Cary. Sie hatte bisher nicht die Möglichkeit, sie fortzuschaffen. *Sollen wir mal sehen, wie sie ihr steht?*« Mit einer raschen, geschickten Bewegung strich er das schwarze Haar zurück, das das Gesicht von Frances so gut verbarg. Ehe sie sich wehren konnte, hatte er ihr die goldene Perücke übergestülpt, unter deren schwerer Pracht sie ihn wütend anstarrte.

»Guter Gott!« rief Mrs. Oliver. »Das ist ja Mary Restarick!«

Frances wandte sich wie eine gereizte Schlange. Restarick sprang auf, aber Neele hielt ihn eisern fest. »Nein. Lassen Sie das! Das Spiel ist aus, Mr. Restarick — oder soll ich Sie lieber Robert Orwell nennen?«

Der Mann fluchte unflätig. »Sei doch still, du verdammter Idiot!« schrie Frances mit schriller Stimme.

Poirot hatte seine Trophäe, die Perücke, achtlos beiseitegelegt. Er stand vor Norma und ergriff behutsam ihre Hand. »Ihr Leidensweg ist zu Ende, mein Kind. Sie sind nicht verrückt, und Sie haben auch niemand ermordet. Diese beiden grausamen, gefühllosen Menschen haben sich gegen Sie verschworen. Sie haben Sie belogen und Ihnen Rauschgift eingegeben und alles versucht, Sie zum Selbstmord zu treiben oder Sie glauben zu machen, daß Sie verrückt und schuldig wären.«

Norma sah entsetzt auf den Mann. »Mein *Vater* . . . Mein Vater? Das soll er mir angetan haben? Mir, seiner Tochter? Mein Vater hat mich doch geliebt . . .«

»Nein, nicht Ihr Vater, Kind. Ein Mann, der nach dem Tod Ihres Vaters seine Rolle weitergespielt hat, um das riesige Vermögen an sich zu bringen. Und nur ein Mensch konnte ihn erkennen — oder vielmehr erkennen, daß er *nicht* Andrew Restarick war: die Frau, die vor fünfzehn Jahren Andrew Restaricks Geliebte gewesen ist.«

25

In Poirots Wohnzimmer waren vier Menschen versammelt. Poirot thronte in seinem Ohrensessel und trank Johannisbeersaft. Norma und Mrs. Oliver saßen auf dem Sofa. Mrs. Oliver trug ein festliches apfelgrünes Brokatkleid, das ihr besonders schlecht stand. Ihre Frisur war ausgesucht kompliziert. Dr. Stillingfleet lag mit weit ausgestreckten Beinen in einem Sessel.

»Und jetzt möchte ich endlich mal wissen, wie alles gewesen ist«, sagte Mrs. Oliver vorwurfsvoll.

Poirot goß Öl auf die Wogen. »*Chère* Madame, sofort. Ich kann Ihnen gar nicht sagen, wie tief ich in Ihrer Schuld stehe. Alle, aber auch *alle* guten Ideen stammten von Ihnen.« Mrs. Oliver warf ihm einen zweifelnden Blick zu. »Habe ich nicht von Ihnen den Ausdruck ›drittes Mädchen‹ gehört? Damit habe ich begonnen — und damit habe ich auch geendet — mit dem dritten Mädchen in dieser Wohngemeinschaft. Ja, sicher, technisch war Norma wohl das ›dritte Mädchen‹ — aber als ich die Dinge vom *richtigen Blickpunkt* aus betrachtete, klärten sie sich. Die unbeantwortete Frage, der fehlende Stein des Puzzlespiels, alles führte immer zu einer Person — zu dem dritten Mädchen. Es war stets *das Mädchen, das nicht da war.* Für mich war sie nur ein Name, sonst nichts.«

»Ich möchte wissen, warum ich sie nie mit Mary Restarick in Verbindung gebracht habe«, sagte Mrs. Oliver. »Ich habe Mary Restarick bei der Cocktailparty gesehen und mit ihr gesprochen. Aber natürlich, als ich Frances Cary kennenlernte, hatte sie schwarze Haare, die ihr ins Gesicht fielen. Ich konnte nicht darauf kommen!«

»Und wiederum, Madame, waren Sie es, die mich darauf aufmerksam gemacht hat, wie leicht eine Frau durch eine andere Frisur ihr Äußeres verändern kann. Frances Cary hatte eine Schauspielschule besucht. Sie konnte sich sehr schnell umschminken, und sie konnte ihre Stimme verstellen. Als Frances hatte sie langes, schwarzes Haar, das ihr ins Gesicht fiel, ein totenblasses Make-up, dunkle Augenbrauen und viel Wimperntusche, und sie sprach mit einer heiseren, gedehnten Stimme. Mary Restarick mit der blonden, komplizierten Lockenfrisur, der strengen Kleidung, dem leichten südafrikanischen Akzent und dem sicheren Auftreten war das genaue Gegenteil. Aber man hatte bei ihr von Anfang an das Gefühl, daß sie etwas unwirklich war. Ich wurde mir über sie nicht klar . . . Bei ihr hat mein Scharfsinn versagt. Nein — ich, Hercule Poirot, war gar nicht scharfsinnig.«

»Hört, hört!« rief Dr. Stillingfleet. »Und das von Ihnen, Poirot! Es gibt noch Zeichen und Wunder!«

»Ich verstehe immer noch nicht, warum sie in zwei Rollen auftreten wollte.« Mrs. Oliver schüttelte den Kopf. »Das war doch unnötig verwirrend.«

»Nein. Für sie war es wichtig. Sie verschaffte sich dadurch ein ständiges Alibi. Meine Güte! Ich bin mit der Nase darauf gestoßen und habe es nicht gemerkt! Die Perücke — sie hat mich irritiert, ohne daß ich den Grund begriff. Die zwei Frauen — nie wurden sie irgendwo zusammen gesehen. Beide führten ein Leben, bei dem es nicht auffiel, wenn sie für längere Zeit plötzlich verschwanden. Mary fährt oft nach London, kauft dort ein, geht zu Häusermaklern; sie hat immer eine Besorgungsliste, die sie vorweisen kann. Frances fährt nach Birmingham und Manchester, manchmal fliegt sie ins Ausland, sie ist häufig in Chelsea, wo sie junge Künstler um sich schart und ihnen Aufträge gibt, die der Polizei wohl kaum schmecken würden. Für die Wedderburn-Galerie wurden Spezialbilderrahmen angefertigt. Aufstrebende junge Künstler hatten dort Ausstellungen — ihre Bilder verkauften sich gut; sie wurden ins Ausland verschickt, und in den Rahmen war Heroin verborgen. Es ging um Kunstschwindel, um raffinierte Fälschungen weniger bekannter alter Meister . . . Sie hat das alles arrangiert. David Baker war einer der Künstler, die sie damit beschäftigte. Er war ein ausgezeichneter Kopist.«

»Armer David«, murmelte Norma. »Als ich ihn kennenlernte, war ich so von ihm begeistert.«

»Das Porträt«, fuhr Poirot nachdenklich fort. »Immer und immer mußte ich daran denken. Warum hatte Restarick es ins Büro gehängt? Was bedeutete es ihm? *Enfin*, ich schäme mich für meine Begriffsstutzigkeit.«

»Was war denn mit dem Porträt?«

»Oh, das war eine großartige Idee. Es diente ihm zum Nachweis seiner Identität. Zwei Porträts, Mann und Frau, Bilder eines damals berühmten Malers: als sie aus dem Möbellager geholt wurden, übermalte David Baker das Porträt Restaricks mit dem um zwanzig Jahre verjüngten Orwell. Wer sollte darauf kommen, daß das Porträt eine Fälschung war? Der Stil, die Pinselführung — es war nicht zu erkennen. Es hing über Restaricks Schreibtisch.

Freunde von früher würden höchstens sagen: ›Ich hätte dich nicht wiedererkannt!‹ oder: ›Hast du dich aber verändert!‹ Doch nach einem Blick auf das Porträt würden sie sich denken, daß sie wohl nur vergessen hätten, wie er damals ausgesehen hatte!«

»Das war aber ein großes Risiko für Restarick — nein, für Orwell«, meinte Mrs. Oliver.

»So groß war es gar nicht. Er war ja kein Außenseiter, der Forderungen stellte, sondern ein Familienangehöriger und Teilhaber, der nach dem Tod seines Bruders zurückgekehrt war, um die Firma weiterzuführen. Er brachte eine junge Frau mit und zog zu einem alten, fast blinden, aber hochgeachteten Onkel, der ihn seit der Schulzeit kaum gesehen hatte, ihn aber ohne jeden Argwohn bei sich aufnahm. Nahe Verwandte gab es nicht, nur die Tochter, und die hatte ihn als fünfjähriges Kind zum letztenmal gesehen. Als er damals nach Afrika ging, waren im Büro zwei betagte Angestellte beschäftigt gewesen; sie waren längst tot. Der Familienanwalt ist ebenfalls gestorben. Sie können sicher sein, daß Frances das alles genau geprüft hat, nachdem die beiden diesen Plan geschmiedet hatten. Soweit wir wissen, hat sie ihn vor etwa zwei Jahren in Kenia kennengelernt. Gauner waren sie beide. Er hat betrügerische Geschäfte mit Konzessionen gemacht — Restarick und er haben gemeinsam in Zentralafrika nach Mineralvorkommen gesucht. Einem — vermutlich wahren — Gerücht nach, ist Restarick dann gestorben, so daß Orwell ungefährdet seine Rolle übernehmen konnte.«

»Es stand wohl sehr viel Geld auf dem Spiel?« fragte Dr. Stillingfleet.

»Ja, ungeheuer viel Geld. Ein hoher Einsatz um einen hohen Gewinn. Und es klappte. Andrew Restarick war selbst schwerreich und außerdem Erbe seines Bruders. Niemand hatte Zweifel. Aber dann ging auf einmal alles schief. Er bekam plötzlich aus heiterem Himmel den Brief einer Frau, die ihn nur zu sehen brauchte, um zu wissen, daß er nicht Restarick war. Und dann fing auch noch David Baker an, ihn zu erpressen.«

»Damit hätten die beiden aber rechnen müssen«, warf Dr. Stillingfleet ein.

»Nein, sie haben nicht damit gerechnet. David hatte nie zuvor jemand erpreßt. Aber der riesige Reichtum dieses Mannes ist ihm zu Kopf gestiegen. Vermutlich erschien ihm die Summe, die er für die Fälschung bekommen hatte, im Verhältnis dazu einfach lächerlich. Er wollte mehr. Restarick zahlte hohe Beträge und behauptete, er tue es, um seine Tochter vor einer Ehe mit ihm zu bewahren. Ob David sie wirklich heiraten wollte, weiß ich nicht, möglich ist es. Doch Leute wie Orwell und Frances Cary zu erpressen, ist ein gefährliches Geschäft.«

»Wollen Sie damit sagen, daß die beiden kaltblütig zwei Morde planten — einfach so?« erkundigte sich Mrs. Oliver.

»Ja, und Sie hätten auch leicht auf ihrer Liste stehen können, Madame.«

»Ich? Wollen Sie sagen, daß einer von den beiden mich überfallen hat? Frances vermutlich? Nicht der arme Pfau?«

»Ich glaube nicht, daß es der Pfau war. Aber Sie waren schon in den Borodene Mansions gewesen. Und jetzt verfolgen Sie Frances bis nach Chelsea — das hat sie wohl angenommen —, und der Grund, den Sie angaben, ist wirklich sehr fadenscheinig. Deswegen geht sie Ihnen nach und haut Ihnen eins über den Schädel, um Ihre Neugier wenigstens für eine Weile lahmzulegen. Aber Sie wollten ja nicht hören, als ich Sie vor der Gefahr warnte.«

»Ich kann es einfach nicht fassen! Aber warum . . .« Sie ließ den Blick von Norma zu Poirot wandern. »Sie haben *sie* als Werkzeug mißbraucht; sie haben ihr Rauschgift gegeben und sie in dem Glauben gelassen, zwei Menschen ermordet zu haben. Warum?«

»Sie suchten ein Opfer . . .« sagte Poirot. Dann stand er auf und trat zu Norma. »*Mon enfant,* Sie haben Schreckliches durchgemacht. Aber das ist nun für immer vorbei. Wenn man einmal aus nächster Nähe dem absolut Bösen gegenübergestanden hat, ist man gegen alles gewappnet, was einem das Leben antun kann.«

»Ja. Ich glaube Ihnen. Wenn man sich selbst für verrückt hält — es wirklich glaubt, das ist fürchterlich . . .« Norma zitterte. »Und ich weiß sogar jetzt noch nicht, wie ich davongekommen bin, warum alle so sicher waren, daß ich David nicht getötet hatte — wo ich doch so fest davon überzeugt war.«

»Das mit dem Blut stimmte nicht«, erklärte Dr. Stillingfleet sachlich. »Es war schon fast geronnen. Das Hemd war ›steif‹ vom Blut, hat Miß Jacobs gesagt, nicht feucht. Und als Frances mit ihrem Geschrei anfing, sollte er doch höchstens fünf Minuten tot sein.«

Mrs. Oliver unterbrach ihn. »Wie hat sie das . . .? Sie war doch in Manchester?«

»Sie kam mit einem früheren Zug zurück und zog sich unterwegs die Mary-Aufmachung an. Dann ging sie zu den Borodene-Mansions — eine allseits unbekannte Blondine. Sie hatte David in die Wohnung bestellt. Er ahnte nichts Böses. Sie hat ihn erstochen. Danach verließ sie das Haus wieder und wartete in der Nähe auf Norma. Sobald sie sie kommen sah, hat sie sich in einer Bedürfnisanstalt wieder in Frances zurückverwandelt, traf sogar noch eine Bekannte, mit der sie bis zum Haus ging, fuhr nach oben und hatte ihren großen Auftritt, den sie offenbar auch noch genoß. Sie hoffte wohl, bis zum Eintreffen der Polizei würde niemand mehr die genaue Tatzeit feststellen können. Du liebe Güte, Norma, Sie haben uns an dem Tag vielleicht übel mitgespielt! Mit welcher Beharrlichkeit Sie diese Morde begangen haben wollten!«

»Ich wollte gestehen, um es endlich hinter mir zu haben . . .

Haben Sie — haben *Sie* damals geglaubt, ich könnte es wirklich getan haben?«

»Ich? Ja, was halten Sie denn von mir? Ich weiß, wozu meine Patienten fähig sind und wozu nicht. Ich fand nur, daß Sie es uns schwer machten. Und dann Neele — er handelte nicht gerade nach Vorschrift! Erinnern Sie sich nur, wie er Poirot freie Hand ließ!«

Poirot lachte leise. »Chefinspektor Neele und ich sind seit vielen Jahren befreundet. Außerdem hatte er sich mit dem Fall befaßt und wußte Bescheid. Sie waren nie vor Louises Wohnungstür, Norma. Frances hat die Ziffern ausgewechselt. Sie hat die 7 an Ihrer Tür vor die 6 gesteckt. Claudia war damals verreist. Frances hatte Ihnen wieder Rauschgift gegeben, und dadurch kam Ihnen alles wie ein Alptraum vor. Ich bin ganz plötzlich auf die Wahrheit gestoßen. Es gab nur noch einen Menschen, der Louise getötet haben konnte, und das war das echte ›dritte Mädchen‹: Frances Cary.«

»Sie haben sie fast erkannt, wissen Sie das?« fragte Dr. Stillingfleet. »Sie haben mir beschrieben, wie ein Mensch sich plötzlich in einen anderen verwandelte.«

Norma betrachtete ihn nachdenklich. »Sie waren schrecklich grob zu allen Leuten.«

Dr. Stillingfleet sah sie verblüfft an. »Grob?«

»Was Sie alles gesagt haben! Und wie Sie sie alle angeschrien haben!«

»Na ja, kann schon sein . . . Das habe ich mir angewöhnt. Die Leute gehen mir einfach auf die Nerven . . .« Plötzlich grinste er Poirot an. »Na, was sagen Sie zu dem Mädchen?«

Mrs. Oliver erhob sich seufzend. »Ich muß gehen.« Ihr Blick wanderte von den beiden Männern zu Norma. »Was machen wir denn nun mit ihr?« Beide sahen sie verblüfft an. »Ja, natürlich, sie wohnt bei mir. Und sie behauptet, daß es ihr gefällt. Aber so einfach ist das nicht. Was soll denn mit dem Geld werden, mit dem vielen Geld, das Ihnen Ihr Vater — Ihr richtiger Vater — hinterlassen hat? Das wird doch alles ganz kompliziert, und dann kommen Bettelbriefe und sonst was alles. Sie könnte natürlich wieder zu Sir Roderick, aber was soll sie bei ihm? Er ist taub und blind und ein alter Egoist. Ach, was ist übrigens aus den Dokumenten geworden, und aus dem Mädchen und *Kew Gardens?*«

»Die waren genau da, wo sie sein sollten; er hat sie übersehen. Sonja hat sie gefunden.« Norma fügte lächelnd hinzu: »Onkel Roddy und Sonja heiraten nächste Woche.«

»Alter schützt vor Torheit nicht«, sagte Dr. Stillingfleet.

»So so!« Poirot nickte. »Dann zieht die junge Dame das Leben in England also doch der Politik vor. Eine gescheite Person.«

»Also ist das auch erledigt«, erklärte Mrs. Oliver. »Aber zurück zu Norma. Da sollte man wirklich zu einer Entscheidung kommen und einen Plan machen. Woher soll das Kind denn wissen, was es jetzt ganz allein anfängt? Jemand sollte ihr wirklich beistehen!« Sie sah beide Männer streng an. Poirot schwieg und lächelte.

»Ach, Norma?« sagte Dr. Stillingfleet. »Passen Sie auf, Norma. Ich fliege am Dienstag in einer Woche nach Australien. Ich muß mich erst mal umschauen und feststellen, ob alles in Ordnung ist. Dann schicke ich Ihnen ein Telegramm, und Sie kommen zu mir. Und dann heiraten wir. Sie werden mir schon glauben müssen, daß ich es nicht auf Ihr Geld abgesehen habe. Ich gehöre nicht zu den Ärzten, die von riesigen Forschungszentren träumen. Ich bin nur an Menschen interessiert. Im übrigen bin ich davon überzeugt, daß Sie mit mir fertig werden. Sie haben ja schon gesagt, daß ich grob mit den Leuten umgehe — und ich wußte es nicht mal. Eigentlich komisch, nicht, wenn man sich vorstellt, was Sie gerade alles hinter sich haben, und dann handelt es sich nicht darum, daß *ich* mit *Ihnen* fertig werde, sondern *Sie* mit *mir*?«

Norma stand ganz still da. Sie sah John Stillingfleet sehr aufmerksam an. Dann lächelte sie. Es war ein sehr reizendes Lächeln, wie eine glückliche junge Kinderschwester. »Gut.« Auf einmal lief sie zu Poirot. »*Ich* war auch grob und unhöflich. Damals, als Sie beim Frühstück saßen, habe ich gesagt, Sie wären zu alt, um mir helfen zu können. Das war sehr unhöflich. *Und es stimmte nicht* . . .« Sie legte ihm die Hände auf die Schultern und küßte ihn.

»Sie — du solltest uns ein Taxi holen«, sagte sie zu John Stillingfleet.

Er nickte und ging aus dem Zimmer. Mrs. Oliver ergriff Handtasche und Pelzstola. Norma zog sich den Mantel an und begleitete sie zur Tür.

»*Madame, un petit moment* . . .« Mrs. Oliver drehte sich um. Poirot hatte aus der Sofaecke eine hübsche graue Haarlocke hervorgezogen.

»Ach!« rief Mrs. Oliver klagend. »Heutzutage taugt auch gar nichts mehr! Nicht mal Haarnadeln können sie machen!« Stirnrunzelnd ging sie hinaus, steckte jedoch sofort den Kopf wieder durch die Tür und flüsterte: »Sagen Sie — oh, Sie können ruhig offen reden, ich habe Norma schon vorgeschickt — haben Sie das Mädchen absichtlich gerade zu diesem Arzt gebracht?«

»Natürlich. Er ist ein anerkannter . . .«

»Jetzt fangen Sie nicht wieder von seinen Qualifikationen an! Sie wissen genau, was ich meine. Er und sie . . . war das Absicht?«

»Wenn Sie's unbedingt wissen wollen: Ja.«

»Habe ich's doch geahnt«, sagte Mrs. Oliver. »Sie denken auch immer an alles!«

BERTRAMS HOTEL

1

Im Herzen des Londoner Westends gibt es viele versteckte Winkel, die beinahe niemand kennt außer den Taxichauffeuren, die sie kundig durchqueren.

Biegt man, vom Hyde Park kommend, in eine der unscheinbaren Straßen ein, so gelangt man bald in eine ruhige Straße, auf deren rechter Seite *Bertrams Hotel* liegt. *Bertrams Hotel* besteht schon seit langer Zeit. Während des Krieges wurden die Häuser zu seiner Rechten zerstört und etwas weiter unten auch die zu seiner Linken. Aber das *Bertram* selbst blieb unversehrt. Natürlich hatte es auch einige Kratzer und Schrammen abbekommen. Doch mit einer nur mäßigen Summe wurde der ursprüngliche Zustand wiederhergestellt. Gegen 1955 sah es genauso aus wie 1939 — würdevoll, prunklos und unauffällig teuer. Das war *Bertrams Hotel,* in dem über eine lange Reihe von Jahren hinweg geistliche Würdenträger, vornehme Witwen der Aristokratie, die von ihren Landsitzen in die Stadt kamen, und junge Mädchen, die aus teuren Pensionaten für die Ferien nach Hause fuhren, regelmäßig abstiegen.

Natürlich hatte es viele andere Hotels im selben Stil wie das *Bertram* gegeben. Manche davon existieren auch heute noch, aber an fast keinem war die Zeit spurlos vorübergegangen. Sie alle hatten vor der Notwendigkeit gestanden, zu modernisieren, um sich auf eine andere Kundschaft einzustellen. Das *Bertram* hatte ebenfalls einige Veränderungen über sich ergehen lassen müssen, aber sie waren so geschickt durchgeführt, daß sie bei flüchtiger Betrachtung überhaupt nicht zu erkennen waren. Draußen an der Treppe, vor den großen Schwingtüren, stand eine Gestalt, die man, auf den ersten Blick wenigstens, für einen Feldmarschall halten konnte, denn Goldtressen und Ordensbänder schmückten die breite, männliche Brust. Das Benehmen des Mannes war vollendet. Er empfing den Gast mit zarter Fürsorge, wenn dieser unter gichtbedingten Schwierigkeiten aus einem Taxi oder einem Privatwagen stieg, geleitete ihn behutsam die Stufen empor und lotste ihn durch die geräuschlos schwingenden Türen.

Im Innern hatte der Ankömmling — falls es sein erster Besuch in *Bertrams Hotel* war — das fast beängstigende Gefühl, in eine verschwundene Welt versetzt zu sein. Die Zeit war zurückgeschritten. Der Gast befand sich wieder im England Eduards VII. Es war natürlich Zentralheizung vorhanden, aber sie fiel nicht ins Auge. Wie immer brannten in der großen mittleren Halle zwei prächtige Kohlenfeuer, flankiert von gefüllten Kohleneimern aus Messing, die genauso glänzten wie zu Eduards Zeiten, als biedere Hausmädchen sie noch polierten. Tiefroter Samt und Plüsch erzeugten eine gemütliche Atmosphäre. Die Lehnsessel waren kein Produkt des jetzigen Zeitalters. Der Sitz befand sich hoch genug über dem Niveau des Fußbodens, daß rheumatische alte Damen sich nicht in unwürdiger Weise abmühen mußten, um auf die Füße zu gelangen. Auch waren die Sessel nicht alle von derselben Art. Es gab solche mit gerader oder mit schräger Rückenlehne, und es gab Fauteuils aller Breiten, um Schlanke und Beleibte aufzunehmen. Im *Bertram* konnten Menschen fast jeder Statur einen bequemen Sessel finden.

Jetzt um die Teestunde war die Hotelhalle voll. Das hieß jedoch nicht, daß die Hotelhalle der einzige Raum war, in dem man Tee bekommen konnte. Es gab auch noch einen Salon (mit viel Chintz), ein Rauchzimmer — rätselhafterweise nur für Herren reserviert — und zwei Schreibzimmer, wohin man sich mit einem guten Bekannten zu einer gemütlichen Plauderei in einen stillen Winkel zurückziehen konnte — ja, wo es sogar möglich war, einen Brief zu schreiben, wenn einem der Sinn danach stand. Neben diesen Annehmlichkeiten einer vergangenen Zeit gab es noch andere Schlupfwinkel, deren Existenz nicht an die große Glocke gehängt wurde, aber Eingeweihten bekannt war, wie zum Beispiel die Doppelbar. Sie hatte zwei Barmixer, einen amerikanischen, der den Amerikanern ein Heimatgefühl verschaffen und sie mit Whiskys und Cocktails aller Art versorgen sollte, und einen englischen Mixer, der die verschiedenen Sherrys und Pimm's No. 1 ausschenkte und mit den älteren Herren, die der großen Pferderennen wegen in London weilten, verständige Gespräche über die Rennpferde in Ascot und Newbury führte. Auch gab es an einem etwas abseits gelegenen Korridor einen Fernsehraum für diejenigen, die diesem Zeitvertreib zu huldigen wünschten.

Doch die große Eingangshalle war der Lieblingsplatz für den nachmittäglichen Tee. Den älteren Damen machte es Spaß zu beobachten, wer ein- und ausging, alte Freunde zu begrüßen und hämische Bemerkungen darüber fallenzulassen, wie sehr diese gealtert seien. Es waren auch amerikanische Besucher anwesend, die fasziniert beobachteten, wie sich die adligen Engländer so richtig dem Genuß ihres traditionellen Nachmittagstees hingaben. Denn der Nachmittagstee war eine charakteristische Einrichtung in *Bertrams Hotel.*

Es war eine glanzvolle Angelegenheit. Die Aufsicht bei diesem Zeremoniell führte Henry, eine große, prächtige Erscheinung, ein reifer Fünfziger, onkelhaft, verständnisvoll und mit den höflichen Manieren jener längst verschwundenen Gattung: des vollkommenen Butlers. Schlanke Jünglinge leisteten unter Henrys strengen Anweisungen die tatsächliche Arbeit. Da gab es große, wappengeschmückte silberne Tablette und georgianische silberne Teekannen. Das Porzellan war zwar nicht echt Rockingham und Davenport, sah aber jedenfalls so aus. Serviert wurde der beste indische Tee, Ceylon, Darjeeling, Lapsang, und an Eßbarem konnte man alles verlangen, was das Herz begehrte — und es auch bekommen!

An diesem besonderen Tag, dem 17. November, verzehrte die fünfundsechzigjährige Lady Selina Hazy, die von Leicestershire nach London gekommen war, köstliche, reichlich mit Butter bestrichene Muffins mit der ganzen Hingabe einer älteren Dame. Sie war jedoch von ihren Muffins nicht so sehr gefesselt, daß sie versäumt hätte, jedesmal neugierig aufzublicken, sobald die Schwingtüren sich öffneten, um einen neuen Gast einzulassen.

So kam es, daß sie Colonel Luscombe einen lächelnden Willkommensgruß zunickte, als er in aufrechter, militärischer Haltung, den Rennfeldstecher um den Hals gehängt, die Halle betrat. Als alte Aristokratin winkte sie ihn gebieterisch herbei, und kurz darauf erschien Luscombe an ihrem Tisch. »Guten Tag, Selina, was führt dich denn in die Stadt?«

»Zahnarzt«, erwiderte Lady Selina etwas undeutlich, wegen ihres vollen Mundes. »Und da ich schon mal hier war, hielt ich es für richtig, diesen Mann in der Harley Street wegen meiner Arthritis aufzusuchen. Du weißt ja, wen ich meine.«

Obwohl es in Harley Street mehrere hundert Ärzte für jedes nur erdenkliche Leiden gibt, wußte Luscombe doch, wen sie meinte. »Hat er dir etwas Linderung verschafft?« erkundigte er sich.

»Ich glaube schon«, gab Lady Selina unwillig zu. »Seltsamer Mann. Packte mich unerwartet beim Schopf, als wollte er einem Huhn den Hals umdrehen.« Sie bewegte ihren Hals mit größter Vorsicht.

»Hat's weh getan?«

»Das mußte es ja wohl, wo er so daran gezerrt hat, aber es ging alles so schnell, daß es mir nicht zum Bewußtsein gekommen ist.« Sie setzte die behutsame Bewegung fort. »Scheint wirklich in Ordnung zu sein, ich kann zum erstenmal seit Jahren über meine rechte Schulter blicken.« Sie probierte dies sofort und rief plötzlich: »Ich glaube wahrhaftig, da drüben sitzt die alte Jane Marple! Dachte, sie sei schon vor Jahren gestorben. Sieht aus wie hundert.«

Colonel Luscombe zeigte sich wenig interessiert. Im *Bertram* gab es immer ein paar aufgeplusterte alte Katzen, wie er sie nannte.

Lady Selina fuhr fort: »Das ist hier der einzige Ort in London, wo man noch Muffins bekommen kann. Richtige Muffins. Weißt du, als ich im letzten Jahr nach Amerika fuhr, hatten sie dort etwas auf der Frühstückskarte, was sie als Muffins bezeichneten. Waren gar keine richtigen Muffins. Eine Art Teegebäck mit Rosinen darin. Und sie unterstehen sich, so etwas Muffins zu nennen!« Sie schob den letzten Bissen in den Mund und blickte sich um.

Henry trat sofort in Erscheinung. Nicht rasch oder hastig. Er war einfach plötzlich da. »Sonst noch was gefällig, Mylady? Einen Kuchen vielleicht?«

»Kuchen?« Lady Selina ließ es sich durch den Kopf gehen und schien im Zweifel zu sein.

»Wir haben einen sehr guten Kümmelkuchen, Mylady. Ich kann ihn empfehlen.«

»Kümmelkuchen? Den habe ich *seit Jahren* nicht mehr gegessen. Ist es richtiger Kümmelkuchen?«

»O ja, Mylady. Die Köchin hat ein uraltes Rezept. Er wird Ihnen schmecken, davon bin ich überzeugt.« Henry warf einem seiner Hilfskellner einen Blick zu, und der Bursche begab sich auf den Weg, um Kümmelkuchen zu holen.

»Du bist wohl in Newbury gewesen, Derek?«

»Ja. Verflixt kalt. Ich habe die letzten beiden Rennen nicht abgewartet. Ein Unglückstag. Harrys Stute taugte nichts.«

»Das habe ich mir gedacht. Wie lief Swanhilda?«

»Wurde Vierte.« Luscombe erhob sich. »Muß mich jetzt um mein Zimmer kümmern.« Er ging durch die Halle zum Empfang. Unterwegs ließ er seine Blicke über die Tische und Gäste schweifen und stellte fest, daß eine erstaunliche Anzahl von Menschen ihren Tee hier einnahm. Ganz wie in früheren Zeiten. Tee als richtige Mahlzeit war seit dem Krieg so ziemlich aus der Mode gekommen. Aber offenbar nicht im *Bertram*. Wer waren denn eigentlich alle diese Leute? Zwei Stiftsherren und der Dekan von Chislehampton. Ja, und noch ein Paar gamaschenbekleideter Beine da hinten in der Ecke, ein Bischof, tatsächlich! Einfache Vikare waren selten. Man muß schon mindestens ein Kanonikus sein, um sich das *Bertram* leisten zu können, dachte er. Gewöhnliche Geistliche vermochten es bestimmt nicht, die armen Teufel. Überhaupt wunderte er sich im stillen, wie in aller Welt Menschen wie die alte Selina Hazy es fertigbrachten. Sie hatte doch nur ein paar Pfund jährliches Einkommen. Und dann die alte Lady Berry und Mrs. Posselthwaite von Somerset und Sybil Kerr — alle arm wie Kirchenmäuse.

Während er sich dies noch durch den Kopf gehen ließ, erreichte er die Anmeldung und wurde von der Empfangsdame, Miß Gorringe, liebenswürdig begrüßt. Miß Gorringe war eine gute alte Bekannte. Sie kannte jeden einzelnen Gast und vergaß niemals ein Gesicht. Sie sah wie eine Vogelscheuche aus, war aber durchaus respektabel. Gekräuseltes gelbliches Haar — wahrscheinlich mit einer altmodischen Brennschere bearbeitet —, schwarzseidenes Kleid, üppiger Busen, auf dem ein großes goldenes Medaillon und eine Kameenbrosche ruhten.

»Nummer 14«, sagte Miß Gorringe. »Ich glaube, Sie hatten vierzehn das letzte Mal, Colonel Luscombe, und das Zimmer gefiel Ihnen. Es ist ruhig.«

»Wie Sie es fertigbringen, sich immer an diese Einzelheiten zu erinnern, ist mir schleierhaft, Miß Gorringe.«

»Es liegt uns sehr daran, daß unsere alten Freunde sich bei uns wohl fühlen.«

»Komme mir immer wie in alte Zeiten versetzt vor. Nichts

scheint sich geändert zu haben . . .« Er brach ab, als Mr. Humfries aus einem Privatgemach heraustrat, um ihn zu begrüßen.

Mr. Humfries wurde oft von den Uneingeweihten für Mr. Bertram selbst gehalten. Wer der eigentliche Mr. Bertram war oder ob ein Mr. Bertram überhaupt je existiert hatte, das wußte man nicht, Das *Bertram* bestand seit etwa 1840, aber niemanden hatte es interessiert, der Geschichte seiner Vergangenheit nachzuspüren. Es war einfach da, eine handfeste Wirklichkeit. Wenn Mr. Humfries mit Mr. Bertram angeredet wurde, korrigierte er dies niemals. Wenn sie wünschten, daß er Mr. Bertram sei, gut, dann war er eben Mr. Bertram. Colonel Luscombe kannte seinen Namen, obgleich er nicht wußte, ob Humfries der Direktor oder der Eigentümer war.

Mr. Humfries war ein Mann von etwa fünfzig Jahren. Er hatte sehr gute Manieren und die Erscheinung eines jüngeren Ministers. Man konnte mit ihm über alles reden: Pferderennen, Kricket, Außenpolitik, er wußte Anekdoten über die Mitglieder des Königshauses und erteilte Auskünfte über die Automobilschau; er kannte die interessantesten Bühnenstücke, die im Augenblick gespielt wurden, und konnte den Amerikanern Vorschläge machen, was in England wirklich sehenswert war, gleichgültig wie kurz ihr Aufenthalt auch sein mochte. Er wußte zuverlässig Bescheid, wo man — je nach Geldbeutel und Geschmack — am besten speisen konnte. Trotz alledem war er nicht für Hinz und Kunz da; er machte sich rar. Miß Gorringe war über all diese Dinge genauso informiert und stand mit Rat und Tat zur Verfügung. In kurzen Abständen tauchte Mr. Humfries sonnengleich am Horizont auf und schmeichelte einem Gast durch seine persönliche Aufmerksamkeit.

Heute traf Colonel Luscombe diese Ehre. Sie tauschten ein paar unverbindliche Bemerkungen über das Pferderennen aus, aber Colonel Luscombe war in Gedanken bei einem anderen Problem. Und hier war der Mann, der ihm die Lösung verschaffen konnte. »Nun sagen Sie mir eines, Humfries, wie bringen es alle diese guten alten Leutchen nur fertig, sich hier bei Ihnen einzumieten?«

»Aha, darüber haben Sie sich also den Kopf zerbrochen?« Mr. Humfries schien belustigt. »Nun, die Antwort ist ganz einfach. Sie können es sich nicht leisten. Es sei denn . . .« Er hielt inne.

»Es sei denn, Sie räumen ihnen Vorzugspreise ein. Stimmt's?«

»Mehr oder weniger. Sie wissen gewöhnlich nicht, daß es Vorzugspreise sind. Oder wenn sie es doch merken, führen sie es auf ihre langjährige Anhänglichkeit zum Haus zurück.«

»Und das ist nicht der wahre Grund?«

»Nun, Colonel Luscombe, ich führe schließlich ein Hotel und könnte es mir nicht leisten, tatsächlich Geld dabei zuzusetzen.«

»Aber wie kann sich dieses Entgegenkommen bezahlt machen?«

»Es ist eine Frage der Atmosphäre . . . Fremde, die dieses Land besuchen, insbesondere wohlhabende Amerikaner, haben ihre eigenen, ziemlich merkwürdigen Vorstellungen von England. Wohlverstanden, ich spreche nicht von den reichen Industriekapitänen, die dauernd den Atlantik überqueren. Sie steigen gewöhnlich im *Savoy* oder im *Dorchester* ab; sie verlangen moderne Ausstattung, amerikanische Gerichte — kurz, sie wollen sich wie zu Hause fühlen. Aber es gibt viele Menschen, die nur gelegentlich ins Ausland fahren und von unserem Land eine gewisse Atmosphäre erwarten! Also reisen sie hinterher wieder heim und sagen: ›Es gibt ein wundervolles Fleckchen in London, und das ist *Bertrams Hotel.* Man kommt sich vor, als sei man hundert Jahre zurückversetzt, wie im alten England! Und die Menschen, die dort wohnen! Menschen, denen man sonst nirgendwo in der Welt begegnen würde. Würdige alte Herzoginnen. Und sie bringen alle die echten englischen Gerichte auf den Tisch, zum Beispiel eine hervorragende Beefsteak-Pastete nach alten Rezepten! So etwas Gutes hast du noch nie gegessen. Und große Lendensteaks und Hammelrücken gibt es, einen richtigen altmodischen englischen Nachmittagstee und ein wunderbares englisches Frühstück. Nebenher natürlich noch alle die üblichen Dinge. Und es ist herrlich komfortabel. *Und* warm. Riesige Kohlenfeuer.‹« Mr. Humfries hörte mit seiner Darbietung auf und ließ sich dazu herab, seinen Mund zu einem kleinen Grinsen zu verziehen.

»So liegt die Sache also«, sagte Luscombe nachdenklich. »Alle diese Leute — dekadente Aristokraten, verarmte Mitglieder der alten Großgrundbesitzerfamilien — liefern sozusagen nur das Bühnenbild, ja?«

Mr. Humfries nickte zustimmend. »Ich wundere mich eigentlich, daß sonst noch niemand auf den Gedanken gekommen ist. Natürlich habe ich das *Bertram* sozusagen fix und fertig vorgefunden. Außer einer ziemlich kostspieligen Restaurierung war nichts weiter erforderlich. Alle Leute, die hierherkommen, bilden sich ein, eine Entdeckung gemacht zu haben, von der niemand anders weiß.«

»Die Modernisierung«, meinte Luscombe, »war tatsächlich wohl ziemlich kostspielig, nicht wahr?«

»O ja. Das Hotel muß antiquiert *wirken,* aber gleichzeitig den modernen Komfort besitzen, der uns heutzutage selbstverständlich erscheint. Unsere alten Leutchen — wenn Sie mir diese Bezeichnung verzeihen wollen — müssen das Gefühl haben, daß sich seit der Jahrhundertwende nichts geändert hat, und unsere Gäste aus Übersee müssen spüren, daß ihnen eine stilechte Umgebung und zugleich alle zivilisatorischen Errungenschaften geboten werden, die sie zu Hause gewöhnt sind und ohne die sie nicht leben können!«

»Manchmal etwas schwierig, nicht wahr?« meinte Luscombe.

»Nicht so sehr. Nehmen wir zum Beispiel die Zentralheizung.

Die Amerikaner verlangen — brauchen, möchte ich sagen — mindestens zehn Grad Fahrenheit mehr als die Engländer. Wir haben also tatsächlich zwei ganz verschiedene Typen von Hotelzimmern. Die Engländer stecken wir in die eine Sorte, die Amerikaner in die andere. Die Zimmer sehen alle gleich aus, aber in Wirklichkeit sind sie ziemlich verschieden — elektrische Rasierapparate und Duschen neben der Wanne in einigen der Badezimmer. Und wenn ein amerikanisches Frühstück verlangt wird, so ist es da — Cornflakes, eisgekühlter Orangensaft und alles andere Drum und Dran; wenn aber jemand ein englisches Frühstück vorzieht, so wird eben das serviert.«

»Eier und Speck?«

»Ganz recht — aber noch weit mehr als das, wenn Sie es wünschen. Geräucherte Salzheringe, Nieren mit Speck, kaltes Waldhuhn, York-Schinken, Oxford-Marmelade.«

»Morgen früh muß ich es ausprobieren. So etwas gibt's zu Hause schon lange nicht mehr.«

Humfries lächelte. »Wir bemühen uns, den Leuten alles zu bieten, wonach sie verlangen.«

»Einschließlich Kümmelkuchen und Muffins — ja, ich verstehe. Jedem nach seiner Fasson — verstehe . . . ganz marxistisch.«

»Wie bitte?«

»Ein flüchtiger Gedanke, Humfries. Gegensätze ziehen sich an.«

Colonel Luscombe wandte sich ab und nahm den Schlüssel, den Miß Gorringe ihm reichte. Ein Page sprang herbei und geleitete ihn zum Fahrstuhl. Im Vorbeigehen sah Colonel Luscombe, daß Lady Selina Hazy jetzt bei ihrer Freundin Jane Sowieso saß.

2

»Und du lebst immer noch in diesem reizenden St. Mary Mead, nicht wahr?« fragte Lady Selina gerade. »Solch ein entzückendes, unverdorbenes Dorf! Ich denke oft daran zurück. Es ist sicher genauso wie früher, ja?«

»Nun, nicht ganz.« Miß Marple dachte an gewisse Erscheinungen ihres Wohnortes. Die neue Siedlung. Die Vergrößerung des Gemeindesaals und das veränderte Aussehen der Hauptstraße mit ihren modernen Ladenfassaden. Sie seufzte. »Aber man muß sich wohl mit dem Wandel abfinden.«

»Fortschritt«, bemerkte Lady Selina. »Obwohl es in meinen Augen oft kein Fortschritt ist. Wenn ich nur an alle diese eleganten Toiletteneinrichtungen denke! In sämtlichen Farben und Ausführungen — aber kann man richtig *ziehen?* Oder *drücken?* Jedesmal wenn man Freunde besucht, findet man im Klo irgendeinen Hinweis — ›Kräftig drücken und loslassen‹, ›Nach *links* ziehen‹, ›*Rasch* loslassen‹. In der guten alten Zeit zog man einfach an einem Griff, und *sofort* schoß eine Unmenge von Wasser hervor. — Da ist ja unser lieber Bischof von Medmenham«, unterbrach sich Selina, als ein gutaussehender älterer Geistlicher vorbeiging. »Praktisch blind, glaube ich. Aber solch ein glänzender, kämpferischer Priester.«

Damit gab man sich einer kurzen Plauderei über die Geistlichkeit hin, die hin und wieder unterbrochen wurde, wenn Lady Selina verschiedene Freunde und Bekannte zu erkennen glaubte, von denen viele gar nicht die Menschen waren, für die sie sie hielt. Sie und Miß Marple unterhielten sich ein wenig über die »alten Tage«, obgleich Miß Marple natürlich eine ganz andere Erziehung genossen hatte als Lady Selina und ihre gemeinsamen Erinnerungen sich hauptsächlich auf die paar Jahre beschränkten, als Lady Selina, gerade verwitwet und in sehr bescheidenen Verhältnissen, ein kleines Haus im Dorf St. Mary Mead gemietet hatte, um in der Nähe ihres zweiten, auf einem nahebei gelegenen Flugplatz stationierten Sohnes zu sein.

»Wohnst du immer hier, wenn du nach London kommst, Jane? Merkwürdig, daß ich dich noch nie hier getroffen habe.«

»Aber nein. Das könnte ich mir nicht leisten. Außerdem bleibe ich jetzt fast immer zu Hause. Nein, eine Nichte von mir kam auf den reizenden Gedanken, mir mit einer Einladung nach London ein großes Vergnügen zu bereiten. Joan ist ein sehr gutmütiges Mädchen — eigentlich wohl kaum ein Mädchen.« Miß Marple ging es durch den Kopf, daß Joan mittlerweile nahe an die Fünfzig herangerückt sein mußte. »Sie ist Malerin, weißt du. Eine ziemlich bekannte sogar. Joan West. Vor nicht langer Zeit fand eine Ausstellung ihrer Bilder statt.«

Lady Selina hatte wenig Interesse an Malern und allem, was mit Kunst zu tun hatte. Sie betrachtete Schriftsteller, Musiker und andere Künstler gewissermaßen als kluge dressierte Tiere und war bereit, ihnen gegenüber Nachsicht walten zu lassen. »So moderner Kram, nehme ich an«, sagte sie, während ihre Augen umherwanderten. »Da drüben ist Cecily Longhurst — hat offensichtlich wieder ihr Haar gefärbt.«

»Ich fürchte, die liebe Joan ist tatsächlich ziemlich modern.« Hier irrte sich Miß Marple entschieden. Joan West war vor etwa zwanzig Jahren avantgardistisch gewesen, wurde jetzt jedoch von den jungen arrivierten Künstlern als völlig altmodisch angesehen.

Nach einem kurzen Blick auf Cecily Longhursts Haar schwelgte Miß Marple wieder in angenehmer Erinnerung an Joans Freundlichkeit. Joan hatte tatsächlich zu ihrem Mann gesagt: »Ich wollte, wir könnten etwas für die arme alte Tante tun. Sie kommt gar nicht mehr aus dem Haus. Glaubst du, sie möchte ein paar Wochen nach Bournemouth?«

»Das ist wirklich eine gute Idee«, hatte Raymond West erwidert. Sein letztes Buch hatte sehr großen Erfolg, und so war er in Geberlaune.

»Ihre Reise nach Westindien hat ihr, glaube ich, gut gefallen. Nur war es ein Jammer, daß sie in einen Mordfall verwickelt wurde. Nicht gut in ihrem Alter.«

»So etwas scheint ihr aber dauernd zuzustoßen.«

Raymond hatte seine alte Tante sehr gern, und er sann stets auf Überraschungen, mit denen er ihr eine Freude machen konnte. Daß sie viele seiner Vorschläge höflich ablehnte, erstaunte ihn, und so hegte er auch manchmal den Verdacht, daß sie die Bücher, die er ihr hin und wieder schenkte und von denen sie erklärte, sie seien »sehr interessant«, in Wirklichkeit gar nicht gelesen hatte. Aber das war wohl darauf zurückzuführen, daß ihre Augen nachließen. Diese Vermutung war allerdings ein gewaltiger Irrtum. Miß Marple besaß eine für ihr Alter bewundernswerte Sehschärfe und nahm in diesem Augenblick alles, was um sie vorging, mit wachem Interesse und großem Vergnügen wahr.

Als Joan ihr einen mehrwöchigen Aufenthalt in einem der besten Hotels in Bournemouth anbot, hatte sie zögernd gemurmelt: »Das ist sehr, sehr freundlich von dir, mein liebes Kind, aber ich glaube wirklich nicht . . .«

»Es würde dir so gut tun, Tante Jane. Man muß hin und wieder mal aus seinen vier Wänden heraus. Das gibt einem neue Ideen.«

»O ja, da hast du ganz recht; ich möchte wirklich gern mal zur Abwechslung wegfahren. Aber vielleicht nicht gerade nach Bournemouth.«

Joan war ein wenig überrascht. Sie hatte wohl angenommen, Bournemouth sei Tante Janes Wunschtraum. »Dann vielleicht Eastbourne? Oder Torquay?«

»Was ich wirklich möchte . . .« Miß Marple zögerte.

»Ja?«

»Du wirst es sicher für recht töricht von mir halten.«

»Nein, ganz gewiß nicht.«

»Ich würde gern nach London fahren und in *Bertrams Hotel* wohnen.«

»Bertrams Hotel?« Der Name kam ihr irgendwie bekannt vor.

Die Worte sprudelten förmlich aus Miß Marple hervor. »Ich war einmal dort — als ich vierzehn war. Mit meiner Tante und meinem Onkel. Onkel Thomas nämlich, er war Stiftsherr von Ely. Und ich habe es nie vergessen. Wenn ich dort noch einmal hin könnte . . . eine Woche würde völlig ausreichen — zwei Wochen wären vielleicht zu kostspielig.«

»Oh, darüber mach dir keine Gedanken. Natürlich sollst du hinfahren. Ich hätte es mir eigentlich denken können, daß du gern London besuchen würdest — die Läden und alles. Wir werden ein Zimmer bestellen — wenn *Bertrams Hotel* noch existiert. So viele Hotels sind ja verschwunden, entweder wurden sie im Krieg ausgebombt oder einfach geschlossen.«

»Nein, ich weiß zufällig, daß dieses Hotel noch in Betrieb ist. Ich habe einen Brief von dort bekommen — von meiner amerikanischen Freundin Amy McAllister aus Boston. Sie und ihr Mann hatten sich im *Bertram* einquartiert.«

»Gut, dann werde ich das Nötige unternehmen.« Sanft fügte sie hinzu: »Ich fürchte nur, du wirst das Hotel sehr verändert finden seit jenen Tagen. Hoffentlich bist du nicht zu sehr enttäuscht.«

Doch *Bertrams Hotel* hatte sich nicht verändert. Es war noch genauso wie früher. Fast ein Wunder, dachte Miß Marple. Tatsächlich kam es ihr etwas merkwürdig vor . . . Es schien wirklich zu schön, um wahr zu sein. Jetzt, als sie so dasaß, lebte auf seltsame Weise ihre Jugend wieder auf — Jane Marple, dieses lebenslustige junge Mädchen mit dem rosigen Teint . . . ein ziemlich törichtes Geschöpf in vieler Beziehung . . . ach, wer war denn noch der recht unpassende junge Mann, dessen Name — oh, du liebe Güte, sie konnte sich nicht einmal mehr darauf besinnen! Wie weise von ihrer Mutter, daß sie diese Freundschaft so entschlossen im Keim erstickt hatte. Jahre später war sie ihm wiederbegegnet — und er war wirklich ganz schrecklich! Damals aber hatte sie sich mindestens eine Woche lang jeden Abend in den Schlaf geweint! Heutzutage natürlich — ihre Gedanken wandten sich der Gegenwart zu. Diese armen jungen Dinger. Manche von ihnen hatten zwar Mütter, aber selten solche, die etwas taugten — Mütter, die völlig unfähig waren, ihre Töchter vor törichten Affären, unehelichen Kindern und frühen, unheilvollen Ehen zu bewahren. Es war alles sehr traurig.

Die Stimme ihrer Freundin unterbrach diese Betrachtungen. »Nun, da hört sich doch alles auf! Da drüben sitzt — ja, tatsächlich — Bess Sedgwick! Ausgerechnet hier . . .«

Miß Marple hatte nur mit halbem Ohr auf Lady Selinas Bemerkungen über ihre Umgebung gehört. Da sie und Miß Marple in ganz verschiedenen Kreisen verkehrten, war Miß Marple nicht in der Lage gewesen, skandalöse Gerüchte über die verschiedenen Freunde und Bekannten auszutauschen, die Lady Selina angeblich erkannte.

Aber Bess Sedgwick — das war ein Name, der fast jedem in England ein Begriff war. Über dreißig Jahre lang hatte nun die Presse über diese oder jene unerhörte oder außergewöhnliche Leistung berichtet, die Bess Sedgwick vollbracht hatte. Während des Krieges war sie ziemlich lange in der französischen Widerstandsbewegung gewesen, und es hieß, sie habe sechs Kerben auf dem Griff ihres Revolvers. Vor Jahren hatte sie im Alleinflug den Atlantik überquert und war zu Pferd durch Europa geritten. Sie hatte Rennwagen gefahren und einmal zwei Kinder aus einem brennenden Haus gerettet. Sie war mehrere rühmliche und weniger rühmliche Ehen eingegangen, und sie stand auf der Liste der bestgekleideten Frauen Europas. Auch wurde behauptet, sie habe sich an Bord eines Atomunterseebootes geschmuggelt und dessen Probefahrt mitgemacht.

Miß Marple richtete sich daher sehr interessiert auf und sah zu ihr hinüber. Was sie auch von *Bertrams Hotel* erwartet haben mochte, sie hatte gewiß nicht damit gerechnet, Bess Sedgwick unter den Gästen zu finden. Ein teurer Nachtklub oder ein Rasthaus für Lastwagenfahrer, gar eine Spelunke in Soho — so etwas hätte durchaus mit Bess Sedgwicks vielseitigen Neigungen in Einklang gestanden. Aber in diesem höchst biederen, altväterlichen Hotel schien sie merkwürdig fehl am Platz. Dennoch war sie hier — darüber bestand kein Zweifel. Es verging kaum ein Monat, ohne daß Bess Sedgwicks Gesicht in den Modezeitschriften oder Boulevardblättern erschien. Da saß sie höchstpersönlich und rauchte mit hastigen, ungeduldigen Zügen eine Zigarette, während sie fast erstaunt auf das große, vor ihr stehende Teetablett starrte. Was hatte sie bestellt? Miß Marple kniff die Augen zusammen und blickte scharf hin — der Tisch war ziemlich weit entfernt — ja, es waren Krapfen. Sehr interessant.

Während Miß Marple sie beobachtete, drückte Bess Sedgwick ihre Zigarette in der Untertasse aus, griff nach einem Krapfen und biß kräftig hinein. Tiefrote, echte Erdbeermarmelade quoll heraus und lief ihr über das Kinn. Bess warf den Kopf in den Nacken und lachte — eines der lautesten und heitersten Geräusche, die man seit geraumer Zeit in der Halle von *Bertrams Hotel* gehört hatte.

Henry stand sofort bereit und reichte ihr eine kleine, zierliche Serviette. Bess nahm sie, rieb sich energisch wie ein Schuljunge das Kinn ab und rief: »Das nenne ich einen *echten* Krapfen. Prachtvoll!« Sie ließ die Serviette auf das Tablett fallen und stand auf. Wie üblich waren aller Augen auf sie gerichtet. Daran war sie gewöhnt. Vielleicht gefiel es ihr, vielleicht bemerkte sie es auch gar nicht mehr. Es lohnte sich, ihr nachzusehen — sie war eher eine auffallende Erscheinung als eine schöne Frau. Das platinblonde Haar fiel ihr glatt und glänzend bis auf die Schultern. Kopf und Gesicht waren klassisch geschnitten, ihre Nase leicht gebogen, und sie hatte tiefliegende graue Augen. Ihr breiter Mund verriet das heitere Naturell. Ihr Kleid war so verblüffend einfach, daß die meisten Männer stutzten. Es wirkte wie grobe Sackleinwand, hatte keinerlei Verzierungen und keine sichtbaren Verschlüsse oder Nähte. Die Frauen im *Bertram* jedoch erkannten, daß es ein Heidengeld gekostet hatte.

Als sie mit großen Schritten durch die Halle auf den Lift zustrebte, kam sie dicht an Lady Selina und Miß Marple vorbei und nickte Lady Selina zu. »Guten Tag, Lady Selina. Habe Sie seit Crufts Hundeschau nicht mehr gesehen. Was machen die Barsois?«

»Was in aller Welt tun Sie denn hier, Bess?«

»Habe mir hier ein Zimmer genommen. Ich bin gerade von Land's End hergefahren. In dreiviertel Stunden. Nicht übel.«

»Sie werden sich eines Tages noch umbringen. Oder jemanden anders.«

»Oh, hoffentlich nicht.«

»Aber warum wohnen Sie in *diesem* Hotel?«

Bess Sedgwick schien den Sinn der Frage zu verstehen und quittierte sie mit einem ironischen Lächeln. »Jemand empfahl es mir, und ich glaube, der Rat war gut. Ich habe gerade den wunderbarsten Krapfen verzehrt.«

»Liebes Kind, sie haben auch *richtige* Muffins.«

»Muffins«, wiederholte Lady Bess Sedgwick nachdenklich. »Ach . . . Muffins!« Sie nickte und ging weiter zum Lift.

»Ungewöhnliches Mädchen«, bemerkte Lady Selina. Für sie, wie auch für Miß Marple, war jede Frau unter sechzig ein Mädchen. »Habe sie schon als Kind gekannt. Niemand konnte etwas mit ihr anfangen. Lief mit einem irischen Reitknecht davon, als sie sechzehn war. Es gelang ihnen, sie rechtzeitig zurückzuholen — oder vielleicht auch nicht rechtzeitig. Jedenfalls haben sie ihm eine Abfindung gezahlt und sie sicher verheiratet, mit dem alten Coniston — dreißig Jahre älter als sie, gräßlicher alter Wüstling und ganz verrückt nach ihr. Das hat nicht lange gehalten. Sie brannte mit Johnnie Sedgwick durch. Das wäre vielleicht eine dauerhafte Verbindung gewesen, wenn er sich nicht bei einem Hindernisrennen den Hals gebrochen hätte. Danach heiratete sie Ridgway Bekker, den amerikanischen Jachtbesitzer. Er ließ sich vor drei Jahren von ihr scheiden, und wie ich höre, hat sie jetzt mit einem Rennfahrer angebändelt — einem Polen oder dergleichen. Ich weiß nicht, ob sie ihn tatsächlich geheiratet hat. Nach der Scheidung von dem Amerikaner nahm sie wieder den Namen Sedgwick an. Sie verkehrt mit den merkwürdigsten Leuten. Man munkelt, daß sie Rauschgift nimmt . . . ich weiß es wirklich nicht.«

»Man fragt sich, ob sie wirklich glücklich ist«, meinte Miß Marple.

Lady Selina, die sich offensichtlich diese Frage niemals gestellt hatte, blickte ziemlich bestürzt drein. »Sie hat Geld wie Heu, nehme ich an«, sagte sie ein wenig unsicher. »Unterhaltszahlungen und dergleichen. Natürlich bedeutet das nicht alles . . .«

»Ganz gewiß nicht.«

»Und sie hat gewöhnlich einen Mann — oder sogar mehrere — im Schlepptau.«

»So?«

»Für manche Frauen, wenn sie in die Jahre kommen, ist das natürlich der Inbegriff ihrer Wünsche . . . Aber irgendwie . . .« Sie hielt inne.

»Nein«, sagte Miß Marple. »*Ich* glaube das auch nicht.«

Manche Leute hätten mit sanftem Spott über diese Äußerung einer altmodischen Dame gelächelt. Aber Lady Selina akzeptierte ihre Meinung als eine Bestätigung der eigenen. »Sehr viele Männer haben in ihrem Leben eine Rolle gespielt«, betonte sie.

»O ja«, erwiderte Miß Marple, »aber ich möchte wohl sagen, daß Männer für sie ein Abenteuer und keine Notwendigkeit sind. Meinst du nicht auch?«

Und würde wohl irgendeine Frau, fragte sich Miß Marple, in *Bertrams Hotel* kommen, um sich mit einem Mann zu treffen? Dazu war das *Bertram* ganz entschieden nicht der geeignete Ort. Doch für eine Frau von Bess Sedgwicks Temperament mochte gerade das der Grund sein, warum sie es gewählt hatte. Seufzend blickte sie auf die hübsche Standuhr, die dezent in der Ecke tickte, und erhob sich mit der Behutsamkeit eines unter Rheuma leidenden Menschen. Langsam ging sie auf den Lift zu. Lady Selina ließ ihre Blicke umherschweifen und stürzte sich auf einen älteren Herrn von militärischem Aussehen, der gerade den *Spectator* las. »Wie schön, Sie hier wiederzusehen. Hm — Sie sind doch General Arlington, nicht wahr?«

Doch mit großer Höflichkeit wies es der alte Herr von sich, General Arlington zu sein. Lady Selina entschuldigte sich, war aber nicht übermäßig aus der Fassung gebracht. Ihre Kurzsichtigkeit war mit Optimismus verbunden, und da es ihr größtes Vergnügen war, alte Freunde und Bekannte zu treffen, unterliefen ihr dauernd solche Fehler.

Miß Marple lächelte vor sich hin, während sie auf den Lift wartete. Typisch Selina! Immer überzeugt, daß sie jeden kenne. Sie selbst konnte sich nicht damit messen. Ihr einziges Aktivum auf diesem Gebiet war der gutaussehende und Gamaschen tragende Bischof von Westchester gewesen, den sie mit »mein lieber Robbie« angeredet und der ihr mit der gleichen Zärtlichkeit geantwortet hatte. Der Lift kam von oben herab, und der ältere Mann in Uniform öffnete die Tür. Miß Marple war ziemlich überrascht, daß der aussteigende Fahrgast Bess Sedgwick war, die sie erst vor wenigen Minuten hatte hinauffahren sehen. Aber dann blieb Bess Sedgwick stehen — und starrte so konzentriert über Miß Marples Schulter, daß die alte Dame sich umdrehte.

Der Portier hatte gerade die beiden Schwingtüren beim Eingang aufgestoßen und hielt sie fest, um zwei Damen in die Halle treten zu lassen. Eine von ihnen war eine pedantisch wirkende Frau in mittleren Jahren, die einen ziemlich unpassenden, mit Veilchen geschmückten Hut trug. Die andere war ein großes, einfach, aber elegant gekleidetes Mädchen von etwa siebzehn oder achtzehn Jahren mit langem glattem, flachsblondem Haar.

Bess Sedwick riß sich zusammen, kehrte um und betrat wieder den Lift. Als Miß Marple ihr folgte, wandte sie sich ihr zu und entschuldigte sich. »Verzeihen Sie mir bitte. Ich hätte Sie beinahe umgerannt.« Sie hatte eine warme, freundliche Stimme. »Es ist mir gerade eingefallen, daß ich etwas vergessen habe . . .«

»Zweiter Stock?« fragte der Fahrstuhlführer. Miß Marple nahm lächelnd die Entschuldigung entgegen, stieg aus und ging langsam zu ihrem Zimmer, indem sie vergnüglich verschiedene kleine Probleme wälzte, wie das so ihre Gewohnheit war.

Zum Beispiel: Was Lady Sedgwick gesagt hatte, stimmte nicht. Sie war erst gerade auf ihr Zimmer gegangen, und dort mußte »es ihr eingefallen sein, daß sie etwas vergessen hatte« (wenn überhaupt etwas Wahres an dieser Äußerung war), und sie war dann nach unten gefahren, um es zu holen. Oder war sie vielleicht nach unten gekommen, um jemanden zu treffen oder nach jemandem Ausschau zu halten? Jedenfalls hatte sie der Anblick, der sich ihr beim Öffnen der Lifttür bot, so in Aufregung versetzt, daß sie sofort wieder umkehrte und nach oben ging, um *nicht* die Person zu treffen, die sie gesehen hatte. Es mußten die beiden Neuankömmlinge gewesen sein. Die ältere Frau und das Mädchen. Waren es Mutter und Tochter? Nein, überlegte Miß Marple, *nicht* Mutter und Tochter. Selbst in *Bertrams Hotel,* dachte Miß Marple, können glücklicherweise interessante Dinge geschehen . . .

3

»Hm — ist Colonel Luscombe hier?« Die Dame mit dem Veilchenhut stand beim Empfang. Miß Gorringe lächelte ihr freundlich zu, und ein dienstbeflissener Page wurde sofort losgeschickt, brauchte aber nicht weit zu gehen, da Colonel Luscombe selbst in diesem Augenblick die Halle betrat und rasch zum Empfangstisch eilte.

»Guten Tag, Mrs. Carpenter.« Er drückte ihr höflich die Hand und wandte sich dann an das Mädchen. »Meine liebe Elvira.« Liebevoll ergriff er ihre beiden Hände. »Ei, ei, das ist aber schön. Herrlich — herrlich. Komm, wir wollen uns setzen.« Er führte die beiden an einen Tisch und rückte ihnen Stühle zurecht. »Ei, ei, das ist aber schön«, wiederholte er.

Es war deutlich zu spüren, welche Anstrengung ihn diese Unterhaltung kostete und daß er sich nicht ganz wohl in seiner Haut fühlte. Er konnte diese Phrase kaum nochmals wiederholen, und die beiden Damen waren nicht sehr hilfreich. Elvira setzte ein liebliches Lächeln auf. Mrs. Carpenter kicherte ohne Grund und glättete ihre Handschuhe.

»Gute Reise gehabt, wie?«

»Danke, ja«, sagte Elvira.

»Kein Nebel oder dergleichen?«

»O nein.«

»Unser Flugzeug landete fünf Minuten vor der Zeit«, bemerkte Mrs. Carpenter.

»Ja, ja. Gut, sehr gut.« Er riß sich zusammen. »Hoffentlich ist dieses Hotel nach Ihrem Geschmack?«

»Oh, es ist wirklich *sehr nett«,* erwiderte Mrs. Carpenter begeistert, während sie ihre Blicke umherschweifen ließ. »Sehr behaglich.«

»Leider ziemlich altmodisch«, sagte der Colonel, gleichsam als Entschuldigung. »Alte Käuze in rauhen Mengen. Keine — hm — Tanzvergnügen oder dergleichen.«

»Nein, wahrscheinlich nicht«, meinte Elvira.

»Es ist ja nur für zwei Nächte«, fuhr Colonel Luscombe fort. »Ich hatte mir gedacht, wir würden heute abend ins Theater gehen. Ein Musical —« er sprach das Wort etwas unsicher aus, als wüßte er nicht genau, ob er den richtigen Ausdruck gebrauchte. *»Let Down Your Hair, Girls.* Hoffentlich habe ich das Richtige getroffen.«

»Wie entzückend!« rief Mrs. Carpenter. »Das wird aber ein Hochgenuß werden, nicht wahr, Elvira?«

»Wunderbar«, sagte Elvira tonlos.

»Und hinterher Abendessen? Im *Savoy?«*

Ein erneuter Begeisterungsausbruch von Mrs. Carpenter. Colonel Luscombe warf Elvira einen verstohlenen Blick zu und faßte wieder Mut. Er hatte den Eindruck, daß Elvira zufrieden, aber durchaus entschlossen sei, in Mrs. Carpenters Gegenwart nicht mehr als höfliche Zustimmung auszudrücken. Und ich kann's ihr nicht übelnehmen, dachte er bei sich. Dann wandte er sich an Mrs. Carpenter. »Vielleicht möchten Sie sich gern mal die Zimmer ansehen — prüfen, ob alles in Ordnung ist . . .«

»Oh, davon bin ich völlig überzeugt.«

»Nun, wenn irgend etwas nicht ganz nach Wunsch ist, lassen wir es ändern. Man kennt mich hier sehr gut.«

Miß Gorringe, die hinter dem Empfangstisch saß, war liebenswürdig und zuvorkommend. Nummer 28 und 29 im zweiten Stock mit anschließendem Bad.

»Ich werde mal hinaufgehen und unsere Sachen auspacken«, erklärte Mrs. Carpenter. »Sie, Elvira, möchten sich sicher gern ein bißchen mit Colonel Luscombe unterhalten.«

Takt, dachte Colonel Luscombe. Etwas deutlich vielleicht, aber jedenfalls waren sie sie eine Weile los. Worüber er allerdings mit Elvira plaudern sollte, entzog sich seiner Kenntnis. Er fragte Elvira, ob sie etwas trinken möchte. Er wollte gerade Zitronenlimonade, Ingwerbier oder Orangeade vorschlagen, doch Elvira kam ihm zuvor. »Vielen Dank. Ich möchte gern einen Gin mit Wermut.«

Colonel Luscombe warf ihr einen etwas zweifelnden Blick zu. Mädchen in ihrem Alter — wie alt war sie eigentlich, sechzehn, siebzehn? — mußten ja wohl schon Gin mit Wermut trinken. Und er beruhigte sich damit, daß Elvira in gesellschaftlicher Beziehung durchaus auf der Höhe war. Er bestellte also einen Gin mit Wermut und einen trockenen Sherry. Dann räusperte er sich und fragte: »Wie war's in Italien?«

»Danke, sehr schön.«

»Und die Dame, bei der du untergebracht warst, die Contessa Sowieso? Nicht allzu diktatorisch?«

»Sie war ziemlich streng. Aber ich habe mir nicht viel daraus gemacht.«

Er blickte sie an, nicht ganz sicher, ob die Antwort nicht etwas zweideutig war. Ein wenig stammelnd, doch mit mehr Natürlichkeit, als er bisher aufgebracht hatte, sagte er: »Leider kennen wir uns nicht so gut, wie es eigentlich sein sollte, wo ich doch dein Vormund und auch dein Patenonkel bin. Schwierig für mich, weißt du — äußerst schwierig für so einen alter Krauter wie mich —, zu wissen, was ein Mädchen gern möchte — wenigstens — ich meine, was für ein Mädchen angebracht ist. Schulen und dann nach der Schulzeit — ein Pensionat, wie es zu meiner Zeit genannt wurde. Aber heutzutage wird alles wohl ernster genommen. Karriere, wie? Beruf und dergleichen. Wir müssen uns gelegentlich mal über alle diese Fragen unterhalten. Hast du irgendeinen besonderen Wunsch in dieser Richtung?«

»Ich werde wohl eine Handelsschule besuchen«, sagte Elvira ohne Begeisterung.

»Ach, du willst also Sekretärin werden?«

»Ich bin nicht gerade versessen darauf.«

»Oh — nun, dann . . .«

»Damit fängt man gewöhnlich an«, erklärte ihm Elvira.

Colonel Luscombe hatte das merkwürdige Gefühl, auf seinen Platz verwiesen worden zu sein. »Diese Kusinen von mir, die Melfords — glaubst du wohl, daß dir das Leben bei ihnen zusagen wird?«

»O ja, ich glaube schon. Ich mag Nancy sehr gern. Und Mildred ist eine gute Seele.«

»Dann lassen wir es also dabei, nicht wahr?«

»Ja, zunächst einmal.«

Colonel Luscombe wußte nicht, was er darauf erwidern sollte.

Während er es sich noch überlegte, sprach Elvira weiter. »Habe ich Geld?«

Wiederum ließ er sich Zeit mit seiner Antwort, wobei er sie nachdenklich und prüfend ansah. Dann sagte er: »Ja, du besitzt ziemlich viel Geld. Das heißt, du wirst es haben, wenn du einundzwanzig bist.«

»Und wer hat es jetzt?«

Er lächelte. »Es wird für dich treuhänderisch verwaltet; ein gewisser Betrag wird alljährlich von den Zinsen abgezweigt, um deinen Unterhalt und deine Erziehung zu bestreiten.«

»Und du bist der Treuhänder?«

»Einer von ihnen. Wir sind zu dritt.«

»Was geschieht, wenn ich sterbe?«

»Na, na, Elvira, so rasch stirbst du nicht. Was für ein Unsinn!«

»Hoffentlich nicht — aber man kann nie sicher sein, nicht wahr? Erst letzte Woche ist ein Flugzeug abgestürzt, und alle Passagiere waren tot. Ich möchte nur ganz gern erfahren, wer mein Geld bekommt, wenn ich sterbe.«

»Ich habe keinen blassen Schimmer«, erwiderte der Colonel gereizt. »Warum willst du das wissen?«

»Es wäre vielleicht interessant«, meinte Elvira nachdenklich. »Ich frage mich, ob es sich für jemand lohnen würde, mich zu töten?«

»Aber Elvira! Das ist eine höchst zwecklose Unterhaltung. Ich verstehe nicht, warum du auf solche Gedanken kommst. Du denkst doch nicht etwa an die Mafia — oder dergleichen?«

»Ach, nein. Das wäre töricht. Wer bekäme mein Geld, wenn ich verheiratet wäre?«

»Dein Mann, nehme ich an. Aber bitte . . .«

»Bist du sicher?«

»Nein, durchaus nicht. Es hängt von dem Testament ab. Aber du bist ja nicht verheiratet. Warum machst du dir also Sorgen?«

Elvira entgegnete nichts darauf. Sie schien in Gedanken versunken. Schließlich schrak sie aus ihrer Grübelei auf und fragte: »Siehst du manchmal meine Mutter?«

»Nicht sehr oft.«

»Wo ist sie jetzt?«

»Oh — im Ausland.«

»Wo im Ausland?«

»Frankreich — Portugal. Ich weiß es wirklich nicht genau.«

»Möchte sie mich denn niemals sehen?«

Sie sah ihm in die Augen. Er wußte nicht, was er darauf erwidern sollte. War dies der Moment, um die Wahrheit zu sagen? Oder sollte man eine ausweichende Antwort geben? Oder war eine Mordslüge angebracht? Was konnte man einem jungen Mädchen antworten, das eine so schlichte Frage stellte, wenn die Antwort so kompliziert war? Also sagte er: »Ich weiß es nicht.«

Forschend blickte sie ihn an. Luscombe fühlte sich unbehaglich. Er spürte, daß er die Sache verpfuschte. Das Mädchen mußte sich doch im stillen wundern — ja, das war deutlich zu sehen. Er sagte: »Du mußt nicht denken — ach, es ist so schwierig zu erklären. Deine Mutter ist, nun, so ganz anders als . . .«

Elvira nickte energisch. »Ich weiß. Ich lese immer alles, was über sie in den Zeitungen steht. Sie ist etwas ganz Besonderes, nicht wahr? Eigentlich eine ganz wunderbare Frau.«

»Ja«, pflichtete ihr der Colonel bei. »Stimmt genau. Das ist sie.« Er hielt einen Augenblick inne und fuhr dann fort: »Aber eine solche Frau ist sehr oft . . .« Er brach ab und begann von neuem: »Es ist nicht immer gut, wenn man eine wunderbare Frau zur Mutter hat. Das kannst du mir glauben; denn es ist die Wahrheit.«

»Du sprichst nicht immer gern die Wahrheit aus, wie? Aber ich glaube, das, was du soeben gesagt hast, ist tatsächlich wahr.«

Beide starrten auf die großen, messingbeschlagenen Schwingtüren, die nach draußen führten. Plötzlich wurden sie ungestüm aufgestoßen, und ein junger Mann in schwarzer Lederjacke stürmte herein und ging geradewegs zum Empfang. »Wohnt Lady Sedgwick hier?«

Miß Gorringe fand bei dieser Gelegenheit ein willkommenheißendes Lächeln unangebracht. Ihre Augen waren steinhart. Sie bejahte und streckte dann mit deutlichem Widerwillen die Hand nach dem Telefon aus. »Wünschen Sie, mit ihr . . .«

»Nein«, sagte der junge Mann. »Ich möchte nur einen Brief hinterlegen.« Er zog ihn aus einer Tasche seiner Lederjacke und schob ihn über den Mahagonitresen. »Ich wollte mich nur überzeugen, daß dies das richtige Hotel ist.«

Seine Stimme klang ein wenig zweifelnd, als er sich im Raum umsah. Dann wandte er sich wieder dem Ausgang zu. Sein Blick wanderte gleichgültig über die herumsitzenden Gäste. Er blieb ausdruckslos, auch als er Luscombe und Elvira streifte. Dann kehrte er wieder zum Empfang zurück und fragte mit leicht erhobener Stimme, als wollte er Miß Gorringes Aufmerksamkeit erregen: »Welche Telefonnummer haben Sie hier? 1129, nicht wahr?«

»Nein«, erwiderte Miß Gorringe, »3925.«

»Regent?«

»Nein. Mayfair.«

Er nickte. Dann ging er mit raschen Schritten auf die Tür zu und trat nach draußen, wobei er die Türen stürmisch hinter sich zuschwingen ließ. Alle schienen tief aufzuatmen und hatten Mühe, die unterbrochene Unterhaltung wiederaufzunehmen.

»Nun«, sagte Colonel Luscombe etwas unbeholfen, als fände er keine Worte. »Ich muß schon sagen, diese jungen Burschen heutzutage . . .«

Elvira lächelte. »Du hast ihn doch erkannt, nicht wahr?« meinte sie. »Du weißt doch, wer er ist?« Ein etwas ehrerbietiger Ton lag in ihrer Stimme. »Ladislaus Malinowski.«

»Ach so, *der* Bursche.« Der Name war Colonel Luscombe tatsächlich ein wenig vertraut. »Rennfahrer.«

»Ja. Er war zwei Jahre hintereinander Weltmeister. Vor einem Jahr ist er schwer verunglückt. Hat sich sämtliche Knochen gebrochen. Aber ich glaube, er fährt jetzt wieder.« Sie hob den Kopf und lauschte. »Das ist der Rennwagen, den er jetzt fährt.«

Das Aufheulen des Motors war von der Straße bis in die Hotelhalle gedrungen. Colonel Luscombe merkte, das Ladislaus Malinowski zu Elviras Helden zählte. Nun, dachte er bei sich, besser so etwas als einer dieser Popsänger oder langhaarigen Beatles oder wie sie sich nennen. Wieder öffneten sich die Schwingtüren. Elvira und Colonel Luscombe blickten erwartungsvoll hoch, doch in *Bertrams Hotel* waren wieder normale Verhältnisse eingekehrt. Es war nur ein weißhaariger, ältlicher Geistlicher, der von draußen hereinkam. Er blieb einen Augenblick stehen und blickte mit der leicht verwirrten Miene eines Menschen um sich, der nicht verstehen kann, wo er sich befindet und wie er dahingelangt ist. Ein solches Gefühl war für Kanonikus Pennyfather nichts Neues. Es überkam ihn in Eisenbahnzügen, wo er sich nicht entsinnen konnte, woher er gekommen war, wohin er fuhr oder warum er die Reise angetreten hatte! Es überkam ihn plötzlich auf der Straße oder während einer Komiteesitzung. Es hatte ihn auch schon überfallen, wenn er auf der Kanzel stand und nicht wußte, ob er seine Predigt bereits gehalten hatte oder gerade damit beginnen wollte.

»Ich glaube, ich kenne den alten Knaben«, bemerkte Luscombe. »Wie heißt er doch gleich? Hält sich hier ziemlich oft auf, glaube ich. Abercrombie? Erzdiakon Abercrombie — nein, Abercrombie ist es nicht, wenn er auch Abercrombie ziemlich ähnlich sieht.«

Elvira ließ ihren Blick gleichgültig auf Kanonikus Pennyfather weilen. Verglichen mit einem Rennfahrer besaß er überhaupt keine Anziehungskraft. Sie interessierte sich nicht für Geistliche, obgleich sie seit ihrem Aufenthalt in Italien eine gedämpfte Bewunderung für Kardinäle aufbrachte, die ihr wenigstens malerisch erschienen.

Kanonikus Pennyfathers Züge erhellten sich, und er nickte wohlgefällig mit dem Kopf. Er hatte erkannt, wo er war. In *Bertrams Hotel* natürlich, wo er ja übernachten wollte auf dem Weg nach — na, wohin war er denn eigentlich unterwegs? Chadminster? Nein, nein, von Chadminster war er ja gerade gekommen. Er wollte — ach ja, freilich — zu dem Kongreß nach Luzern fahren. Er trat strahlend an den Empfangstisch und wurde von Miß Gorringe herzlich begrüßt. »Es freut mich sehr, Sie bei uns willkommen zu heißen, Kanonikus Pennyfather. Wie gut Sie aussehen!«

»Danke — danke — ich hatte eine heftige Erkältung in der letzten Woche, aber jetzt bin ich darüber hinweg. Sie haben sicher ein Zimmer für mich. Ich hatte doch wohl geschrieben?«

Miß Gorringe beruhigte ihn. »O ja, Kanonikus Pennyfather, Ihren Brief haben wir erhalten. Wir haben Nummer 19 für Sie reserviert — dasselbe Zimmer, das Sie bei ihrem letzten Besuch hatten.«

»Danke — danke. Einen Augenblick mal — ich brauche das Zimmer für vier Tage. Ich fahre eigentlich nach Luzern und werde eine Nacht nicht hier sein, möchte aber das Zimmer behalten. Die meisten meiner Sachen werde ich hierlassen und nur eine kleine Reisetasche mit nach der Schweiz nehmen. Das wird doch wohl ohne Schwierigkeiten gehen, nicht wahr?«

»Es ist alles in bester Ordnung. Sie haben in Ihrem Brief alles sehr deutlich erklärt.«

Mancher hätte vielleicht nicht das Wort »deutlich« gebraucht. »Ausführlich«, wäre eher am Platz gewesen, da er bestimmt eine lange Epistel geschrieben hatte. Kanonikus Pennyfather stieß einen Seufzer der Erleichterung aus und wurde mitsamt seinem Gepäck in Zimmer Nummer 19 befördert.

In Zimmer 28 hatte Mrs. Carpenter ihre Veilchenkrone abgesetzt und breitete sorgfältig ihr Nachthemd über das Kopfkissen aus. Sie blickte auf, als Elvira eintrat. »Ah, da sind Sie ja, liebes Kind. Soll ich Ihnen beim Auspacken behilflich sein?«

»Nein, danke«, erwiderte Elvira höflich. »Ich werde nämlich nicht viel auspacken.«

»Welches der beiden Zimmer hätten Sie gern? Das Bad liegt dazwischen. Ich habe Ihr Gepäck in den anderen Raum bringen lassen. Dort ist es meiner Ansicht nach ruhiger.«

»Das war sehr freundlich von Ihnen«, sagte Elvira in ihrem gleichgültigen Tonfall.

»Sind Sie ganz sicher, daß Sie meine Hilfe nicht brauchen?«

»Durchaus. Danke vielmals. Ich glaube, ich nehme erst mal ein Bad.«

»Ja, das ist eine gute Idee. Möchten Sie vor mir baden? Ich möchte erst meine Sachen wegräumen.«

Elvira nickte zustimmend. Sie ging nebenan ins Badezimmer, schloß die Tür hinter sich und schob den Riegel vor. Dann betrat sie ihr eigenes Zimmer, öffnete den Koffer und warf ein paar Sachen aufs Bett. Sie zog sich aus, schlüpfte in einen Morgenmantel, ging ins Bad und drehte die Hähne auf. Dann kehrte sie in ihr Zimmer zurück und setzte sich neben dem Telefon aufs Bett. Sie horchte eine Weile und nahm dann den Hörer ab. »Hier Zimmer 29. Wollen Sie mich bitte mit Regent 1129 verbinden?«

4

In einem der Räume von Scotland Yard war eine Konferenz im Gange — eine ganz zwanglose Besprechung. Sechs oder sieben Männer saßen in bequemer Haltung um einen Tisch, jeder von ihnen war auf seinem Gebiet eine Koryphäe. Das Thema, das die Aufmerksamkeit dieser Hüter des Gesetzes in Anspruch nahm, hatte während der letzten paar Jahre eine ungeheure und ständig zunehmende Wichtigkeit erlangt. Es betraf eine Art von Verbrechen, die überaus beunruhigende Ausmaße angenommen hatte. Die Zahl großangelegter Raubüberfälle mehrte sich: Bank- und Eisenbahnüberfälle, Raubdiebstähle von Lohngeldern und Juwelensendungen. Es verging kaum ein Monat, in dem nicht ein kühner Coup unternommen und erfolgreich durchgeführt wurde.

Sir Ronald Graves, Vizepräsident von Scotland Yard, führte den Vorsitz. Wie üblich verlegte er sich mehr aufs Zuhören als aufs Reden. Es wurden bei dieser Gelegenheit keine formalen Berichte vorgelegt. All das gehörte in den Rahmen der gewöhnlichen Routinearbeit der Kriminalpolizei. Dies war eine Beratung auf höchster Ebene, ein Austausch von Ideen unter Männern, die solche Angelegenheiten von den verschiedensten Gesichtspunkten aus betrachteten. Sir Ronald Graves ließ seinen Blick langsam über seine kleine Gruppe schweifen und nickte dann einem Mann am Ende des Tisches zu. »Na, Vater«, sagte er, »nun lassen Sie mal ein paar treffende Bemerkungen vom Stapel.«

Der mit »Vater« angeredete Mann war Chefinspektor Fred Davy. Seine Pensionierung lag in nicht allzu weiter Ferne, und er wirkte älter, als er tatsächlich war; daher sein Spitzname »Vater«. Er war eine gemütliche, behäbige Erscheinung und besaß ein so wohlwollendes, freundliches Wesen, daß viele Verbrecher unangenehm überrascht waren, wenn sie entdeckten, daß er weniger jovial und leichtgläubig war, als er schien.

»Ja, Vater, lassen Sie uns Ihre Ansichten hören«, sagte ein anderer Chefinspektor.

»Es ist groß angelegt«, erklärte Chefinspektor Davy mit einem tiefen Seufzer. »Ja, sehr groß. Und möglicherweise wächst es noch.«

»Wenn Sie ›groß angelegt‹ sagen, verstehen Sie darunter zahlenmäßig groß?«

»Allerdings.«

Ein anderer Mann, namens Comstock, mit scharfen, schlauen Zügen und wachsamen Augen mischte sich ein: »Ist das Ihrer Ansicht nach ein Vorteil für die Organisation?«

»Ja und nein«, erwiderte Vater. »Unter Umständen könnte es sogar verhängnisvoll werden. Aber bis jetzt haben sie das Glück auf ihrer Seite gehabt, der Teufel hole sie!«

Polizeichef Andrews, ein blonder, schmächtiger, verträumt aussehender Mann, sagte nachdenklich: »Ich war immer der Ansicht, daß die Größe eine bedeutendere Rolle spielt, als sich die meisten Menschen vorstellen. Betrachten wir einmal ein kleines Ein-Mann-Unternehmen. Wenn es gut geleitet und von der richtigen Größe ist, wird es sicher Erfolg haben. Wenn es sich ausdehnt und mehr Personal einstellt, erreicht es vielleicht plötzlich eine unwirtschaftliche Größe, und dann geht's bergab. Für jedes Unternehmen gibt es eine angemessene Größe. Innerhalb dieser und unter guter Leitung arbeitet es erstklassig.«

»Für wie groß halten Sie diese Organisation?« fragte Sir Ronald schroff.

»Sie ist größer, als wir zunächst angenommen hatten«, entgegnete Comstock.

Ein zäh aussehender Mann, Inspektor McNeill, bemerkte: »Sie wächst, möchte ich sagen. Vater hat recht. Sie wird von Tag zu Tag größer.«

»Das mag für uns günstig sein«, meinte Davy. »Vielleicht dehnt sie sich etwas zu schnell aus, und dann wächst sie ihnen über den Kopf.«

»Die Frage ist, Sir Ronald«, sagte McNeill, »wen sollen wir einbuchten und wann?«

»Ein rundes Dutzend könnten wir verhaften«, meinte Comstock. »Die Harris-Bande ist daran beteiligt, das wissen wir. Dann haben sie einen hübschen kleinen Schlupfwinkel in der Gegend von Luton. Ferner eine Garage in Epsom, ein Gasthaus in der Nähe von Maidenhead und eine Farm an der Great North Road.«

»Lohnt es sich, diese Leute einzusperren?«

»Ich glaube nicht. Kleine Fische, alle miteinander. Nur Bindeglieder in der Kette. Eine Werkstatt, wo Autos umgespritzt und rasch verscheuert werden; ein biederes Gasthaus, wo man Botschaften weiterleitet; ein Trödlerladen, wo die Bandenmitglieder ihr Aussehen verändern können; ein Theaterschneider und Kostümverleiher im Osten von London, auch sehr nützlich. Sie werden bezahlt, diese Leute. Ganz gut bezahlt, aber von den eigentlichen Vorgängen wissen sie nichts!«

Der verträumte Polizeichef Andrews ergriff wieder das Wort: »Wir haben es mit einigen guten Köpfen zu tun, an die wir noch gar nicht herangekommen sind. Wir kennen nur einige ihrer Verbindungen und weiter nichts. Wie gesagt, die Harris-Bande gehört dazu, und Marks ist an der Finanzierung beteiligt. Die ausländischen Kontakte stehen mit Weber in Verbindung, aber er ist nur ein Agent. Wir haben eigentlich keinerlei Beweise gegen irgendeinen dieser Leute. Wir wissen wohl, daß sie über Mittel und Wege verfügen, um den Kontakt untereinander und mit den verschiedenen Zweigen der Organisation aufrechtzuerhalten, aber wir sind noch nicht dahintergekommen, wie dies geschieht. Wir beobachten sie und folgen ihnen, und sie wissen, daß sie unter Beobachtung stehen. *Irgendwo* existiert eine Vermittlerzentrale. Den Planern zu Leibe zu rücken, das muß unser Ziel sein.«

Comstock meinte: »Es ist wie ein weitverzweigtes Riesennetz. Ich bin ebenfalls der Ansicht, daß es irgendwo ein Hauptquartier geben muß. Eine Stelle, wo jedes Unternehmen geplant und bis ins einzelne ausgearbeitet wird. Irgendwo sitzt jemand und denkt sich alles aus. Dann entwirft er brauchbare Schlachtpläne für Unternehmen Postsack oder Unternehmen Lohngelder. Das sind die Leute, die wir uns schnappen müssen.«

»Vielleicht wohnen sie gar nicht einmal in diesem Land«, warf Vater ruhig dazwischen.

»Das könnte wohl stimmen. Vielleicht leben sie irgendwo in einem Iglu oder in einem Zelt in Marokko oder in einer Schweizer Sennhütte.«

»Ich glaube nicht so recht an diese überlegenen Geister«, sagte McNeill kopfschüttelnd. »In einem Roman klingt so etwas ganz gut. Eine Leitung muß natürlich vorhanden sein, aber ich kann mir nicht vorstellen, daß so ein Superverbrecher existiert. Ich möchte eher annehmen, daß ein kluger kleiner Aufsichtsrat dahintersteckt. Zentral geplant, mit einem Vorsitzenden. Sie haben ein einträgliches Geschäft laufen und verbessern ihre Technik von Tag zu Tag. Dennoch . . .«

»Ja?« sagte Sir Ronald aufmunternd.

»Selbst bei einem kleinen, geschlossenen Team gibt es wahrscheinlich entbehrliche Leute. Es ist so eine Art Schlittenfahren. Von Zeit zu Zeit, wenn sie meinen, wir rücken ihnen zu dicht auf die Fersen, werfen sie uns einen zum Fraß vor, und zwar den, der ihnen am wenigsten nützlich erscheint.«

»Wäre das nicht ziemlich riskant?«

»Meiner Meinung nach könnte es so geschehen, daß der Betreffende nicht einmal merkte, daß er vom Schlitten *gestoßen* wurde. Er würde einfach annehmen, er sei herunter*gefallen*. Er hielte natürlich den Mund, in dem Glauben, daß sich Schweigen für ihn lohnt. Und darin hätte er selbstverständlich recht. Sie haben viel Geld in den Fingern und können es sich leisten, großzügig zu sein. Wenn er eine Familie hat, wird für sie gesorgt, solange er im Gefängnis sitzt. Möglicherweise wird auch ein Gefängnisausbruch gedeichselt.«

»Davon haben wir allmählich genug«, erklärte Comstock.

»Meine Herren«, sagte Sir Ronald, »ich finde, es hat nicht viel Zweck, unsere Vermutungen immer wieder durchzuhecheln. Wir kommen jedesmal zum gleichen Resultat.«

McNeil lachte. »Was ist der eigentliche Grund, weshalb Sie uns zusammengetrommelt haben, Sir?«

»Nun« — Sir Ronald überlegte einen Augenblick —, »in den Hauptpunkten sind wir uns alle einig«, sagte er langsam. »Wir stimmen in der Taktik überein, und wir sind uns einig, worauf wir hinzielen. Meiner Ansicht nach wäre es vielleicht ergiebig, wenn wir nach kleinen Dingen Umschau hielten, nach Dingen, die nicht viel bedeuten, die nur etwas von der üblichen Norm abweichen. Es ist schwer zu erklären, was ich meine. Ich denke dabei an das Vorkommnis im Culver-Fall vor einigen Jahren. Ein Tintenfleck. Erinnern Sie sich noch? Ein Tintenfleck an einem Mauseloch. Nun, warum in aller Welt sollte jemand Tinte in ein Mauseloch gießen? Es erschien nicht wichtig, und eine Antwort darauf zu bekommen war nicht leicht. Als wir jedoch die Erklärung fanden, brachte sie uns einen guten Schritt weiter. Das ist es — in groben Zügen —, was mir vorschwebt. Etwas Absonderliches. Scheuen Sie sich nicht, zu erwähnen, wenn Ihnen etwas Ungewöhnliches aufgefallen ist. Wie ich sehe, nickt Vater zustimmend vor sich hin.«

»Ganz meine Meinung«, erklärte Chefinspektor Davy. »Nun los, Leute, stochert mal in eurem Gedächtnis herum. Denken Sie mal an den Überfall auf die Zweigstelle der *London and Metropolitan Bank* an der Carmolly Street. Wir hatten eine lange Liste von Autonummern, Autofarben und Autotypen. Wir appellierten an die Bewohner der umliegenden Häuser, sich zu melden, falls sie etwas gesehen hatten, und sie reagierten — mein Gott, wie sie reagierten! Ungefähr hundertfünfzig irreführende Informationen! Wir sortierten diesen Wust aus und stießen schließlich auf sieben Autos, die in der Nachbarschaft beobachtet wurden und eventuell in den Raubüberfall verwickelt waren.«

»Ja, ich entsinne mich«, sagte Sir Ronald, »bitte weiter.«

»Es waren ein oder zwei Wagen darunter, bei denen wir nicht weiterkamen. Es sah so aus, als wären die Nummern verändert worden. Das ist ja nichts Besonderes. Es geschieht häufig. Ich will nur ein Beispiel anführen. Morris Oxford, schwarze Limousine, Nummer CMG 256, von einem Bewährungshelfer gemeldet, der erwähnte, daß Richter Ludgrove am Steuer gesessen habe.«

Davy blickte sich um. Sie hörten ihm wohl alle zu, aber nicht sehr interessiert. »Ich weiß«, fuhr er fort, »Fehlanzeige, wie so oft. Richter Ludgrove ist ein ziemlich auffallender alter Herr, unter anderem häßlich wie die Sünde. Nun, es war nicht Richter Ludgrove, weil er zu genau derselben Zeit im Gerichtssaal war. Er fährt allerdings einen Morris Oxford, aber seine Nummer ist nicht CMG 256«. Abermals blickte er sich um. »Na schön. Sie werden also sagen: Die Sache hat nichts zu bedeuten. Aber wissen Sie, wie seine Nummer lautet? CMG 265. Ziemlich ähnlich, wie? Gerade die Zahlen, die man leicht verwechselt, wenn man sich an eine Autonummer erinnern will.«

»Tut mir leid«, sagte Sir Ronald, »aber ich verstehe nicht ganz . . .«

»Es gibt eigentlich auch nichts zu verstehen«, unterbrach ihn Chefinspektor Davy. »Nur war die Zahl der tatsächlichen Autonummer sehr ähnlich, ja? 265 — 256 CMG. Wirklich ein bemerkenswerter Zufall, daß ein Morris Oxford der gesuchten Farbe zur Stelle war, mit einer etwas verdrehten Nummer und einem Fahrer, der dem Eigentümer des Wagens aufs Haar glich.«

»Meinen Sie . . .«

»Nur eine kleine Verschiebung der Zahlen. Ein Beispiel für einen ›absichtlichen Fehler‹. Fast scheint es so.«

»Tut mir leid, Davy. Ich komme immer noch nicht dahinter.«

»Vielleicht steckt auch nichts dahinter. Wir haben da einen Morris Oxford, CMG 256, der zweieinhalb Minuten nach dem Bankraub die Straße entlangfährt, und darin erkennt der Bewährungshelfer Richter Ludgrove.«

»Wollen Sie damit andeuten, daß es tatsächlich Richter Ludgrove war? Na, hören Sie mal, Davy.«

»Nein, ich behaupte nicht, daß es Richter Ludgrove war und daß er sich an einem Bankraub beteiligte. Er wohnte in *Bertrams Hotel* in der Pond Street und war zur gleichen Zeit im Gerichtshof. Alles eindeutig bewiesen. Ich sage nur: die Autonummer, der Autotyp und die Identifizierung durch einen Bewährungshelfer, der den alten Ludgrove ziemlich gut vom Sehen kennt, stellen eine Art Zufall dar, der eigentlich etwas bedeuten *sollte*. Offenbar hat es aber nichts zu sagen. Schade.«

Comstock räusperte sich, ein wenig beklommen. »Dies erinnert mich an eine ähnliche Episode im Zusammenhang mit dem Juwelenraub in Brighton. Es handelte sich dabei um irgendeinen alten Admiral. Sein Name ist mir entfallen. Eine Frau behauptete mit Bestimmtheit, ihn als eine der Personen am Tatort erkannt zu haben.«

»Und er war es nicht?«

»Nein, er hat sich an dem Abend in London aufgehalten. Nahm an einem Festessen der Marine teil, glaube ich.«

»Übernachtete er in seinem Klub?«

»Nein, er verbrachte die Nacht in einem Hotel — glaube, es war dasselbe, das Sie gerade erwähnten, Vater. *Bertram,* nicht wahr? Ruhiges Haus. Viele alte Käuze aus der Armee und Marine verkehren dort, glaube ich.«

»*Bertrams Hotel*«, murmelte Chefinspektor Davy nachdenklich vor sich hin.

5

Miß Marple erwachte früh, weil sie es so gewohnt war, nicht, weil sie ihr Bett schlecht fand. Es war höchst bequem. Sie trippelte zum Fenster und zog die Vorhänge auf, und ein wenig blasses Londoner Tageslicht fiel herein. Vorläufig knipste sie das elektrische Licht an. Ein sehr hübsches Zimmer hatte man ihr gegeben, wiederum ganz im Stil des *Bertram.* Eine Tapete mit Rosenmuster, eine große, auf Hochglanz polierte Mahagonikommode und ein dazu passender Ankleidetisch. Zwei Stühle und ein Sessel. Eine Verbindungstür führte ins Badezimmer, das zwar modern war, aber rosengemusterte Fliesen hatte und so den Eindruck unterkühlter Hygiene vermied.

Miß Marple ging wieder zu Bett, schüttelte die Kissen zurecht und warf einen Blick auf die Uhr — halb acht. Sie nahm das kleine Erbauungsbuch zur Hand, das sie immer auf Reisen begleitete, und las wie üblich die dem Tag gewidmeten anderthalb Seiten. Danach griff sie nach ihrem Strickzeug und begann zu stricken. Zunächst langsam, da ihre rheumatischen Finger kurz nach dem Aufwachen noch steif waren. Aber sehr bald nahm das Tempo zu, und ihre Finger lockerten sich.

»Ein neuer Tag«, sagte Miß Marple vor sich hin und begrüßte diese Tatsache wie immer mit heiterer Beschaulichkeit. Ein neuer Tag — und wer wußte, was er barg? Sie lehnte sich zurück und ließ das Strickzeug sinken, während sie müßig ihren Gedanken nachhing . . . Selina Hazy . . . was für ein hübsches Häuschen sie doch in St. Mary Mead bewohnt hatte — und jetzt hatte es jemand mit einem häßlichen grünen Dach verschandelt. Muffins . . . mit verschwenderisch viel Butter . . . aber sehr gut. Und man stelle sich bloß vor: altmodischer Kümmelkuchen wurde noch gereicht! Sie hatte ja niemals — auch nicht einen Augenblick lang — erwartet, daß alles noch so wie in früheren Zeiten wäre . . . denn schließlich stand die Zeit ja nicht still . . . und die Zeit zum Stillstand zu bringen, mußte wirklich eine Menge Geld gekostet haben. Kein Stück aus Plastik im ganzen Haus! Es mußte sich wohl bezahlt machen. Das Unmoderne lebte nach einer gewissen Zeit als malerisch wieder auf. Nichts in diesem Haus erinnerte sie an die Wirklichkeit . . . nun, warum auch? Es waren fünfzig, nein beinahe schon sechzig Jahre vergangen, seitdem sie hier gewohnt hatte. Und es erschien alles so unwirklich, weil sie selbst an die Gegenwart gewöhnt war. In der Tat, das Ganze eröffnete eine Reihe interessanter Kombinationsmöglichkeiten. Das Milieu und die *Menschen* . . . Miß Marples Finger schoben das Strickzeug weiter fort.

»Schlupfwinkel«, sagte sie laut . . . »Schlupfwinkel, nehme ich an. Und ziemlich schwer zu finden . . .« Lag darin eine Erklärung für das merkwürdige Gefühl der Beklommenheit, das sie gestern abend gespürt hatte? Das Gefühl, daß irgend etwas nicht stimmte . . . Alle diese älteren Leute — sie hatten eine außerordentliche Ähnlichkeit mit denen, die sich im *Bertram* aufhielten, als sie vor fünfzig Jahren hier war. Sie hatten damals einen natürlichen Eindruck gemacht — aber jetzt wirkten sie nicht sehr natürlich. Ältere Leute waren nicht wie ältere Leute von damals — sie hatten den ängstlichen, gequälten Blick, der häusliche Sorgen verriet, die sie nicht meistern konnten, weil sie zu müde waren; oder sie hasteten von einer Sitzung zur anderen und versuchten, recht geschäftig und tüchtig zu wirken; die Frauen färbten ihr Haar blauschwarz oder trugen Perücken, und ihre Hände waren nicht mehr fein und zart wie früher die Damenhände — sie waren rauh vom Abwaschen und von den scharfen Reinigungsmitteln . . .

Miß Marple blickte auf ihre kleine Uhr. Es war halb neun. Zeit für ihr Frühstück. Sie studierte die vom Hotel erteilten Instruktionen — wunderbar großer Druck, so daß man keine Brille aufzusetzen brauchte. Mahlzeiten konnten per Telefon bestellt werden, indem man den Etagenservice verlangte, oder man konnte auf den Klingelknopf drücken, der das Schild »Zimmermädchen« trug.

Miß Marple entschied sich für den Klingelknopf. Es machte sie ganz nervös, wenn sie mit einem anonymen Etagenservice verhandeln sollte. Alsbald klopfte es an die Tür, und ein Zimmermädchen erschien. Ein echtes Zimmermädchen, wie man sie früher traf — und gerade deshalb so unecht: es trug ein gestreiftes, lavendelfarbenes Baumwollkleid und tatsächlich ein *Häubchen,* ein frischgewaschenes und gestärktes Häubchen. Ein lächelndes, rosiges, geradezu ländliches Gesicht. Wo fanden sie nur solches Personal?

Miß Marple bestellte ihr Frühstück. Tee, verlorene Eier, frische Brötchen. So gut war das Mädchen geschult, daß es Maisflocken oder Orangensaft nicht einmal erwähnte.

Fünf Minuten später wurde das Frühstück serviert. Es war so gut, als hätte sie es selbst zubereitet. Miß Marple sprach sich dem Zimmermädchen gegenüber anerkennend aus, das lächelnd erwiderte: »O ja, Madam, der Küchenchef nimmt es sehr genau mit seinem Frühstück.«

Miß Marple beendete ihr Frühstück und erhob sich in aller Ruhe. Sie hatte sich einen Plan zurechtgelegt, nach dem sie diesen wunderbaren Morgen mit Einkäufen verbringen würde. Nicht zuviel — sonst wurde es zu anstrengend. Heute vielleicht nur Oxford Street. Und morgen Knightsbridge. Glücklich schmiedete sie weitere Pläne. Gegen zehn Uhr tauchte sie aus ihrem Zimmer auf, fertig zum Ausgehen: Hut, Handschuhe, Regenschirm — für alle Fälle, obwohl das Wetter schön war —, Handtasche, ihren elegantesten Einkaufsbeutel . . .

Die übernächste Tür im Korridor wurde aufgerissen, und jemand blickte heraus. Es war Bess Sedgwick. Sie trat rasch wieder in den Raum zurück und machte die Tür heftig zu. Miß Marple dachte über diesen Vorgang nach, als sie die Treppe hinunterging. Morgens zog sie die Treppe dem Lift vor. Es lockterte ihre steifen Glieder. Ihre Schritte wurden immer langsamer . . . sie blieb stehen.

Als Colonel Luscombe von seinem Zimmer auf den Korridor kam, öffnete sich eine Tür neben der Treppe, und Lady Sedgwick sprach ihn an: »Na, da bist du ja endlich! Ich habe schon auf dich gelauert. Wo können wir uns unterhalten? Ich meine, ohne jeden Augenblick über irgendeine alte Spinatwachtel zu stolpern.«

»Nun, ich bin nicht ganz sicher, Bess — aber, ich glaube, im Zwischengeschoß ist eine Art Schreibzimmer.«

»Du kommst am besten in mein Zimmer. Rasch, ehe das Zimmermädchen uns sieht und auf Hintergedanken kommt.«

Unwillig trat Colonel Luscombe über die Schwelle, und sofort wurde die Tür hinter ihm geschlossen. »Ich hatte ja keine Ahnung, daß du dich hier aufhalten würdest, Bess, nicht den leisesten Schimmer.«

»Das kann ich mir denken.«

»Ich meine — ich hätte sonst Elvira nicht hierhergebracht. Elvira ist nämlich hier. Weißt du das?«

»Ja, ich habe euch gestern abend zusammen gesehen.«

»Aber ich wußte wirklich nicht, daß du hier wohnst. Ich fand es unwahrscheinlich, daß wir dir hier begegnen würden.«

»Ich sehe nicht ein, weshalb nicht«, entgegnete Bess in kühlem Ton. »Es ist bei weitem das behaglichste Hotel in London. Warum sollte ich nicht hier meine Zelte aufschlagen?«

»Du mußt verstehen, daß ich keine Ahnung hatte . . . ich meine . . .« Sie blickte ihn an und lachte. Sie war zum Ausgehen angezogen und trug ein gutgeschnittenes dunkles Kostüm und eine leuchtend smaragdgrüne Hemdbluse. Sie wirkte heiter und höchst vital. Im Vergleich zu ihr sah Colonel Luscombe ziemlich alt und verschlissen aus.

»Liebster Derek, spar dir die Sorgenfalten. Ich bezichtige dich ja nicht des Versuchs, eine sentimentale Begegnung zwischen Mutter und Tochter zu inszenieren. Es ist eben ein unglückseliger Zufall. Aber du mußt Elvira fortschaffen, Derek. Du mußt sie sofort aus diesem Hotel entfernen — heute noch.«

»Oh, sie geht wieder. Ich meine, ich habe sie nur für zwei Nächte einquartiert. Will sie heute abend ins Theater führen — und dergleichen. Sie fährt morgen zu den Melfords.«

»Arme Elvira, das wird recht langweilig für sie sein.«

Luscombe sah sie bestürzt an. »Glaubst du wirklich, daß sie sich sehr langweilen wird?«

Bess hatte Mitleid mit ihm. »Nachdem sie in dem italienischen

Pensionat eingekerkert war, wahrscheinlich nicht. Vielleicht findet sie es sogar wahnsinnig aufregend.«

Luscombe nahm seinen ganzen Mut zusammen. »Hör mal zu, Bess, ich war zwar entsetzt, als ich dich hier antraf, aber meinst du nicht — hm, weißt du, man könnte es gewissermaßen als Vorsehung betrachten. Ich meine, es wäre vielleicht eine günstige Gelegenheit . . . ich glaube nicht, daß du dir richtig klarmachst — hm, was das Mädchen dabei empfindet.«

»Auf was willst du eigentlich hinaus, Derek?«

»Na, weißt du, du bist doch schließlich ihre Mutter.«

»Natürlich bin ich ihre Mutter. Sie ist meine Tochter. Und was haben wir davon gehabt? Was wird es uns jemals nützen?«

»Das kannst du nicht wissen. Ich glaube — ich glaube, sie leidet darunter.«

»Wie kommst du auf diese Idee?« fragte Bess Sedgwick in scharfem Ton.

»Eine Äußerung, die sie gestern machte. Sie erkundigte sich nach dir, wo du bist und was du machst.«

Bess Sedgwick durchquerte das Zimmer und trat ans Fenster. Dort blieb sie einen Augenblick stehen und trommelte gegen die Scheibe. »Du bist so nett, Derek«, sagte sie nach einer Weile. »Du hast so hübsche Einfälle. Aber sie sind nicht praktisch, mein Liebling. Das mußt du dir selbst sagen. So geht es nicht, und es könnte sogar gefährlich sein.«

»Nun mach aber einen Punkt, Bess. Gefährlich?«

»Ja, ja, ja. Gefährlich. Ich lebe nun einmal gefährlich. Das war nie anders.«

»Wenn ich an so manches denke, was du dir geleistet hast«, meinte Colonel Luscombe.

»Das ist meine Angelegenheit«, erwiderte Bess. »Mich in Gefahr zu begeben ist bei mir schon zu einer Art Gewohnheit geworden. Nein, Gewohnheit ist vielleicht nicht der richtige Ausdruck. Es ist eher eine Sucht. Gefahr ist für mich wie ein Rauschgift. Sie wirkt wie das nette kleine Portiönchen Heroin, das die Süchtigen von Zeit zu Zeit haben müssen, damit ihnen das Leben rosig angehaucht und lebenswert erscheint. Nun, das ist ganz in Ordnung. Ich trage meine eigene Haut zu Markte — oder auch nicht — je nachdem. Doch Menschen, die wie ich leben, können einander viel Schaden zufügen. Nun sei kein dickköpfiger alter Narr, Derek. Halte mir das Mädchen weit vom Leibe. Wenn möglich, erzähle ihr nicht einmal, daß ich im selben Hotel wohnte. Rufe die Melfords an und bringe sie *heute* noch hin. Unter irgendeinem Vorwand . . .«

Colonel Luscombe zupfte zaudernd an seinem Schnurrbart. »Ich glaube, du begehst einen großen Fehler, Bess.« Er seufzte. »Sie fragte mich, wo du bist, und ich sagte ihr, du seist im Ausland.«

»Nun, das trifft nach weiteren zwölf Stunden zu. Also hast du ihr die richtige Antwort gegeben.« Sie trat an ihn heran, küßte ihn aufs Kinn und drehte ihn mit einer schwungvollen Bewegung herum, als wollten sie Blindekuh spielen. Dann öffnete sie die Tür und beförderte ihn mit einem sanften Schubs nach draußen.

Als die Tür sich hinter ihm schloß, bemerkte Colonel Luscombe eine alte Dame, die von der Treppe her um die Ecke bog. Sie murmelte vor sich hin, während sie in ihrer Handtasche kramte. »Oje, oje. Ich muß es wohl in meinem Zimmer gelassen haben. Meine Güte!« Sie ging an Colonel Luscombe vorüber, scheinbar ohne ihn besonders zu beachten. Doch als er die Treppe hinunterging, blieb Miß Marple vor ihrer Zimmertür stehen und sah ihm mit durchdringenden Blicken nach. Dann musterte sie Bess Sedgwicks Tür. »So, so, auf ihn hat sie also gewartet«, sagte sie vor sich hin. »Ich möchte gern wissen, warum.«

Durch ein gutes Frühstück gestärkt, wanderte Kanonikus Pennyfather durch die Hotelhalle und dachte sogar daran, seinen Zimmerschlüssel am Empfangstisch abzugeben. Dann stieß er die Schwingtüren auf und wurde von dem irischen Portier, der eigens zu dem Zweck angestellt war, in ein Taxi bugsiert. »Wohin, Sir?«

»Oje«, sagte Kanonikus Pennyfather in plötzlicher Bestürzung. »Einen Augenblick mal — wohin wollte ich denn eigentlich?«

Der Verkehr in der Pond Street wurde einige Minuten aufgehalten, während Kanonikus Pennyfather und der Portier dieses schwierige Problem diskutierten. Schließlich hatte Kanonikus Pennyfather einen Geistesblitz, und das Taxi wurde zum Britischen Museum dirigiert. Der Portier blieb stehen, grinsend wie ein Honigkuchenpferd, und da kein anderer Gast aufzubrechen schien, schlenderte er ein wenig an der Hotelfassade entlang, gedämpft eine alte Melodie vor sich hinpfeifend.

Eins der Erdgeschoßfenster von *Bertrams Hotel* wurde aufgerissen — doch der Portier wandte erst den Kopf, als unerwartet eine Stimme durch das offene Fenster ertönte. »So, hier bist du also gelandet, Micky. Was hat dich bloß hierhergeführt?« Betroffen drehte er sich um.

Lady Sedgwick reckte den Kopf zum Fenster hinaus. »Kennst du mich nicht mehr?« fragte sie.

Plötzliches Erkennen zeigte sich in den Zügen des Mannes. »Nanu, sollte das etwa die kleine Bessie sein! Sieh mal einer an! Nach all diesen Jahren. Die kleine Bessie.«

»Niemand außer dir hat mich je Bessie genannt. Ein abscheulicher Name. Was hast du die ganze Zeit getrieben?«

»Dies und jenes«, erwiderte Micky mit einiger Zurückhaltung. »Ich habe nicht im Scheinwerferlicht gestanden wie du. Von deinen Taten habe ich immer in den Zeitungen gelesen.«

Bess Sedgwick lachte. »Jedenfalls habe ich mich besser gehalten als du«, meinte sie. »Du trinkst zuviel. Das war schon immer dein Fehler.«

»Du hast dich gut gehalten, weil du immer im Geld schwammst.«

»Geld hätte dir nicht viel genützt. Du hättest nur noch mehr getrunken und wärst vollständig vor die Hunde gegangen. O ja, das wäre das Ende vom Lied gewesen! Aber was hat dich hierhergeführt? Das möchte ich gern wissen. Wie ist es dir überhaupt gelungen, hier unterzukommen?«

»Ich brauchte eine Beschäftigung, und ich besaß diese . . .« seine Hand streifte leicht über die Reihe seiner Orden.

»Aha, ich verstehe.« Sie wurde nachdenklich. »Und alle sogar echt, nicht wahr?«

»Natürlich sind sie echt. Glaubst du's etwa nicht?«

»O doch. An Mut hat es dir nie gefehlt. Du bist immer eine Kämpfernatur gewesen. Ja, die Armee war wie geschaffen für dich. Davon bin ich überzeugt.«

»In Kriegszeiten lasse ich mir die Armee gefallen, aber in Friedenszeiten kann ich mir etwas Besseres vorstellen.«

»Daher hast du dir diese Beschäftigung ausgesucht. Ich hatte ja nicht die leiseste Ahnung . . .« Sie brach ab.

»Wovon hattest du keine Ahnung, Bessie?«

»Nichts von Bedeutung. Es ist merkwürdig, dich nach all diesen Jahren wiederzusehen.«

»*Ich* habe immer an die Zeit gedacht«, sagte der Mann. »Ich habe dich nie vergessen, kleine Bessie. Ah! Ein reizendes Mädchen warst du! Ein reizendes, schlankes Mädchen!«

»Ein schrecklich törichtes Mädchen«, sagte Lady Sedgwick.

»Das stimmt allerdings. Du hattest nicht viel Verstand. Sonst hättest du dich nicht mit mir eingelassen. Wie prächtig du mit Pferden umgehen konntest. Erinnerst du dich noch an die Stute Molly O'Flynn? Die hatte wirklich den Teufel im Leib.«

»Du warst der einzige, der sie reiten konnte«, bemerkte Lady Sedgwick.

»Sie hätte mich am liebsten abgeworfen. Als sie merkte, daß es ihr nicht gelang, gab sie nach. Ach, es war ein schönes Tier. Aber wenn wir vom Reiten reden — es gab keine Dame in der ganzen Gegend, die besser im Sattel saß als du. Nie eine Spur von Furcht, nicht eine Sekunde lang. Und daran hat sich nichts geändert, scheint mir. Flugzeuge, Rennwagen.«

Bess Sedgwick lachte. »Ich muß jetzt meine Briefe weiterschreiben.« Sie zog ihren Kopf ein wenig zurück.

Micky lehnte sich über das Gitter. »Ich habe Ballygowlan nicht vergessen«, sagte er bedeutungsvoll. »Manchmal hatte ich die Absicht, dir zu schreiben . . .«

Bess Sedgwicks Stimme nahm einen herrischen Ton an. »Und was willst du damit sagen, Mick Gorman?«

»Ich wollte nur erwähnen, daß ich — nichts vergessen habe. Wollte dich gleichsam nur — ein wenig daran erinnern.«

»Wenn du das im Sinn hast, was ich vermute, will ich dir eine kleine Warnung erteilen. Irgendwelche Scherereien von dir, und ich knalle dich ab wie eine Ratte. Ich habe bereits Männer erschossen . . .«

»In fremden Ländern vielleicht . . .«

»Fremde Länder oder hier — das ist mir egal.«

»Großer Gott, ich glaube, du brächtest es tatsächlich fertig.« Aus seiner Stimme klang Bewunderung. »In Ballygowlan . . .«

»In Ballygowlan«, fiel sie ihm ins Wort, »hat man dich dafür bezahlt, daß du den Mund hältst, und zwar gut. Du hast das Geld genommen. Von mir bekommst du keinen Penny mehr. Bilde dir ja nichts ein.«

»Es wäre vielleicht eine nette romantische Geschichte für die Sonntagszeitungen . . .«

»Du hast mich wohl verstanden.«

»Ach«, lachte er, »es ist doch nicht mein Ernst. Ich habe mir nur einen Scherz erlaubt. Ich würde nie etwas tun, was meiner kleinen Bessie schaden könnte. Du kannst ganz beruhigt sein, ich werde den Mund halten.«

»Das möchte ich dir auch raten«, sagte Lady Sedgwick. Sie schloß das Fenster, setzte sich an den Schreibtisch und starrte auf den angefangenen Brief auf der Schreibunterlage. Sie nahm ihn in die Hand, las ihn durch, zerknüllte ihn und warf ihn in den Papierkorb. Dann stand sie unvermittelt auf und verließ den Raum, ohne sich umzublicken.

Die kleineren Schreibzimmer im *Bertram* erweckten oft den Anschein, leer zu sein, selbst wenn dies nicht der Fall war. Zwei gutausgestattete Schreibtische standen in den Erkern. Rechts war ein Tisch, auf dem ein paar Zeitschriften lagen, und links flankierten zwei Sessel mit sehr hohen Rückenlehnen den Kamin. Nachmittags waren es die Lieblingsplätze für ältere Herren, die sich behaglich darin niederließen und friedlich bis zum Nachmittagstee schlummerten, gewöhnlich unbemerkt von allen, die hereinkamen, um einen Brief zu schreiben. Vormittags waren diese Stühle weniger begehrt.

Wie es aber der Zufall wollte, waren sie an diesem besonderen Vormittag beide besetzt. In dem einen saß eine alte Frau und in dem anderen ein junges Mädchen. Das junge Mädchen erhob sich. Sie blieb einen Augenblick stehen und blickte unschlüssig auf die Tür, durch die Lady Sedgwick den Raum verlassen hatte. Dann ging sie langsam darauf zu. Elvira Blakes Gesicht war totenblaß.

Es vergingen weitere fünf Minuten, ehe die alte Dame sich rührte. Dann entschied Miß Marple, daß die kleine Ruhepause, die sie sich immer nach dem Ankleiden und dem Treppenabstieg gönnte, lange genug gedauert habe. Es war an der Zeit, sich aufzumachen und die Freuden Londons zu genießen.

Lady Sedgwick kam an den Empfangstisch. »Ist Mr. Humfries in seinem Büro?«

»Ja, Lady Sedgwick.« Miß Gorringe blickte verwundert auf.

Lady Sedgwick trat hinter den Tisch, klopfte an die Tür und ging hinein, ohne eine Aufforderung abzuwarten.

Mr. Humfries blickte ebenfalls bestürzt auf. »Was . . .«

»Wer hat diesen Michael Gorman engagiert?«

Mr. Humfries geriet ein wenig ins Stottern. »Parfitt hat uns verlassen — er hatte vor einem Monat einen Autounfall. Wir mußten rasch Ersatz für ihn finden. Dieser Mann machte einen ganz guten Eindruck. Seine Zeugnisse waren in Ordnung — abgedankter Soldat, ziemlich gute Leistungen im Krieg; vielleicht nicht übermäßig intelligent — aber das ist manchmal um so besser. Sie wissen doch nichts Nachteiliges über ihn?«

»Genug, um ihn hier nicht haben zu wollen.«

»Wenn Sie darauf bestehen«, sagte Humfries langsam, »werden wir ihm kündigen . . .«

»Nein«, erwiderte Lady Sedgwick nachdenklich. »Nein — dafür ist es zu spät. Lassen wir es.«

6

»Elvira.«

»Guten Tag, Bridget.«

Elvira Blake schob sich durch die Haustür von 180 Onslow Square, die ihre Freundin Bridget ihr eilig öffnete, nachdem sie sie durch das Fenster erspäht hatte.

»Laß uns nach oben gehen«, schlug Elvira vor.

»Ja, das ist wohl besser. Sonst kommt uns Mutti in die Quere.«

Die beiden Mädchen rannten die Treppe hoch und entkamen so Bridgets Mutter, die eine Sekunde zu spät aus ihrem Schlafzimmer auftauchte.

»Du bist wirklich gut dran, daß du keine Mutter hast«, sagte Bridget etwas atemlos, als sie ihre Freundin in ihr Zimmer führte und die Tür fest zumachte. »Natürlich ist Mutti sehr nett und so weiter, aber die *Fragen,* die sie stellt! Vom frühen Morgen bis zum späten Abend. Wohin gehst du, wen hast du getroffen? Sind sie verwandt mit den Soundso in Yorkshire?«

»Sie haben wohl nichts anderes, was ihre Gedanken beschäftigt«, sagte Elvira zerstreut. »Hör mal zu, Bridget, ich habe etwas schrecklich Wichtiges zu erledigen, und du mußt mir dabei helfen.«

»Worum dreht es sich — um einen Mann?«

»Nein, es geht nicht um einen Mann.« Bridget war enttäuscht. »Ich muß für vierundzwanzig Stunden oder vielleicht etwas länger nach Irland fahren, und du mußt hier die Stellung für mich halten.«

»Nach Irland? Warum?«

»Ich kann dir jetzt keine Einzelheiten erzählen. Keine Zeit. Um halb zwei muß ich meinen Vormund, Colonel Luscombe, zum Lunch bei Prunier treffen.«

»Was hast du mit der Carpenter gemacht?«

»Bin ihr bei Debenham entwischt.« Bridget kicherte. »Und nach dem Lunch bringt man mich zu den Melfords, bei denen ich leben muß, bis ich einundzwanzig bin.«

»Wie entsetzlich!«

»Ich denke, ich werd's überstehen. Kusine Mildred ist furchtbar leicht zu hintergehen. Ich soll öfters nach London kommen, um mich weiterzubilden. Es gibt da eine Vereinigung, die ›Welt von heute‹ genannt. Sie führen einen zu Vorlesungen, in die Museen und Gemäldegalerien und in das Oberhaus und dergleichen. Der springende Punkt dabei ist, daß niemand weiß, ob du da bist, wo du sein solltest. Wir werden noch manches Ding zusammen drehen.«

»Das glaube ich auch.« Bridget kicherte wieder. »Wir haben's in Italien geschafft, nicht wahr? Die alte Makkaronitante hielt sich für so streng. Hatte nicht den blassesten Schimmer, was wir fertigbrachten, wenn wir wollten.« Beide Mädchen lachten in dem angenehmen Bewußtsein erfolgreicher Durchtriebenheit.

»Immerhin, es brauchte ziemlich viel Überlegung«, sagte Elvira.

»Und man mußte glänzend lügen können«, sagte Bridget. »Hast du wieder von Guido gehört?«

»O ja, er hat mir einen langen Brief geschickt, den er mit ›Ginevra‹ unterschrieb, als wäre er eine Freundin. Aber Bridget. Wir haben eine Menge zu tun und nur etwa anderthalb Stunden Zeit. Hör zuerst einmal gut zu. Ich komme morgen wieder nach London, weil ich beim Zahnarzt bestellt bin. Das ist einfach — entweder kann ich abtelefonieren, oder du von hier aus. Dann kannst du gegen Mittag die Melfords anrufen. Du tust so, als wärest du deine Mutter, und erklärst ihnen, daß ich am nächsten Tag noch einmal zum Zahnarzt muß und daher die Nacht bei dir verbringe.«

»Aber wenn du am nächsten Tag nicht zurück bist, was dann?«

»Dann wirst du eben ein paar weitere Telefongespräche führen müssen.« Bridget schien im Zweifel zu sein. »Bis dahin haben wir noch eine Unmasse Zeit, um uns etwas auszudenken«, versicherte ihr Elvira ungeduldig. »Was mir im Augenblick den größten Kummer macht, ist *Geld.* Du hast wohl auch keins?« Elviras Ton klang nicht gerade hoffnungsvoll.

»Nur etwa zwei Pfund.«

»Das ist zuwenig. Ich muß mir eine Flugkarte kaufen. Der Flug dauert nur etwa zwei Stunden. Sehr viel hängt natürlich davon ab, wieviel Zeit ich da drüben brauche.«

»Kannst du mir nicht verraten, was du dort tun willst?«

»Nein, das kann ich nicht. Aber es ist furchtbar, furchtbar wichtig. Hast du jemals etwas verpfändet, Bridget?«

»Niemals. Ich weiß nicht mal, wie ich das anfangen sollte.«

»Ich stelle es mir ganz leicht vor. Man geht einfach zu einem Juwelier, der drei Kugeln über der Tür hat, nicht wahr?«

»Ich habe nichts, was man zum Pfandhaus tragen könnte«, sagte Bridget.

»Hat deine Mutter nicht irgendwelchen Schmuck?«

»Es ist besser, wir bitten sie nicht um Hilfe.«

»Aber wir könnten vielleicht etwas klauen.«

»Oh, lieber nicht!« Bridget war schockiert.

»Nein? Vielleicht hast du recht. Aber ich möchte wetten, daß sie es nicht merken würde. Wir könnten es wieder einlösen, ehe sie es vermißt. Halt, ich hab's. Wir gehen zu Mr. Bollard.«

»Wer ist Mr. Bollard?«

»Oh, er ist gewissermaßen unser Familienjuwelier. Ich bringe immer meine Uhr dorthin, wenn sie kaputt ist.«

Vor dem alteingesessenen Geschäft von Bollard und Whitley in der Bond Street trafen die beiden Mädchen ihre letzte Absprache. »Bist du sicher, daß du alles richtig verstanden hast, Bridget?«

»Ich glaube schon«, sagte Bridget, aber ihre Stimme klang durchaus nicht glücklich.

»Zunächst einmal«, schlug Elvira vor, »stellen wir unsere Uhren.«

Mit großem Ernst stimmten sie ihre Uhren aufeinander ab, wobei Bridget ihre um eine Minute vorstellte.

»Stunde Null ist genau fünfundzwanzig Minuten nach«, erklärte Elvira. »Das läßt mir reichlich Zeit. Vielleicht sogar mehr, als ich brauche, aber so ist es besser.«

»Aber wenn . . .« begann Bridget.

»Was gibt's noch?« fragte Elvira.

»Nun, ich meine, wenn ich tatsächlich überfahren werde, was dann?«

»Ausgeschlossen, du wirst nicht überfahren. Du weißt doch, wie schnell du bist, und alle Londoner Autofahrer sind daran gewöhnt, plötzlich zu halten. Es wird schon alles klappen.«

Bridget ging auf die andere Seite der Bond Street, und Elvira stieß die Ladentür der Firma Bollard und Whitley, Juwelier und Uhrmacher, auf. Drinnen herrschte eine wunderbare, vornehme Ruhe. Ein eleganter Herr im Gehrock kam herbei und fragte Elvira nach ihren Wünschen.

»Könnte ich vielleicht Mr. Bollard sprechen?«

»Mr. Bollard? Wen darf ich melden?«

»Elvira Blake.«

Der würdige Angestellte verschwand, und Elvira schlenderte an einen Tresen, wo unter Spiegelglas juwelenbesetzte Broschen, Ringe und Armbänder auf Samt in dezenten Schattierungen ruhten. Kurz darauf erschien Mr. Bollard. Er war der Seniorpartner der Firma, ein älterer Herr von etwas über sechzig Jahren. Er begrüßte Elvira freundlich. »Ah, Miß Blake, Sie sind also in London. Es ist mir ein großes Vergnügen, Sie zu sehen. Nun, womit kann ich Ihnen dienen?«

Elvira holte eine kleine, zierliche, zum Abendkleid passende Armbanduhr hervor. »Diese Uhr geht nicht richtig«, sagte sie. »Könnten Sie sie wohl wieder in Ordnung bringen?«

»O ja, natürlich. Aber gern.« Mr. Bollard nahm sie ihr ab. »An welche Adresse soll ich sie schicken?«

Elvira gab ihm ihre Adresse. »Und noch eins«, fügte sie hinzu. »Mein Vormund — Colonel Luscombe, Sie kennen ihn ja . . .«

»Ja, ja, sicher.«

»Er hat mich gefragt, was ich mir zu Weihnachten wünsche, und mir vorgeschlagen, hier vorbeizukommen und mir einiges anzusehen. Er hätte mich gern begleitet, aber ich wollte lieber allein gehen — ich meine, es ist immer ziemlich peinlich . . . wegen der Preise und so. Finden Sie nicht auch?«

»Nun, das ist gewiß auch ein Standpunkt«, sagte Mr. Bollard und strahlte sie onkelhaft an. »Na, was hatten Sie sich denn vorgestellt, Miß Blake? Eine Brosche, ein Armband — ein Ring?«

»Broschen sind eigentlich zweckmäßiger«, sagte Elvira. »Aber ich weiß nicht recht — könnte ich mir vielleicht ein paar Sachen ansehen?« Sie blickte flehentlich zu ihm auf, und er lächelte verständnisinnig.

»Natürlich, natürlich. Macht überhaupt keinen Spaß, wenn man sich zu schnell entschließen muß, nicht wahr?«

Die nächsten fünf oder sechs Minuten vergingen in angenehmer Weise. Nichts machte Mr. Bollard zuviel Mühe. Er holte Schmuckstücke aus diesem und jenem Schaukasten herbei — Broschen und Armbänder türmten sich auf dem vor Elvira ausgebreiteten Stück Samt. Gelegentlich wandte sie sich zur Seite, um im Spiegel die Wirkung einer Brosche oder eines Anhängers zu betrachten. Schließlich legte sie ziemlich unschlüssig einen hübschen schmalen Armreif, eine kleine, mit Diamanten besetzte Armbanduhr und zwei Broschen beiseite.

»Wir werden uns dies notieren«, sagte Mr. Bollard. »Und wenn Colonel Luscombe dann das nächste Mal in London ist, wird er vielleicht hereinkommen und etwas für Sie aussuchen.«

»Ich glaube, so ist es am besten«, sagte Elvira. »Dann hat er eher das Gefühl, mein Geschenk selbst gewählt zu haben, nicht wahr?« Mit ihren klaren blauen Augen blickte sie dem Juwelier ins Gesicht.

Draußen ertönte plötzlich das Quietschen von Bremsen, begleitet von dem Schrei eines Mädchens. Unwillkürlich richtete sich die Aufmerksamkeit aller im Laden auf die zur Bond Street hinausgehenden Schaufenster. Die Bewegung, die Elviras Hand zum Tresen und dann zur Tasche ihres eleganten Schneiderkostüms machte, war äußerst flink und unauffällig. Sie wäre fast unbemerkt geblieben, selbst wenn jemand im Laden zugesehen hätte.

»Tja, tja«, sagte Mr. Bollard, als er vom Fenster zurückkam, durch das er auf die Straße geblickt hatte. »Beinahe ein Unfall. Törichtes Mädchen! So über die Straße zu stürzen!«

Während Elvira bereits langsam auf die Tür zuging, blickte sie auf ihre Armbanduhr und stieß einen kleinen Schrei aus. »O Gott, ich habe mich hier viel zu lange aufgehalten. Wenn ich nur nicht meinen Zug verpasse! Ich danke Ihnen vielmals, Mr. Bollard, und vergessen Sie bitte nicht, mir die vier Stücke vorläufig zurückzulegen.« Einen Augenblick später war sie draußen. Sie wandte sich rasch nach links, dann nochmals nach links und blieb in der Passage eines Schuhgeschäftes stehen, bis Bridget atemlos herbeikam.

»Oh«, sagte Bridget, »ich war zu Tode erschrocken. Ich dachte, meine letzte Stunde hätte geschlagen. Außerdem habe ich mir den Strumpf zerrissen.«

»Mach dir nichts draus«, meinte Elvira und zog ihre Freundin im Eiltempo die Straße entlang und dann um die nächste Ecke.

»Los, weiter.«

»Hat alles — geklappt?«

Elvira ließ ihre Hand in die Tasche gleiten und holte ein mit Diamanten und Saphiren besetztes Armband hervor. »Bridget, du mußt jetzt in das Pfandhaus gehen, das wir uns ausgesucht haben. Sieh zu, wieviel du dafür bekommen kannst. Verlang hundert Pfund. Dann geh zum Büro der Irischen Fluggesellschaft und besorg mir eine Flugkarte — ich muß mit einem Taxi zu Prunier fahren; bin schon um zehn Minuten verspätet. Ich komme morgen früh gegen halb elf zu dir.«

»Oh, Elvira, wenn du dich doch nicht immer auf so riskante Dinge einlassen wolltest«, stöhnte Bridget. Doch Elvira hatte bereits ein Taxi herbeigewinkt.

Der Aufenthalt im Laden von Robinson & Cleaver bereitete Miß Marple ungetrübtes Vergnügen. Sie kaufte nicht nur teure, aber wunderbare Laken, sondern leistete sich auch noch rotumrandete Gläsertücher von guter Qualität. Nachdem sie ihre Adresse in St. Mary Mead angegeben hatte, stieg sie in einen Bus, der sie zum Army & Navy-Warenhaus brachte. Es gab dort ein Restaurant, und das suchte sie nun auf, um sich zu stärken.

Nachdem sie sorgfältig die Speisekarte studiert und ihre Wahl getroffen hatte, ließ sie ihren Blick durch den Raum schweifen, und staunend bemerkte sie Bess Sedgwick. Was für ein ungewöhnlicher Zufall! Bis gestern hatte sie diese Frau nie persönlich zu Gesicht bekommen. Sie hatte zwar viele Zeitungsbilder von ihr gesehen — bei Pferderennen, in Bermuda oder neben ihrem eigenen Flugzeug oder Auto. Aber gestern war sie ihr zum erstenmal begegnet. Und jetzt, wie das so oft geschieht, führte sie der Zufall an einem höchst unwahrscheinlichen Ort wieder zusammen. Nach ihrem Dafürhalten ließen sich ein Essen im Warenhaus und Lady Sedgwick schlecht miteinander in Einklang bringen. Dennoch saß sie hier in voller Lebensgröße — wie üblich sehr elegant in dem dunklen Kostüm und der smaragdfarbenen Hemdbluse — mit einem jungen Mann am Tisch. Einem jungen Mann in einer schwarzen Lederjacke und mit einem hageren, habichtartigen Gesicht. Sie steckten die Köpfe zusammen, ernsthaft in ein Gespräch vertieft, und schaufelten das Essen in sich hinein, als wüßten sie gar nicht, was sie verspeisten.

Miß Marple unterzog den jungen Mann einer Musterung und kam zu dem Schluß, daß er ein »hübsches Bürschchen« war, wie sie zu sagen pflegte. Aber sie stellte gleichzeitig fest, daß er ihr nicht sonderlich gefiel. Er sah nicht so aus, als ob er viel taugte. Bess Sedgwick würde keinen Rat von mir annehmen, überlegte Miß Marple, aber ich könnte ihr schon einen geben. Doch die Liebesaffären anderer Leute gingen sie nichts an, und nach allem, was man so hörte, wurde Bess Sedgwick mit ihrem Privatleben ganz gut fertig. Miß Marple seufzte, vertiefte sich in ihren Lunch und plante einen Besuch der Papierwarenabteilung.

Neugierde oder, wie sie es selbst zu nennen beliebte, »Interesse« für die Angelegenheiten ihrer Mitmenschen gehörte zweifellos zu Miß Marples charakteristischen Eigenschaften. Absichtlich ihre Handschuhe auf dem Tisch zurücklassend, erhob sie sich und durchquerte den Raum, um zur Kasse zu gehen. Dabei wählte sie einen Weg, der dicht an Lady Sedgwicks Tisch vorbeiführte. Sobald sie ihre Rechnung beglichen hatte, »entdeckte« sie, daß ihre Handschuhe fehlten, und kehrte an ihren Platz zurück. Bei dieser Gelegenheit ließ sie unversehens ihre Handtasche fallen — sie sprang auf, und verschiedene Gegenstände verstreuten sich über den Boden. Eine Kellnerin eilte herbei, um ihr beim Auflesen behilflich zu sein, und Miß Marple sah sich gezwungen, weitere Unbeholfenheit vorzutäuschen, um Kleingeld und Schlüssel ein zweites Mal fallen zu lassen. Diese List brachte ihr nicht viel ein, aber ganz vergeblich war sie auch nicht — es war interessant, daß die beiden Objekte ihrer Neugier keinen einzigen Blick für die tatterige alte Dame übrig hatten, die dauernd ihre Sachen fallen ließ.

Als Miß Marple auf den Lift wartete, der sie nach unten bringen sollte, ließ sie sich die aufgeschnappten Gesprächsfetzen noch einmal durch den Kopf gehen:

»Wie lautet der Wetterbericht?«

»Okay. Kein Nebel.«

»Startbereit für die Schweiz?«

»Ja. Das Flugzeug geht um einundzwanzig Uhr vierzig.«

Das war alles, was sie das erste Mal mitbekommen hatte. Auf dem Rückweg war das Resultat etwas ergiebiger gewesen. Bess Sedgwick hatte in zornigem Tonfall geredet.

»Was ist denn nur in dich gefahren, gestern im Bertram *zu erscheinen — du hättest wegbleiben sollen.«*

»Das macht doch nichts. Ich habe nur gefragt, ob du dort wohnst, und jeder weiß, daß wir eng befreundet sind . . .«

»Darum geht es nicht. Das Bertram *paßt für mich — aber nicht für dich. Du fällst dort auf wie ein weißer Elefant. Jeder starrt dich an.«*

»Laß sie doch!«

»Du bist wirklich ein Idiot. Warum denn nur? Was steckte dahinter? Du hattest gewiß einen Grund — ich kenne dich doch . . .«

»Beruhige dich, Bess.«

»Du bist ja so verlogen!«

Das war alles, was Miß Marple hatte hören können.

7

Es war der Abend des 19. November, und Kanonikus Pennyfather hatte im Athenaeum früh zu Abend gespeist. Dann hatte er ein paar Freunden zugenickt und sich an einer aufschlußreichen Debatte über einige kritische Punkte in der Datierung der Schriftrollen vom Toten Meer beteiligt. Und als er jetzt auf die Uhr blickte, sah er, daß es Zeit war, aufzubrechen, wenn er das Flugzeug nach Luzern erreichen wollte. Als er durch die Halle schritt, wurde er abermals von einem alten Freund begrüßt — Dr. Whittaker von der Gesellschaft für archäologische Forschung, der ihn heiter fragte: »Wie geht's Ihnen, Pennyfather? Habe Sie schon lange nicht mehr gesehen. Wie war's auf dem Kongreß? Sind wichtige Fragen zur Sprache gekommen?«

»Ich bin überzeugt, daß interessante Diskussionen stattfinden werden.«

»Sie sind doch gerade zurückgekehrt, nicht wahr?«

»Nein, nein, ich bin eben auf dem Weg dorthin. Fliege heute abend ab.«

»Ach so.« Whittaker blickte ein wenig verdutzt drein. »Ich hatte eigentlich angenommen, der Kongreß habe heute getagt.«

»Nein, nein. Morgen, am Neunzehnten.«

Kanonikus Pennyfather schritt durch die Tür, während sein Freund ihm nachsah und sagte: »Aber mein lieber Freund, *heute* ist doch der Neunzehnte, nicht wahr?«

Kanonikus Pennyfather war jedoch längst außer Hörweite. Er nahm sich in der Pall Mall ein Taxi und ließ sich zum Flughafenabfertigungsgebäude in Kensington fahren. Es warteten ziemlich viele Fluggäste an diesem Abend. Aber schließlich kam auch er an die Reihe. Es glückte ihm sogar, Flugschein, Reisepaß und andere für die Reise notwendige Papiere vorzulegen. Das Mädchen hinter dem Tresen, das gerade diese Papiere stempeln wollte, hielt inne. »Entschuldigen Sie bitte, Sir, dies scheint aber der falsche Flugschein zu sein.«

»Der falsche Flugschein? Nein, nein, der stimmt schon. Flug einhundertund — nun, ich kann ohne meine Brille nicht gut lesen — einhundertundsoundso nach Zürich.«

»Es handelt sich um das Datum, Sir. Dieser Schein gilt für Mittwoch, den Achtzehnten.«

»Nein, nein, Sie irren sich. Hm — ich wollte sagen — heute ist doch Mittwoch, der Achtzehnte.«

»Tut mir leid, Sir. Heute ist der Neunzehnte.«

»Der Neunzehnte!« Der Kanonikus war entsetzt. Er kramte einen kleinen Taschenkalender hervor und blätterte eifrig darin herum. Schließlich konnte er sich selbst davon überzeugen; heute war tatsächlich der Neunzehnte. Das Flugzeug, das er benutzen wollte, war gestern gegangen.

»Das bedeutet dann ja — das bedeutet — oje, es bedeutet, daß der Kongreß in Luzern *heute* bereits stattgefunden hat.«

In tiefer Verzweiflung starrte er über den Tresen hinweg. Aber es warteten viele andere Reisende, und der Kanonikus und seine Schwierigkeiten wurden einfach beiseite geschoben. Er stand traurig da, die nutzlosen Reisepapiere in der Hand. Vielleicht konnte der Flug umgebucht werden? Aber das hätte ja keinen Sinn — nein, in der Tat — wie spät war es jetzt? Beinahe neun Uhr? Die Konferenz hatte heute morgen um zehn Uhr angefangen — sie mußte tatsächlich schon vorbei sein. Das war's natürlich, was Whittaker im Athenaeum gemeint hatte. Er hatte angenommen, Kanonikus Pennyfather sei schon beim Kongreß gewesen.

»Oje, oje«, murmelte Kanonikus Pennyfather vor sich hin. »Was für einen Kuddelmuddel habe ich da wieder angerichtet!« Er wanderte verzagt und schweigsam in die Cromwell Road, die nicht einmal bei Sonnenschein heiter wirkt. Mit seiner Reisetasche in der Hand ging er langsam die Straße entlang und erwog die verschiedenen Möglichkeiten. Als er schließlich zu einer befriedigenden Erklärung gelangte, warum er sich im Tag geirrt hatte, schüttelte er betrübt den Kopf. Als er unglücklich durch die Cromwell Road ging, entschied er sich schließlich für ein kleines Restaurant, in dem indische Currygerichte serviert wurden. Obgleich er nicht gerade hungrig war, hielt er es doch für richtiger, sich durch ein gutes Mahl wieder in bessere Stimmung zu bringen. Und danach mußte er sich ein Zimmer suchen und — aber nein, das war ja gar nicht nötig. Er hatte ja eine Unterkunft. Natürlich. Er wohnte doch in *Bertrams Hotel* und hatte sich sein Zimmer für vier Tage reservieren lassen. Was für ein Glück! Was für ein großes Glück! Er hatte also ein Zimmer, das auf ihn wartete. Er brauchte beim Empfang nur um seinen Schlüssel zu bitten und — hier überkam ihn eine neue Erinnerung. War da nicht etwas Schweres in seiner Tasche? Er fuhr mit der Hand hinein und holte einen jener großen Schlüssel mit massivem Anhänger hervor, mit denen die Hotels ihre zerstreuten Gäste davon abschrecken wollen, sie in ihren Taschen mitzuschleppen. Den Kanonikus hatte es jedoch nicht abgeschreckt!

»Nummer 19«, konstatierte der Kanonikus erleichtert. »Das stimmt. Wie gut, daß ich mir nicht erst noch ein Zimmer suchen muß. Die Hotels sollen im Augenblick sehr überlaufen sein. Ja, das hat Edmunds vorhin im Athenaeum auch erwähnt. Er hatte schrecklich viel Mühe gehabt, ein Zimmer zu finden.«

Ziemlich zufrieden mit sich und der weisen Voraussicht bei seinen Reisevorbereitungen, ließ der Kanonikus seinen Curry im Stich, dachte sogar daran, ihn zu bezahlen, und trat wieder auf die Cromwell Road hinaus. Es kam ihm etwas langweilig vor, jetzt schon ins Hotel zu gehen, wo er doch eigentlich um diese Zeit in Luzern hätte dinieren und sich über alle möglichen interessanten und faszinierenden Probleme unterhalten sollen. Sein Blick fiel auf ein Kinoplakat. *Die Mauern von Jericho.* Das schien ja ein außerordentlich passender Titel. Es wäre ganz aufschlußreich, festzustellen, ob die biblische Genauigkeit gewahrt worden war.

Er kaufte sich eine Eintrittskarte und stolperte in die Dunkelheit hinein. Der Film gefiel ihm, obwohl er keine ersichtliche Beziehung zur biblischen Geschichte hatte. Selbst Josua war offensichtlich ausgelassen worden. Die Mauern von Jericho bedeuten wohl ein Symbol für die Ehegelübde einer gewissen Dame. Es war eine Art von Film, die er nicht oft zu sehen bekam, und er hatte das Empfinden, um eine Lebenserfahrung bereichert worden zu sein. Die Vorstellung ging zu Ende, die Lichter flammten auf, die Nationalhymne erklang, und Kanonikus Pennyfather schlurfte wieder auf die Straße hinaus, ein wenig getröstet nach den traurigen Ereignissen des frühen Abends.

Es war eine schöne Nacht, und er ging zu Fuß zu *Bertrams Hotel,* nachdem er zuvor einen Bus erwischt hatte, der in die entgegengesetzte Richtung fuhr. Es war Mitternacht, als er sein Ziel erreichte, und um die späte Stunde erweckte *Bertrams Hotel* gewöhnlich den sittsamen Anschein, als schliefen alle den Schlaf des Gerechten. Der Lift war in einem oberen Stockwerk, also stieg der Kanonikus zu Fuß die Treppe hinauf. Er kam zu seinem Zimmer, steckte den Schlüssel ins Schloß, stieß die Tür auf und trat über die Schwelle. *Du meine Güte, sah er etwa Gespenster?* Aber wer — wie — den erhobenen Arm bemerkte er zu spät . . . Er sah Sterne, und in seinem Kopf schienen Raketen zu explodieren, wie bei einem grandiosen Feuerwerk . . .

8

Der Irische Postexpreß raste durch die Nacht oder, genauer gesagt, durch die Dunkelheit der frühen Morgenstunden. Von Zeit zu Zeit stieß die Diesellokomotive ihr unheimliches, klagendes Warnsignal aus. Der Zug fuhr mit einer Geschwindigkeit von weit über hundertzwanzig Stundenkilometern. Er hatte keine Verspätung. Plötzlich wurden die Bremsen angezogen, und das Tempo verlangsamte sich. Die Räder kreischten über die Schienen. Langsamer, immer langsamer . . . Der Schaffner steckte den Kopf zum Fenster hinaus und erkannte das rote Haltesignal, vor dem der Zug schließlich zum Stillstand kam. Einige Passagiere wachten auf, die meisten schliefen weiter. Eine ältere Dame öffnete beunruhigt die Tür ihres Abteils und blickte den Gang entlang. Ein kleines Stückchen weiter vorn stand eine der Außentüren offen. Ein älterer Geistlicher mit einem dicken weißen Haarschopf kletterte gerade vom Bahnkörper her in den Zug. Sie nahm an, daß er vorher ausgestiegen war, um zu sehen, was eigentlich los sei.

Die Morgenluft war merklich kühl. Irgend jemand am Ende des Ganges sagte: »Nur ein Signal.« Die ältere Dame zog sich in ihr Abteil zurück und versuchte, wieder einzuschlafen.

Aus der Fahrtrichtung rannte ein Mann, der eine Laterne schwenkte, von einem Stellwerk auf den Zug zu. Der Heizer kletterte von der Lokomotive herab. Der Schaffner, der ebenfalls aus dem Zug gestiegen war, trat zu ihm. Der Mann mit der Laterne erreichte sie, ziemlich außer Atem, und sprach in abgerissenen Sätzen: »Schweres Eisenbahnunglück da vorne . . . Güterzug entgleist . . .«

Der Lokomotivführer blickte aus dem Führerstand heraus und kletterte dann auch herab. Am Ende des Zuges stiegen sechs Männer, die gerade die Böschung heraufgeklommen waren, durch eine für sie im letzten Wagen offengelassene Tür ein. Sechs Passagiere aus verschiedenen Wagen schlossen sich ihnen an. Nach einem wohldurchdachten Plan machten sie sich eilig daran, die Postwagen vom Zug loszukoppeln. Zwei Männer in maskenartigen Wollmützen standen an beiden Wagenenden Wache, mit Totschlägern bewaffnet.

Ein Mann in Eisenbahneruniform ging den Gang des stehenden Zuges entlang und gab Erklärungen ab, wenn er gefragt wurde. »Strecke vor uns ist blockiert. Zehn Minuten Aufenthalt vielleicht, nicht länger . . .« Es klang freundlich und beruhigend.

Neben der Lokomotive lagen der Führer und der Heizer, geschickt geknebelt und gefesselt. Der Mann mit der Laterne rief mit lauter Stimme: »Hier ist alles okay!« Der Schaffner lag, ähnlich zusammengeschnürt, an der Böschung.

Die guttrainierten Einbrecher hatten inzwischen im Postwagen ganze Arbeit geleistet. Die Besatzung lag, ebenfalls gebündelt, am Boden. Die ausgesuchten Postsäcke segelten hinaus und wurden von auf der Böschung wartenden Helfern in Empfang genommen.

In den Abteilen murrten die Reisenden, daß die Eisenbahn auch nicht mehr so zuverlässig sei wie in den guten alten Zeiten. Dann plötzlich, als sie gerade wieder einschlafen wollten, erschallte das Röhren eines Auspuffs durch die Dunkelheit.

»Lieber Himmel«, murmelte eine Frau. »Ist das ein Düsenflugzeug?«

»Rennwagen, möchte ich sagen.« Das Geräusch verhallte in der Ferne . . .

Auf der Autostraße von Bedhampton, etwa fünfzehn Kilometer entfernt, rollte eine lange Kolonne von Fernlastern nach Norden, Ein großer weißer Rennwagen brauste an ihnen vorüber. Zehn Minuten später bog er von der Autostraße ab.

Die Garage an der Ecke B-Straße trug ein Schild. *Geschlossen.* Doch die großen Türen flogen auf. Der weiße Wagen fuhr geradewegs hinein, und die Türen schlossen sich wieder hinter ihm. Drei Männer arbeiteten in Windeseile. Neue Nummernschilder wurden angebracht. Der Fahrer wechselte Mantel und Mütze. Vorher war er in weißes Schafleder gekleidet gewesen. Jetzt trug er eine schwarze Lederjacke. Er verließ mit seinem Wagen die Garage. Drei Minuten nach dem Aufbruch ratterte ein alter, von einem Geistlichen gesteuerter Morris Oxford auf die Straße. Ein auf einer Landstraße dahinfahrender Lieferwagen verlangsamte sein Tempo, als er auf einen alten, neben einer Hecke geparkten Morris Oxford stieß, über dessen Motorgehäuse sich ein älterer Mann beugte.

Der Fahrer des Lieferwagens steckte den Kopf aus dem Fenster. »Panne? Kann ich Ihnen behilflich sein?«

»Sehr freundlich von Ihnen. Meine Lampen sind nicht in Ordnung.«

Die beiden Fahrer gingen aufeinander zu — und horchten. »Alles klar!« Verschiedene kostpielige Koffer von amerikanischem Fabrikat wurden aus dem Morris Oxford in den Lieferwagen umgeladen. Ein paar Kilometer weiter bog der Lieferwagen in einen ausgefahrenen Feldweg ein, der sich jedoch als hintere Zufahrt zu einem großen, stattlichen Herrenhaus entpuppte. In den früheren Stallungen stand ein großer weißer Mercedes. Der Fahrer des Lieferwagens schloß den Kofferraum des Mercedes auf, lud die Koffer ein und fuhr in seinem Wagen davon. Auf einem nahe gelegenen Bauernhof krähte ein Hahn aus Leibeskräften.

9

Elvira Blake blickte zum Himmel empor, stellte fest, daß es ein schöner Morgen war, und betrat eine Telefonzelle. Sie wählte Bridgets Nummer in Onslow Square. »Hallo? Bridget?«

»Oh, Elvira, bist du's«, Bridgets Stimme klang aufgeregt.

»Ja. Ist alles soweit in Ordnung?«

»O nein. Es war ganz *schrecklich.* Deine Kusine, Mrs. Melford, hat gestern nachmittag mit Mutti telefoniert.«

»Was? Meinetwegen?«

»Ja. Ich nahm an, es sei alles in Butter, als ich sie gegen Mittag anrief. Anscheinend hat sie sich aber Gedanken wegen deiner Zähne gemacht. Hat geglaubt, es handle sich um etwas Ernsthaftes. Einen Abszeß oder dergleichen. Also rief sie selbst beim Zahnarzt an und entdeckte natürlich, daß du überhaupt nicht bei ihm gewesen bist. Dann meldete sie sich also bei uns, und unglücklicherweise stand Mutti gerade neben dem Telefon. Also konnte ich nicht zuerst an den Apparat. Und Mutti sagte selbstverständlich, daß sie nichts von der ganzen Sache wisse und daß du bestimmt nicht bei uns seist. Ich wußte einfach nicht, was ich tun sollte.«

»Und was hast du tatsächlich getan?«

»Ich gab vor, nichts davon zu wissen, und erwähnte, daß du beiläufig die Absicht geäußert hättest, Freunde in Wimbledon zu besuchen.«

»Warum gerade Wimbledon?«

»Es war der erste Ort, der mir in den Sinn kam.«

Elvira seufzte. »Na ja, ich werde mir wohl etwas einfallen lassen müssen. Vielleicht eine alte Erzieherin erfinden, die in Wimbledon wohnt. Diese unnötige Besorgnis macht alles so kompliziert. Hoffentlich begeht Mildred nicht noch eine größere Dummheit und ruft die Polizei oder so etwas.«

»Fährst du jetzt gleich zu deinen Verwandten?«

»Erst heute abend. Ich habe noch eine Menge zu erledigen.«

»Hast du in Irland etwas erreicht?«

»Ich habe entdeckt, was ich wissen wollte.«

»Elvira, was wirst du in der Armbandsache unternehmen?«

»Oh, das geht in Ordnung. Ich habe mir von jemandem etwas Geld gepumpt. Also kann ich es einlösen. Dann bringe ich es einfach zu Bollards zurück.«

»Glaubst du, sie werden kein Aufhebens davon machen? — Nein, Mutti, es ist nur die Wäscherei. Sie behaupten, wir hätten das Laken nicht mitgeschickt. Ja, Mutti, ja, ich werde es ihnen sagen. Also gut.«

Elvira am anderen Ende grinste und legte den Hörer auf. Sie öffnete ihre Geldbörse, kramte darin herum, holte das nötige Kleingeld heraus und legte es vor sich auf das Brett. Dann wählte sie die Durchwähl- und Anschlußnummer. Als die Verbindung zustande kam, steckte sie die erforderlichen Münzen ein, drückte auf den Knopf und sprach mit leiser, atemloser Stimme. »Guten Tag, Mildred. Ja, ich bin's . . . Es tut mir schrecklich leid . . . Ja, ich weiß . . . nun, das wollte ich ja auch . . . ja, es war die gute alte Maddy, unsere frühere Gouvernante . . . ja, ich habe eine Postkarte geschrieben und dann vergessen, sie einzuwerfen. Sie steckt jetzt noch in meiner Tasche . . . nun, Maddy war nämlich krank und hatte niemanden, der für sie sorgte. Da bin ich einfach geblieben, um nach dem Rechten zu sehen. Ja, ich hatte die Absicht, zu Bridget zu gehen, aber dies warf alle meine Pläne über den Haufen . . . Das mit der Nachricht, die du bekommen hast, verstehe ich einfach nicht. Das muß jemand vermasselt haben . . . Ja, ich werde dir alles erklären, wenn ich zurückkomme . . . Ja, heute nachmittag. Nein, ich werde nur warten, um mit der Schwester zu sprechen, die bald kommt, um die alte Maddy zu betreuen — nun, keine richtige Schwester. Du weiß ja, eine dieser — hm — freiwilligen Helferinnen oder so etwas. Nein, es wäre ihr ein Greuel, ins Krankenhaus zu gehen . . . Aber es tut mir tatsächlich leid, Mildred, wirklich, sehr, sehr leid.« Sie legte den Hörer auf und stieß einen verzweifelten Seufzer aus. »Wenn man nur nicht so das Blaue vom Himmel herunterlügen müßte«, murmelte sie vor sich hin. Als sie aus der Telefonzelle trat, fiel ihr Blick auf die Zeitungsschlagzeilen:

GROSSER EISENBAHNRAUB
IRISCHER POSTEXPRESS VON BANDITEN ÜBERFALLEN

Mr. Bollard bediente gerade einen Kunden, als sich die Ladentür öffnete. Er blickte auf und sah, wie Elvira Blake über die Schwelle trat. »Nein«, sagte sie zu dem Verkäufer, der dienstbeflissen herbeieilte, »ich möchte lieber warten, bis Mr. Bollard frei ist.«

Kurz darauf war Mr. Bollard mit seinem Kunden fertig, und Elvira war an der Reihe. »Guten Morgen, Mr. Bollard«, sagte sie.

»Leider ist Ihre Uhr noch nicht repariert, Miß Elvira«, sagte Mr. Bollard.

»Oh, ich komme nicht wegen der Uhr«, erklärte Elvira. »Ich bin hier, um mich zu entschuldigen. Mir ist etwas Schreckliches passiert.« Sie öffnete ihre Handtasche und zog eine kleine Schachtel heraus. Dieser entnahm sie das mit Saphiren und Diamanten besetzte Armband. »Sie werden sich gewiß entsinnen, daß ich — als ich meine Uhr herbrachte — mir Verschiedenes ansah, um mir ein Weihnachtsgeschenk auszusuchen. Während ich damit beschäftigt war, passierte draußen ein Unfall. Jemand wurde überfahren, glaube ich, oder beinahe überfahren. Ich muß das Armband wohl gerade in der Hand gehabt und in der Aufregung in die Tasche meines Kostüms gesteckt haben. Leider habe ich es erst heute morgen entdeckt. Aber da bin ich sofort losgestürmt, um es Ihnen zurückzubringen. Es tut mir so schrecklich leid, Mr. Bollard, ich weiß wirklich nicht, wie ich dazu kam, so idiotisch zu handeln.«

»Nun, das ist nicht so schlimm, Miß Elvira«, erwiderte Mr. Bollard gemessen.

»Sie haben sicher angenommen, jemand habe das Armband gestohlen«, meinte Elvira. Ihre klaren blauen Augen begegneten seinem Blick.

»Wir hatten den Verlust allerdings bemerkt«, sagte Mr. Bollard. »Vielen Dank, Miß Elvira, daß Sie es so prompt gebracht haben.«

»Es war mir schrecklich peinlich, als ich es entdeckte«, beteuerte Elvira. »Nun, ich bin Ihnen sehr dankbar, Mr. Bollard, daß Sie mir keine Vorwürfe machen.«

»Es passieren viele seltsame Versehen«, meinte Mr. Bollard. Er lächelte sie an wie ein guter alter Onkel. »Wir wollen die Sache begraben. Tun Sie es aber nicht wieder.«

»O nein«, versprach Elvira, »in Zukunft werde ich schrecklich vorsichtig sein.« Sie lächelte ihm zu, drehte sich um und verließ den Laden.

»Was steckt wohl dahinter?« murmelte Mr. Bollard vor sich hin. »Das möchte ich wirklich gern wissen . . .«

10

Die Büroräume der Anwaltsfirma Egerton, Forbes & Wilborough lagen in Bloomsbury, und zwar an einem jener imposanten und würdevollen Plätze, die noch nicht in den Sog der Umwälzung geraten waren. Ihr Messingschild war — wie sich das für eine alte Firma gehört — bis zur Unkenntlichkeit abgenützt. Die Firma bestand seit über hundert Jahren, und ein ansehnlicher Teil des englischen Landadels gehörte zu ihren Klienten. In der Firma existierte kein Forbes mehr, und auch kein Wilborough. Allerdings war noch ein Egerton vorhanden, ein Abkömmling des ursprünglichen Egerton. Er war ein Mann von zweiundfünfzig Jahren und Ratgeber für mehrere Familien, die in früheren Tagen schon von seinem Großvater, seinem Onkel und seinem Vater beraten worden waren.

In diesem Augenblick saß er hinter einem riesigen Mahagonischreibtisch in seinem hübsch ausgestatteten Zimmer im ersten Stock und nahm den Hörer von der Gabel. »Lord Frederick ist fort. Schicken Sie bitte Miß Blake herauf.«

Während er auf sie wartete, stellte er eine kurze Berechnung auf seinem Notizblock an. Wie viele Jahre waren vergangen, seit — sie mußte jetzt fünfzehn sein oder siebzehn, vielleicht sogar noch älter. Die Zeit flog ja so rasch dahin. Conistons Tochter, dachte er, und Bess' Tochter. Wem sie wohl nachschlägt?

Die Tür öffnete sich. Der Angestellte meldete Miß Elvira Blake, und das Mädchen trat ins Zimmer. Egerton erhob sich von seinem Stuhl und kam auf sie zu. Äußerlich, dachte er, ähnelte sie weder ihr noch ihm.

»Wahrscheinlich«, meinte Elvira ein wenig unsicher, »hätte ich Ihnen erst schreiben sollen, um eine Zusammenkunft festzusetzen. Aber ich habe mich eigentlich ganz plötzlich zu diesem Besuch entschlossen; ich wollte die Gelegenheit wahrnehmen, da ich gerade in London bin.«

»Und was machen Sie hier?«

»Ich muß meine Zähne nachsehen lassen.«

»Ekelhafte Dinger, diese Zähne«, meinte Egerton. »Bereiten uns Scherereien von der Wiege bis zur Bahre. Aber ich bin Ihren Zähnen dankbar, daß sie mir das Vergnügen verschaffen, Sie zu sehen. Warten Sie mal, Sie waren gerade in Italien, nicht wahr, in einem Pensionat . . .«

»Ja«, erwiderte Elvira, »bei der Contessa Martinelli. Aber ich kehre nicht mehr dorthin zurück. Im Augenblick wohne ich bei den Melfords in Kent, bis ich mich entschlossen habe, was ich unternehmen will.«

»Na, ich hoffe, Sie finden etwas Befriedigendes. Sie denken wohl nicht an ein Studium?«

»Nein«, entgegnete Elvira, »ich glaube nicht, daß ich dafür klug genug bin.« Sie ließ eine kleine Pause eintreten, ehe sie fortfuhr: »Ich nehme an, daß Sie zu allen meinen Plänen Ihre Zustimmung geben müssen.«

Egerton warf ihr einen scharfen Blick zu. »Ja. Ich bin einer Ihrer Vormunde und ein Treuhänder nach dem Testament Ihres Vaters. Sie sind daher durchaus berechtigt, sich jederzeit an mich zu wenden.«

Elvira sagte höflich: »Danke.«
Egerton fragte: »Haben Sie irgend etwas auf dem Herzen?«
»Nein. Eigentlich nicht. Aber sehen Sie, ich bin überhaupt nicht im Bilde. Niemand hat mich jemals über den Stand der Dinge aufgeklärt. Man will auch nicht immer fragen.«
Er blickte sie aufmerksam an. »Sie möchten wohl mehr über Ihre eigene Person erfahren, wie?«
»Ja«, sagte Elvira. »Wie schön, daß Sie Verständnis dafür haben. Onkel Derek . . .« Sie zögerte.
»Derek Luscombe, meinen Sie?«
»Ja. Ich habe ihn immer Onkel genannt.«
»Ach so.«
»Er ist sehr gütig«, fuhr Elvira fort. »Aber es ist nicht seine Art, mit mir etwas zu besprechen. Er arrangiert einfach alles und blickt mich ängstlich fragend an, ob es auch nach meinem Geschmack sei. Er hört natürlich viel auf andere — Frauen, meine ich —, die ihm so mancherlei erzählen. Wie die Contessa Martinelli. Er sucht Schulen und Pensionate für mich aus.«
»Und es waren solche, die Sie selbst nicht ausgewählt hätten?«
»Das habe ich nicht gemeint. Sie waren ganz ordentlich. Ich wollte nur sagen: sie waren mehr oder weniger das gesellschaftlich Übliche.«
»Ich verstehe.«
»Aber ich weiß nichts über *mich selbst.* Zum Beispiel, wieviel Geld ich habe und was ich damit anfangen könnte, wenn ich wollte.«
»Mit anderen Worten«, sagte Egerton mit seinem anziehenden Lächeln, »Sie wollen übers Geschäftliche sprechen, nicht wahr? Nun, meiner Ansicht nach haben Sie ganz recht. Einen Augenblick mal. Wie alt sind Sie jetzt eigentlich? Sechzehn — siebzehn?«
»Ich bin fast zwanzig.«
»Oje. Das wußte ich gar nicht.«
»Ich habe dauernd das Gefühl, daß ich behütet und beschützt werde«, erklärte Elvira. »In gewisser Hinsicht ganz schön, aber es kann auch sehr lästig werden.«
»Es ist eine altmodische Einstellung«, pflichtete Egerton bei, »aber ich kann gut verstehen, daß sie bei Derek Luscombe Anklang findet. Nun, was wissen Sie eigentlich von sich, Elvira, und von Ihren Familienverhältnissen?«
»Ich weiß, daß mein Vater starb, als ich fünf Jahre alt war, und daß meine Mutter ihm mit einem anderen davongelaufen ist, als ich etwa zwei war. An sie erinnere ich mich überhaupt nicht mehr, und an meinen Vater kaum noch. Er war sehr alt und hatte ein Bein meistens auf einem Stuhl hochgelegt. Er fluchte häufig, und ich hatte ziemliche Angst vor ihm. Nach seinem Tod lebte ich zunächst bei einer Tante oder Kusine meines Vaters, bis sie auch

starb, und dann kam ich zu Onkel Derek und seiner Schwester. Als seine Schwester starb, ging ich nach Italien. Und jetzt hat Onkel Derek dafür gesorgt, daß ich bei seinen Kusinen, den Melfords, unterkomme. Sie sind sehr freundlich und haben zwei Töchter ungefähr in meinem Alter.«

»Fühlen Sie sich dort wohl?«

»Das kann ich noch nicht beurteilen. Ich bin gerade erst angekommen. Sie sind alle ziemlich langweilig. Ich möchte wirklich gern wissen, wieviel Geld ich zu erwarten habe.«

»Sie wünschen also eine finanzielle Auskunft?«

»Ja«, antwortete Elvira. »Ich habe Geld, das weiß ich. Ist es viel?«

Egerton war jetzt ernst. »Ja«, sagte er. »Sie haben eine Menge Geld. Ihr Vater war ein sehr reicher Mann, und Sie waren sein einziges Kind. Bei seinem Tod erbte ein Vetter den Titel und den Landsitz. Ihr Vater mochte diesen Vetter nicht. Daher vermachte er seinen ganzen, ziemlich beträchtlichen persönlichen Besitz seiner Tochter — Ihnen, Elvira. Sie sind ein sehr reiches Mädchen oder werden es sein, wenn Sie einundzwanzig sind.«

»Soll das heißen, daß ich *jetzt* nicht reich bin?«

»Doch, Sie sind auch jetzt wohlhabend, aber Sie können erst darüber verfügen, wenn Sie einundzwanzig sind oder heiraten. Bis zu dem Zeitpunkt wird Ihr Vermögen von Ihren Treuhändern verwaltet, von Luscombe, mir und einem anderen.« Er lächelte ihr zu. »Wir haben es nicht unterschlagen, es ist immer noch da. Durch gute Anlagen haben wir Ihr Kapital sogar bedeutend vermehrt.«

»Wieviel werde ich haben?«

»Im Alter von einundzwanzig Jahren oder bei Ihrer Heirat wird Ihnen eine Summe ausgehändigt, die nach grober Schätzung etwa sechs- oder siebenhunderttausend Pfund betragen dürfte.«

»Das ist allerdings sehr viel«, sagte Elvira beeindruckt.

»Ja, das kann man wohl behaupten. Eben weil es soviel ist, hat wahrscheinlich niemand mit Ihnen groß darüber geredet.« Er beobachtete sie, während sie sich dies durch den Kopf gehen ließ. Ein ganz interessantes Mädchen, dachte er. Sah aus, als könnte sie kein Wässerlein trüben, aber es steckte mehr dahinter. Sehr viel mehr. Mit leicht ironischem Lächeln sagte er: »War die Auskunft befriedigend?«

Sie lächelte ihn plötzlich an. »Das sollte man annehmen, nicht wahr?«

»Bedeutend besser als ein Totogewinn«, bemerkte er.

Sie nickte, aber ihre Gedanken waren woanders. Dann stellte sie eine überraschende Frage. »Wer bekommt das Geld, wenn ich sterbe?«

»Wie die Dinge jetzt liegen, würde es Ihrem nächsten Verwandten zufallen.«

»Jemand hat mir gesagt, ich könne jetzt kein Testament machen. Erst mit einundzwanzig Jahren. Das stimmt also?«

»Der Betreffende hatte durchaus recht.«

»Das ist eigentlich ziemlich ärgerlich. Wenn ich verheiratet wäre, würde bei meinem Tod mein Mann wohl das Geld erben, nicht wahr?«

»Ja.«

»Und wenn ich unverheiratet wäre, bekäme es meine Mutter als nächste Verwandte. Ich scheine tatsächlich sehr wenige Verwandte zu haben. Ich kenne nicht einmal meine Mutter. Wie ist sie eigentlich?«

»Sie ist eine sehr bemerkenswerte Frau«, entgegnete Egerton schroff. »Das ist wohl das Urteil aller.«

»Hat sie je das Verlangen gehabt, mich zu sehen?«

»Vielleicht . . . ich halte es für durchaus möglich. Da sie jedoch — in gewisser Beziehung wenigstens — ihr eigenes Leben ziemlich vermasselt hat, hielt sie es wohl für richtiger, daß Sie fern von ihr aufwuchsen.«

»Wissen Sie bestimmt, daß sie so denkt?«

»Nein. Ich weiß in Wirklichkeit nichts darüber.«

Elvira erhob sich. »Ich danke Ihnen vielmals«, sagte sie. »Es war sehr freundlich von Ihnen, mir dies alles mitzuteilen.« Sie reichte ihm ihre Hand und sagte sehr charmant: »Ich bin Ihnen sehr dankbar. Hoffentlich habe ich Sie nicht bei einer wichtigen Arbeit gestört.« Damit ging sie hinaus.

Egerton stand eine Weile da und blickte auf die Tür, die sich hinter ihr geschlossen hatte. Er spitzte die Lippen, pfiff leise vor sich hin, setzte sich dann kopfschüttelnd an den Schreibtisch und nahm den Hörer von der Gabel. »Miß Cordell, verbinden Sie mich bitte mit Colonel Luscombe. Versuchen Sie es erst in seinem Klub.«

Er legte den Hörer wieder auf. Alsbald ertönte der Summer. »Colonel Luscombe ist jetzt am Apparat, Mr. Egerton.«

»Gut. Stellen Sie durch. Hallo, Derek. Hier ist Richard Egerton. Wie geht es dir? Ich habe soeben Besuch gehabt von jemandem, den du auch kennst. Von deinem Mündel.«

»Von Elvira?« Derek Luscombe schien erstaunt zu sein.

»Ja.«

»Aber warum denn nur — um Himmels willen, warum hat sie dich aufgesucht? Hat doch keine Dummheiten gemacht, wie?«

»Nein, im Gegenteil, sie schien ziemlich — mit sich zufrieden zu sein. Sie wollte sich über ihre finanzielle Position orientieren.«

»Du hast sie doch hoffentlich nicht aufgeklärt«, sagte Colonel Luscombe voller Besorgnis.

»Warum nicht? Was hat diese Geheimniskrämerei für einen Sinn?«

»Nun, ich habe das Gefühl, es ist unklug, ein Mädchen wissen zu lassen, daß sie eine so große Summe zu erwarten hat.«

»Wenn wir es nicht tun, wird sie es von anderer Seite erfahren. Sie muß darauf vorbereitet werden, weißt du. Geld stellt eine große Verantwortung dar.«

»Ja, aber sie ist noch so kindlich.«

»Bist du dessen sicher?«

»Was soll das heißen? Natürlich ist sie noch ein Kind.«

»Ich würde sie nicht als Kind bezeichnen. Wer ist der Verehrer?«

»Wie, bitte?«

»Wer ist der Verehrer?, habe ich gefragt. Es ist doch ein Mann im Spiel, nicht wahr?«

»Nein, wirklich nicht. Wie kommst du darauf?«

»Sie hat es zwar nicht deutlich ausgesprochen. Aber ich besitze so einige Erfahrung, weißt du. Ich glaube, daß sie einen Freund hat.«

»Ich kann dir versichern, daß du dich irrst. Ich meine, sie ist höchst sorgfältig erzogen worden. Sie hat sehr strenge Schulen besucht und war in einem der vornehmsten Pensionate in Italien. Ich wüßte es bestimmt, wenn sie irgendein Techtelmechtel hätte. Sicherlich hat sie ein paar nette junge Burschen kennengelernt, aber ich bin überzeugt, daß kein solches Verhältnis besteht, wie du es andeutest.«

»Nun, meine Diagnose lautet: ein Verehrer — und wahrscheinlich ein unerwünschter.«

»Aber warum, Richard, warum? Was weißt *du* denn schon von jungen Mädchen?«

»Eine ganze Menge«, erwiderte Egerton trocken. »Du solltest ein wachsames Auge auf sie haben, Derek. Hör dich mal etwas um und versuche, in Erfahrung zu bringen, was sie sich so alles geleistet hat.«

»Unsinn. Sie ist nichts weiter als ein liebes, einfaches Mädchen.«

»Was dir von lieben, einfachen Mädchen nicht bekannt ist, würde ein ganzes Album füllen! Ihre Mutter rannte davon und verursachte einen Skandal — erinnerst du dich noch? —, als sie jünger war, als Elvira heute ist. Und der alte Coniston war einer der schlimmsten Wüstlinge in England.«

»Was du mir sagst, Richard, bringt mich ganz aus der Fassung.«

»Es ist ganz gut, daß du darauf aufmerksam gemacht wirst. Eine andere Frage gefiel mir auch nicht recht. Warum ist sie so erpicht darauf, zu erfahren, wer ihr Geld erben wird, wenn sie stirbt?«

»Merkwürdig, daß sie dich danach gefragt hat, denn sie wollte von mir das gleiche wissen.«

»Wirklich? Warum sollte sie sich mit ihrem vorzeitigen Tod befassen? Sie hat sich übrigens nach ihrer Mutter erkundigt.«

Colonel Luscombes Stimme klang besorgt, als er sagte: »Ich wollte, Bess würde sich des Mädchens annehmen.«

»Hast du mit ihr über das Thema gesprochen — mit Bess, meine ich?«

»Nun, ja . . . ja, allerdings. Ich habe sie zufällig getroffen. Wir wohnten im selben Hotel. Ich habe es Bess dringend nahegelegt, sich um Elvira zu kümmern.«

»Und was hat sie darauf erwidert?« fragte Egerton neugierig.

»Hat sich glatt geweigert. Sie hat mir praktisch zu verstehen gegeben, daß sie kein passender Umgang für das Mädchen sei.«

»Von einem bestimmten Gesichtspunkt aus betrachtet, hat sie meiner Ansicht nach sogar recht«, meinte Egerton. »Sie hat sich mit diesem Rennfahrer eingelassen, nicht wahr?«

»Ich habe so etwas munkeln hören.«

»Ja, ich auch. Ich weiß nicht, ob wirklich etwas dahintersteckt, aber es könnte wohl zutreffen. Das ist vielleicht auch der Grund ihrer Einstellung zu Elvira. Von Zeit zu Zeit sind Bess' Freunde ein etwas starker Tabak. Aber was für eine Frau sie ist, nicht wahr, Derek? Was für eine Frau!«

»Hat sich selber immer am meisten im Wege gestanden.«

»Eine wirklich nette konventionelle Bemerkung«, sagte Egerton. »Entschuldige bitte die Störung, aber halte die Augen offen, falls unerwünschte Männer im Hintergrund lauern sollten. Jedenfalls kannst du nicht sagen, du seist nicht gewarnt worden.«

11

Mrs. McCrae, Kanonikus Pennyfathers Haushälterin, hatte für den Abend seiner Rückkehr Seezunge eingekauft. Eine gute Seezunge besaß mancherlei Vorteile: Sie brauchte erst dann dem Grill oder der Bratpfanne anvertraut zu werden, wenn der Kanonikus tatsächlich zu Hause war; zur Not hielt sie sich auch bis zum nächsten Tag. Kanonikus Pennyfather schätzte Seezunge sehr, und sollte ein Anruf oder ein Telegramm die Nachricht bringen, daß der Kanonikus diesen Abend doch woanders sein würde, so war Mrs. McCrae auch kein Kostverächter. Alles war daher aufs beste für die Rückkehr des Kanonikus vorbereitet. Er wurde mit dem Zug erwartet, der um achtzehn Uhr dreißig von London eintraf.

Um sieben Uhr war er noch nicht da. Gewiß hatte der Zug Verspätung. Um halb acht fehlte vom Kanonikus noch immer jede Spur. Mrs. McCrae stieß einen ärgerlichen Seufzer aus. In ihr regte sich der starke Verdacht, daß sie wieder einmal eine dieser unangenehmen Überraschungen erleben werde. Acht Uhr, und kein Kanonikus. Mrs. McCrae war der Verzweiflung nahe.

Um neun Uhr backte sie sich drei Pfannkuchen. Die Seezunge stellte sie vorsorglich in den Kühlschrank. »Ich möchte nur wissen, wo der gute Mann jetzt steckt«, murmelte sie vor sich hin. Erfahrung hatte sie gelehrt, daß das Feld hier unbegrenzt war. Die Wahrscheinlichkeit bestand, daß er sein Versehen noch rechtzeitig entdecken und sie telegrafisch oder telefonisch benachrichtigen würde, bevor sie zu Bett ging. »Ich werde bis elf Uhr aufbleiben, aber nicht länger«, sagte sich Mrs. McCrae.

Man konnte nicht sagen, daß sie sich Sorgen machte. So etwas war schon häufiger vorgekommen. Es blieb nichts weiter übrig, als auf irgendeine Nachricht zu warten. Am übernächsten Tag kam sein alter Freund, der Erzdiakon Simmons, zu Besuch. Daran würde sich der Kanonikus sicher erinnern. Deshalb würde zweifellos spätestens bis übermorgen er selbst oder ein Telegramm oder Brief von ihm eintreffen.

Der Morgen des nächsten Tages brachte jedoch kein Lebenszeichen des Kanonikus. Zum erstenmal spürte Mrs. McCrae eine gewisse Unruhe. Zwischen neun Uhr vormittags und ein Uhr nachmittags schlich sie um das Telefon herum wie die Katze um den heißen Brei. Die Notwendigkeit, ein Ferngespräch zu führen oder gar nach London zu telefonieren, brachte sie ganz aus der Fassung. Es war in ihren Augen eine schändliche Geldverschwendung. Nichtsdestoweniger begann sie allmählich, dieses problematische Unterfangen ins Auge zu fassen.

Schließlich, als ein weiterer Tag ohne Nachricht von dem Kanonikus anbrach, beschloß sie zu handeln. Sie wußte, wo er in London abgestiegen war. *Bertrams Hotel.* Mrs. McCrae nahm allen Mut zusammen und meldete ein Ferngespräch nach London an. Während sie wartete, biß sie sich auf die Lippen und hielt den Hörer fest ans Ohr gepreßt.

»*Bertrams Hotel,* zu Ihren Diensten«, ertönte eine Stimme.

»Oh, bitte, ich möchte gern mit Miß Gorringe sprechen«, sagte Mrs. McCrae.

»Einen Augenblick, bitte. Wen darf ich melden?«

»Hier ist Kanonikus Pennyfathers Haushälterin, Mrs. McCrae.«

»Eine Sekunde, bitte.«

Bald darauf erklang Miß Gorringes ruhige und vertrauenerweckende Stimme. »Miß Gorringe am Apparat. Ist dort Kanonikus Pennyfathers Haushälterin?«

»Ganz recht. Mrs. McCrae.«

»Ach ja. Womit kann ich Ihnen dienen, Mrs. McCrae?«

»Wohnt Kanonikus Pennyfather noch bei Ihnen im Hotel?«

»Ich bin froh, daß Sie mich angerufen haben«, sagte Miß Gorringe. »Wir haben uns schon einiges Kopfzerbrechen gemacht, was wir tun sollen.«

»Soll das heißen, daß Kanonikus Pennyfather etwas zugestoßen ist? Hatte er einen Unfall?«

»Nein, nein, nichts dergleichen. Aber wir haben ihn am Freitag oder Sonnabend von Luzern zurückerwartet.«

»Das war auch sein Plan.«

»Aber er kam nicht. Nun, das war allerdings nicht sehr überraschend. Er hatte sich ja sein Zimmer weiterhin reservieren lassen — das heißt, bis gestern. Er ist jedoch auch gestern nicht zurückgekehrt. Hat auch nichts von sich hören lassen, und seine Sachen sind noch hier, jedenfalls der größere Teil seines Gepäcks. Wir waren uns nicht ganz schlüssig, was wir unternehmen sollten. Natürlich wissen wir«, setzte Miß Gorringe hastig hinzu, »daß der Kanonikus manchmal — hm — etwas vergeßlich ist.«

»Das kann man wohl behaupten!«

»Es ergeben sich nun einige Schwierigkeiten. Wir haben so viele Vorbestellungen. Sein Zimmer ist tatsächlich für einen anderen Gast vorgesehen.« Nach einer kurzen Pause fügte sie hinzu: »Sie haben keine Ahnung, wo er sein könnte?«

Voller Bitterkeit erwiderte Mrs. McCrae: »Der Mann könnte überall stecken!« Sie riß sich zusammen. »Nun, vielen Dank, Miß Gorringe.«

»Kann ich irgend etwas tun . . .« erbot sich Miß Gorringe hilfsbereit.

»Ich werde wohl bald von ihm hören«, sagte Mrs. McCrae. Sie dankte Miß Gorringe noch einmal und legte den Hörer auf. Voller Unruhe saß sie neben dem Telefon. Sie sorgte sich nicht um die persönliche Sicherheit des Kanonikus. Wenn er einen Unfall erlitten hätte, wäre sie inzwischen schon benachrichtigt worden, davon war sie fest überzeugt. Das dumme war nur, daß Erzdiakon Simmons heute abend eintraf und bestimmt erwarten würde, den Gastgeber vorzufinden. Sie konnte Erzdiakon Simmons nicht absagen, da sie nicht wußte, wo er war. Es war alles sehr problematisch, aber wie in den meisten Fällen gab es auch in dieser Schwierigkeit einen Lichtblick. Und das war der Besuch von Erzdiakon Simmons — er würde Rat wissen. Sie würde die Angelegenheit vertrauensvoll in seine Hände legen.

Erzdiakon Simmons war von ihrem Brotherrn grundverschieden. Er stand heiter mit beiden Füßen auf dem Boden der Tatsachen. In jeder schwierigen Lage wußte er mit Sicherheit, was zu tun war, und tat es. Ein zuversichtlicher Geistlicher, Erzdiakon Simmons, der bei seinem Eintreffen von Mrs. McCrae mit Erklärungen, Entschuldigungen und beunruhigenden Gedanken überschüttet wurde, erwies sich tatsächlich als ein starker Hort. Auch er schwebte in Ängsten.

»Nun, machen Sie sich nur keine Sorgen, Mrs. McCrae«, sagte er in seiner munteren Art, als er sich zu dem Mahl niederließ, das sie für seinen Empfang zubereitet hatte. »Wir werden den zerstreuten Burschen schon aufspüren.«

Nach dem Essen benutzte er tüchtig das Telefon, ohne jegliche Rücksicht auf die entstehenden Kosten. Mrs. McCrae spitzte ängstlich die Lippen, obgleich sie diese Verschwendung nicht verurteilen konnte; ihr Brotherr mußte ja wirklich gefunden werden. Nachdem er pflichtschuldigst zuerst die Schwester des Kanonikus angerufen hatte, die von dem Kommen und Gehen ihres Bruders wenig Notiz nahm und wie üblich nicht die blasseste Ahnung hatte, wo er war oder sein könnte, dehnte der Erzdiakon die Suchaktion weiter aus. Er wandte sich nochmals an *Bertrams Hotel* und verschaffte sich möglichst genaue Einzelheiten. Der Kanonikus war am frühen Abend des Neunzehnten im Hotel aufgebrochen. Er hatte nur eine kleine BEA-Reisetasche mitgenommen, sein anderes Gepäck jedoch in seinem Zimmer zurückgelassen, das ordnungsgemäß weiter gebucht blieb. Er hatte erwähnt, daß er irgendeine Konferenz in Luzern besuchen wolle, war aber vom Hotel nicht direkt zum Flughafen gefahren. Der Portier, der ihn vom Sehen kannte, hatte ihn in ein Taxi verfrachtet und den Fahrer wunschgemäß zum Athenaeum-Klub dirigiert. Das war das letzte Mal, daß jemand von *Bertrams Hotel* Kanonikus Pennyfather gesehen hatte. Ach ja, noch eine Kleinigkeit — er hatte vergessen, seinen Zimmerschlüssel beim Empfang zu lassen, und ihn statt dessen mitgenommen. Es war nicht das erste Mal vorgekommen.

Erzdiakon Simmons machte eine kleine Pause, um ein paar Minuten zu überlegen, ehe er die nächste Nummer wählte. Er konnte natürlich den Flughafen in London anrufen, aber das würde zweifellos einige Zeit in Anspruch nehmen. Es fiel ihm ein kürzerer Weg ein, und er rief Dr. Weissgarten an, einen bekannten Orientalisten, der ziemlich sicher am Kongreß teilgenommen hatte.

Dr. Weissgarten war zu Hause. Sobald er hörte, wer mit ihm sprach, ließ er einen Wortschwall vom Stapel, der größtenteils aus einer abfälligen Kritik zweier auf der Konferenz gehaltener Vorträge bestand. »Höchst unzuverlässig, dieser Hogarov«, sagte er. »In jeder Weise anfechtbar. Wie er damit durchkommt, entzieht sich meiner Kenntnis. Der Mann ist überhaupt kein Gelehrter. Wissen Sie, was er sagte?«

Der Erzdiakon seufzte und sah sich genötigt, seinen Gesprächspartner zu unterbrechen. Sonst bestand die Aussicht, sich den Rest des Abends Weissgartens Kritik an seinem Kollegen anhören zu müssen. Mit ziemlichem Bedauern ließ sich Dr. Weissgarten herbei, von persönlichen Dingen zu sprechen.

»Pennyfather?« sagte er. »Pennyfather? Er hätte eigentlich anwesend sein müssen. Kann nicht verstehen, warum er nicht dort war. Hat mir gesagt, er gehe hin, noch vor einer Woche, als ich ihn im Athenaeum traf.«

»Wollen Sie damit sagen, daß er überhaupt nicht auf der Konferenz war?«

»Das habe ich doch gerade gesagt. Er hätte da sein *sollen.*«

»Wissen Sie, warum er nicht kam? Hat er eine Absage geschickt?«

»Woher soll ich das wissen? Er hat erwähnt, daß er bestimmt hinfahren werde. Ja, jetzt entsinne ich mich. Man hatte ihn erwartet. Mehrere Leute äußerten sich über seine Abwesenheit. Glaubten, er habe sich vielleicht erkältet. Sehr tückisches Wetter.« Er wollte gerade wieder seine Kollegen kritisieren, aber Erzdiakon Simmons verabschiedete sich. Er rief jetzt doch die Flughafenabfertigung an. Bei diesem Unternehmen mußte er sehr viel Geduld aufbringen, weil er von einer Abteilung zur anderen verbunden wurde. Schließlich erfuhr er eine weitere Tatsache. Kanonikus Pennyfather hatte für den Achtzehnten einen Platz gebucht, und zwar in der Maschine, die um einundzwanzig Uhr vierzig in die Schweiz flog; aber er hatte den Platz nicht benutzt.

»Wir kommen langsam weiter«, sagte Erzdiakon Simmons zu Mrs. McCrae, die sich im Hintergrund aufhielt. »Einen Augenblick mal. Bei wem soll ich mein Heil jetzt versuchen?«

»Dieses viele Telefonieren wird eine Unmenge Geld kosten«, klagte Mrs. McCrae.

»Leider ja«, stimmte ihr Erzdiakon Simmons zu. »Aber wir müssen ihm auf die Spur kommen. Er ist kein junger Mann mehr.«

»Oh, Sir, Sie denken doch nicht allen Ernstes, daß ihm etwas zugestoßen ist?«

»Nun, hoffentlich nicht . . . Aber ich nehme es nicht an, denn sonst hätten Sie wohl inzwischen davon gehört. Er führte doch bestimmt immer — hm — eine Karte mit seinem Namen und seiner Adresse bei sich?«

»O ja, Sir, er hatte Visitenkarten bei sich, außerdem Briefe und alles mögliche in seiner Brieftasche.«

»Na, dann glaube ich nicht, daß er in einem Krankenhaus ist«, meinte der Erzdiakon. »Warten Sie mal. Als er das Hotel verließ, fuhr er mit einem Taxi zum Athenaeum. Dort werde ich jetzt mal anrufen.«

Hier bekam er eine klare Auskunft. Kanonikus Pennyfather, der im Klub gut bekannt war, hatte am Abend des Neunzehnten um sieben Uhr dreißig dort gegessen. In diesem Augenblick fiel dem Erzdiakon etwas auf, was er bis dahin übersehen hatte. Die Flugkarte war für den Achtzehnten ausgestellt, aber der Kanonikus war am Neunzehnten von *Bertrams Hotel* in einem Taxi zum Athenaeum gefahren, nachdem er zuvor erwähnt hatte, er sei auf dem Weg zur Konferenz in Luzern. Dem Erzdiakon ging ein Licht auf. Dämlicher alter Esel, dachte er bei sich, hütete sich aber wohl, diesen Gedanken laut vor Mrs. McCrae auszusprechen. Hat die Daten verwechselt. Die Konferenz fand am Neunzehnten statt. Dessen bin ich sicher. Er muß angenommen haben, am Achtzehnten aufgebrochen zu sein. Er hat sich um einen Tag geirrt.

Er versuchte, die Vorgänge zu rekonstruieren. Der Kanonikus war also zum Athenaeum gefahren, hatte dort gegessen und sich dann wahrscheinlich zum Stadtbüro der Fluggesellschaft in Kensington begeben. Dort hatte man ihn zweifellos darauf aufmerksam gemacht, daß sein Flugschein abgelaufen war. Es war ihm dann zum Bewußtsein gekommen, daß die Konferenz, die er besuchen wollte, bereits stattgefunden hatte.

»So ist's gewesen«, erklärte Erzdiakon Simmons. »Darauf können Sie sich verlassen.« Er setzte Mrs. McCrae seine Theorie auseinander, und sie gab zu, daß sie einleuchtend sei. »Aber was hat er dann wohl gemacht?«

»Er ist wahrscheinlich ins Hotel zurückgekehrt«, sagte Mrs. McCrae.

»Er wäre wohl nicht sofort nach Hause gefahren? Ich meine, direkt zum Bahnhof gegangen?«

»Nicht, wenn sein Gepäck noch im Hotel war. Auf jeden Fall hätte er es abgeholt.«

»Allerdings«, stimmte Simmons zu. »Na schön. Wir wollen mal unsere Phantasie spielen lassen. Er verließ die Abfertigungsstelle mit seiner kleinen Tasche und kehrte ins Hotel zurück. Oder schlug jedenfalls den Weg zum Hotel ein. Vielleicht nahm er unterwegs sein Abendessen — ach nein, das hatte er ja schon im Athenaeum getan. Also gut, er ging wieder ins Hotel zurück. Aber er ist dort nicht angekommen!« Er machte eine kleine Pause und setzte dann zweifelnd hinzu: »Oder etwa doch? Niemand scheint ihn dort gesehen zu haben. Was ist ihm also unterwegs zugestoßen?«

»Wenn er einen Unfall erlitten hätte . . .«

»Ja, Mrs. McCrae, das ist natürlich möglich. Wir könnten die Krankenhäuser anrufen. Sie sagten aber doch, er habe viele Papiere bei sich, mit deren Hilfe er identifiziert werden könne, nicht wahr? Hm — mir scheint, es bleibt uns nur ein Weg übrig.«

Mrs. McCrae warf ihm einen furchtsamen Blick zu.

»Ich glaube nämlich«, sagte der Erzdiakon mit sanfter Stimme, »daß wir uns nun an die Polizei wenden müssen.«

12

Miß Marple fiel es durchaus nicht schwer, sich in London die Zeit zu vertreiben. Sie unternahm viel, wozu sie bei ihren bisherigen kurzen Besuchen der Hauptstadt nicht gekommen war. An einem besonders milden und angenehmen Nachmittag bestieg Miß

Marple einen Bus nach Battersea. Sie wollte zwei Genüsse miteinander verbinden: einmal ihre Erinnerung an Prices Terrace Mansions auffrischen, wo eine ihrer alten Gouvernanten gewohnt hatte, und zum anderen Battersea Park besuchen. Der erste Teil ihres Vorhabens erwies sich als undurchführbar. Miß Ledburys ehemaliges Heim war spurlos verschwunden und durch eine gewaltige Masse schimmernden Betons ersetzt. Miß Marple bog in den Battersea Park ein. Sie war immer gut zu Fuß gewesen, mußte jedoch zugeben, daß sie sich heutzutage nicht mehr soviel zumuten konnte. Nach einem knappen Kilometer wurde sie bereits müde. Sie würde es wohl noch fertigbringen, dachte sie, den Park zu durchqueren und dann über die Chelsea-Brücke zu gehen, um einen günstigen Bus zu erreichen. Doch ihre Schritte wurden immer langsamer, und sie war hocherfreut, als sie auf einen Teegarten am Rande des Sees stieß.

Trotz der herbstlichen Kühle war draußen noch gedeckt. Es saßen nicht viele Menschen im Freien: einige Mütter mit Kinderwagen und eine Reihe von Liebespaaren. Miß Marple holte sich ein Tablett mit Tee und zwei Stück Biskuitkuchen, trug es vorsichtig an einen Tisch und setzte sich erleichtert hin. Der Tee war gerade das, was sie brauchte: heiß, stark und sehr belebend. Wieder erfrischt, ließ sie ihre Blicke umherschweifen. Als sie auf einen besonderen Tisch fielen, richtete sie sich kerzengerade auf. Wirklich, ein sehr seltsamer Zufall, höchst merkwürdig in der Tat! Erst im Army & Navy-Warenhaus und jetzt hier. Sehr ungewöhnliche Plätze suchten sich diese beiden Menschen ja aus! Aber nein! Es war ein Irrtum! Miß Marple holte ihre stärkere Brille aus der Handtasche. Ja, sie hatte sich geirrt. Es war natürlich eine gewisse Ähnlichkeit vorhanden. Das lange, glatte blonde Haar zum Beispiel. Aber es war diesmal nicht Bess Sedgwick, sondern ein bedeutend jüngeres Wesen. Natürlich! Es mußte die Tochter sein! Das junge Mädchen, das mit Lady Selina Hazys Freund, Colonel Luscombe, in *Bertrams Hotel* erschienen war. Doch der Mann, mit dem sie am Tisch saß, war derselbe, der mit Lady Sedgwick im Army & Navy-Restaurant zu Mittag gegessen hatte. Darüber bestand gar kein Zweifel: dasselbe gute Aussehen, derselbe habichtartige Blick, dieselbe Hagerkeit, dieselben raubtierähnlichen, geschmeidig-kraftvollen Bewegungen und — ja, dieselbe starke männliche Anziehungskraft.

»Schlecht«, sagte Miß Marple. »Durch und durch schlecht! Grausam! Gewissenlos! Das gefällt mir gar nicht. Erst die Mutter, jetzt die Tochter. Was bedeutet das nur?«

Es bedeutete nichts Gutes, davon war Miß Marple überzeugt. Beide Zusammenkünfte waren heimlicher Natur, dessen war sie sicher. Sie beobachtete genau, wie die beiden sich über den Tisch beugten, bis ihre Köpfe fast zusammenstießen, und wie ernst sie miteinander redeten. Das Gesicht des Mädchens . . . Miß Marple nahm ihre Brille ab, putzte die Gläser sorgfältig und setzte sie wieder auf. Ja, dieses Mädchen war verliebt. Rasend verliebt, wie man es nur in der Jugend sein kann.

Als Miß Marple aufbrach, ging sie dicht an dem Tisch vorbei, an dem die beiden saßen, und zwar so langsam, wie es eben ging, ohne aufzufallen. Leider sprachen sie so leise, daß sie nicht verstehen konnte, was sie sagten. Der Mann sprach, und das Mädchen hörte zu, halb erfreut, halb ängstlich. »Planen vielleicht, miteinander davonzulaufen«, dachte Miß Marple. »Sie ist noch nicht großjährig.«

Miß Marple schritt durch das kleine Tor im Zaun, das auf den Parkweg führte. Dort war eine Reihe von Autos geparkt. Sie blieb neben einem der Wagen stehen. Miß Marple verstand nicht gerade viel von Autos, aber ein solches Modell sah man nicht allzu häufig. Deshalb war es ihr aufgefallen, und sie erinnerte sich nun daran. Von einem begeisterten Großneffen hatte sie ein bißchen etwas über diesen Wagentyp erfahren. Es war ein Rennwagen. Irgendein ausländisches Fabrikat — an den Namen konnte sie sich nicht erinnern. Außerdem hatte sie dieses Auto oder eines derselben Marke erst gestern in einer Seitenstraße dicht bei *Bertrams Hotel* gesehen. Es war ihr aufgefallen, nicht nur wegen seiner Größe und seines ungewöhnlichen Aussehens, sondern auch, weil die Nummer irgendeine Gedankenverbindung in ihr geweckt hatte. FAN 2266. Natürlich — sie hatte dabei an ihre Kusine Fanny Godfrey gedacht. Sie ging ein paar Schritte weiter und warf einen Blick auf das Nummernschild dieses Wagens. Ja, sie hatte wieder einmal recht, FAN 2266. Es war derselbe Wagen. Miß Marple, deren Beine immer müder wurden, erreichte, tief in Gedanken versunken, die andere Seite der Chelsea-Brücke. Sie war jetzt so erschöpft, daß sie kurzentschlossen das erstbeste Taxi herbeiwinkte. Sie hatte das quälende Gefühl, in dieser Sache eigentlich etwas unternehmen zu müssen. Aber was und in welcher Sache überhaupt? Es war alles so unbestimmt. Sie starrte geistesabwesend auf einen Zeitungsaushang.

»Sensationelle Entwicklung beim Zugüberfall«, hieß es da.

»Schilderung des Lokführers«, verkündete ein anderes Blatt. Scheußlich! dachte Miß Marple bei sich. Jeden Tag schien aber auch ein Raubüberfall auf Banken oder Eisenbahnen zu passieren. Die Verbrechen schienen einander zu übertrumpfen.

13

Chefinspektor Fred Davy erinnerte an einen großen Brummer, als er so vor sich hinsummend durch die Räume der Kriminalpolizei wanderte. Es war eine wohlbekannte Marotte, die keinem besonders auffiel und höchstens zu der Bemerkung führte: »Vater ist wieder auf Beute aus.« Sein Rundgang brachte ihn schließlich in das Zimmer, wo Inspektor Campbell mit gelangweilter Miene hinter seinem Schreibtisch saß. Inspektor Campbell war ein ehrgeiziger junger Mann, und so fand er einen großen Teil seiner Beschäftigung äußerst langweilig. Dennoch bewältigte er die ihm zugewiesenen Aufgaben gut und erzielte dabei einige recht schöne Erfolge.

»Guten Morgen, Sir«, sagte Inspektor Campbell respektvoll, als Vater sein Reich betrat. Wie alle anderen nannte natürlich auch er Chefinspektor Davy »Vater«, hinter seinem Rücken, aber er hatte noch nicht das Dienstalter erreicht, das ihm eine solche Anrede gestattete. »Kann ich irgend etwas für Sie tun?« erkundigte er sich.

Der Chefinspektor summte zur Begrüßung einfach sein Liedchen weiter, zog sich einen Stuhl heran und setzte sich hin. »Viel zu tun?« fragte er.

»So einigermaßen.«

»Sie bearbeiten gerade einen merkwürdigen Fall: jemand ist aus einem Hotel verschwunden, nicht wahr? Wie war der Name doch gleich? *Bertrams Hotel.* Stimmt's?«

»Ja, ganz recht, Sir. *Bertrams Hotel.*«

»Haben sie die Polizeistunde nicht eingehalten? Prostitution?«

»O nein, Sir«, erwiderte Inspektor Campbell, ein wenig schokkiert, *Bertrams Hotel* in einen solchen Zusammenhang gebracht zu hören. »Es ist ein sehr nettes, ruhiges, altmodisches Hotel.«

»Wirklich?« meinte Vater. »Nun, das ist ja sehr interessant.«

Inspektor Campbell hätte gern gewußt, warum es interessant sei. Aber er wagte nicht, danach zu fragen, da die Laune der leitenden Herren, wie allgemein bekannt, sehr schlecht war seit dem Raubüberfall auf den Postzug, der einen eklatanten Erfolg für die Verbrecher darstellte. Er betrachtete Vaters breites, grobes, stures Gesicht und wunderte sich im stillen — und nicht zum erstenmal —, wie Chefinspektor Davy seinen jetzigen Rang erreicht hatte und warum man im Dezernat so große Stücke auf ihn hielt.

»Also nun, was ist eigentlich in *Bertrams Hotel* los?« fragte der Chefinspektor nach einer Weile. »Wer ist verschwunden und wie und warum?«

»Ein Kanonikus Pennyfather, Sir. Älterer Geistlicher.«

»Langweiliger Fall, wie?«

»Ja, Sir, in gewisser Hinsicht schon.«

»Wie sieht der Mann aus?«

»Kanonikus Pennyfather?«

»Ja — Sie haben doch wohl eine Beschreibung von ihm?«

»Natürlich.« Campbell blätterte in seinen Unterlagen und las dann: »Größe einsdreiundsiebzig, dichte weiße Haare, gebeugte Haltung . . .«

»Und er ist aus *Bertrams Hotel* verschwunden — wann?«

»Etwa vor einer Woche — am 19. November.«

»Und jetzt wurde es erst gemeldet? Haben sich aber Zeit gelassen, nicht wahr?«

»Nun, ich glaube, es wurde allgemein angenommen, daß er wieder auftauchen werde.«

»Irgendeine Idee, was dahintersteckt?« fragte Vater. »Ist ein anständiger, gottesfürchtiger Mann plötzlich mit der Frau eines Küsters durchgebrannt? Oder neigt er zum heimlichen Suff? Hat er Kirchengelder unterschlagen? Oder ist er einer dieser zerstreuten Professoren, denen so etwas häufiger passiert?«

»Nun, nach allem, was ich so vernommen habe, gehört er zur letzten Kategorie. Es ist schon oft vorgekommen.«

»Wie — daß er aus einem respektablen Westend-Hotel verschwunden ist?«

»Nein, das gerade nicht, aber er ist nicht immer nach Hause zurückgekehrt, wenn man ihn erwartete. Gelegentlich ist er bei Freunden aufgetaucht an einem Tag, für den er nicht eingeladen war. Dann wieder ist er nicht erschienen, wenn man ihn wirklich eingeladen hatte. In diesem Stil.«

»Ja«, sagte Vater. »Ja. Nun, das klingt ja ganz hübsch und natürlich und planmäßig, nicht wahr? Was sagten Sie noch — an welchem Tag ist er verschwunden?«

»Donnerstag, den 19. November. Er sollte eigentlich an einem Kongreß in« — Campbell beugte sich vor und sah in seinen Papieren nach — »o ja, in Luzern teilnehmen. Gesellschaft für Bibelforschung. Ich glaube, es ist eine deutsche Gründung.«

»Und fand sie tatsächlich in Luzern statt? Der alte Knabe — das ist er doch wohl, wie?«

»Dreiundsechzig, Sir.«

»Der alte Knabe ist dort nicht erschienen. Stimmt's?«

Inspektor Campell zog die Unterlagen zu sich heran und gab Vater einen genauen Bericht über alle bisherigen Ermittlungen.

»Klingt nicht danach, als wäre er mit einem Chorknaben auf und davon gegangen«, bemerkte Chefinspektor Davy.

»Er wird wohl wieder auftauchen, nehme ich an«, sagte Campbell, »aber wir gehen der Sache natürlich nach. Sind Sie — hm besonders interessiert an diesem Fall, Sir?« Er konnte seine Neugierde kaum verbergen.

»Nein«, erwiderte Davy nachdenklich. »Nein, nicht an dem Fall an sich. Er enthält nichts Bemerkenswertes für mich.« Es trat eine Pause ein, eine Pause, in der deutlich die unausgesprochene Frage Campbells schwebte. Nun, wozu denn dieses ganze Palaver? Er war jedoch zu gut erzogen, um sie laut zu äußern.

»Was mich *wirklich* interessiert«, fuhr Vater fort, »ist das Datum. Und *Bertrams Hotel* natürlich.«

»Es ist ein sehr gut geführtes Haus, Sir. Nie Scherereien.«

»Das ist ja schön«, meinte Vater und fügte nachdenklich hinzu: »Ich möchte mir das Hotel gern mal ansehen.«

»Selbstverständlich, Sir«, sagte Inspektor Campbell. »Wann Sie wollen. Ich hatte selbst vor, dort gelegentlich vorbeizuschauen.«

»Dann könnte ich ja eben mitkommen«, schlug Vater vor. »Nicht, um mich einzumischen, ganz und gar nicht. Aber ich möchte mir das Haus mal näher aufs Korn nehmen, und Ihr verschwundener Erzdiakon — oder was er auch ist — liefert mir einen guten Vorwand. Sie brauchen mich nicht mit ›Sir‹ anzureden, wenn wir dort sind. Machen Sie sich nur recht wichtig. Ich werde die Rolle des Handlangers spielen.«

Die beiden Detektive machten sich zusammen auf den Weg, Campbell in einem eleganten Straßenanzug und Chefinspektor Davy in einem Tweedanzug, in dem er aussah wie ein Bauer im Sonntagsstaat. Sie paßten gut in *Bertrams* Milieu. Nur Miß Gorringe sah, als sie von ihren Geschäftsbüchern aufblickte, mit ihrem scharfen Auge, daß sie nicht zu den Gästen gehörten, und schätzte sie richtig ein. Da sie selbst das Verschwinden des Kanonikus Pennyfather gemeldet und bereits eine Unterredung mit einem Sergeanten des Polizeireviers gehabt hatte, war sie auf einen solchen Besuch gefaßt gewesen. Mit einem Wink veranlaßte sie die ernst dreinblickende Hilfskraft, die sich im Hintergrund zu ihrer Verfügung hielt, die routinemäßige Arbeit am Empfang zu übernehmen, während Miß Gorringe sich unmerklich etwas weiter den Tresen entlangschob und zu den beiden Männern aufblickte. Inspektor Campbell legte ihr seine Karte vor, und sie nickte.

»Möchten Sie nicht lieber mit ins Büro kommen?« fragte Miß Gorringe. »Dort können wir uns ungestört unterhalten.«

»Ja, das wäre wohl am besten.«

»Ein schönes Hotel haben Sie«, sagte der große, korpulente, etwas grobschlächtig aussehende Mann, indem er sich zu ihr umdrehte. »Behaglich«, fügte er mit einem anerkennenden Blick auf das große Feuer hinzu. »Solider, altmodischer Komfort.«

Miß Gorringe quittierte das Kompliment lächelnd, kam hinter dem Tresen hervor und lud die beiden Männer ein, ihr zu folgen. Sie öffnete eine Mahagonitür ohne Aufschrift, und sie betraten ein kleines, ziemlich ungemütliches Büro. Alle drei nahmen Platz.

»Der verschwundene Mann ist Kanonikus Pennyfather, soweit ich unterrichtet bin«, sagte Inspektor Campbell mit einem Blick auf seine Notizen. »Ich habe Sergeant Wadells Bericht. Vielleicht erzählen Sie mir mit Ihren eigenen Worten, was vorgefallen ist.«

»Ich glaube nicht, daß Kanonikus Pennyfather wirklich verschwunden ist«, sagte Miß Gorringe. »Wissen Sie, meiner Ansicht nach hat er zufällig jemanden getroffen, einen alten Freund oder Bekannten, und ist dann mit ihm zu irgendeinem Gelehrtentreffen gefahren, drüben auf dem Kontinent. Er ist doch so zerstreut.«

»Sie kennen ihn schon eine ganze Weile?«

»O ja, er steigt hier seit — Moment mal — oh, seit mindestens fünf oder sechs Jahren ab, möchte ich meinen.«

»Sie sind wohl auch schon ziemlich lange hier, Ma'am«, mischte sich Chefinspektor Davy plötzlich in die Unterhaltung.

»An die vierzehn Jahre«, erwiderte Miß Gorringe.

»Es ist ein hübsches Hotel«, wiederholte Davy. »Und Kanonikus Pennyfather hielt sich gewöhnlich hier auf, wenn er in London war? Habe ich recht?«

»Ja. Er kam immer zu uns und schrieb rechtzeitig vorher, um sich sein Zimmer zu reservieren. Auf dem Papier war er bei weitem nicht so zerstreut wie im wirklichen Leben. Diesmal bestellte er sein Zimmer vom 17. bis zum 21. November. Während dieser Zeit gedachte er ein bis zwei Nächte außer Haus zu verbringen, wünschte aber sein Zimmer während seiner Abwesenheit zu behalten. Das hat er schon ziemlich oft gemacht.«

»Wann haben Sie sich zuerst Gedanken um ihn gemacht?« fragte Campbell.

»Eigentlich überhaupt nicht. Natürlich war es in gewisser Beziehung unangenehm. Sein Zimmer war nämlich ab dem Dreiundzwanzigsten neu vermietet, und als ich merkte — anfangs war es mir gar nicht aufgefallen —, daß er von Lugano noch nicht zurückgekehrt war . . .«

»In meinen Aufzeichnungen steht Luzern«, warf Campbell ein.

»Ja, ja, ich glaube, es war auch Luzern. Irgendein archäologischer Kongreß. Jedenfalls, als ich feststellte, daß er noch nicht wiedergekommen war und sein Gepäck geholt hatte, war mir das Ganze höchst peinlich. Um diese Jahreszeit sind wir nämlich ziemlich besetzt, und ich hatte bereits einen anderen Gast für sein Zimmer vorgemerkt. Die Ehrenwerte Mrs. Saunders aus Lyme Regis, die immer dieses Zimmer hat. Dann rief mich seine Haushälterin an. Sie war in Sorge um ihn.«

»Der Name der Haushälterin ist Mrs. McCrae, wie ich von Erzdiakon Simmons erfahren habe. Ist Ihnen diese Dame bekannt?«

»Nicht persönlich, nein, aber ich habe schon ein paarmal mit ihr telefoniert. Sie ist, glaube ich, eine sehr zuverlässige Frau und führt dem Kanonikus schon seit einer Reihe von Jahren den Haushalt.«

»Ist dieser Kanonikus im allgemeinen so zerstreut?« fragte Vater.

Miß Gorringe nahm keine Notiz von ihm. Dieser vierschrötige Mann, vermutlich der begleitende Sergeant, drängte sich in ihren Augen ein wenig zu sehr vor.

»Und nun höre ich von Erzdiakon Simmons«, fuhr Miß Gorringe in verärgertem Ton fort, »daß der Kanonikus überhaupt nicht zu dieser Konferenz in Luzern gefahren ist.«

»Hat er eine Absage geschickt?«

»Ich glaube nicht — jedenfalls nicht von hier aus. Sicher kein Telegramm. Über Luzern ist mir wirklich nichts bekannt. Ich bin eigentlich nur an der Sache interessiert, soweit sie uns angeht. Es steht schon in den Abendzeitungen, wie ich sehe — ich meine, daß er als vermißt gemeldet ist. Sie haben nicht erwähnt, daß er *hier* wohnte. Hoffentlich tun sie das nicht. Wir möchten nicht durch die Presse gezogen werden. Unseren Gästen würde das gar nicht behagen. Wenn Sie uns die Reporter fernhalten könnten, Inspektor Campbell, wären wir Ihnen sehr dankbar. Es ist ja nicht so, daß er von *hier* verschwunden wäre.«

»Ist sein Gepäck noch da?«

»Ja. Im Abstellraum. Da er nicht nach Luzern gefahren ist, haben Sie die Möglichkeit erwogen, daß er überfahren worden ist oder einen ähnlichen Unfall erlitten hat?«

»So etwas ist ihm nicht zugestoßen.«

»Das Ganze kommt mir wirklich sehr merkwürdig vor«, sagte Miß Gorringe. Ihre Verärgerung schien einem Anflug von Mitgefühl zu weichen. »Ich meine, man fragt sich tatsächlich, wohin er gegangen sein könnte und warum.«

Vater blickte sie verständnisvoll an. »Sie haben die Sache selbstverständlich nur vom Standpunkt des Hotels aus betrachtet«, sagte er. »Ganz natürlich.«

»Wie ich unterrichtet bin«, sagte Inspektor Campbell, indem er noch einmal seine Notizen zu Rate zog, »ist Kanonikus Pennyfather am Donnerstag abend, dem 19. November, gegen halb sieben hier aufgebrochen. Er hatte nur eine kleine Tasche mit seinem Nachtzeug bei sich und nahm ein Taxi. Durch den Portier hat er den Fahrer angewiesen, ihn zum Athenaeum-Klub zu fahren.«

Miß Gorringe nickte zustimmend. »Ja, er hat im Athenaeum-Klub zu Abend gegessen — Erzdiakon Simmons erzählte mir, daß er dort zum letztenmal gesehen worden sei.«

»Nun, es ist angenehm, den Sachverhalt zu überblicken«, murmelte Vater sanft. »Wir haben jetzt alles klargestellt. Er ging mit seiner kleinen blauen BEA-Tasche oder was er sonst bei sich hatte — es war doch eine BEA-Tasche, ja? Er ging weg und kam nicht zurück. Und damit basta.«

»Sie sehen also, daß ich Ihnen wirklich nicht helfen kann«, erklärte Miß Gorringe und machte Anstalten, aufzustehen und zu ihrer Arbeit zurückzukehren.

»Es *scheint* nicht so, als könnten Sie uns helfen«, sagte Vater, »aber jemand anders weiß vielleicht etwas«, fügte er hinzu.

»Jemand anders?«

»Nun ja«, meinte Vater. »Ich denke an das Personal.«

»Ich glaube es nicht. Sonst wäre es mir bestimmt berichtet worden.«

»Nun, vielleicht, vielleicht auch nicht. Ich meine: Sie wären informiert worden, wenn jemand etwas Greifbares gewußt hätte. Aber ich dachte mehr an etwas, was er vielleicht geäußert hat. Außerdem nehme ich an, Kanonikus Pennyfather hat manche von Ihren Gästen gekannt, da er recht oft hier wohnte.«

»O ja«, gab Miß Gorringe zu. »Ich muß mal überlegen. Ja, ich habe gesehen, wie er sich mit Lady Selina Hazy unterhielt. Auch mit dem Bischof von Norwich. Sie sind alte Freunde, glaube ich, sie waren zusammen in Oxford. Und Mrs. Jameson und ihre Töchter. Sie stammen aus derselben Gegend. Gewiß, der Kanonikus verkehrte mit einer Reihe von Menschen.«

»Sehen Sie«, sagte Vater, »er hat vielleicht mit einem von *ihnen* gesprochen, hat irgendeine Kleinigkeit erwähnt, die uns weiterhelfen kann. Ist noch jemand im Haus, den der Kanonikus ziemlich gut kannte?«

Miß Gorringe runzelte nachdenklich die Stirn. »Nun, ich denke, General Radley wohnt noch hier; außerdem eine alte Dame vom Land, die schon als junges Mädchen hier oft übernachtet hat, wie sie mir erzählte. Im Augenblick kann ich mich an ihren Namen nicht erinnern, aber ich schaue gleich nach. Ach ja, Miß Marple heißt sie. Ich glaube, sie hat auch mit ihm gesprochen.«

»Mit diesen beiden könnten wir ja anfangen. Dann wäre auch noch das Zimmermädchen da.«

»O ja«, erwiderte Miß Gorringe. »Aber sie ist schon von Sergeant Wadell vernommen worden.«

»Ich weiß. Aber vielleicht nicht von diesem Gesichtspunkt aus. Und wie steht's mit dem Kellner, der ihn am Tisch bediente? Oder dem Oberkellner?«

»Henry steht Ihnen natürlich zur Verfügung«, sagte Miß Gorringe.

»Wer ist Henry?« fragte Vater.

Miß Gorringe sah fast schockiert aus. Es erschien ihr unmöglich, daß jemand Henry nicht kannte.

»Henry ist seit undenklichen Zeiten hier. Als Sie hereinkamen, müssen Sie ihn bemerkt haben; er servierte gerade den Tee.«

»Eine ausgeprägte Persönlichkeit«, sagte Davy. »Er fiel mir schon auf.«

»Ich weiß nicht, was wir ohne Henry anfangen sollten«, erklärte Miß Gorringe gefühlvoll. »Er ist wirklich fabelhaft. Geradezu tonangebend in diesem Hotel.«

»Vielleicht würde er mir auch einen Tee servieren«, meinte Chefinspektor Davy. »Ich habe gesehen, daß er Muffins hatte, und hätte darauf mal wieder Appetit.«

»Gewiß, wenn Sie wollen«, sagte Miß Gorringe ziemlich kühl. »Soll ich zweimal Tee für Sie in die Halle bestellen?« fügte sie hinzu, indem sie sich an Inspektor Campbell wandte.

»Das wäre . . .« begann der Inspektor, als sich plötzlich die Tür öffnete und Mr. Humfries würdevoll eintrat. Er schien etwas betroffen und blickte Miß Gorringe fragend an. Miß Gorringe klärte ihn auf. »Dies sind zwei Herren von Scotland Yard, Mr. Humfries«, sagte sie.

»Kriminalinspektor Campbell«, stellte sich Campbell vor.

»Ach, ja. Ja, natürlich«, sagte Mr. Humfries. »In der Angelegenheit von Kanonikus Pennyfather wahrscheinlich, wie? Höchst ungewöhnliche Sache. Hoffentlich ist ihm nichts zugestoßen, dem guten Mann.«

»Das hoffe ich auch«, beteuerte Miß Gorringe. »Ein so lieber alter Herr.«

»Einer von der alten Schule«, sagte Mr. Humfries voller Anerkennung.

»Sie scheinen recht viele von der alten Schule hier zu haben«, bemerkte Chefinspektor Davy.

»Ich glaube, ja«, sagte Mr. Humfries. »Ja, in gewisser Weise gehören wir einer vergangenen Welt an.«

Vater blickte ihn nachdenklich an, und Inspektor Campbell sagte: »Sind Sie ganz sicher, daß keine Nachricht von dem Kanonikus hier eingetroffen ist? Ich meine, sie könnte vielleicht von jemandem entgegengenommen worden sein, der vergessen hat, sie zu notieren oder weiterzuleiten.«

»Telefonische Bestellungen werden immer sorgfältig notiert«, bemerkte Miß Gorringe eisig. »Es ist einfach undenkbar, daß eine Bestellung nicht an mich oder die jeweils zuständige Person weitergeleitet wird.« Sie blickte ihn wütend an.

Inspektor Campbell war einen Augenblick ganz betroffen.

»Wissen Sie, wir haben alle diese Fragen schon einmal beantwortet«, erklärte Mr. Humfries, dessen Stimme ebenfalls ein wenig reserviert klang. »Wir haben alle uns zur Verfügung stehenden Informationen Ihrem Sergeanten gegeben — auf seinen Namen kann ich mich im Augenblick nicht besinnen.«

Vater räusperte sich und sagte in seiner einnehmenden Art: »Sehen Sie, die Sache scheint doch ernster zu sein, als wir dachten. Es muß mehr dahinterstecken als Zerstreutheit. Aus diesem Grunde halte ich es für ratsam, wenn wir ein paar Worte mit den beiden wechseln, die Sie vorhin erwähnten, Miß Gorringe — General Radley und Miß Marple.«

»Sie wünschen, daß ich — ein Gespräch mit ihnen arrangieren soll?« Mr. Humfries sah ziemlich unglücklich drein. »General Radley ist sehr schwerhörig.«

»Ich finde, man sollte es nicht zu formell machen«, sagte Chefinspektor Davy. »Wir wollen niemand belästigen. Sie können es ruhig uns überlassen. Zeigen Sie uns nur die beiden betreffenden Personen. Es ist doch möglich, daß Kanonikus Pennyfather irgendeinen Plan erwähnt oder von einer Person gesprochen hat, die er in Luzern treffen oder die mit ihm reisen würde. Jedenfalls ist es einen Versuch wert.«

Mr. Humfries wirkte etwas erleichtert. »Und mehr können wir nicht für Sie tun?« fragte er. »Ich kann Ihnen versichern, daß wir Ihnen in jeder Beziehung behilflich sein wollen. Nur müssen Sie Verständnis dafür haben, daß wir kein Aufsehen in der Presse erregen möchten.«

»Durchaus«, versicherte ihm Inspektor Campbell.

»Und ich werde mich ein bißchen mit dem Zimmermädchen unterhalten«, sagte Vater.

»Wie Sie wünschen. Ich bezweifle allerdings, daß sie Ihnen Auskunft geben kann.«

»Wahrscheinlich nicht. Aber es könnte doch irgendeine Kleinigkeit zum Vorschein kommen. Man kann nie wissen.«

Mr. Humfries warf einen Blick auf seine Uhr. »Sie tritt ihren Dienst um sechs Uhr an«, sagte er. »Im zweiten Stock. Hätten Sie vielleicht Lust, mittlerweile Ihren Tee einzunehmen?«

»Mir recht«, erklärte Vater. Sie verließen gemeinsam das Büro.

Miß Gorringe sagte: »General Radley wird im Rauchzimmer sein. Das erste Zimmer links im Korridor. Dort sitzt er meist um diese Zeit mit der *Times*. Ich fürchte zwar«, fügte sie diskret hinzu, »daß er eingeschlafen ist. Soll ich nicht lieber . . .«

»Nein, nein, überlassen Sie es nur mir«, sagte Vater. »Und wo ist die andere Person zu finden — die alte Dame?«

»Sie sitzt da drüben am Kamin.«

»Die mit dem dichten weißen Haar und dem Strickzeug?« fragte Vater, der sie sich genauer ansah. »Könnte man sich gut auf der Bühne vorstellen, nicht wahr? Eine Art Universalgroßtante.« Er wandte sich an Campbell. »Soll ich die Sache jetzt in die Hand nehmen, Sir? Ich weiß, Sie haben eine wichtige Verabredung.«

»Ganz recht«, sagte Campbell, der den Wink verstand. »Ich glaube ja nicht, daß viel dabei herauskommt, aber man darf nichts unversucht lassen.«

Mr. Humfries verschwand in sein Privatgemach, wobei er Miß Gorringe zunickte: »Miß Gorringe — einen Augenblick, bitte.«

Miß Gorringe folgte ihm und machte die Tür hinter sich zu.

Humfries ging im Zimmer auf und ab und fragte in scharfem Ton: »Aus welchem Grunde wollen sie Rose aushorchen? Wadell hat doch bereits alle notwendigen Fragen gestellt.«

»Ich nehme an, es ist nur Routine«, sagte Miß Gorringe.

»Es ist am besten, wenn Sie zuerst mit ihr sprechen.«

Miß Gorringe war ein wenig betroffen. »Inspektor Campbell wird doch sicher . . .«

»Oh, Campbell macht mir keine Sorgen. Der andere aber. Wissen Sie, wer das ist?«

»Ich glaube nicht, daß er seinen Namen genannt hat. Ist wohl irgendein Sergeant. Scheint ein ziemlicher Tölpel zu sein.«

»Tölpel — daß ich nicht lache«, sagte Mr. Humfries ohne seine übliche gewählte Ausdrucksweise. »Das ist Chefinspektor Davy, ein alter Fuchs, wie er im Buche steht. Beim Yard halten sie große Stücke auf ihn. Ich möchte gern mal wissen, was *er* hier zu suchen hat, warum er herumschnüffelt und den jovialen Provinzler spielt. Es gefällt mir ganz und gar nicht.«

»Sie denken doch nicht etwa . . .«

»Ich werde überhaupt nicht daraus klug. Aber ich sage Ihnen nochmals: es gefällt mir nicht. Hat er noch mit jemand anders sprechen wollen außer mit Rose?«

»Ich glaube, er hat die Absicht, mit Henry zu reden.«

Mr. Humfries lachte. Miß Gorringe ebenfalls.

»Bei Henry brauchen wir keine Angst zu haben.«

»Nein, wirklich nicht.«

»Und die Gäste, die Kanonikus Pennyfather kannten?«

Mr. Humfries lachte von neuem. »Wünsche ihm viel Vergnügen mit dem alten Radley. Wird sich die Lunge aus dem Hals schreien, ohne daß er etwas dabei erreicht. Soll sich ruhig mit Radley amüsieren und mit dieser komischen alten Glucke, Miß Marple. Trotz alledem bin ich von seiner Schnüffelei nicht sehr erbaut . . .«

14

»Wissen Sie was«, sagte Chefinspektor Davy nachdenklich, »von diesem Humfries bin ich nicht sehr begeistert.«

»Glauben Sie, daß da etwas nicht stimmt?« fragte Campbell.

»Nun . . .« Vater wich einer direkten Antwort aus. »Sie kennen ja dieses Gefühl, das man manchmal hat. Kriecherischer Bursche. Möchte mal wissen, ob er der Eigentümer oder nur der Direktor ist.«

»Ich kann mich ja bei ihm erkundigen.« Campbell drehte sich um und wollte zum Empfang gehen.

Vater hielt ihn zurück. »Nein, fragen Sie ihn nicht. Machen Sie es ausfindig — ohne viel Aufhebens.«

Campbell blickte ihn neugierig an. »Was haben Sie im Sinn, Sir?«

»Nichts Besonderes. Ich hätte nur ganz gern mehr Auskünfte über dieses Hotel. Möchte wissen, wer dahintersteckt, wie die finanziellen Verhältnisse liegen, und dergleichen mehr.«

Campbell schüttelte den Kopf. »Wenn ich einen Ort in London nennen sollte, der über jeden Verdacht erhaben ist, so hätte ich auf *Bertrams Hotel* getippt.«

»Ich weiß, ich weiß«, sagte Vater. »Und wie nützlich ist es, einen solchen Ruf zu genießen!«

Campbell schüttelte wiederum den Kopf und verließ das Hotel. Vater ging den Korridor hinunter, der zum Rauchzimmer führte. General Radley wachte gerade auf. Die *Times* war ihm von den Knien gerutscht und dabei ein wenig in Unordnung geraten. Vater hob sie auf, legte die Seiten fein säuberlich aufeinander und reichte sie dem General.

»Vielen Dank, Sir. Sehr freundlich«, sagte General Radley ein wenig schroff.

»General Radley?«

»Ja.«

»Entschuldigen Sie bitte«, sagte Vater mit erhobener Stimme, »ich möchte mit Ihnen über Kanonikus Pennyfather sprechen.«

»Wie — was sagen Sie da?« Der General legte eine Hand hinter das Ohr.

»Kanonikus Pennyfather!« bellte Vater.

»Mein Vater? Schon seit Jahren tot.«

»Kanonikus *Penny*-father.«

»Ach so. Was ist mit ihm? Habe ihn neulich noch gesehen. Er wohnte hier.«

»Er wollte mir eine Adresse geben und sagte, er würde sie bei Ihnen lassen.«

Es war schon bedeutend schwieriger, ihm diesen Satz ins Ohr zu posaunen, aber Geduld und Beharrlichkeit führten auch hier zum Ziel.

»Hat mir nie eine Adresse gegeben. Muß mich mit jemand anders verwechselt haben. Konfuser alter Krauter. Immer schon so gewesen. Gelehrtentyp, wissen Sie. Die sind immer zerstreut.«

Vater harrte noch etwas länger aus, kam dann aber zu dem Schluß, daß eine Unterhaltung mit General Radley praktisch unmöglich und fast mit Bestimmtheit zwecklos sei. Er kehrte in die Halle zurück und nahm an einem Tisch Platz, der neben Miß Marples Tisch stand.

»Tee, Sir?« Vater blickte auf. Wie jeder andere war auch er von Henrys Auftreten beeindruckt. Obwohl ein großer und wohlbeleibter Mann, war er gleichsam wie eine Reinkarnation von Ariel aufgetaucht, der nach Belieben erscheinen und verschwinden konnte. Vater bestellte Tee. »Ich glaube, ich habe vorhin gesehen, daß Sie Muffins haben. Stimmt's?«

Henry lächelte huldvoll. »Ja, Sir. Und unsere Muffins sind in der Tat sehr gut, wenn ich so sagen darf. Sie finden viel Anklang. Soll ich Muffins für Sie bestellen, Sir? Indischer oder chinesischer Tee?«

»Indischer«, sagte Vater. »Oder Ceylontee, wenn Sie ihn haben.«

»Gewiß haben wir Ceylontee, Sir.« Henry schnippte mit einem Finger, und der blasse junge Mann, sein beflissener Diener, ging davon, um Tee und Muffins herbeizuschaffen. Henry begab sich gelassen an einen anderen Tisch.

Du stellst etwas vor, das steht fest, dachte Vater. Ich möchte mal wissen, wo sie dich aufgegabelt haben und was sie dir zahlen. Einen schönen Batzen, wette ich, und das bist du ihnen auch wert. Er beobachtete Henry, wie er sich väterlich über eine ältere Dame beugte, und fragte sich im stillen, was Henry wohl von ihm dachte, falls er überhaupt über ihn nachdachte. Vater fand, daß er ganz gut ins Milieu des *Bertram* passe. Man konnte ihn für einen wohlhabenden Gutsbesitzer halten oder für einen etwas heruntergekommenen Peer.

Dann standen der Tee und die Muffins vor ihm. Er biß in das Gebäck, und die Butter lief ihm über das Kinn. Er wischte sie mit einem großen Taschentuch fort und trank zwei Tassen Tee mit viel Zucker. Dann beugte er sich vor und sprach die Dame an, die am Nebentisch saß. »Verzeihung«, begann er, »sind Sie nicht Miß Jane Marple?«

Miß Marple hob den Blick von ihrem Strickzeug und ließ ihn auf Chefinspektor Davy ruhen. »Ja«, sagte sie, »die bin ich.«

»Hoffentlich haben Sie nichts dagegen, wenn ich mit Ihnen spreche. Ich bin nämlich Polizeibeamter.«

»Wirklich? Es ist doch hier nichts Ernstliches vorgefallen?«

Er beruhigte sie eilig in seiner besten väterlichen Art. »Nun, kein Grund zur Besorgnis, Miß Marple. Kein Einbruch oder dergleichen. Ein zerstreuter Geistlicher bereitet uns etwas Schwierigkeiten, weiter nichts. Ich glaube, Sie haben ihn getroffen. Kanonikus Pennyfather.«

»Ach so, Kanonikus Pennyfather. Es war erst kürzlich noch hier. Ja, ich kenne ihn seit vielen Jahren oberflächlich. Er ist, wie Sie schon sagten, ziemlich zerstreut.« Interessiert setzte sie hinzu: »Was hat er jetzt wieder angestellt?«

»Nun, er ist uns abhanden gekommen, wenn ich mich so ausdrücken darf.«

»Oje? Wo sollte er denn sein?«

»Zu Hause in seiner Pfarre. Dort ist er aber nicht.«

»Mir hat er gesagt, er wolle an einem Kongreß in Luzern teilnehmen. Es handelte sich, glaube ich, um die Schriftrollen vom Toten Meer. Er ist nämlich Fachmann für Hebräisch und Aramäisch.«

»Ja«, sagte Vater. »Sie haben ganz recht. Es wurde allgemein angenommen, daß er hinfahre.«

»Soll das etwa heißen, daß er dort nicht erschienen ist?«

»Ganz recht. Er ist nicht dort gewesen.«

»Na ja«, meinte Miß Marple, »er hat sich wahrscheinlich im Datum geirrt.«

»Sehr wahrscheinlich.«

»Leider ist es wohl nicht das erste Mal, daß ihm so etwas passiert ist. Ich war einmal bei ihm in Chadminster zum Tee eingeladen, und da war er gar nicht zu Hause. Seine Haushälterin erzählte mir bei der Gelegenheit, wie zerstreut er sei.«

»Als er sich hier aufhielt, hat er Ihnen wohl nichts gesagt, was uns einen Anhaltspunkt geben könnte?« fragte Vater auf ungezwungene, vertrauliche Art. »Sie wissen wohl, was ich meine. Vielleicht hat er von einem alten Freund gesprochen, den er getroffen hat, oder von irgendwelchen Plänen, abgesehen von dieser Luzerner Konferenz.«

»O nein. Er hat nur die Konferenz in Luzern erwähnt. Ich glaube, er sprach davon, daß sie am Neunzehnten stattfindet.«

»Ja, das war der Tag der Luzerner Konferenz.«

»Ich habe mir das Datum nicht besonders gemerkt. Ich meine . . .« Wie viele alte Damen geriet Miß Marple hier ein wenig durcheinander. »Ich glaube, er hat den Neunzehnten erwähnt, aber es ist ebensogut möglich, daß er den Neunzehnten *meinte,* daß es jedoch in Wirklichkeit der Zwanzigste war. Ich meine, er hat vielleicht angenommen, der Zwanzigste sei der Neunzehnte, oder er mag auch gemeint haben, der Neunzehnte sei der Zwanzigste.«

»Oje . . .« sagte Vater, ein wenig benommen.

»Ich habe mich schlecht ausgedrückt«, gab Miß Marple zu. »Aber ich wollte damit sagen: wenn Menschen wie Kanonikus Pennyfather erwähnen, daß sie an einem Donnerstag irgendwohin gehen wollen, erwartet man durchaus, daß sie gar nicht Donnerstag, sondern in Wirklichkeit Mittwoch oder Freitag gemeint haben. Gewöhnlich entdecken sie den Fehler beizeiten, aber manchmal auch nicht. Ich dachte damals schon, daß ihm so etwas wohl unterlaufen sein mußte.«

»Es klingt ja so, Miß Marple, als hätten Sie schon gewußt, daß Kanonikus Pennyfather nicht nach Luzern gefahren ist.«

»Ich wußte, das er am *Donnerstag* nicht in Luzern war. Da war er den ganzen Tag hier — wenigstens den größten Teil des Tages. Deshalb habe ich natürlich angenommen, daß er wirklich Freitag meinte, wenn er auch mir gegenüber von Donnerstag gesprochen haben mag. Jedenfalls ist er am Donnerstag abend mit seiner BEA-Tasche von hier fortgegangen.«

»Das stimmt.«

»Ich nahm an, daß er da zum Flughafen fuhr«, sagte Miß Marple. »Deshalb war ich so erstaunt, ihn wieder hier zu sehen.«

»Entschuldigen Sie bitte, wie meinten Sie?«

»Nun, daß er wieder hier war, meine ich.«

»Das wollen wir mal eben klarstellen«, sagte Vater, der sich bemühte, recht ungezwungen und betulich zu sprechen, und nicht so, als sei ihm die Sache wichtig. »Sie haben also gesehen, wie der alte Idio — Entschuldigung, der Kanonikus, am frühen Abend mit seiner kleinen Reisetasche fortging und, wie sie annahmen, zum Flughafen fuhr. Stimmt das?«

»Ja, gegen halb sieben, möchte ich sagen, oder auch um Viertel vor sieben.«

»Aber Sie behaupten, er sei zurückgekommen.«

»Vielleicht hat er das Flugzeug verpaßt. Das wäre eine Erklärung.«

»*Wann* ist er zurückgekommen?«

»Nun, das kann ich wirklich nicht sagen. Ich habe ihn nicht heimkehren sehen.«

»Oh«, sagte Vater verblüfft. »Ich hatte Sie so verstanden, daß Sie ihn tatsächlich gesehen hätten.«

»Ich habe ihn auch gesehen, aber später. Ich wollte nur sagen, daß ich ihn nicht in dem Augenblick gesehen habe, als er ins Hotel zurückkehrte.«

»Sie sahen ihn also später? Wann war das?«

»Einen Moment. Es war gegen drei Uhr morgens. Ich schlief nicht sehr gut. Durch irgendein Geräusch wurde ich wach. In London gibt es so viele merkwürdige Geräusche. Ich blickte auf meinen kleinen Reisewecker, und es war zehn Minuten nach drei. Aus einem undefinierbaren Grunde war ich unruhig. Schritte vor meiner Tür, vielleicht. Wenn man auf dem Lande wohnt und mitten in der Nacht Schritte hört, so wird man nervös. Also habe ich einfach meine Tür geöffnet und auf den Korridor hinausgeschaut. Da sah ich, wie Kanonikus Pennyfather gerade sein Zimmer verließ — es liegt neben dem meinen — und dann die Treppe hinunterstieg. Er trug seinen Mantel.«

»Er kam um drei Uhr morgens, mit seinem Mantel bekleidet, aus seinem Zimmer und ging die Treppe hinab?«

»Ja«, erwiderte Miß Marple und fügte hinzu: »Es kam mir in dem Augenblick sehr sonderbar vor.«

Vater blickte sie eine Weile an. »Miß Marple«, sagte er dann, »warum haben Sie das noch niemandem erzählt?«

»Niemand hat mich danach gefragt«, lautete ihre Antwort.

15

Vater fand Rose Sheldon, die ihren Dienst bereits angetreten hatte, und betrachtete sie mit wohlgefälligem Blick. »Es tut mir leid, daß ich Sie noch einmal belästigen muß«, sagte er. »Ich weiß, Sie haben schon mit dem Sergeanten gesprochen. Es handelt sich um diesen verschwundenen alten Herrn, Kanonikus Pennyfather.«

»O ja, Sir, ein sehr netter Herr. Er übernachtete oft hier.«

»Sehr zerstreut, nicht wahr?« bemerkte Vater.

Rose Sheldon erlaubte sich ein diskretes Lächeln, das den respektvollen Ausdruck ihres Gesichts auflockerte.

»Einen Augenblick mal.« Vater gab sich den Anschein, als studiere er seine Notizen. »Das letzte Mal, als Sie Kanonikus Pennyfather gesehen haben, war . . .«

»Am Donnerstag morgen. Donnerstag, den Neunzehnten. Er sagte mir, daß er die Nacht außerhalb verbringen würde und wahrscheinlich auch die nächste. Er wollte, glaube ich, nach Genf fahren. Jedenfalls in die Schweiz. Er gab mir zwei Hemden, die gewaschen werden sollten, und ich sagte ihm, daß sie nächsten Vormittag fertig sein würden.«

»Und das ist das letzte Mal, daß Sie ihn gesehen haben, wie?«

»Ja, Sir. Ich habe nachmittags keinen Dienst. Meine Arbeit beginnt erst wieder um sechs Uhr. Um die Zeit war er schon aufgebrochen, oder er war unten. Jedenfalls nicht in seinem Zimmer. Er hat zwei Koffer zurückgelassen.«

»Ganz recht«, bestätigte Vater. Der Inhalt der Koffer war untersucht worden, hatte aber keinen brauchbaren Anhaltspunkt geliefert. Er fuhr fort: »Haben Sie ihn am nächsten Morgen geweckt?«

»Geweckt? Nein, Sir, er war doch fort.«

»Was haben Sie ihm ans Bett gebracht? Tee vor dem Aufstehen? Frühstück?«

»Nur Tee, Sir. Gefrühstückt hat er immer unten.«

»Sie haben also sein Zimmer am nächsten Tag überhaupt nicht betreten?«

»O doch, Sir.« Roses Stimme klang schockiert. »Wie üblich bin ich in sein Zimmer gegangen. Ich habe zum Beispiel seine Hemden hineingetragen und dann natürlich staubgewischt.«

»Sah das Bett aus, als hätte jemand darin geschlafen?«

Sie starrte ihn an. »Sein Bett, Sir? O nein.«

»War es zerwühlt — sah es so aus, als wäre es berührt worden?« Sie schüttelte den Kopf. »Und wie sah's im Badezimmer aus?«

»Dort lag ein feuchtes, gebrauchtes Handtuch, wahrscheinlich vom Abend vorher. Er hatte sich vielleicht kurz vor dem Weggehen noch einmal die Hände gewaschen.«

»Und nichts deutete darauf hin, daß er in sein Zimmer zurückgekehrt war — vielleicht ziemlich spät — nach Mitternacht?«

Sie sah ihn bestürzt an. Vater öffnete den Mund, schloß ihn aber wieder. Entweder wußte sie nichts von der Rückkehr des Kanonikus, oder sie war eine vollendete Schauspielerin.

»Wie steht's mit seinen Sachen — seinen Anzügen? Waren sie eingepackt?«

»Nein, Sir, sie hingen noch im Schrank. Er wollte ja sein Zimmer behalten, Sir.«

»Wer hat sie später weggeräumt?«

»Miß Gorringe hat es veranlaßt, als das Zimmer für die neueintreffende Dame gebraucht wurde.«

Ein aufrichtiger, logischer Bericht. Aber wenn die Aussage der alten Dame korrekt war, Kanonikus Pennyfather habe am Freitag um drei Uhr morgens sein Zimmer verlassen, dann mußte er zu irgendeiner Zeit in dieses Zimmer zurückgekehrt sein. Niemand hatte ihn gesehen, als er ins Hotel kam. Hatte er es aus irgendeinem Grunde absichtlich vermieden, gesehen zu werden? Im Zimmer hatte er keine Spuren hinterlassen. Er hatte sich nicht einmal aufs Bett gelegt. Hatte Miß Marple etwa die ganze Geschichte geträumt? In ihrem Alter war das durchaus möglich. Ihm kam plötzlich eine Idee. »Wo ist seine Reisetasche?«

»Wie, bitte, Sir?«

»Eine kleine Tasche, dunkelblau — von der BEA. Sie müssen sie doch gesehen haben.«

»Ach, die — ja, Sir. Aber die würde er natürlich ins Ausland mitgenommen haben.«

»Er ist ja nicht ins Ausland gefahren. Also muß er sie hiergelassen haben. Oder er ist zurückgekommen und hat sie wieder zu seinem anderen Gepäck gestellt.«

»Ja — ja — ich glaube — bin allerdings nicht ganz sicher — aber ich glaube, das hat er getan.«

Unwillkürlich schoß Davy der Gedanke durch den Kopf: *Über diesen Punkt hat man dir keine Anweisungen gegeben, nicht wahr?* Bis zu diesem Augenblick war Rose Sheldon ruhig und sicher gewesen. Aber diese Frage hatte sie durcheinandergebracht. Sie hatte nicht die richtige Antwort parat. *Aber sie hätte sie wissen sollen.*

Der Kanonikus hatte seine Tasche mit zum Flughafen genommen und war dort abgewiesen worden. Wenn er in *Bertrams Hotel* zurückgekehrt war, hatte er die Tasche bei sich gehabt. *Aber Miß Marple hatte nichts davon erwähnt, als sie beschrieb, wie der Kanonikus sein Zimmer verließ und die Treppe hinunterging.* Vermutlich hatte er sie in seinem Zimmer gelassen, aber man hatte sie nicht zusammen mit seinem anderen Gepäck in den Abstellraum gebracht. Warum nicht? *Weil er angeblich in die Schweiz gefahren sein sollte?* Vater bedankte sich bei Rose und ging wieder nach unten.

Draußen wurden riesige amerikanische Schrankkoffer und Gepäckstücke in ein Taxi verladen. Mr. und Mrs. Elmer Cabot waren anscheinend auf dem Weg zum Hotel Vendôme, Paris.

Vor ihm, am Rand des Gehsteigs, gab Mrs. Elmer Cabot ihre Ansichten zum besten. »Die Pendleburys hatten durchaus recht mit diesem Hotel, Elmer. Es ist tatsächlich Alt-England. Ganz wie zu Eduards Zeiten. Man hat einfach das Gefühl, als würde Eduard der Siebte im nächsten Augenblick eintreten und sich zu seinem

Nachmittagstee niederlassen. Ich habe die Absicht, im nächsten Jahr wieder hierherzukommen — allen Ernstes.«

»Wenn wir ein paar Millionen Dollar übrig haben«, bemerkte ihr Gatte trocken.

»Na, Elmer, so schlimm war es ja nun auch nicht.«

Das Gepäck war eingeladen. Der große Portier half ihnen beim Einsteigen und murmelte: »Besten Dank, Sir«, als Mr. Cabot das erwartete Trinkgeld springen ließ. Das Taxi fuhr davon, und der Portier wandte Vater seine Aufmerksamkeit zu. »Taxi, Sir?«

Vater blickte zu ihm auf. Etwa einsfündundachtzig. Gut aussehender Bursche. Etwas heruntergekommen. Ehemaliger Soldat. Viele Orden — wahrscheinlich echt. Etwas verschlagen? Trinkt zuviel. Laut sagte er: »Ehemaliger Soldat?«

»Ja, Sir. Irisches Garderegiment.«

»Militärmedaille, wie ich sehe. Wo haben Sie die bekommen?«

»Burma.«

»Wie ist Ihr Name?«

»Michael Gorman. Sergeant.«

»Haben Sie einen guten Posten hier?«

»Es ist ein friedliches Fleckchen.«

»Wären Sie nicht lieber beim Hilton-Hotel angestellt?«

»Ganz und gar nicht. Es gefällt mir hier. Nette Leute kommen in dieses Hotel und eine ganze Anzahl von Pferdenarren — für die Rennen in Ascot und Newbury. Hin und wieder fällt ein guter Tip für mich ab.«

»Aha, Sie sind also ein Ire und ein Spieler, wie?«

»Och! Was wäre das Leben wohl ohne ein kleines Risiko?«

»Friedlich und langweilig«, sagte Chefinspektor Davy. »Wie meins.«

»Wirklich, Sir?«

»Können Sie raten, was ich von Beruf bin?« fragte Vater.

Der Ire grinste. »Nichts für ungut, Sir, aber wenn ich raten soll, so würde ich sagen: ein Polyp.«

»Auf Anhieb richtig«, sagte Chefinspektor Davy. »Erinnern Sie sich noch an Kanonikus Pennyfather?«

»Kanonikus Pennyfather . . . der Name ist mir nicht geläufig . . .«

»Ein älterer Geistlicher.«

Michael Gorman lachte. »Herrje, Geistliche gibt's da drinnen wie Sand am Meer.«

»Dieser ist aber von hier verschwunden.«

»Ach, *der!*« Der Portier schien etwas bestürzt zu sein.

»Haben Sie ihn gekannt?«

»Ich würde mich nicht an ihn erinnern, wenn sich nicht bei mir verschiedene Leute nach ihm erkundigt hätten. Ich weiß nur, daß ich ihm in ein Taxi half und er zum Athenaeum-Klub wollte. Bei der Gelegenheit sah ich ihn zum letzten Mal. Irgend jemand erzählte mir, er sei in die Schweiz gereist, aber wie ich höre, ist er dort nie angekommen.«

»Sie haben ihn nicht später am Abend gesehen, wie?«

»Später — nein, wirklich nicht.«

»Wann ist Ihr Dienst zu Ende?«

»Halb zwölf.«

Chefinspektor Davy nickte, lehnte ein Taxi ab und wanderte langsam die Pond Street hinunter. Ein Wagen fuhr mit lautem Getöse dicht am Bordstein vorbei und hielt mit kreischenden Bremsen vor *Bertrams Hotel.* Chefinspektor Davy wandte gelassen den Kopf und blickte auf das Nummernschild. FAN 2266. Die Nummer kam ihm bekannt vor, obgleich er sie im Augenblick nicht unterzubringen wußte. Langsam ging er wieder zurück. Er hatte kaum den Eingang erreicht, als der Fahrer des Wagens, der erst vor einigen Minuten durch die Tür gegangen war, wieder herauskam. Er paßte zu dem Wagen. Es war ein weißer Rennwagen, stromlinienförmig und chromblitzend. Der junge Mann mit dem hübschen Gesicht und der schlanken Figur wirkte ebenso sportlich wie sein Auto. Der Portier hielt den Wagenschlag offen. Der junge Mann sprang hinein, warf dem Portier eine Münze zu und schoß mit aufheulendem Motor davon.

»Sie wissen ja wohl, wer *das* ist; nicht wahr?« fragte Michael Gorman.

»Ein gefährlicher Fahrer auf jeden Fall.«

»Ladislaus Malinowski. Hat vor zwei Jahren den Grand Prix gewonnen — Weltmeister war er. Im letzten Jahr hatte er einen bösen Unfall, aber es heißt, er sei ganz wiederhergestellt.«

»Nun erzählen Sie mir bloß nicht, daß *der* sich im *Bertram* aufhält. Paßt gar nicht ins Milieu.«

Michael Gorman grinste. »Er wohnt nicht hier, nein, gewiß nicht. Aber eine gute Freundin von ihm . . .« Michael Gorman zwinkerte vielsagend.

Ein Hoteldiener mit gestreifter Schürze erschien und brachte noch mehr amerikanisches Reisegepäck in Luxusausführung heraus. Vater beobachtete geistesabwesend, wie alles in einem Daimler-Mietwagen verstaut wurde, während er sich ins Gedächtnis zurückzurufen versuchte, was er über Ladislaus Malinowski wußte. Ein waghalsiger Bursche, von dem es hieß, daß er Beziehungen zu einer wohlbekannten Frau unterhalte — wie hieß sie doch gleich? Er starrte immer noch auf einen eleganten Überseekoffer und wollte gerade umkehren, als er sich plötzlich eines anderen besann und wieder ins Hotel eilte.

Er ging zum Empfang und bat Miß Gorringe um das Hotelregister. Miß Gorringe war gerade mit abreisenden Amerikanern beschäftigt und schob ihm das Buch hin. Sein Blick wanderte über die Namen. Sir John Woodstock, 5 Beaumont Crescent, Cheltenham. Lady Sedgwick, Hurstins House, Northumberland. Mr. und Mrs. Elmer Cabot, Connecticut. General Radley, 14, The Green, Chichester. La Comtesse de Beauville, Les Sapins, St-Germain-en-Laye. Miß Jane Marple, St. Mary Mead, Much Benham. Colonel Luscombe, Little Green, Suffolk. Mrs. Carpenter, The Hon. Elvira Blake. Kanonikus Pennyfather, The Close, Chadminster. Mr. und Mrs. Ryesville, Valley Forge, Pennsylvania. The Duke of Barnstable, Doone Castle, N. Devon . . . Ein Querschnitt der Gesellschaft, die in *Bertrams Hotel* wohnte. Als er das Buch schließen wollte, fiel sein Blick auf einen Namen, der auf einer vorhergehenden Seite stand. Sir William Ludgrove. Richter Ludgrove, der von einem Bewährungshelfer nahe dem Schauplatz eines Bankraubs erkannt worden war. Richter Ludgrove — Kanonikus Pennyfather — beide Gäste in *Bertrams Hotel* . . .

»Hoffentlich hat Ihnen der Tee geschmeckt, Sir.« Diese Bemerkung kam von Henry, der plötzlich neben Vater stand. Er sprach höflich und mit der leichten Besorgnis des vollkommenen Gastgebers.

»Der beste Tee seit Jahren«, versicherte ihm Chefinspektor Davy. Es fiel ihm ein, daß er noch nicht bezahlt hatte. Er zückte sein Portemonnaie, doch Henry hob abwehrend die Hand. »O nein, Sir. Sie waren unser Gast. Mr. Humfries wünschte es so.«

Henry ging weiter. Vater war im Zweifel, ob er Henry ein Trinkgeld hätte anbieten sollen oder nicht. Es war ein ärgerlicher Gedanke, daß Henry gesellschaftliche Probleme besser zu lösen verstand als er!

Als er wieder die Straße entlangschlenderte, blieb er plötzlich stehen. Er nahm sein Notizbuch aus der Tasche und notierte sich einen Namen und eine Adresse — es war keine Zeit zu verlieren. Er betrat die nächste Telefonzelle. Jetzt würde er einmal ein Risiko auf sich nehmen. Aufgrund eines leisen Verdachts würde er nun aufs Ganze gehen.

16

Es war der Schrank, der Kanonikus Pennyfather störte. Er beunruhigte ihn, noch ehe er völlig wach war. Dann vergaß er ihn und schlief wieder ein. Doch als er die Augen von neuem aufschlug, stand der Schrank immer noch am verkehrten Platz. Kanonikus Pennyfather lag auf der linken Seite, das Gesicht dem Fenster zugekehrt, und der Schrank hätte sich eigentlich an der linken Wand zwischen ihm und dem Fenster befinden müssen. Aber dort stand er nicht. Er war an der rechten Wand. Das irritierte ihn — so sehr, daß ihn eine große Müdigkeit überkam. Er hatte gewaltige Kopfschmerzen, und dazu noch der Schrank am verkehrten Platz . . . Hier schlossen sich seine Augen wieder.

Es war bedeutend heller im Zimmer, als er das nächste Mal erwachte. Es war zwar noch nicht hellichter Tag — nur das schwache Licht der Morgendämmerung sickerte durchs Fenster.

»Meine Güte«, sagte Kanonikus Pennyfather vor sich hin, als er plötzlich das Rätsel des Schrankes löste, »wie dumm von mir! Ich bin ja auch nicht zu Hause.«

Er bewegte sich vorsichtig. Nein, dies war nicht sein eigenes Bett. Er war in einem fremden Haus. Aber wo? Ach, natürlich. Er war nach London gefahren, nicht wahr? Er war in *Bertrams Hotel* und — aber nein, er war *nicht* in *Bertrams Hotel.* Dort stand sein Bett gegenüber dem Fenster. Und das traf hier nicht zu.

»Lieber Himmel, wo bin ich nur?« fragte sich Kanonikus Pennyfather. Dann erinnerte er sich daran, daß er ja nach Luzern fahren wollte. »Natürlich«, sagte er sich, »ich bin in Luzern.« Er begann an den Vortrag zu denken, den er zu halten beabsichtigte. Jedoch nicht lange. Das Nachdenken verursachte ihm Kopfschmerzen. Also schlief er wieder ein.

Als er das nächste Mal aufwachte, war sein Kopf viel klarer. Außerdem war es ganz hell im Zimmer. Er war nicht zu Hause, nicht in *Bertrams Hotel* und auch nicht — davon war er jetzt überzeugt — in Luzern. Dies war überhaupt kein Hotelzimmer. Er unterzog es einer genauen Musterung. Es war ein völlig fremder, schäbiger Raum, sehr spärlich möbliert. Ein Schrank, aber kein Kleiderschrank, wie er angenommen hatte, und ein Fenster mit geblümten Vorhängen, durch die das Licht drang. Ein Stuhl, ein Tisch und eine Kommode. Das war ungefähr alles.

»Oje«, sagte Kanonikus Pennyfather, »das ist wirklich *höchst* seltsam. Wo bin ich nur?« Er gedachte aufzustehen, um der Sache auf den Grund zu gehen. Doch als er sich im Bett aufrichtete, begann sein Kopf von neuem zu schmerzen. Also legte er sich wieder hin.

»Ich muß wohl krank gewesen sein«, entschied Kanonikus Pennyfather. »Ja, ganz gewiß muß ich krank gewesen sein.« Er dachte eine Weile nach und fuhr dann fort: »Ich glaube tatsächlich, daß ich immer noch krank bin. Grippe vielleicht?«

Er hörte Geräusche: jemand regte sich im Haus. Möglicherweise hatte man ihn in eine Privatklinik gebracht. Aber nein, dies sah nicht nach einem Krankenhaus aus. Weitere Geräusche wurden hörbar. Unten rief eine Stimme: »Auf Wiedersehen, Schatz. Bratwurst und Kartoffelbrei heute abend.«

Kanonikus Pennyfather ließ sich das durch den Kopf gehen. Bratwurst und Kartoffelbrei. Die Worte klangen angenehm.

»Ich glaube«, sagte er sich, »ich bin *hungrig.*«

Die Tür öffnete sich. Eine Frau in mittleren Jahren trat ein, ging zum Fenster, zog die Vorhänge ein wenig zurück und näherte sich dem Bett. »Aha, Sie sind jetzt wach«, sagte sie. »Und wie fühlen Sie sich?«

»Ach«, sagte Kanonikus Pennyfather mit ziemlich schwacher Stimme, »ich weiß es selbst nicht.«

»Das kann ich mir vorstellen. Sie waren nämlich in recht schlechter Verfassung. Wie der Doktor sagte, haben Sie einen tüchtigen Stoß abbekommen. Diese Autofahrer! Haben nicht einmal angehalten, nachdem sie Sie angefahren hatten.«

»Habe ich einen Unfall gehabt?« erkundigte sich Kanonikus Pennyfather. »Einen Autounfall?«

»Ganz recht«, erwiderte die Frau. »Wir fanden Sie am Straßenrand, als wir nach Hause kamen. Dachten zuerst, Sie wären betrunken.« Sie kicherte vergnügt in sich hinein. »Dann sagte mein Mann, es sei wohl besser, nach Ihnen zu sehen. Es mag ein Unfall gewesen sein, sagte er. Sie rochen nicht nach Alkohol oder dergleichen, und Blut war auch keines zu sehen. Jedenfalls lagen Sie da wie ein Klotz, völlig bewußtlos. Also sagte mein Mann, wir können Sie nicht so liegen lassen, und da hat er Sie ins Haus getragen. Verstehen Sie?«

»Aha«, sagte Kanonikus Pennyfather kleinlaut, von all diesen Enthüllungen etwas überwältigt. »Ein guter Samariter.«

»Mein Mann sah auch, daß Sie Geistlicher sind. Er meinte, es wäre wohl besser, nicht die Polizei anzurufen, da es Ihnen vielleicht peinlich gewesen wäre, wo Sie doch Geistlicher sind. Das heißt, wenn Sie doch betrunken gewesen wären, obwohl Sie nicht danach rochen. So kamen wir dann auf den Gedanken, Dr. Stokes zu holen. Wir nennen ihn immer noch Dr. Stokes, obwohl er seinen Beruf nicht mehr ausüben darf. Er ist ein sehr netter Mann, ein wenig verbittert natürlich, weil er nicht mehr praktizieren darf. Dabei hat er nur aus reiner Güte ein paar Mädchen geholfen, die es gar nicht verdient hatten. Jedenfalls ist er ein ganz guter Doktor. Er sagte, es sei Ihnen nicht viel passiert, nur eine leichte Gehirnerschütterung. Wir sollten dafür sorgen, daß Sie flach und ruhig in einem abgedunkelten Raum liegen. ›Wohlverstanden‹, sagte er, ›ich stelle keine Diagnose; dies ist ganz inoffiziell. Ich habe kein Recht, etwas zu verordnen oder überhaupt etwas zu sagen. Von Rechts wegen sollten Sie es der Polizei melden, möchte ich meinen, aber wenn Sie nicht wollen, dann ist das Ihre Sache. Geben Sie dem armen alten Schlucker eine Chance‹, hat er gesagt. Entschuldigen Sie, wenn ich so respektlos spreche. Aber er nimmt kein Blatt vor den Mund, dieser Doktor. Wie wär's nun mit einem Teller Suppe oder etwas heißer Milch mit Zwieback?«

»Beides«, sagte Kanonikus Pennyfather mit matter Stimme, »wäre mir sehr willkommen.«

Er sank wieder in die Kissen zurück. Ein Unfall? Das war es also. Ein Unfall, und er konnte sich überhaupt nicht daran erinnern! Ein paar Minuten später kehrte die gute Frau mit einem Tablett zurück, auf dem eine dampfende Schale stand. »Sie werden sich besser fühlen, wenn Sie etwas im Magen haben«, meinte sie. »Ich hätte gern einen Tropfen Whisky oder Brandy hineingetan, aber der Doktor sagte, Sie dürften so etwas nicht haben.«

»Ganz gewiß nicht«, sagte Kanonikus Pennyfather. »Nicht bei Gehirnerschütterung. Nein.«

»Ich werde Ihnen noch ein Kissen unter den Rücken schieben. Nicht wahr, Herzchen?«

Kanonikus Pennyfather war etwas sonderbar berührt, als er mit »Herzchen« angeredet wurde. Aber er sagte sich, daß es freundlich gemeint sei.

»Hoppla«, murmelte die Frau, »so, da wären wir.«

»Ja, aber wo sind wir?« fragte Kanonikus Pennyfather. »Ich meine, wo bin ich? Wo liegt dieses Haus?«

»Milton St. John«, erwiderte die Frau. »Wußten Sie das nicht?«

»Milton St. John?« wiederholte Kanonikus Pennyfather und schüttelte den Kopf. »Den Namen habe ich noch nie gehört.«

»Nun ja, es ist kein bedeutender Ort. Nur ein Dorf.«

»Sie sind sehr gütig zu mir. Darf ich vielleicht um Ihren Namen bitten?«

»Mrs. Wheeling. Emma Wheeling.«

»Sie sind sehr gütig«, wiederholte Kanonikus Pennyfather. »Um noch einmal auf diesen Unfall zu kommen, ich kann mich einfach nicht entsinnen . . .«

»Essen Sie nur erst Ihre Suppe, Herzchen. Dann werden Sie sich an manches besser erinnern.«

17

Sir Ronald Graves zeichnete eine Katze auf seine Schreibunterlage. Dann fiel sein Blick auf die breite Gestalt von Chefinspektor Davy, der ihm gegenüber saß, und er zeichnete eine Bulldogge. »Ladislaus Malinowski?« wiederholte er. »Möglich. Haben Sie irgendwelche Beweise?«

»Nein. Aber er könnte es schon sein, nicht wahr?«

»Ein Teufelskerl. Nerven wie Stricke. Hat die Weltmeisterschaft gewonnen. Vor etwa einem Jahr schwer verunglückt. Schürzenjäger. Zweifelhafte Einkommensquellen. Sehr verschwenderisch mit seinem Geld, hier und im Ausland. Pendelt dauernd zwischen England und dem Kontinent hin und her. Sind Sie der Ansicht, er ist der Mann, der hinter diesen groß organisierten Raubüberfällen steckt?«

»Ich glaube nicht, daß er der Organisator ist. Aber ich nehme an, daß er dazugehört.«

»Warum?«

»Er fährt, zum Beispiel, einen Mercedes-Rennwagen. Ein Fahrzeug dieser Art wurde am Morgen des Postraubs in der Nähe von Bedhampton gesehen. Anderes Nummernschild — aber daran sind wir ja gewöhnt. Und es ist derselbe Trick — FAN 2299 statt 2266. Man sieht hier nicht gerade viel Mercedes-Wagen. Lady Sedgwick hat einen und auch der junge Lord Merrivale.«

»Sie halten also Malinowski nicht für die treibende Kraft?«

»Nein, ich glaube, an der Spitze stehen Leute, die mehr Verstand besitzen als er. Aber er ist beteiligt. Ich habe mir die früheren Akten angesehen. Nehmen wir einmal den Überfall auf die *Midland and West London Bank*. Drei Lieferwagen blockierten zufällig — ganz zufällig — eine gewisse Straße. Dank dieser Blockade konnte ein Mercedes, der am Tatort war, glatt entkommen.«

»Er wurde später angehalten.«

»Ja. Und anstandslos wieder fahren gelassen. Besonders, da die Leute, die ihn gesehen hatten, sich nicht über die korrekte Nummer einigen konnten. Der Wagen war als FAN 3366 gemeldet worden — Malinowskis Nummer ist FAN 2266 — wieder dieselbe Masche.«

»Und Sie beharren darauf, das Ganze stehe mit *Bertrams Hotel* in Zusammenhang. Unsere Leute haben übrigens einige Informationen über das *Bertram* für Sie ausgegraben . . .«

Vater klopfte sich auf die Tasche. »Habe alles hier. Ordnungsgemäß eingetragene Gesellschaft. Bilanz — einbezahltes Kapital — Direktoren — und so weiter, und so weiter. Hat nichts zu bedeuten! Dieser finanzielle Klimbim ist immer derselbe — nichts weiter als eine Schlange, die sich in den Schwanz beißt! Gesellschaften und Dachorganisationen — macht einen ganz schwindlig!«

»Na, na, Vater. Das sind eben die Gepflogenheiten in der City. Hat etwas mit der Besteuerung zu tun . . .«

»Ich möchte aber hinter die Kulissen sehen. Wenn Sie mir ein paar Zeilen mitgeben, möchte ich mich an eine höhere Instanz wenden.«

Der Vizepräsident starrte ihn an. »Und was verstehen Sie unter einer höheren Instanz?«

Vater erwähnte einen Namen. Der Vize schien bestürzt. »Ich weiß nicht recht«, sagte er stirnrunzelnd. »Ich glaube kaum, daß wir an *ihn* herantreten dürfen.«

»Es könnte sehr nützlich sein.«

Es entstand eine Pause. Die beiden Männer sahen sich unverwandt an. Vater machte einen gelassenen, geduldigen Eindruck. Der Vize gab nach. »Sie sind ein eigensinniger alter Teufel, Fred«, meinte er. »Aber machen Sie, was Sie wollen. Gehen Sie hin und rücken Sie dem Spitzenmann der internationalen Finanzwelt Europas auf die Bude.«

»Er wird's wissen«, sagte Chefinspektor Davy. »Er wird es *wissen.* Und wenn nicht, kann er es ausfindig machen, indem er einen Knopf auf seinem Schreibtisch drückt oder telefoniert.«

»Ich weiß nicht, ob er sehr glücklich sein wird.«

»Wahrscheinlich nicht«, gab Vater zu. »Aber es wird ihn nicht groß aufhalten. Ich brauche jedoch die nötige Vollmacht.«

»Sie haben also allen Ernstes *Bertrams Hotel* ins Auge gefaßt, wie? Aber worauf stützt sich eigentlich Ihr Verdacht? Es wird vorzüglich geleitet, hat eine gute, angesehene Kundschaft — keine Übertretung der Ausschankgesetze.«

»Ich weiß — ich weiß. Keine Saufgelage, kein Rauschgift, keine Spielhölle, kein Unterschlupf für Kriminelle. Alles unschuldig und rein wie frischgefallener Schnee. Keine Gammler, keine Rowdys, keine jugendlichen Verbrecher. Nur gesetzte alte, viktorianische Damen, Landadel, Touristen aus Boston und den vornehmeren Gegenden der USA. Nichtsdestoweniger hat man beobachtet, daß ein ehrbarer Kanonikus das Hotel um drei Uhr morgens auf etwas verstohlene Weise verlassen hat.«

»Wer hat das gesehen?«

»Eine alte Dame.«

»Reden Sie etwa von — wie heißt er doch noch? — Kanonikus Pennyfather?«

»Ganz recht, Sir. Sein Verschwinden wurde gemeldet, und Campbell bearbeitet die Sache.«

»Komischer Zufall — sein Name ist gerade erwähnt worden, im Zusammenhang mit dem Postraub in Bedhampton.«

»Wirklich? Inwiefern, Sir?«

»Eine andere alte Dame — oder jedenfalls eine nicht mehr ganz junge — hat ihn identifiziert. Als der Zug durch das manipulierte Signal zum Halten gezwungen wurde, wachten ziemlich viele Passagiere auf und blickten auf den Gang. Diese Frau, die in Chadminster lebt und Kanonikus Pennyfather vom Sehen kennt, behauptet, sie habe beobachtet, wie er in den Zug stieg. Sie hatte damals angenommen, er sei ausgestiegen, um festzustellen, was los war, und sei dann wieder eingestiegen. Da er vermißt wird, wollten wir diese Spur aufnehmen . . .«

»Warten Sie mal — der Zug wurde morgens um fünf Uhr dreißig angehalten, und Kanonikus Pennyfather verließ *Bertrams Hotel* kurz nach drei Uhr morgens. Ja, es könnte möglich sein. Falls er — sagen wir mal — in einem Rennwagen hingefahren worden wäre.«

»Also sind wir wieder bei Ladislaus Malinowski angelangt!« Der Vize betrachtete die Kritzeleien auf seiner Schreibunterlage. »Was für eine Bulldogge Sie doch sind, Fred«, meinte er.

Eine halbe Stunde später betrat Chefinspektor Davy ein ruhiges und ziemlich schäbiges Büro. Der große Mann hinter dem Schreibtisch erhob sich und streckte seine Hand aus. »Chefinspektor Davy? Bitte nehmen Sie Platz«, sagte er. »Darf ich Ihnen eine Zigarre anbieten?«

Davy schüttelte den Kopf. »Ich muß Sie um Entschuldigung bitten«, sagte er mit seiner tiefen, vertrauenerweckenden Stimme, »daß ich Ihre kostbare Zeit in Anspruch nehme.«

Mr. Robinson lächelte. Er war ein korpulenter, sehr gut gekleideter Mann. Er hatte ein gelbliches Gesicht, dunkle, schwermütige Augen, und sein Mund war groß und voll. Sein Lächeln enthüllte übergroße Zähne. »Damit ich dich besser fressen kann«, ging es Chefinspektor Davy unwillkürlich durch den Kopf. Mr. Robinson sprach ein tadelloses, akzentfreies Englisch, aber er war kein gebürtiger Engländer. Vater fragte sich im stillen — wie manch einer vor ihm —, welcher Nationalität Mr. Robinson eigentlich war. »Nun, was kann ich für Sie tun?«

»Ich möchte gern wissen«, sagte Chefinspektor Davy, »wem *Bertrams Hotel* gehört.«

Mr. Robinsons Gesichtsausdruck veränderte sich in keiner Weise. Der Mann zeigte weder Überraschung, als er den Namen hörte, noch gab er zu verstehen, daß er ihm bekannt war. Nachdenklich sagte er: »*Bertrams Hotel* . . . das liegt, glaube ich, in der Pond Street in der Nähe von Piccadilly.«

»Ganz recht, Sir.«

»Ich selbst habe gelegentlich dort gewohnt. Ein ruhiges Hotel. Gut geführt.«

»Ja«, stimmte Vater zu, »sehr gut geführt.«

»Und Sie möchten wissen, wem es gehört? Das kann man doch sicher leicht feststellen.« Er lächelte etwas ironisch.

»Sie meinen, über die üblichen Instanzen? O ja.« Vater zog ein kleines Stück Papier aus der Tasche und las drei oder vier Namen und Adressen laut vor.

»Wie ich sehe«, meinte Mr. Robinson, »hat sich jemand sehr viel Mühe gemacht. Interessant. Und Sie kommen zu mir?«

»Wenn es überhaupt jemand weiß, dann sind Sie es, Sir.«

»Im Augenblick bin ich überfragt. Gewiß, ich habe Mittel und Wege, um mir die Information zu beschaffen. Man hat« — er zuckte seine sehr breiten Schultern — »man hat Beziehungen.«

»Ja, Sir«, sagte Vater mit ausdrucksloser Miene.

Mr. Robinson blickte ihn an. Dann nahm er den Hörer von der Gabel. »Sonia? Verbinden Sie mich mit Carlos.« Er wartete eine Weile. »Carlos?« Er redete sehr rasch in einer fremden Sprache, die Vater nicht einmal erkannte.

Vater konnte sich in gutem Französisch mit leicht englischer Aussprache unterhalten. Er konnte einige Brocken Italienisch und

Deutsch. Er wußte, wie Spanisch, Russisch und Arabisch klangen, obwohl er diese Sprachen nicht verstand. Die Sprache, deren sich Mr. Robinson bediente, gehörte aber nicht zu diesen. Nach seinem Dafürhalten mochte es Türkisch oder Persisch oder Armenisch sein, aber selbst das wußte er nicht mit Sicherheit. Mr. Robinson legte den Hörer wieder auf und sah Chefinspektor Davy an. »Ich glaube nicht«, sagte er jovial, »daß wir lange zu warten brauchen. Ich bin nämlich auch interessiert. Sehr sogar. Ich selbst habe mich gelegentlich im stillen gewundert . . .« Vater blickte ihn fragend an. »Über *Bertrams Hotel«,* fuhr Mr. Robinson fort. »In finanzieller Hinsicht, wissen Sie. Man fragt sich, wie es sich überhaupt rentieren kann. Ich hatte jedoch nie Anlaß, der Sache nachzugehen. Und man schätzt« — wieder zuckte er die Achseln — »ein behagliches Absteigequartier mit ungewöhnlich gut geschultem Personal . . . Ja, ich habe mich oft gewundert.« Er blickte Vater an. »Sie kennen die näheren Umstände?«

»Noch nicht«, erwiderte Vater, »aber ich habe die feste Absicht, mich zu orientieren.«

Ein leises Summen ertönte auf seinem Schreibtisch, und Mr. Robinson langte wieder zum Hörer. »Ja? Ja, Sie haben sich aber sehr beeilt. Ich bin hoch erfreut. Ach so. Oh! Amsterdam, ja . . . Ah . . . Vielen Dank . . . Ja. Buchstabieren Sie es doch bitte. Gut.« Er schrieb rasch etwas auf einen Notizblock. »Dies wird Ihnen hoffentlich von Nutzen sein«, sagte er, als er das Blatt abriß und es Vater über den Tisch reichte, der den notierten Namen laut vor sich hin sagte: »Wilhelm Hoffman.«

»Schweizerische Staatsangehörigkeit«, bemerkte Mr. Robinson. »Obgleich nicht in der Schweiz geboren, möchte ich sagen. Besitzt ziemlichen Einfluß in Bankkreisen. Er hält sich zwar streng an die Buchstaben des Gesetzes, hat aber doch hinter sehr vielen — fragwürdigen Geschäften gestanden. Er arbeitet einzig und allein auf dem Kontinent, nicht in diesem Land.«

»Oje.«

»Aber er hat einen Bruder«, fuhr Mr. Robinson fort. »Robert Hoffman. Der lebt in London — Diamantenhändler — höchst angesehenes Geschäft. Seine Frau ist Holländerin. Er hat auch Büros in Amsterdam — Ihre Leute sind vielleicht über ihn orientiert. Wie ich schon sagte, handelt er hauptsächlich in Diamanten, aber er ist ein sehr reicher Mann und besitzt viele Grundstücke, die gewöhnlich nicht unter seinem eigenen Namen laufen. Ja, er steht hinter einer ganzen Reihe von Unternehmen. Er und sein Bruder sind die Eigentümer von *Bertrams Hotel.«*

»Ich danke Ihnen vielmals, Sir.« Chefinspektor Davy erhob sich. »Ich brauche Ihnen nicht zu sagen, daß ich Ihnen sehr verbunden bin.«

Als er im Polizeipräsidium anlangte, fand er eine Notiz vor:

Kanonikus Pennyfather ist wieder zum Vorschein gekommen, ist jedoch verletzt. Wurde offenbar in Milton St. John von einem Auto angefahren und hat Gehirnerschütterung.

18

Kanonikus Pennyfather war wieder zu Hause. Er saß in seiner Bibliothek in einem großen Lehnstuhl, ein Kissen hinter dem Kopf, die Füße auf einem Sitzpolster und eine Decke über den Knien, um seinen leidenden Zustand zu betonen. Ihm gegenüber saßen Chefinspektor Davy und Inspektor Campbell. »Ich fürchte«, sagte er höflich, »daß ich mich einfach an gar nichts erinnern kann.«

»Sie können sich wirklich nicht an den Autounfall entsinnen?«

»Wirklich nicht, leider.«

»Woher wissen Sie denn, daß ein Wagen Sie angefahren hat?« fragte Inspektor Campbell schlagartig.

»Die Frau da in dem Haus, Mrs. . . . war ihr Name Wheeling? — hat mir davon erzählt.«

»Und woher wußte sie es?«

Kanonikus Pennyfather blickte verdutzt drein. »Meine Güte, da haben Sie ganz recht. Sie konnte es eigentlich auch nicht wissen, nicht wahr? Sie hat wohl einfach angenommen, daß so etwas passiert sein mußte.«

»Und Sie können sich tatsächlich an *nichts* erinnern? Wie kamen Sie eigentlich nach Milton St. John?«

»Ich habe keine Ahnung«, erwiderte Kanonikus Pennyfather. »Selbst der Name ist mir ganz ungeläufig.«

Inspektor Campbells Verzweiflung steigerte sich. Doch Chefinspektor Davy sagte mit seiner besänftigenden, freundlichen Stimme: »Erzählen Sie uns noch einmal, an was Sie sich als letztes entsinnen können, Sir.«

Erleichtert wandte sich Kanonikus Pennyfather ihm zu. Der trockene Skeptizismus des Inspektors hatte ihm großes Unbehagen bereitet. »Ich wollte einen Kongreß in Luzern besuchen und nahm ein Taxi zum Flughafen — oder jedenfalls bis zur Abfertigungsstelle in Kensington.«

»Ja. Und dann?«

»Das ist alles. Mehr fällt mir nicht ein. Das nächste, worauf ich mich besinnen kann, ist der Schrank.«

»Was für ein Schrank?« fragte Inspektor Campbell.

»Er stand am verkehrten Platz.«

Inspektor Campbell fühlte sich versucht, das Phänomen des verrückten Schrankes näher zu erforschen. Doch Chefinspektor Davy kam ihm zuvor. »Können Sie sich erinnern, daß Sie an der Abfertigungshalle ankamen, Sir?«

»Ich glaube wohl«, erwiderte Kanonikus Pennyfather mit der Miene eines Menschen, dem die Sache sehr zweifelhaft erscheint.

»Und Sie flogen dann, wie vorgesehen, in die Schweiz.«

»Wirklich? Wenn ich das getan habe, ist es mir völlig entfallen.«

»Entsinnen Sie sich, daß Sie an dem Abend in *Bertrams Hotel* zurückkehrten?«

»Nein.«

»Erinnern Sie sich überhaupt an *Bertrams Hotel?*«

»Natürlich. Dort habe ich doch gewohnt. Sehr komfortabel. Ich habe mein Zimmer behalten.«

»Können Sie sich entsinnen, daß Sie mit einem Zug gefahren sind?«

»Mit einem Zug? Nein, an einen Zug erinnere ich mich nicht.«

»Es fand ein Überfall statt. Der Postwagen wurde beraubt. *Darauf,* Kanonikus Pennyfather, können Sie sich doch gewiß besinnen.«

»Das sollte man meinen, nicht wahr?« sagte Kanonikus Pennyfather. »Aber aus irgendeinem Grund«, setzte er, sich gleichsam entschuldigend, hinzu, »ist es mir nicht möglich.« Mit freundlicher, sanft lächelnder Miene blickte er die beiden Beamten an.

»Ihrer Darstellung nach können Sie sich also an nichts entsinnen zwischen dem Zeitpunkt, als Sie in einem Taxi zum Flughafen fuhren, und dem Augenblick, als Sie im Häuschen der Wheelings in Milton St. John aufwachten.«

»Das ist nichts Ungewöhnliches«, versicherte ihm der Kanonikus. »Das kommt bei Gehirnerschütterungen ziemlich oft vor.«

»Was für Gedanken haben Sie sich denn beim Aufwachen darüber gemacht, was mit Ihnen geschehen sei?«

»Ich hatte solche Kopfschmerzen, daß ich wirklich nicht denken konnte. Dann begann ich mich natürlich zu fragen, wo ich sei. Mrs. Wheeling hat mir alles erklärt und mir eine ausgezeichnete Suppe gebracht. Sie nannte mich zwar ›Herzchen‹«, erwähnte der Kanonikus mit leichtem Abscheu, »aber sie war sehr freundlich. Wirklich sehr freundlich.«

»Sie hätten den Unfall der Polizei melden sollen. Dann wären Sie ins Krankenhaus geschafft und richtig betreut worden«, meinte Campbell.

»Sie hat mich sehr gut versorgt«, protestierte der Kanonikus energisch, und wie ich weiß, läßt sich bei Gehirnerschütterung nicht sehr viel machen, man kann den Patienten nur ruhig halten.«

»Wenn Ihnen noch etwas einfallen sollte, Sir . . .«

Der Kanonikus unterbrach ihn. »Vier ganze Tage sind anscheinend aus meinem Leben ausgelöscht. Sehr seltsam. Wirklich äußerst seltsam. Ich wüßte so gern, wo ich war und was ich getan habe. Wie mir der Arzt sagt, kann mir eines Tages alles wieder ins Gedächtnis zurückkommen, oder auch nicht. Vielleicht werde ich nie erfahren, was mir in diesen Tagen zugestoßen ist.« Die Lider fielen ihm zu. »Sie werden mich sicher entschuldigen. Ich glaube, ich bin ziemlich müde.«

»Jetzt ist's aber wirklich genug«, erklärte Mrs. McCrae, die sich in der Nähe der Tür aufgehalten hatte, bereit, dem Interview ein Ende zu machen, falls sie es für notwendig hielt. Sie ging auf die Besucher zu. »Der Arzt hat jede Aufregung verboten«, sagte sie mit fester Stimme.

Die Polizeibeamten standen auf und traten den Rückzug an. Wie ein gewissenhafter Schäferhund trieb Mrs. McCrae die beiden auf den Korridor hinaus. Der Kanonikus murmelte etwas vor sich hin, und Chefinspektor Davy, der als letzter durch die Tür ging, drehte sich blitzschnell um.

»Was sagten Sie da?« fragte er, aber die Augen des Kanonikus waren jetzt geschlossen.

»Haben Sie gehört, was er sagte?« fragte Campbell, als sie das Haus verließen. Mrs. McCraes halbherziges Angebot, eine Erfrischung zu nehmen, hatten sie abgelehnt.

Vater sagte nachdenklich: »Ich glaube, er murmelte so etwas wie ›die Mauern von Jericho‹.«

Am Ende dieser Expedition nach Chadminster fand ein kurzes, unersprießliches Interview mit Dr. Stokes statt.

Dr. Stokes war aggressiv, patzig und wenig entgegenkommend. »Ich kenne die Wheelings schon ziemlich lange. Es sind Nachbarn von mir. Sie hatten einen alten Mann von der Straße aufgelesen und wußten nicht, ob er sternhagelvoll oder krank war. Baten mich, einen Blick auf ihn zu werfen. Ich sagte ihnen, er sei nicht betrunken — es sei Gehirnerschütterung . . .«

»Und Sie haben ihn entsprechend behandelt?«

»Keineswegs. Ich habe ihn weder behandelt noch gepflegt und ihm auch nichts verordnet. Ich bin kein Arzt — war mal einer, aber jetzt nicht mehr. Ich gab den Leuten den Rat, die Polizei anzurufen. Ob sie es getan haben oder nicht, weiß ich nicht. Geht mich ja auch nichts an. Sie sind ein bißchen dumm, alle beide — aber freundliche Leute.«

»Sie sind wohl nicht auf den Gedanken gekommen, die Polizei selbst anzurufen, wie?«

»Nein. Ich bin kein Arzt. Es war nicht meine Sache. Rein als Mensch habe ich ihnen geraten, dem Mann keinen Whisky in den Rachen zu gießen, ihn flach zu legen und ruhig zu halten bis zum Eintreffen der Polizei.« Er blickte sie wütend an, und sie mußten es bei dieser Auskunft bewenden lassen.

19

Mr. Hoffman war ein großer, massiv wirkender Mann. Er machte den Eindruck, als wäre er aus Teakholz geschnitzt. Sein Gesicht war so ausdruckslos, daß man alles dahinter vermuten konnte. Man fragte sich, ob ein solcher Mann überhaupt einer Gefühlsregung fähig war. Sein Verhalten war korrekt. Er stand auf, verbeugte sich und streckte eine mächtige Pranke aus. »Chefinspektor Davy? Ich stehe Ihnen zur Verfügung. Was möchten Sie wissen?«

»Ich wollte Sie nur bitten, mir ein paar vertrauliche Informationen über *Bertrams Hotel* zu geben.«

Mr. Hoffman verzog keine Miene. Möglicherweise wurde seine Haltung eine Spur steifer als zuvor — das war alles. »*Bertrams Hotel?* wiederholte er in fragendem Ton.

»Sie stehen mit diesem Hotel in einem gewissen Zusammenhang, nicht wahr, Mr. Hoffman?«

Mr. Hoffman zuckte die Achseln. »Man hat so vielerlei Beziehungen«, sagte er. »Man kann sich nicht an alle erinnern. So viele Geschäfte — so viele — ich habe alle Hände voll zu tun.«

»Sie haben viele Eisen im Feuer, das weiß ich.«

»Ja, das stimmt«, sagte Mr. Hoffman, und ein gezwungenes Lächeln glitt über seine Züge. »Sie glauben also, daß ich mit diesem — mit *Bertrams Hotel* in Verbindung stehe?«

»Verbindung ist vielleicht nicht der richtige Ausdruck. In Wirklichkeit besitzen Sie es, nicht wahr?« bemerkte Vater jovial.

Diesmal erstarrte Mr. Hoffman ganz offensichtlich. »Nun, wer hat Ihnen *das* erzählt?« sagte er leise.

»Es stimmt jedenfalls, ja?« sagte Chefinspektor Davy in heiterem Ton. »Sehr schönes Besitztum, meiner Ansicht nach. In der Tat, Sie müssen stolz darauf sein.«

»O ja«, erwiderte Hoffman. »Im Augenblick — konnte ich mich nicht entsinnen — sehen Sie mal« — er lächelte verächtlich — »ich habe soviel Liegenschaften in London. Eine gute Kapitalanlage — Immobilien. Wenn irgend etwas auf den Markt kommt, was meiner Meinung nach eine günstige Lage hat, und die Chance besteht, es billig zu ergattern, dann investiere ich.«

»Und war *Bertrams Hotel* auch ein billiger Gelegenheitskauf?« erkundigte sich Davy.

»Es war damals ziemlich heruntergewirtschaftet«, entgegnete Mr. Hoffman kopfschüttelnd.

»Na, jetzt läuft es wieder recht gut«, meinte Vater. »Ich war erst vor einigen Tagen dort und von dem Milieu sehr beeindruckt. Komfortables, traditionsbewußtes Haus, nichts Marktschreierisches, bietet Luxus, ohne luxuriös zu wirken.«

»Ich persönlich weiß sehr wenig darüber Bescheid«, erläuterte

Mr. Hoffman. »Es ist eben nur eine meiner Investitionen — aber ich glaube, es floriert.«

»Ja, Sie scheinen einen erstklassigen Geschäftsführer zu haben. Wie heißt er doch gleich? Humfries? Ja, Humfries.«

»Ein ausgezeichneter Mann«, bestätigte Mr. Hoffman. »Ich lasse ihn nach Belieben schalten und walten und prüfe einmal im Jahr die Bilanz, um zu sehen, ob alles in Ordnung ist.«

»In dem Hotel wimmelt es nur so von Titeln«, bemerkte Vater. »Und auch von reichen amerikanischen Touristen.« Er schüttelte nachdenklich den Kopf. »Eine wunderbare Kombination.«

»Sie erwähnten vorhin, daß Sie kürzlich dort gewesen seien. Doch hoffentlich nicht — nicht in Ihrer offiziellen Eigenschaft?«

»Doch, aber es war nichts Ernsthaftes. Versuchte nur, ein kleines Geheimnis zu lüften.«

»Ein Geheimnis? In *Bertrams Hotel?*«

»Allem Anschein nach. Der Fall des verschwundenen Geistlichen — so könnte man es bezeichnen.«

»Das ist wohl ein Scherz«, meinte Mr. Hoffman. »Sie reden ja wie Sherlock Holmes.«

»Der Geistliche verließ eines Abends das Hotel und wurde nie wieder gesehen.«

»Merkwürdig. Aber so etwas kommt vor, und davon wissen Sie mehr als ich, mein lieber Chefinspektor«, sagte Mr. Hoffman und setzte hinzu: »Ich hoffe, daß man Sie in *Bertrams Hotel* nach besten Kräften unterstützt hat.«

»Man hätte nicht zuvorkommender sein können«, versicherte ihm Vater. »Diese Miß Gorringe — sie ist wohl schon ziemlich lange bei Ihnen?«

»Möglich. Ich weiß wirklich sehr wenig über alle diese Einzelheiten. Sie müssen verstehen, ich habe kein *persönliches* Interesse an diesem Hotel. Ich muß sagen« — er lächelte entwaffnend —, »ich war ganz überrascht, daß Sie überhaupt wußten, wem es gehört.«

Es war keine ausgesprochene Frage, aber wiederum lag in seinem Blick ein leises Unbehagen. Vater nahm es wahr, ohne sich etwas anmerken zu lassen. »Die Interessensverflechtungen in der City sind wie ein riesiges Zusammensetzspiel«, meinte er. »Mir würde der Schädel brummen, wenn ich mich damit befassen müßte. Soweit ich unterrichtet bin, ist eine Gesellschaft — der Mayfair Holding Trust oder so ähnlich — der eingetragene Besitzer. Diese Gesellschaft ist wieder im Besitz einer anderen Gesellschaft, und so weiter. In Wahrheit gehört das Hotel aber *Ihnen*. Eine ganz einfache Geschichte. Ich habe doch recht, nicht wahr?«

»Ja, ich und der übrige Aufsichtsrat stehen dahinter, wie Sie sich wohl ausdrücken würden«, gab Mr. Hoffman etwas widerstrebend zu.

»Aufsichtsrat? Und wer könnte das sein? Sie selbst und, wie ich glaube, ein Bruder von Ihnen?«

»Mein Bruder Wilhelm ist mitbeteiligt. Sie müssen verstehen, daß *Bertrams Hotel* nur ein Glied in einer Kette ist, die aus verschiedenen Hotels, Bürohäusern, Klubs und anderen Londoner Unternehmen besteht.«

»Und wer gehört noch zum Aufsichtsrat?«

»Lord Pomfret, Abel Isaacstein.« Hoffmans Stimme bekam plötzlich einen scharfen Klang. »Müssen Sie wirklich alle diese Einzelheiten wissen? Nur weil Sie den Fall des verschwundenen Geistlichen untersuchen?«

Vater schüttelte den Kopf und blickte reumütig drein. »Es ist eigentlich nur Neugierde. Die Suche nach meinem Geistlichen führte mich zu *Bertrams Hotel,* aber dann erwachte sozusagen mein Interesse, Sie verstehen ja wohl, was ich meine. Eins führt oft zum anderen, nicht wahr?«

»Das mag sein, ja.« Dann lächelte er. »Und ist Ihre Neugierde jetzt befriedigt?«

»Wenn man eine Auskunft haben möchte, ist es immer am besten, wenn man sie sich an der Quelle holt, nicht wahr?« meinte Vater jovial. Er erhob sich. »Es gibt nur noch eines, was ich sehr genau wissen möchte — und ich glaube nicht, daß Sie es mir verraten werden.«

»Und das wäre, Chefinspektor?« Hoffmans Stimme klang vorsichtig.

»Wo gabelt das *Bertram* sein Personal auf? Einfach wunderbar! Dieser Bursche, zum Beispiel, der aussieht wie ein Herzog oder ein Erzbischof — darüber bin ich mir noch nicht ganz schlüssig — wie heißt er doch noch? Ach ja, Henry. Er serviert einem Tee und Muffins — die wunderbarsten Muffins! Ein unvergeßliches Erlebnis.«

»Sie lieben wohl Muffins mit viel Butter, ja?« Mr. Hoffmans Augen ruhten einen Augenblick mißbilligend auf Vaters rundlicher Figur.

»Das dürfte man mir ansehen«, entgegnete Vater. »Nun, ich möchte Sie nicht länger davon abhalten, sich mit weiteren günstigen Kapitalanlagen zu befassen.«

»So schlimm ist es nicht. Ich lasse mich von meinen Geschäften nicht hetzen. Meine Ansprüche sind bescheiden. Ich führe ein schlichtes Leben voller Muße, züchte Rosen und widme mich meiner Familie, die ich sehr liebe.«

»Klingt ja ideal«, meinte Vater. »Wünschte, ich hätte auch so ein Dasein.«

Mr. Hoffman lächelte und erhob sich gewichtig aus seinem Sessel, um sich von seinem Besucher zu verabschieden. »Hoffentlich finden Sie Ihren verschwundenen Geistlichen recht bald.«

»Oh, der Fall ist schon erledigt. Es tut mir leid, wenn ich mich nicht klar ausgedrückt habe. Man hat ihn gefunden — eigentlich eine enttäuschende Angelegenheit. Autounfall und Gehirnerschütterung — weiter nichts.« Vater ging zur Tür. Dort drehte er sich noch einmal um und fragte: »Gehört Lady Sedgwick übrigens auch zum Aufsichtsrat Ihrer Gesellschaft?«

»Lady Sedgwick?« Hoffman nahm sich Zeit. »Nein. Wie kommen Sie darauf?«

»Nun ja, man hört so manches . . . Also nur Aktionärin?«

»Ich — ja.«

»Na, leben Sie wohl, Mr. Hoffman. Vielen Dank.«

Vater kehrte zum Yard zurück und suchte sofort den Vize auf. »Die beiden Brüder Hoffman stehen finanziell hinter *Bertrams Hotel.*«

»Was? Diese Schurken?« fragte Sir Ronald.

»Ja.«

»Das haben sie aber gut geheimgehalten.«

»Ja — und Robert Hoffman war durchaus nicht davon erbaut, daß wir dahintergekommen sind. Es war geradezu ein Schock für ihn.«

»Was hat er denn gesagt?«

»Oh, es ging alles sehr formell und höflich über die Bühne. Er versuchte taktvoll zu erfahren, wie ich es herausbekommen hatte.«

»Und diese Information haben Sie ihm vorenthalten, nehme ich an.«

»Aber ganz gewiß.«

»Welchen Vorwand haben Sie ihm für Ihren Besuch genannt?«

»Überhaupt keinen.«

»Hielt er das nicht für etwas merkwürdig?«

»Vermutlich. Jedenfalls fiel niemand aus der Rolle.«

»Wenn die Hoffmans hinter der ganzen Geschichte stecken, läßt sich manches erklären. Sie sind niemals persönlich in eine Gaunerei verwickelt — o nein! *Sie* organisieren kein Verbrechen — sie finanzieren es aber! Wilhelm erledigt die Bankgeschichten von der Schweiz aus. Er steckte hinter dieser Devisenschiebung kurz nach dem Krieg. Wir wußten es, konnten es aber nicht beweisen. Diese beiden Brüder haben sehr viel Geld zur Verfügung und benutzen es, um alle möglichen Unternehmen zu finanzieren — manche davon legal — manche nicht. Aber sie sind vorsichtig — kennen alle Schliche und Kniffe. Roberts Diamantenhandel ist sicher astrein — aber das Bild rundet sich ab — Diamanten — Bankinteressen, Grundbesitz — Klubs, kulturelle Stiftungen, Bürogebäude, Restaurants, Hotels — alles anscheinend in anderen Händen.«

»Sie glauben also nicht, daß Hoffman die Pläne für diese organisierten Raubüberfälle entwirft?« fragte Vater.«

»Nein, die beiden befassen sich nur mit der finanziellen Seite. Ihren Planer müssen Sie schon woanders suchen. Irgendwo ist ein erstklassiger Stratege am Werk.«

20

Nebel hatte sich an diesem Abend plötzlich auf London herabgesenkt. Chefinspektor Davy schlug seinen Mantelkragen hoch und bog in die Pond Street ein. Er schlenderte langsam dahin wie ein Mann, der mit seinen Gedanken woanders ist.

Pond Street war an diesem Abend ruhig. Wenige Autos waren zu sehen. Anfangs war es nur stellenweise neblig gewesen, dann hatte es aufgeklart, und jetzt hatte sich der Nebel wieder verdichtet. Der Verkehrslärm der Park Lane klang so gedämpft herüber wie der einer vorstädtischen Nebenstraße. Die meisten Busse hatten den Verkehr eingestellt. Nur Personenwagen kamen von Zeit zu Zeit vorbei. Chefinspektor Davy bog in eine Sackgasse ein, ging bis ans Ende und kehrte wieder um. Er schlug erst eine Richtung ein, dann eine andere — wanderte offenbar ziellos umher. Aber er handelte nicht ziellos. In Wirklichkeit schlich er um ein besonderes Gebäude herum. *Bertrams Hotel.* Er stellte sorgfältig fest, was im Osten, im Westen, im Norden und im Süden des Hauses lag. Er prüfte die Wagen, die am Gehsteig geparkt waren, und er betrachtete die Autos, die in der Sackgasse standen. Er besichtigte eingehend eine enge Hintergasse. Ein Wagen interessierte ihn ganz besonders. Er spitzte die Lippen und sagte leise vor sich hin: »Du bist also mal wieder hier, du Prachtexemplar.« Er warf einen Blick auf die Nummer und nickte vor sich hin. »FAN 2266 bist du heute abend, ja?« Er beugte sich herab und strich leicht mit dem Finger über das Nummernschild. Dann nickte er anerkennend. »Gute Arbeit haben sie geleistet«, flüsterte er. Er ging weiter bis zum anderen Ende der Gasse, wandte sich dann nach rechts und abermals nach rechts und tauchte wieder einmal in der Pond Street auf, und zwar fünfzig Meter vom Eingang zu *Bertrams Hotel* entfernt. Noch einmal blieb er stehen und bewunderte die schönen Linien eines anderen Rennwagens. »Auch du bist ein Prachtstück«, sagte Chefinspektor Davy. »Du hast dasselbe Nummernschild wie bei unserer letzten Begegnung. Ich glaube fast, dein Nummernschild ist tatsächlich immer dasselbe. Und das sollte bedeuten« — er brach ab — »oder etwa nicht?« murmelte er. Er blickte auf zum unsichtbaren Himmel. »Der Nebel wird dichter«, brummte er vor sich hin.

Draußen vor der Tür zu *Bertrams Hotel* stand der irische Portier und schwenkte seine Arme heftig hin und her, um sich warm zu halten. Chefinspektor Davy wünschte ihm guten Abend.

»Guten Abend, Sir. Ekelhaftes Wetter.«

»Ja. Heute wird sich wohl kaum noch jemand hinauswagen, der nicht dringend weg muß.«

Er wies mit dem Daumen auf *Bertrams Hotel.* »Ich muß da hinein. Habe etwas zu erledigen.«

»Geht es immer noch um den verschwundenen Kanonikus?«

»Wohl kaum. Man hat ihn gefunden.«

»Gefunden?« Der Mann starrte ihn an. »Wo denn?«

»Er wurde nach einem Unfall mit einer Gehirnerschütterung aufgelesen.«

»Aha, das sieht ihm so richtig ähnlich. Hat wohl die Straße überquert, ohne nach rechts oder links zu schauen.«

»Scheint so«, sagte Vater. Er nickte und trat durch die Schwingtüren ins Hotel. An diesem Abend hielten sich nicht sehr viel Leute in der Halle auf. Er entdeckte Miß Marple in einem Sessel am Feuer. Miß Marple sah ihn ebenfalls, ohne sich jedoch anmerken zu lassen, daß sie ihn erkannt hatte. Er ging zum Empfang. Miß Gorringe saß wie immer hinter ihren Büchern. Sie wurde ein wenig nervös, als sie ihn sah. Es war eine sehr schwache Reaktion, aber sie entging ihm nicht.

»Sie entsinnen sich ja wohl an mich, Miß Gorringe«, sagte er. »Ich war vor einigen Tagen hier.«

»Ja, natürlich erinnere ich mich an Sie, Chefinspektor. Wünschen Sie noch eine weitere Auskunft? Möchten Sie mit Mr. Humfries sprechen?«

»Nein, danke. Ich glaube nicht, daß es nötig sein wird. Ich würde ganz gern noch einen Blick in Ihr Hotelregister werfen, wenn ich darf.«

»Selbstverständlich.« Sie schob es ihm hin.

Er schlug es auf, und sein Blick glitt langsam über die Seiten. Miß Gorringe hatte den Eindruck, als suchte er nach einem besonderen Eintrag. In Wirklichkeit war das nicht der Fall. Vater besaß ein Talent, daß er bis zur höchsten Vollendung entwickelt hatte. Er konnte sich Namen und Adressen genau merken, hatte sozusagen ein fotografisches Gedächtnis, mit dem er solche Angaben vierundzwanzig, manchmal sogar achtundvierzig Stunden behielt. Er schüttelte den Kopf, als er das Buch wieder zumachte und ihr zurückgab. »Kanonikus Pennyfather ist wohl nicht wieder hier gewesen, wie?«

»Kanonikus Pennyfather?«

»Sie wissen doch, daß er wieder aufgetaucht ist, nicht wahr?«

»Aber nein. Das hat mir niemand gesagt. Wo denn?«

»Irgendwo auf dem Lande. Autounfall, wie es scheint. Ist uns nicht gemeldet worden. Irgendein guter Samariter hat ihn einfach aufgelesen und für ihn gesorgt.«

»Oh, das freut mich aber. Ich hatte mir schon Sorgen gemacht.«

»Seine Freunde ebenfalls«, sagte Vater. »Ich habe eben nachgesehen, ob sich einer von ihnen vielleicht hier aufhält. Erzdiakon — Erzdiakon — ich komme im Augenblick nicht auf den Namen, würde ihn aber erkennen, wenn ich ihn sähe.«

»Tomlinson?« meinte Miß Gorringe hilfsbereit. »Wir erwarten ihn nächste Woche. Von Salisbury.«

»Nein, Tomlinson war es nicht. Nun, es ist nicht so wichtig.« Er wandte sich ab.

Es war an diesem Abend sehr ruhig in der Halle. Chefinspektor Davy nahm im Vorbeigehen von allen Anwesenden Notiz. Ohne Hast und ohne offenbare Absicht gelangte er an sein Ziel. Miß Marple saß am Kamin und beobachtete, wie er sich ihr näherte.

»Sie sind also noch immer hier, Miß Marple. Das freut mich.«

»Ich reise morgen ab«, sagte Miß Marple. »Meine vierzehn Tage Ferien sind zu Ende.«

»Sie haben sie hoffentlich genossen.«

Miß Marple antwortete nicht gleich. »In einer Hinsicht — ja —« Sie brach ab.

»Und in anderer Hinsicht, nein?«

»Es ist schwierig zu erklären, was ich meine . . .«

»Sitzen Sie nicht vielleicht ein wenig zu nahe am Feuer? Ziemlich heiß hier. Möchten Sie sich nicht lieber woandershin setzen — vielleicht an den Ecktisch da drüben?«

Miß Marple betrachtete die angedeutete Sitzgruppe, dann den Chefinspektor. »Ich glaube, Sie haben recht«, meinte sie.

Er half ihr beim Aufstehen, trug ihre Handtasche und ihr Buch und machte es ihr in der ruhigen Ecke bequem. »So besser?«

»Bedeutend besser.«

»Sie wissen, warum ich diesen Vorschlag machte?«

»Sie nahmen an — ein sehr freundlicher Gedanke —, daß es für mich zu heiß am Feuer sei. Außerdem«, fügte sie langsam hinzu, »kann unsere Unterhaltung hier wohl nicht belauscht werden.«

»Haben Sie etwas auf dem Herzen, was Sie mir erzählen möchten, Miß Marple?«

»Wie kommen Sie darauf?«

»Ich habe es Ihnen angesehen.«

»Es tut mir leid, daß ich es so deutlich gezeigt habe. Es lag nicht in meiner Absicht.«

»Na, wie wär's denn?«

»Ich weiß nicht recht, ob ich davon sprechen soll. Bitte, glauben Sie mir, Inspektor, daß ich mich wirklich nicht gerne in fremde Angelegenheiten mische. Ich bin durchaus dagegen. Selbst wenn eine solche Einmischung gut gemeint ist, kann sie großes Unheil anrichten.«

»Aha, darum geht es also. Ja, ich verstehe, es stellt ein ziemliches Problem für Sie dar.«

»Manchmal beobachtet man, daß Menschen etwas tun, was einem unklug — ja sogar gefährlich erscheint. Hat man aber das Recht, sich einzumischen? Meistens wohl nicht.«

»Geht es eigentlich um Kanonikus Pennyfather?«

»Kanonikus Pennyfather?« Miß Marple schien erstaunt.

»O nein. Lieber Himmel, nein, es hat überhaupt nichts mit ihm zu tun. Es betrifft — ein junges Mädchen.«

»Ein Mädchen? Was Sie nicht sagen! Und Sie dachten, ich könnte helfen?«

»Ich weiß nicht«, erwiderte Miß Marple. »Ich weiß es wirklich nicht. Aber ich mache mir Sorgen, große Sorgen.«

Vater drängte nicht. Sie hatte sich bemüht, ihn zu unterstützen, und er war durchaus bereit, ihr nach Kräften zu helfen. Er war nicht besonders interessiert. Andererseits konnte man nie wissen . . .

»Man liest oft in den Zeitungen«, fuhr Miß Marple mit leiser, klarer Stimme fort, »Berichte über Gerichtsverhandlungen; von Kindern oder Jugendlichen, die ›schutz- und pflegebedürftig‹ sind. Es ist wohl nur ein juristischer Ausdruck, aber er könnte auch eine wirkliche Bedeutung haben.«

»Und Sie haben das Gefühl, daß diese junge Dame, die Sie erwähnten, schutz- und pflegebedürftig sei?«

»Ja. Ja, wirklich.«

»Steht sie allein auf der Welt?«

»O nein. Ganz und gar nicht. Allem äußeren Anschein nach ist sie wohlbeschützt und genießt die beste Pflege.«

»Klingt ja spannend«, meinte Vater.

»Sie wohnte in diesem Hotel«, sagte Miß Marple, »in Begleitung einer Mrs. Carpenter. Den Namen habe ich im Hotelregister nachgeschlagen. Das Mädchen heißt Elvira Blake.«

Vater blickte mit plötzlicher Anteilnahme auf.

»Sie ist reizend. Sehr jung und, wie ich schon sagte, wohlbehütet und umsorgt. Ihr Vormund ist ein Colonel Luscombe, ein sehr netter Mann. Durchaus charmant. Schon etwas älter natürlich und, ich fürchte, schrecklich naiv.«

»Der Vormund oder das Mädchen?«

»Ich meinte den Vormund«, erwiderte Miß Marple. »Wie es in dieser Hinsicht um das Mädchen steht, ist mir nicht bekannt. Aber ich glaube allen Ernstes, daß sie in Gefahr schwebt. Ich habe sie vor kurzem ganz zufällig im Battersea Park gesehen. Sie saß dort mit einem jungen Mann in einem Teegarten.«

»Aha, da liegt der Hund begraben«, sagte Vater. »Unerwünschter Typ wahrscheinlich. Taugenichts — Gammler — Rowdy — ?«

»Ein sehr hübscher Mann«, sagte Miß Marple. »Nicht so sehr jung. Über dreißig. Ein Mann, der auf Frauen sehr anziehend wirkt, möchte ich sagen. Aber sein Gesicht ist das Gesicht eines schlechten Menschen. Grausam, habichtartig, raubgierig.«

»Vielleicht ist er nicht so übel, wie er aussieht«, meinte Vater besänftigend.

»Eher noch schlechter«, erklärte Miß Marple. Davon bin ich überzeugt. Er fährt einen großen Rennwagen.«

Vater blickte rasch auf. »Rennwagen?«

»Ja. Ein paarmal habe ich ihn in der Nähe dieses Hotels stehen sehen.«

»Sie erinnern sich nicht zufällig an die Nummer?«

»O doch. FAN 2266. Ich hatte eine Kusine, die Fanny hieß«, setzte Miß Marple erläuternd hinzu. »Deshalb habe ich die Nummer behalten.«

Vater betrachtete sie ein wenig verblüfft.

»Wissen Sie, wer es ist?« erkundigte sich Miß Marple.

»Allerdings, sagte Vater langsam. »Halb Franzose, halb Pole. Sehr bekannter Rennfahrer. War vor drei Jahren Weltmeister. Sein Name ist Ladislaus Malinowski. In mancher Hinsicht sind Ihre Ansichten über ihn ganz zutreffend. Was Frauen angeht, genießt er einen schlechten Ruf. Mit anderen Worten, er ist kein passender Umgang für ein junges Mädchen. Aber es ist nicht leicht, in einer solchen Sache etwas zu unternehmen. Vermutlich trifft sie sich heimlich mit ihm. Habe ich recht?«

»Das ist anzunehmen.«

»Haben Sie sich schon an ihren Vormund gewandt?«

»Ich kenne ihn nicht. Durch eine gemeinsame Bekannte ist er mir einmal vorgestellt worden, das ist alles. Und ich möchte lieber nicht als Klatschtante an ihn herantreten. Ich hätte im stillen gehofft, daß *Sie* vielleicht etwas tun können.«

»Ich kann's versuchen«, sagte Vater. »Übrigens wird es Sie vielleicht interessieren, daß Ihr Freund, Kanonikus Pennyfather, wiederaufgetaucht ist.«

»Wirklich?« Miß Marple sah ganz aufgeregt aus. »Wo denn?«

»In einem Dorf, Milton St. John.«

»Wie sonderbar! Was hat er denn dort gemacht? Konnte er sich darauf besinnen?«

»Scheinbar« — Chefinspektor Davy betonte das Wort — »hat er einen Unfall erlitten.«

»Was für einen Unfall?«

»Von einem Auto angefahren, Gehirnerschütterung — er könnte natürlich auch einen Schlag auf den Kopf bekommen haben.«

»Ach so.« Miß Marple dachte nach. »Weiß er es denn selbst nicht?«

»Er *behauptet,* er wisse gar nichts.«

»Sehr merkwürdig.«

»Nicht wahr? Das letzte, woran er sich erinnern kann, ist, daß er in einem Taxi nach Kensington zur Flughafenabfertigung fuhr.«

Miß Marple schüttelte verdutzt den Kopf. »Ich weiß, so etwas kommt bei Gehirnerschütterungen vor«, murmelte sie. »Hat er gar nichts geäußert, was einen Hinweis geben könnte?«

»Er murmelte etwas von den Mauern von Jericho.«

»Josua?« fragte Miß Marple zaghaft. »Oder Archäologie-Ausgrabungen?«

»Während dieser ganzen Woche bringen die Gaumont-Kinos nördlich der Themse: *Die Mauern von Jericho«,* sagte Vater. Miß Marple blickte ihn mißtrauisch an. »Er hätte sich den Film in der Cromwell Road ansehen können. Dann wäre er gegen elf herausgekommen und anschließend hierher zurückgekehrt. Aber in dem Fall hätte ihn jemand sehen müssen — denn es wäre ja noch lange vor Mitternacht gewesen.«

»Ist wahrscheinlich in den falschen Bus gestiegen«, schlug Miß Marple vor. »Oder so etwas Ähnliches . . .«

»Sagen wir mal, er ist *nach* Mitternacht hier eingetroffen«, meinte Vater. »Dann hätte er auf sein Zimmer gehen können, ohne gesehen zu werden. — Aber wenn diese Vermutung zutrifft, was geschah dann? Und warum hat er das Hotel drei Stunden später wieder verlassen?«

Miß Marple suchte nach einer Erklärung. »Die einzige Idee, die mir einfällt — oh!«

Sie fuhr zusammen. Draußen auf der Straße ertönte ein Knall.

»Fehlzündung«, sagte Vater beruhigend.

»Verzeihen Sie, daß ich so schreckhaft bin — ich bin heute abend nervös — dies Gefühl, das man so hat . . .«

»Daß etwas passieren wird? Ich glaube, Sie brauchen sich keine Sorgen zu machen.«

»Nebel war mir immer unheimlich.«

»Sie haben mir sehr geholfen«, bemerkte Chefinspektor Davy. »Die Dinge, die Sie hier beobachteten — wenn's auch nur Kleinigkeiten waren — haben das Bild abgerundet.«

»In diesem Hotel stimmte also doch etwas nicht, wie?«

»Hier stimmt vieles nicht.«

Miß Marple seufzte. »Zuerst erschien es so wunderbar — alles so unverändert. Wissen Sie — es war, als kehrte man in die Jugendzeit zurück — in eine Zeit, die man geliebt und genossen hatte.«

Sie ließ eine Pause eintreten. Dann fuhr sie fort: »Nun, es schien alles in bester Ordnung zu sein — aber es war nicht so. Es war ein regelrechter Mischmasch — wirkliche Personen und solche, die nicht echt waren. Man konnte sie nicht immer unterscheiden.«

»Was verstehen Sie unter ›nicht echt‹?«

»Es waren pensionierte Offiziere anwesend, aber auch Personen, die wie Offiziere wirkten, aber nie in der Armee gedient hatten. Und Geistliche, die keine Geistlichen waren. Ferner Admirale und Kapitäne, die nie etwas mit der Marine zu tun gehabt hatten. Mein Gott, wenn ich noch an meine Freundin Selina Hazy denke

— es amüsierte mich zuerst, wie begierig sie sich immer auf Menschen stürzte, in denen sie alte Bekannte zu erkennen glaubte, und wie oft sie sich irrte, weil es doch nicht die Menschen waren, für die sie sie gehalten hatte. Aber es passierte zu häufig. Also — kam mir die Sache allmählich etwas seltsam vor. Selbst Rose, das Zimmermädchen — so nett —, erweckte in mir den Gedanken, daß *sie* vielleicht auch nicht echt sei.«

»Falls es Sie interessieren sollte — sie ist eine ehemalige Schauspielerin. Eine gute sogar. Bezieht hier eine bessere Gage als je auf der Bühne.«

»Aber — warum denn nur?«

»In der Hauptsache, um das Milieu zu vervollkommnen. Aber vielleicht steckt noch mehr dahinter.«

»Ich bin froh, daß ich von hier fortgehe«, gestand Miß Marple mit leichtem Schaudern. »Ehe etwas passiert.«

Chefinspektor Davy blickte sie neugierig an. »Was soll denn Ihrer Meinung nach geschehen?« fragte er.

»Irgendeine Übeltat«, erwiderte Miß Marple.

»Übeltat ist ein ziemlich starkes Wort . . .«

»Sie halten es für zu melodramatisch? Aber ich habe einige Erfahrung. Ich bin nämlich — ziemlich oft — mit Mord in Berührung gekommen.«

»Mord?« Chefinspektor Davy schüttelte den Kopf. »Ich habe keinen Mordverdacht. Es geht hier nur um die nette, gemütliche Aushebung einer auffallend raffinierten Verbrecherbande.«

»Das ist nicht dasselbe. Mord — der Wunsch, einen Mord zu begehen — ist etwas ganz anderes. Er ist — wie soll ich mich ausdrükken? — er ist eine Verachtung Gottes.«

Davy blickte sie an und sagte mit sanfter, beruhigender Stimme: »Es wird kein Mord stattfinden, Miß Marple.«

Ein scharfer Knall, lauter als der frühere, drang von draußen herein. Dann ein Hilferuf und ein zweiter Knall. Chefinspektor Davy war im Nu auf den Beinen und rannte mit einer für einen so massigen Mann erstaunlichen Geschwindigkeit los. In wenigen Sekunden war er durch die Schwingtüren und draußen auf der Straße.

Angstschreie — es war eine Frauenstimme — durchdrangen schrill den Nebel. Chefinspektor Davy raste in Richtung dieser Schreie die Pond Street hinab. Er konnte die schwachen Umrisse einer Frauengestalt erkennen, die an einem Geländer lehnte. Mit wenigen Schritten stand er neben ihr. Sie trug einen langen, hellen Pelzmantel, und ihr glänzendes blondes Haar fiel zu beiden Seiten ihres Gesichts herab. Einen flüchtigen Augenblick lang glaubte er zu wissen, wer es sei. Dann aber wurde er sich bewußt, daß er nur ein schmächtiges junges Mädchen vor sich hatte. Vor ihr lag der

Körper eines Mannes in Uniform. Chefinspektor Davy erkannte ihn. Es war Michael Gorman.

Als Davy herangekommen war, klammerte sich das Mädchen, am ganzen Leibe zitternd, an ihn und stieß abgerissene Sätze hervor. »Jemand hat versucht, mich zu töten . . . Irgend jemand . . . man hat auf mich geschossen . . . Wenn *er* nicht gewesen wäre . . .« Sie deutete auf die regungslose Gestalt zu ihren Füßen. »Er stieß mich zurück und stellte sich vor mich hin — und dann kam der zweite Schuß . . . und er stürzte zu Boden . . . Er hat mir das Leben gerettet. Ich glaube, er ist verletzt — schwer verletzt . . .«

Chefinspektor Davy kniete neben der Gestalt nieder und zog eine Taschenlampe hervor. Der große Ire war gefallen wie ein Soldat. Auf der linken Seite seines Uniformrocks zeigte sich ein feuchter Fleck, der immer größer wurde, je mehr Blut durch das Tuch sickerte. Davy zog sein Augenlid in die Höhe und berührte sein Handgelenk. Dann erhob er sich wieder. »Ihn hat's erwischt«, sagte er.

Das Mädchen stieß einen gellenden Schrei aus. »Wollen Sie etwa sagen, er ist *tot?* O nein, o nein! Er kann nicht *tot* sein.«

»Wer war's, der auf Sie geschossen hat?«

»Ich weiß es nicht . . . ich hatte meinen Wagen an der nächsten Ecke stehenlassen und tastete mich hier am Geländer entlang — auf dem Wege zu *Bertrams Hotel.* Dann plötzlich ertönte ein Schuß, und eine Kugel sauste mir an der Wange vorbei — und dann kam er, der Portier vom *Bertram,* auf mich zugelaufen und schob mich hinter sich, und dann fiel noch ein Schuß . . . Ich glaube — ich glaube, der Täter muß sich dort drüben verborgen haben.«

Chefinspektor Davy blickte auf die Stelle, auf die sie deutete. Auf dieser Seite von *Bertrams Hotel* lag ein altmodischer Kellervorhof, tiefer gelegen als das Straßenniveau, mit einem Tor und einer kleiner Treppe, die hinunterführte. Da nur Vorratsräume dahinterlagen, wurde er nicht viel benutzt. Aber ein Mann hätte sich dort ganz bequem verstecken können.

»Haben Sie ihn nicht gesehen?«

»Nicht richtig. Er stürzte wie ein Schatten an mir vorbei. Der Nebel war ja so dicht.« Davy nickte.

Das Mädchen begann hysterisch zu schluchzen. »Aber wer könnte überhaupt die Absicht haben, mich zu töten? Warum sollte jemand mich umbringen wollen? Dies ist das zweite Mal. Ich verstehe nicht, warum . . .«

Chefinspektor Davy legte einen Arm um das Mädchen und fuhr mit der anderen Hand in seine Tasche. Die schrillen Töne einer Polizeipfeife drangen durch den Nebel.

In der Halle von *Bertrams Hotel* hatte Miß Gorringe jäh von ihrem Tisch aufgeblickt. Einige Gäste hatten ebenfalls aufgehorcht, nur die älteren, schwerhörigen hatten sich nicht gerührt.

Henry, im Begriff, ein Glas alten Brandy auf einen Tisch zu setzen, hielt abrupt in der Bewegung inne.

Miß Marple saß vorgebeugt und hielt die Armlehnen ihres Sessels umklammert. Ein pensionierter Admiral sagte in festem Ton: »Unfall! Zwei Wagen sind wohl im Nebel zusammengestoßen.«

Die Eingangstüren wurden aufgerissen, und herein kam ein riesiger Polizist, der überlebensgroß wirkte. Er stützte ein Mädchen in einem hellen Pelzmantel. Sie schien kaum gehen zu können. Der Polizist blickte sich hilfesuchend um.

Miß Gorringe eilte hinter ihrem Tisch hervor. Doch in diesem Augenblick kam der Lift von oben, und eine schlanke Gestalt trat heraus. Das Mädchen riß sich von dem Polizisten los und rannte ungestüm durch die Halle. »Mutter«, rief sie, »oh, Mutter, Mutter . . .«, und warf sich schluchzend Bess Sedgwick in die Arme.

21

Es war nach Mitternacht. Polizeibeamte waren gekommen und gegangen. Ärzte waren erschienen und die Fingerabdruckleute. Eine Ambulanz hatte die Leiche weggeschafft, und nun war alles auf diesen einen Raum konzentriert, den *Bertrams Hotel* den Vertretern des Gesetzes zur Verfügung gestellt hatte. Chefinspektor Davy hatte gegenüber von Bess Sedgwick und Elvira an einem Tisch Platz genommen. An der Wand saß ein Polizist, der unauffällig Notizen machte. Kriminalsergeant Wadell war in der Nähe der Tür postiert.

Vater schaute die beiden Frauen nachdenklich an. Mutter und Tochter. Sie hatten, stellte er fest, eine starke oberflächliche Ähnlichkeit miteinander. Er konnte verstehen, warum er einen Augenblick lang im Nebel Elvira Blake für Bess Sedgwick gehalten hatte. Aber jetzt, wo er sie näher betrachtete, traten die unterschiedlichen Merkmale deutlich zutage. Außer der Haarfarbe hatten sie wenig gemeinsam, und doch blieb der Eindruck bestehen, daß er hier eine positive und eine negative Version derselben Persönlichkeit vor sich hatte. Alles an Bess Sedgwick war positiv. Ihre Vitalität, ihre Energie, ihre magnetische Anziehungskraft. Er verehrte Lady Sedgwick schon seit langem. Er bewunderte ihren Mut und hatte immer mit Spannung ihre kühnen Taten verfolgt.

Bei Elvira Blake, dachte er, war alles nach innen gekehrt. Bess Sedgwick hatte das Leben gemeistert, indem sie ihm ihren Willen aufzwang. Elvira, so vermutete er, hatte eine andere Art, durchs Leben zu gehen. Sie unterwarf sich. Sie gehorchte. Sie fügte sich lächelnd, und heimlich schlüpfte sie einem durch die Finger. Verschlagen, sagte er bei sich, die Tatsachen abwägend. Nur auf diese Art und Weise kann sie sich wahrscheinlich im Leben durchsetzen. Sie kann nicht mit offenen Waffen kämpfen. Deshalb haben wohl die Menschen, die sie betreuen, nie die leiseste Ahnung gehabt, was sie eigentlich im Schilde führte. Er fragte sich, weshalb sie so spät an einem nebeligen Abend zu *Bertrams Hotel* wollte. Diese Frage würde er bald an sie richten. Er hielt es für sehr wahrscheinlich, daß ihre Antwort nicht der Wahrheit entsprechen würde. Auf diese Weise, dachte er, verteidigt sich das arme Kind. War sie hierhergekommen, um ihre Mutter zu treffen oder sie zu finden? Es war durchaus möglich, aber er glaubte es nicht, nicht im entferntesten. Der große Rennwagen hingegen, der um die nächste Ecke herum geparkt war — der Wagen mit dem Nummernschild FAN 2266 . . . Ladislaus Malinowski mußte irgendwo in der Nähe sein, da sein Wagen hier war.

»Nun«, wandte sich Vater in seiner freundlichsten, väterlichsten Art an Elvira, »wie fühlen Sie sich jetzt?«

»Es geht mir wieder ganz gut«, sagte Elvira.

»Schön. Ich möchte gern, daß Sie mir einige Fragen beantworten, wenn Sie dazu imstande sind. Der Zeitfaktor ist nämlich bei solchen Vorkommnissen sehr wesentlich. Man hat zweimal auf Sie geschossen, und ein Mann kam dabei ums Leben. Wir brauchen so viele Anhaltspunkte wie nur eben möglich, um der Person auf die Spur zu kommen, die ihn getötet hat.«

»Ich will Ihnen gern sagen, was ich weiß. Aber es geschah alles so plötzlich. Und bei einem solchen Nebel kann man einfach nichts *sehen*. Ich habe selbst keine Ahnung, wer es gewesen sein könnte — oder wie er überhaupt aussah. Das war ja gerade so beängstigend.«

»Sie sagten, dies sei das zweite Mal, daß jemand versucht habe, Sie zu töten. Soll das heißen, daß man schon einmal einen Mordanschlag auf Sie unternommen hat?«

»Habe ich das gesagt? Ich kann mich nicht daran erinnern.« Ihre Augen wanderten unruhig hin und her. »Ich glaube nicht, daß ich das gesagt habe.«

»Doch, ganz bestimmt«, sagte Vater.

»Ich war vielleicht nur etwas — etwas hysterisch.«

»Nein«, erwiderte Vater, »den Eindruck hatte ich nicht. Ich denke, Sie wußten genau, was Sie sagten.«

»Ich mag es mir auch nur eingebildet haben«, sagte Elvira. Ihre Augen wurden wieder unstet.

»Du sagst es ihm wohl am besten, Elvira«, meinte Bess Sedgwick in beruhigendem Ton.

Elvira warf ihrer Mutter einen raschen, beklommenen Blick zu.

»Nur keine Angst«, sagte Vater besänftigend. »Wir von der Polizei wissen ganz gut, daß junge Mädchen ihren Müttern oder Vormündern nicht alles erzählen. Wir nehmen so etwas nicht allzu ernst. Aber wir müssen es erfahren, weil es uns Aufschluß geben könnte.«

Bess Sedgwick fragte: »War es in Italien?«

»Ja«, antwortete Elvira.

»Dort haben Sie die Schule besucht, nicht wahr?« sagte Vater. »Ein sogenanntes Mädchenpensionat.«

»Ja, ich war bei der Contessa Martinelli. Wir waren etwa achtzehn oder zwanzig.«

»Und Sie hatten das Gefühl, daß jemand Sie zu töten versuchte. Weshalb?«

»Nun, ich bekam eine große Schachtel Pralinen geschickt. Eine Karte lag dabei, auf der ein paar italienische Worte in verschnörkelter Handschrift standen. Im üblichen Stil: ›*Für die bellissima Signorina.*‹ Oder so ähnlich. Und meine Freundinnen und ich — nun — wir amüsierten uns ein wenig darüber und waren neugierig, wer sie wohl geschickt haben mochte.«

»War sie per Post gesandt worden?«

»Nein. Nein, sie konnte nicht mit der Post gekommen sein. Sie lag in meinem Zimmer. Jemand mußte sie dort hingelegt haben.«

»Aha. Vermutlich hat man jemanden vom Personal bestochen. Ich nehme an, daß Sie die Contessa Sowieso nicht in dieses Geheimnis eingeweiht haben, wie?«

Ein schwaches Lächeln spielte um Elviras Lippen. »Ganz recht. Das haben wir ihr vorenthalten. Jedenfalls öffneten wir die Schachtel und sie enthielt wunderbare Pralinen. Verschiedene Sorten, wissen Sie, aber darunter auch einige Veilchencremepralinen. Das ist die Art, die ein kandiertes Veilchen obendrauf hat. Meine Lieblingspralinen. Also habe ich natürlich zuerst ein paar von denen gegessen. Und hinterher in der Nacht wurde mir dann schrecklich übel. Ich dachte nicht, daß die Pralinen schuld seien, sondern nahm einfach an, daß ich bei der Abendmahlzeit etwas gegessen hatte, was mir nicht bekommen war.«

»War Ihren Freundinnen auch übel?«

»Nein. Nur mir. Aber gegen Ende des nächsten Tages fühlte ich mich wieder ganz wohl. Ein paar Tage später aß ich dann nochmals eine dieser Pralinen, und die Geschichte wiederholte sich. Also habe ich mit Bridget darüber gesprochen. Bridget ist meine beste Freundin. Und wir haben die Pralinen genau untersucht und dabei festgestellt, daß sie auf der Unterseite eine Art Loch hatten, das wieder zugeschmiert war. Daraus schlossen wir, daß jemand sie vergiftet hatte, und zwar nur die Veilchenpralinen, weil ich die am liebsten esse.«

»Und sonst wurde es niemand übel?«

»Nein.«

»Dann hat also wahrscheinlich niemand anders von den Veilchenpralinen gegessen?«

»Nein. Es war schließlich mein Geschenk, und sie wußten, daß ich die Veilchensorte vorzog. Also fühlten sie sich verpflichtet, sie mir zu lassen.«

»Dieser unbekannte Täter nahm ein großes Risiko auf sich«, meinte Vater. »Die ganze Gesellschaft hätte ja vergiftet werden können.«

»Es ist absurd«, sagte Lady Sedgwick in scharfem Ton, »völlig absurd! Ich habe noch nie von einer so plumpen Methode gehört.«

Chefinspektor Davy machte eine leicht abwehrende Geste. »Bitte«, sagte er und wandte sich dann wieder Elvira zu. »Nun, ich finde das alles sehr interessant, Miß Blake. Und Sie haben der Contessa auch dann nichts davon berichtet?«

»O nein, auf keinen Fall. Sie hätte ein schreckliches Theater gemacht.«

»Was haben Sie mit den Pralinen angestellt?«

»Wir haben sie weggeworfen. Es waren wunderbare Pralinen«, setzte sie bedauernd hinzu.

»Und haben Sie gar nicht versucht, ausfindig zu machen, wer die Dinger geschickt hatte?«

Elvira schien etwas verlegen. »Nun, ich hatte eigentlich Guido in Verdacht.«

»Ja?« sagte der Chefinspektor aufmunternd. »Und wer ist Guido?«

»Oh, Guido . . .« Elvira hielt inne und warf ihrer Mutter einen Blick zu.

»Sei nicht albern«, sagte Bess Sedgwick. »Erzähle Chefinspektor Davy von diesem unbekannten Guido. Jedes Mädchen in deinem Alter hat einen Guido. Du hast ihn wohl in Italien kennengelernt, wie?«

»Ja. Als man uns in die Oper führte. Dort hat er mich angeredet. Er war nett. Sehr attraktiv. Ich sah ihn manchmal, wenn wir zur Vorlesung gingen. Er steckte mir gewöhnlich einen Brief zu.«

»Und wahrscheinlich«, sagte Bess Sedgwick, »hast du dich mit deinen Freundinnen abgesprochen und der Contessa einen Haufen Lügen erzählt; und dann ist es dir gelungen, dich mit ihm zu treffen. Habe ich recht?«

Elvira war sichtlich erleichtert, daß ihr dieses Schnellverfahren ein eigenes Bekenntnis erspart hatte. »Ja, Bridget und ich sind manchmal zusammen ausgegangen. Hin und wieder konnte Guido . . .«

»Wie hieß Guido mit Nachnamen?«

»Das weiß ich nicht. Es hat es mir nie gesagt.«

Chefinspektor Davy lächelte sie an. »Mit anderen Worten: Sie wollen es uns nicht verraten, wie? Macht aber nichts. Falls es wirklich erforderlich sein sollte, werden wir das auch ohne Ihre Hilfe herausbekommen. Aber warum nahmen Sie an, daß Sie dieser junge Mann, der Sie doch angeblich gern hatte, töten wollte?«

»Oh, weil er oft solche Drohungen ausgestoßen hat. Wir haben uns nämlich hin und wieder gezankt. Er brachte manchmal ein paar Freunde mit, und ich habe dann mit ihnen geflirtet. Da wurde er immer sehr, sehr wütend und jähzornig. Er sagte, ich solle mich vorsehen. Ich könne ihn nicht so — mir nichts, dir nichts — aufgeben! Und wenn ich ihm nicht treu bliebe, würde er mich umbringen!« Elvira lächelte plötzlich und unerwartet. »Aber es hat mir Spaß gemacht. Ich nahm nicht an, daß es ihm *wirklich Ernst* damit sei.«

»Na«, meinte der Chefinspektor, »ich halte es ja auch nicht für sehr wahrscheinlich, daß ein junger Mann, wie Sie ihn mir beschreiben, Ihnen vergiftete Pralinen schicken würde.«

»Nun, ich glaube es ja auch nicht«, sagte Elvira, »aber es kann kein anderer gewesen sein, denn ich wüßte nicht, wer sonst in Frage käme. Es beunruhigte mich . . . Und dann, als ich wieder in England war, erhielt ich einen Brief. Er kam in einem Umschlag und war in Druckschrift geschrieben. Es standen nur wenige Zeilen darin: *Seien Sie auf der Hut. Jemand will Sie töten.*«

»Wirklich? Sehr merkwürdig. Hatten Sie Angst?«

»Ja. Ich machte mir allmählich Gedanken darüber, wer mich wohl aus dem Weg räumen möchte. Aus diesem Grund wollte ich auch herausfinden, ob ich tatsächlich sehr reich sei.«

»Bitte, weiter.«

»Und neulich in London passierte wieder etwas. Ich war in der Untergrundbahn, und es standen sehr viele Leute auf dem Bahnsteig. Ich hatte das Gefühl, daß jemand versuchte, mich auf die Schienen zu stoßen.«

»Mein liebes Kind?« warf Bess Sedgwick dazwischen. »Nun phantasiere bloß nicht.«

Abermals wehrte Vater sie ab.

»Ja«, sagte Elvira reumütig, »ich habe mir das alles vielleicht nur eingebildet, aber — ich weiß nicht recht — ich meine, nach den Ereignissen heute abend scheint es doch so, als ob es keine Einbildung wäre, nicht wahr?« Sie wandte sich plötzlich an Bess Sedgwick. »*Mutter!* Vielleicht weißt *du* es. Will mich wirklich jemand töten? Habe ich irgendeinen Feind?«

»Du hast durchaus keine Feinde«, sagte Bess Sedgwick ein wenig ungeduldig. »Sei nicht so dumm. Niemand will dich umbringen. Warum wohl?«

»Wer hat dann heute abend auf mich geschossen?«

»In diesem Nebel«, erklärte Bess Sedgwick, »hat man dich vielleicht mit jemand anders verwechselt. Das ist doch durchaus möglich, nicht wahr, Chefinspektor?«

»Ja, dieser Ansicht bin ich auch«, pflichtete ihr Vater bei.

Bess Sedgwick fixierte ihn. Es kam ihm fast so vor, als formten ihre Lippen das Wort »später«.

»Nun«, fuhr er gut gelaunt fort, »jetzt müssen wir uns wohl noch mit einigen weiteren Tatsachen befassen. Woher kamen Sie heute abend? Und warum spazierten Sie an einem so nebligen Abend in der Pond Street herum?«

»Ich bin heute morgen nach London gekommen, um einen Kunstvortrag in der Tate-Galerie zu besuchen. Dann habe ich bei meiner Freundin Bridget zu Mittag gegessen. Sie wohnt am Onslow Square. Später gingen wir dann ins Kino, und als wir herauskommen, war dieser Nebel da — ganz dicht und mit jeder Minute schlimmer. Und ich hielt es für ratsamer, nicht nach Hause zu fahren.«

»Sie haben einen eigenen Wagen, nicht?«

»Ja. Ich habe seit letzten Sommer einen Führerschein. Nur fahre ich nicht sehr gut und deshalb höchst ungern im Nebel. Bridgets Mutter machte mir daher den Vorschlag, die Nacht bei ihnen zu verbringen. Also rief ich Mildred an — die Kusine, sie lebt in Kent, und ich wohne bei ihr . . .« Vater nickte. ». . . und ich sagte ihr, daß ich die Nacht in London bleiben würde. Sie hielt das für sehr vernünftig.«

»Und was geschah dann?« fragte Vater.

»Dann schien sich der Nebel plötzlich etwas zu lichten. Also entschloß ich mich, doch nach Kent zu fahren. Ich verabschiedete mich von Bridget und fuhr los. Aber dann senkte sich der Nebel wieder, und das gefiel mir gar nicht. Ich verirrte mich und wußte nicht, wo ich war. Nach einer Weile merkte ich, daß ich bei Hyde Park Corner war, und ich fand, ich könne in dieser Waschküche wirklich nicht nach Kent fahren. Zuerst wollte ich wieder zu Bridget gehen, aber dann fiel mir ein, daß ich mich schon einmal verirrt hatte. Plötzlich wurde ich mir bewußt, daß ich ganz nahe bei diesem netten Hotel war, in das Onkel Derek mich bei meiner Rückkehr aus Italien gebracht hatte, und ich dachte, ich könnte dort übernachten; man würde sicherlich ein Zimmer für mich haben. Ich fand einen Parkplatz für meinen Wagen und ging dann die Straße entlang hierher.«

»Sind Sie jemandem begegnet, oder haben Sie Schritte in Ihrer Nähe gehört?«

»Komisch, daß Sie das erwähnen, denn ich hatte tatsächlich den Eindruck, daß jemand hinter mir herging. Natürlich sind in einer Stadt wie London viele Leute unterwegs. Nur macht es einen bei einem solchen Nebel ziemlich nervös. Ich blieb stehen und horchte, aber ich hörte keine Schritte, und ich dachte, ich hätte es mir eingebildet. Mittlerweile war ich schon ganz dicht beim Hotel.«

»Und dann?«

»Und dann fiel ganz plötzlich ein Schuß. Wie ich Ihnen schon sagte, schien die Kugel direkt an meinem Ohr vorbeizufliegen. Dieser Portier, der da immer vor dem Hotel steht, kam auf mich zugerannt und stellte sich vor mich. Und dann — dann — fiel der andere Schuß . . . Der Mann — der Mann sank zu Boden, und ich schrie auf.«

»Ruhig, Kind«, sagte Bess mit leiser, fester Stimme. »Ruhig Blut!« Es war der Tonfall, den Bess Sedgwick bei ihren Pferden anwandte, und er hatte die gleiche Wirkung auf ihre Tochter.

Elvira schaute ihre Mutter flüchtig an, richtete sich ein wenig auf und gewann ihre Fassung wieder.

»Brav, mein Kind«, lobte Bess.

»Und dann kamen *Sie*«, sagte Elvira zu Vater. »Sie riefen mit Ihrer Pfeife Hilfe herbei und ließen mich durch den Polizisten ins Hotel bringen. Und sobald ich hereinkam, sah ich — sah ich meine Mutter.« Sie drehte sich zur Seite und blickte Bess Sedgwick an.

»Damit wären wir mehr oder weniger auf dem laufenden«, meinte Vater und rückte seine massige Gestalt im Sessel zurecht. »Kennen Sie eigentlich einen Mann namens Ladislaus Malinowski?« fragte er beiläufig. Er sah das Mädchen bei dieser Frage nicht an, aber da er gut hörte, entging es ihm nicht, wie sie heftig atmete. Seine Augen beobachteten nicht die Tochter, sondern die Mutter.

»Nein«, sagte Elvira, nachdem sie eine Spur zu lange mit der Antwort gewartet hatte. »Nein, ich kenne ihn nicht.«

»Oh, ich hatte es eigentlich angenommen. Ich dachte, er sei vielleicht heute abend hier gewesen.«

»So? Und weshalb?«

»Nun, sein Wagen steht draußen. Daraus schloß ich, daß er nicht weit sein könne.«

»Ich kenne ihn nicht«, wiederholte Elvira.

»Dann habe ich mich geirrt.« Vater wandte sich an Bess Sedgwick. »Sie kennen ihn natürlich, nicht wahr?«

»Selbstverständlich«, erwiderte Bess Sedgwick. »Seit vielen Jahren.« Sanft lächelnd fügte sie hinzu: »Er ist total verrückt, wissen Sie. Fährt sicher, aber wie ein Narr — er wird sich eines Tages noch das Genick brechen. Vor achtzehn Monaten hatte er einen ernsten Unfall.«

»Ja, ich entsinne mich, davon gelesen zu haben«, sagte Vater. »Er beteiligt sich wohl noch nicht wieder an Rennen, wie?«

»Nein, noch nicht. Vielleicht überhaupt nie mehr.«

»Könnte ich wohl jetzt zu Bett gehen?« fragte Elvira in kläglichem Ton. »Ich bin — wirklich furchtbar müde.«

»Das kann man auch verstehen«, sagte Vater. »Haben Sie uns nun alles erzählt, woran Sie sich erinnern können?«

»O ja.«

»Ich werde mit dir nach oben gehen«, erklärte Bess. Mutter und Tochter verließen das Zimmer.

»Sie kennt ihn ganz gut«, sagte Vater.

»Glauben Sie das tatsächlich?« fragte Sergeant Wadell.

»Ich weiß es. Erst vor ein paar Tagen noch hat sie im Battersea Park Tee mit ihm getrunken.«

»Wie haben Sie das nur herausbekommen?«

»Eine alte Dame erzählte es mir. Ich möchte dringend mit ihm sprechen. Sein Wagen ist hier — gerade um die Ecke herum.«

»Glauben Sie, daß er tatsächlich in diesem Hotel wohnt?«

»Nein, das nehme ich nicht an. Er würde nicht in dieses Milieu passen. Wenn er herkam, dann nur, um das Mädchen zu treffen. Sie kam ganz entschieden zu diesem Zweck hierher. Das möchte ich wohl behaupten.«

Die Tür öffnete sich, und Bess Sedgwick erschien noch einmal. »Ich bin zurückgekommen«, sagte sie, »weil ich mit Ihnen sprechen wollte.« Ihr Blick streifte die beiden anderen Männer. »Könnte ich mit Ihnen allein reden?«

»Aber gern«, sagte Chefinspektor Davy. Er machte eine Handbewegung, und der junge Polizist verschwand mitsamt seinem Notizbuch. Wadell schloß sich ihm an. »Nun?« sagte der Chefinspektor.

Lady Sedgwick nahm wieder ihm gegenüber Platz. »Diese lächerliche Geschichte mit den vergifteten Pralinen«, begann sie, »ist natürlich Unsinn. Absolut lachhaft. Ich glaube nicht, daß ein wahres Wort an der Geschichte ist.«

»Nein?«

»Sie etwa?«

Vater schüttelte zweifelnd den Kopf. »Sie meinen also, Ihre Tochter habe die ganze Sache erfunden?«

»Ja. Aber warum?«

»Ja, wenn Sie's nicht wissen«, meinte Davy, »wie können Sie die Antwort von mir erwarten. Es ist schließlich Ihre Tochter. Vermutlich kennen Sie sie besser als ich.«

»Ich kenne sie überhaupt nicht«, erwiderte Bess Sedgwick mit einem bitteren Unterton. »Ich habe sie weder gesehen noch etwas mit ihr zu tun gehabt, seitdem sie zwei Jahre alt war.«

»Das alles ist mir bekannt. Ich finde es seltsam. Gewöhnlich, Lady Sedgwick, geben die Richter nämlich ein kleines Kind in die Obhut der Mutter, selbst wenn sie schuldig geschieden ist. Das heißt, wenn sie darum ersucht. Wahrscheinlich haben Sie nicht darum gebeten. Sie wollten das Kind einfach nicht haben.«

»Ich hielt es für richtiger, es nicht zu mir zu nehmen.«

»Warum?«

»Ich glaubte nicht, daß sie — bei mir sicher aufgehoben sei.«

»Aus moralischen Gründen?«

»Nein, nicht deshalb. Ehebruch ist heutzutage nichts Ungewöhnliches. Kinder dürfen nicht mit Scheuklappen aufwachsen. Nein, das ist es nicht. Ich bin eben keine Frau, bei der ein Kind Geborgenheit findet. Ich bin nun einmal so und kann nichts dafür. Ich bin geboren, um ein riskantes Leben zu führen. Ich mache mir nichts aus kleinlichen Gesetzen und Konventionen. Ich dachte, es sei besser für Elvira — und sie würde glücklicher sein —, wenn sie eine richtige englische Erziehung im alten Stil bekäme. Behütet und umsorgt.«

»Aber ohne die Liebe einer Mutter?«

»Anhänglichkeit an mich, dachte ich, würde ihr vielleicht nur Leid bringen. Oh, Sie glauben mir wohl nicht. Aber das waren wirklich meine Beweggründe.«

»Ach so. Aber glauben Sie immer noch, Sie hätten richtig gehandelt?«

»Nein«, gestand Bess. »Nicht mehr. Jetzt bin ich der Ansicht, daß mein Entschluß vielleicht falsch war.«

»Kennt nun Ihre Tochter Ladislaus Malinowski?«

»Nein, bestimmt nicht. Das hat sie auch gesagt. Sie haben es doch selbst gehört.«

»Ja, ich habe es gehört.«

»Na, und?«

»Sie war sehr verängstigt, als sie hier saß. Wir in unserem Beruf haben ein ausgeprägtes Gespür für Angst. Sie fürchtete sich — warum? Ob die Pralinen existierten oder nicht, schließlich ist ein Mordanschlag auf sie verübt worden. Die Geschichte mit der Untergrundbahn entsprach vielleicht den Tatsachen . . .«

»Sie war lächerlich. Wie ein Schauerroman . . .«

»Möglich. Aber so etwas passiert tatsächlich, Lady Sedgwick. Häufiger, als Sie glauben. Können Sie mir sagen, wer den Tod Ihrer Tochter herbeiwünschen könnte?«

»Niemand — kein Mensch auf der Welt!«

Chefinspektor Davy seufzte und schüttelte den Kopf.

22

Chefinspektor Davy wartete geduldig, bis Mrs. Melford ausgeredet hatte. Die Unterredung hatte sich als ausgesprochen unergiebig erwiesen. Kusine Mildred hatte ziemlich viel sinnloses, unlogisches Zeug geschwätzt. Das war jedenfalls Vaters persönliche Ansicht. Zuerst hatte sie von Elviras reizenden Manieren und ihrer sanften Natur berichtet; dann im gleichen Atemzug von merkwürdigen, telefonisch übermittelten Entschuldigungen gesprochen und ernsthafte Zweifel geäußert, ob Elviras Freundin Bridget wirklich ein passender Umgang für sie sei. Dies alles war dem Chefinspektor zähflüssig serviert worden. Mrs. Melford wußte nichts, hatte nichts gehört, nichts gesehen und offenbar auch nichts begriffen.

Ein kurzes Telefongespräch mit Elviras Vormund, Colonel Luscombe, war noch ergebnisloser, wenn auch glücklicherweise weniger wortreich verlaufen. »Noch mehr chinesische Affen«, murmelte er zu seinem Sergeanten, als er den Hörer auflegte. »Sieh nichts Böses, hör nichts Böses, sprich nichts Böses! — Unser ganzer Kummer ist, daß alle Menschen, die mit diesem Mädchen etwas zu tun haben, viel zu anständig sind — Sie verstehen ja wohl, was ich meine. Zu viele nette Leute, die von Schlechtigkeit keine Ahnung haben. Im Gegensatz zu meiner alten Dame.«

»Die im *Bertram?*«

»Ja, die meine ich. Sie hat in ihrem langen Leben viel Erfahrung mit dem Bösen gehabt: sie hat Augen dafür, sie ist mißtrauisch, und sie zieht aus, um das Böse zu bekämpfen. Wollen mal sehen, was wir aus Bridget herausquetschen können.«

Die Schwierigkeiten bei dieser Unterredung rührten in allererster Linie von Bridgets Mama her. Um ohne Mitwirkung der Mutter mit Bridget sprechen zu können, mußte Chefinspektor Davy seine ganze Geschicklichkeit und Überredungskunst aufwenden. Er wurde dabei freilich von Bridget tüchtig unterstützt. Sie wechselten erst eine Reihe stereotyper Fragen und Antworten. Schließlich, nachdem Bridgets Mutter ihrem Entsetzen darüber, wie haarscharf Elvira dem Tode entronnen war, gebührend Ausdruck verliehen hatte, sagte Bridget: »Weißt du, Mutti, es wird höchste Zeit, daß du zu deiner Komiteesitzung gehst. Du hast doch gesagt, daß sie sehr wichtig sei.«

»Oje, oje«, stöhnte Bridgets Mutter und machte sich mit großer Umständlichkeit schließlich auf den Weg zu ihrer Sitzung.

»Zuallererst«, sagte Chefinspektor Davy, als er mit der Tochter allein war, »möchte ich etwas Näheres über eine Pralinenschachtel in Italien wissen. Es war die Rede davon, daß man ihr eine Schachtel geschickt habe, die vielleicht vergiftete Pralinen enthielt.«

Bridget sah ihn erstaunt an. »Vergiftete Pralinen? O nein. Das glaube ich nicht. Wenigstens . . .«

»Irgend etwas Derartiges muß aber vorgekommen sein, ja?«

»Sicher. Elvira hat eine Schachtel mit Pralinen erhalten, und sie hat ziemlich viele davon gegessen. Und in der Nacht wurde ihr übel — sehr übel sogar.«

»Aber sie hatte keinen Verdacht auf Gift, wie?«

»Nein. Wenigstens — o ja, sie hat tatsächlich gesagt, daß jemand versuche, eine von uns zu vergiften, und wir haben uns dann die Pralinen angesehen, um festzustellen, ob irgend etwas eingespritzt worden sei.«

»Und war das der Fall?«

»Nein«, erwiderte Bridget. »Wir konnten jedenfalls nichts entdecken.«

»Aber Ihre Freundin Elvira war vielleicht immer noch der Meinung, wie?«

»Möglich — aber sie hat nicht mehr davon gesprochen.«

»Sie glauben aber, daß sie sich vor jemandem fürchtete?«

»Damals hatte ich nicht das Gefühl, habe ihr auch nichts angemerkt. Das kam erst später, als wir schon hier waren.«

»Was hatte es mit diesem Guido auf sich?«

Bridget kicherte. »Er war furchtbar verknallt in Elvira«, sagte sie.

»Und Sie und Ihre Freundin haben sich hin und wieder mit ihm getroffen?«

»Nun, ich finde nichts dabei, es *Ihnen* zu gestehen. Sie sind ja schließlich nur von der Polizei. So etwas spielt für Sie keine Rolle, und ich nehme an, Sie haben Verständnis dafür. Die Contessa Martinelli war schrecklich streng — oder glaubte es zu sein. Und wir hatten es natürlich faustdick hinter den Ohren und hielten zusammen wie Pech und Schwefel. Sie wissen ja Bescheid.«

»Und haben nach Strich und Faden gelogen, wie?«

»Ich fürchte, ja«, gestand Bridget. »Aber was bleibt einem schon übrig, wenn jemand so mißtrauisch ist?«

»Also haben Sie sich mit Guido getroffen und so weiter. Und hat er Elvira häufig gedroht?«

»Oh, aber nicht im Ernst — auf keinen Fall.«

»Dann hat sie sich vielleicht noch mit einem anderen Mann getroffen, wie?«

»Ach — das — nun, ich weiß nicht recht.«

»Bitte, sagen Sie es mir, Miß Bridget. Es könnte vielleicht — entscheidend sein, wissen Sie.«

»Ja. Das kann ich verstehen. Nun, da war noch ein Mann im Hintergrund. Ich weiß nicht, wer er war — jedenfalls jemand, an dem ihr etwas lag. Ich meine, er war ihr wirklich *wichtig.*«

»Hat sie sich häufig mit ihm getroffen?«

»Ich glaube, ja. Sie behauptete zwar immer, sie treffe sich mit Guido, aber es war nicht immer Guido. Es war dieser andere Mann.«

»Keine Ahnung, wer es war?«

»Nein.« Es klang ein wenig unschlüssig.

»Könnte es ein Rennfahrer namens Ladislaus Malinowski sein.«

Bridget sperrte vor Staunen den Mund auf. »Sie *wissen* es also?«

»Habe ich recht?«

»Ja — ich glaube schon. Sie besaß ein Foto von ihm, das sie aus einer Zeitung ausgeschnitten hatte.«

»Es war vielleicht nur ein Pin-up-Held?«

»Nun, das wäre natürlich möglich, aber ich glaube es nicht.«

»Wissen Sie zufällig, ob sie sich auch in England mit ihm getroffen hat?«

»Das kann ich nicht sagen. Ich weiß nämlich nicht, was sie seit ihrer Rückkehr aus Italien gemacht hat.«

»Sie kam einmal nach London, um ihren Zahnarzt aufzusuchen«, sagte Davy, um ihr auf die Sprünge zu helfen. »Das hat sie jedenfalls vorgegeben. Statt dessen kam sie zu Ihnen. Sie hat dann Mrs. Melford angerufen und ihr irgendeinen Unsinn von einer alten Gouvernante aufgetischt.« Wieder ein Kichern. »Das stimmt nicht, wie?« fuhr der Chefinspektor lächelnd fort. »Wo war sie in Wirklichkeit?«

Bridget zögerte. Dann sagte sie: »Sie ist nach Irland geflogen.«

»Nach Irland? Warum?«

»Das wollte sie mir nicht verraten. Sie erwähnte nur, daß sie dort etwas ausfindig machen müsse.«

»Wissen Sie, nach welchem Ort in Irland sie gefahren ist?«

»Nicht genau. Sie nannte den Namen. Bally . . . Ballygowlan war's, glaube ich.«

»So, so. Sind Sie sicher, daß sie nach Irland geflogen ist?«

»Ich habe sie nach Kensington gebracht. Sie reiste mit der Irischen Fluggesellschaft.«

»Und wann ist sie zurückgekehrt?«

»Am nächsten Tag. Sie rief gleich an.«

»Um welche Zeit?«

»Irgendwann am Vormittag. Ja, es muß so um elf, zwölf herum gewesen sein.«

»Und was hat sie zu Ihnen gesagt?«

»Sie fragte nur, ob alles in Ordnung sei.«

»Und war alles in Ordnung?«

»Nein, eben nicht. Mrs. Melford hatte angerufen, und Mutti war an den Apparat gegangen. Es war alles sehr kompliziert, und ich hatte nicht gewußt, was ich sagen sollte. Elvira erklärte dann, sie würde nicht zu mir kommen, wohl aber ihre Kusine, Mildred, anrufen und ihr irgendeine Geschichte auftischen.«

»Und ist das alles, was Ihnen einfällt?«

»Ja, das ist alles«, bestätigte Bridget. Sie dachte zwar an Mr. Bollard und das Armband. Aber das würde sie Chefinspektor Davy ganz gewiß nicht erzählen.

Vater spürte, daß ihm etwas vorenthalten wurde. Er konnte nur hoffen, daß es nichts mit dieser Untersuchung zu tun hatte. Er fragte noch einmal: »Sie glauben also, daß Ihre Freundin tatsächlich vor irgend jemandem oder vor irgend etwas Angst hatte, ja?«

»Ganz recht.«

»Hat sie es Ihnen gegenüber erwähnt, oder haben Sie davon gesprochen?«

»Oh, ich habe sie ganz offen gefragt. Zuerst stritt sie es ab, dann aber gab sie zu, daß sie tatsächlich Angst habe. Und ich weiß es ganz genau«, fuhr Bridget heftig fort. »Sie schwebte in Gefahr. Davon war sie felsenfest überzeugt. Aber ich weiß nicht, warum und wieso. Näheres ist mir nicht bekannt.«

»Sie hatten Gewißheit in dieser Beziehung seit dem einen Morgen, nicht wahr? Seit dem Morgen, an dem sie aus Irland zurückkehrte.«

»Ja. Ja, an dem Morgen war sie völlig davon überzeugt.«

»An jenem Morgen, als sie vielleicht mit dem Irischen Postexpreß zurückgekehrt war?«

»Das halte ich nicht für sehr wahrscheinlich. Warum fragen Sie sie nicht?«

»Das werde ich wohl noch tun. Aber ich möchte nicht die Aufmerksamkeit auf diesen Punkt lenken. Im Augenblick jedenfalls nicht. Es könnte die Gefahr, in der sie schwebt, womöglich noch vergrößern.«

Bridget machte kugelrunde Augen. »Was wollen Sie damit sagen?«

»Sie entsinnen sich vielleicht nicht, Miß Bridget, aber es war der Morgen, an dem in aller Frühe der Raubüberfall auf den Irischen Postexpreß stattfand.«

»Soll das etwa heißen, daß Elvira dabei war und mir nie etwas davon erzählt hat?«

»Es ist unwahrscheinlich, das gebe ich zu«, sagte Vater. »Es kam mir nur der Gedanke, sie könnte vielleicht etwas gesehen haben, was mit diesem Vorfall zusammenhängt. Vielleicht hatte sie, zum Beispiel, jemanden gesehen, den sie kannte, und das hätte sie natürlich in Gefahr gebracht.«

»Oh!« sagte Bridget. Sie ließ sich die Sache durch den Kopf gehen. »Sie meinen, ein Bekannter von ihr war an dem Überfall beteiligt?«

Chefinspektor Davy erhob sich. »Das wäre im Augenblick wohl alles«, sagte er. »Ganz sicher, daß Sie mir nichts mehr erzählen können? Nicht, wo Ihre Freundin sich an dem Tag aufhielt? Oder am Tag zuvor?«

Wieder sah Bridget Mr. Bollard und den Laden in der Bond Street vor sich. »Nein«, erwiderte sie.

»Ich glaube, Sie haben mir etwas verheimlicht«, meinte Chefinspektor Davy.

Bridget griff dankbar nach einem Strohhalm. »Oh, das habe ich ganz vergessen«, sagte sie. »Ja, ich weiß noch etwas. Sie hat einen Rechtsanwalt aufgesucht. Einen der Treuhänder ihres Vermögens.«

»Aha. Sie wissen wohl nicht seinen Namen?«

»Die Firma heißt Egerton — Forbes, Egerton und Sowieso. Eine ganze Reihe von Namen. Ich glaube, der Anfang stimmt.«

»Und wissen Sie zufällig, was sie erfahren wollte?«

»Sie wollte wissen, wieviel Vermögen sie besitzt.«

Davy zog die Augenbrauen hoch. »Was Sie nicht sagen! Das ist ja interessant. Nun, vielen Dank, Sie haben mir sehr geholfen.«

23

Richard Egerton blickte wieder auf die Karte, die vor ihm lag, und sah dann den Chefinspektor an. »Seltsame Sache«, meinte er.

»Ja, Sir«, sagte Chefinspektor Davy, »sehr merkwürdig.«

»Bertrams Hotel«, sagte Egerton, »im Nebel. Ja, es war gestern abend sehr neblig. Bei Ihnen häufen sich wohl solche Fälle bei Nebel, nicht wahr? Taschendiebe und Leute, die den Damen die Handtasche entreißen.«

»Darum ging es eigentlich nicht«, sagte Vater. »Niemand versuchte, Miß Blake etwas zu entreißen.«

»Woher kam der Schuß?«

»Bei dem Nebel ließ sich das schwer feststellen. Miß Blake wußte es selbst nicht genau. Aber wir nehmen an — und es scheint am wahrscheinlichsten —, daß der Mann im Kellervorhof gestanden hat.«

»Und er hat zweimal auf sie geschossen, sagen Sie?«

»Ja. Der erste Schuß ging fehl. Der Portier, der vor der Hoteltür stand, stürzte herbei und stellte sich vor Miß Blake, ehe der zweite Schuß fiel.«

»Und so wurde er statt sie getroffen, wie?«

»Ja.«

»Ein ziemlich tapferer Bursche.«

»Ja. Er war tapfer«, sagte der Chefinspektor. »Er hat sich im Krieg ausgezeichnet. Er war Ire.«

»Wie heißt er?«

»Gorman. Michael Gorman.«

»Michael Gorman.« Egerton runzelte die Stirn und überlegte eine Weile. »Nein«, sagte er dann. »Einen Augenblick lang dachte ich, der Name komme mir bekannt vor.«

»Es ist natürlich kein sehr seltener Name. Auf alle Fälle hat der Mann dem Mädchen das Leben gerettet.«

»Und warum sind Sie eigentlich zu mir gekommen, Chefinspektor?«

»Ich hatte gehofft, einige Aufschlüsse zu bekommen. Wir sind nämlich gern vollständig unterrichtet über das Opfer eines Mordanschlags.«

»Oh, gewiß, gewiß. Aber ich muß sagen, ich habe Elvira nur zweimal seit ihrer Kindheit gesehen.«

»Sie haben sie gesehen, als sie Ihnen vor etwa einer Woche einen Besuch abstattete, nicht wahr?«

»Ja, das stimmt. Was möchten Sie nun von mir wissen?«

»Es wurde mir gesagt, daß irgend etwas sie in große Sorge und Furcht versetzt habe und sie überzeugt gewesen sei, in Lebensgefahr zu schweben. Hatten Sie auch diesen Eindruck, als sie Sie besuchte?«

»Nein«, erwiderte Egerton langsam, »nein, das würde ich nicht behaupten, obwohl sie ein paar Äußerungen machte, die mir recht merkwürdig vorkamen.«

»Zum Beispiel?«

»Nun, sie wollte wissen, wer sie beerben würde, falls sie plötzlich sterben sollte.«

»Aha«, meinte Chefinspektor Davy, »diese Möglichkeit zog sie also in Betracht. Daß sie plötzlich sterben könnte. Interessant.«

»Es spukte ihr etwas im Kopf herum, aber ich wußte nicht, was es war. Sie wollte auch wissen, wieviel Geld sie besitzt — oder besitzen wird, wenn sie großjährig ist. Diese Frage ist vielleicht etwas verständlicher.«

»Es ist wohl ein ganzer Batzen Geld, wie?«

»Es ist ein sehr großes Vermögen, Chefinspektor.«

»Weshalb wollte sie es wohl wissen? Was meinen Sie?«

»Wie hoch der Betrag ist?«

»Ja, und wer sie beerben würde.«

»Ich weiß es nicht, wirklich nicht. Sie schnitt auch das Thema Heirat an.«

»Hatten Sie das Gefühl, daß ein Mann im Spiel ist?«

»Ich kann es nicht beschwören — aber — ja, den Eindruck hatte ich. Ich war überzeugt, daß sich da etwas angesponnen hatte. Das ist ja meistens so! Luscombe — das ist Colonel Luscombe, ihr Vormund — scheint ja von einem Verehrer nichts zu wissen. Aber das kann man vom guten alten Derek Luscombe auch kaum erwarten. Er war ganz aufgeregt, als ich andeutete, daß sie einen Mann aufgegabelt hatte, und außerdem wahrscheinlich einen unpassenden.«

»Er ist unpassend«, erklärte Chefinspektor Davy.

»Ah, dann wissen Sie also, wer es ist?«

»Ich kann es mir sehr gut denken. Ladislaus Malinowski.«

»Der Rennfahrer? Was Sie nicht sagen! Ein hübscher Draufgänger. Die Frauen sind ganz vernarrt in ihn. Ich möchte wissen, wo er Elvira über den Weg gelaufen ist. Er war, glaube ich, vor ein paar Monaten in Rom. Wahrscheinlich haben sie sich dort getroffen.«

»Sehr gut möglich. Oder könnte sie ihn vielleicht durch ihre Mutter kennengelernt haben?«

»Was, durch Bess? Das ist meiner Ansicht nach ziemlich ausgeschlossen.«

Davy räusperte sich. »Lady Sedgwick und Malinowski sollen eng befreundet sein, Sir.«

»Ja, ja, ich kenne das Gerücht. Vielleicht ist etwas Wahres daran, vielleicht auch nicht. Bess hat natürlich ihre Liebschaften, obwohl sie — das möchte ich betonen — durchaus kein mannstoller Typ ist. Die Menschen neigen ja stark dazu, einer Frau so etwas nachzusagen, aber auf Bess trifft es nicht zu. Jedenfalls kennen sich Bess und ihre Tochter, soweit ich unterrichtet bin, praktisch gar nicht.«

»Das hat Lady Sedgwick auch gesagt. Dann stimmt das also?« Egerton nickte. »Hat Miß Blake noch andere Verwandte?«

»Genaugenommen keine. Die beiden Brüder ihrer Mutter sind im Krieg gefallen — und sie war das einzige Kind des alten Coniston. Mrs. Melford, obgleich sie Elvira ›Kusine Mildred‹ nennt, ist in Wirklichkeit eine Kusine von Colonel Luscombe. Luscombe hat in einer gewissenhaften, altmodischen Weise sein Bestes für das Mädchen getan — aber es ist schwierig . . . für einen Mann.«

»Wie Sie vorhin erwähnten, hat Miß Blake das Thema Heirat angeschnitten. Besteht etwa die Möglichkeit, daß sie in Wirklichkeit bereits verheiratet ist?«

»Sie ist noch minderjährig — sie hätte die Einwilligung ihres Vormundes und der Treuhänder gebraucht.«

»Nach den Buchstaben des Gesetzes, ja. Aber die jungen Leute richten sich nicht immer danach«, bemerkte Vater.

»Ich weiß. Höchst bedauerlich. Man muß dann den ganzen Apparat in Bewegung setzen, um sie zu Mündeln unter Amtsvormundschaft zu machen. Und das ist ein schwieriger Weg.«

»Und wenn sie einmal verheiratet sind, dann sind sie verheiratet. Wenn sie tatsächlich verheiratet wäre und plötzlich stürbe, dann würde das Geld wohl ihrem Mann zufallen, nicht wahr?«

»Die Idee, daß sie verheiratet sein könnte, ist ziemlich abwegig. Sie war zu wohlbehütet und . . .« Er unterbrach sich, als er das zynische Lächeln des Inspektors sah. Obgleich wohlbehütet, war es Elvira offenbar doch gelungen, die Bekanntschaft des höchst unpassenden Ladislaus Malinowski zu machen. Der Anwalt fuhr unsicher fort: »Ihre Mutter ist allerdings durchgebrannt.«

»Ja, ihre Mutter ist durchgebrannt — das entspricht ihrem Wesen —, aber Miß Blake ist ein anderer Typ. Sie ist genauso darauf bedacht, ihren Willen durchzusetzen, doch sie würde es anders anfangen.«

»Sie denken doch nicht allen Ernstes . . .«

»Ich denke gar nichts — noch nicht«, sagte Chefinspektor Davy.

24

Ladislaus Malinowski blickte die beiden Polizeibeamten der Reihe nach an. Dann warf er den Kopf in den Nacken und lachte. »Es ist wirklich sehr amüsant!« meinte er. »Sie setzen ja eine regelrechte Leichenbittermiene auf. Es ist absurd, mich hierherkommen zu lassen und auszufragen. Ich habe nichts auf dem Kerbholz, rein gar nichts.«

»Wir glauben, Sie können uns bei unseren Ermittlungen behilflich sein, Mr. Malinowski.« Chefinspektor Davy gab sich betont höflich. »Sie besitzen einen Wagen, einen Mercedes, mit dem polizeilichen Kennzeichen FAN 2266.«

»Na und — haben Sie etwas dagegen einzuwenden?«

»Keineswegs, Sir. Es besteht nur eine kleine Unsicherheit hinsichtlich der korrekten Nummer. Ihr Wagen fuhr kürzlich auf der Autostraße M 7, und bei der Gelegenheit war das Nummernschild ein anderes.«

»Unsinn. Das muß irgendein anderer Wagen gewesen sein.«

»Es gibt hier nicht so viele Wagen dieses Typs. Wir haben alle vorhandenen überprüft.«

»Sie glauben wohl alles, was Ihre Verkehrspolizisten Ihnen erzählen! Einfach lachhaft!«

»Die Stelle, wo die Polizei Sie anhielt und sich Ihre Papiere zeigen ließ, liegt nicht weit von Bedhampton. Und es war die Nacht, in der der Raubüberfall auf den Irischen Postexpreß stattfand.«

»Sie machen mir Spaß«, sagte Ladislaus Malinowski.

»Sie besitzen einen Revolver, ja?«

»Gewiß — einen Revolver und eine Selbstladepistole. Für beide Waffen habe ich vorschriftsmäßige Waffenscheine.«

»Ganz recht. Sind beide Waffen noch in Ihrem Besitz?«

»Aber sicher.«

»Ich habe Sie bereits gewarnt, Mr. Malinowski.«

»Die berühmte Warnung der Polizei! Alles, was Sie sagen, kann gegen Sie verwandt werden.«

»Das ist nicht der korrekte Wortlaut«, bemerkte Vater milde. »Verwandt, ja, aber nicht gegen. Sie halten also an Ihrer Aussage fest?«

»Ja.«

»Und Sie wollen Ihren Anwalt bestimmt nicht rufen?«

»Ich mag keine Anwälte.«

»Das geht manchen Menschen so. Wo befinden sich diese Waffen jetzt?«

»Ich glaube, Sie wissen ganz gut, wo sie sind, Chefinspektor. Die kleine Pistole steckt im Handschuhfach meines Wagens, des Mercedes, dessen Kennzeichen, wie erwähnt, FAN 2266 ist. Der Revolver liegt in einer Schublade in meiner Wohnung.«

»Was Sie von Ihrem Revolver sagen, stimmt. Er liegt tatsächlich bei Ihnen zu Hause in einer Schublade«, sagte Vater, »aber die Pistole ist nicht in Ihrem Wagen.«

»Aber sicher, und zwar im Handschuhfach.«

Vater schüttelte den Kopf. »Dort hat sie vielleicht früher mal gesteckt, aber jetzt nicht mehr. Ist das Ihre Pistole, Mr. Malinowski?« Er schob eine kleine Selbstladepistole über den Tisch.

Ladislaus Malinowski nahm sie mit höchst überraschter Miene in die Hand. »Ja, das ist meine Pistole. Dann haben *Sie* sie also aus meinem Wagen genommen, wie?«

»Nein«, erwiderte Vater, »nicht aus Ihrem Wagen. Da war sie gar nicht drin. Wir haben sie woanders gefunden.«

»Wo?«

»In einem Kellervorhof in der Pond Street, die — wie Sie zweifellos wissen — in der Nähe von Park Lane liegt. Ein Mann, der die Straße hinunterging — oder vielleicht rannte —, hätte sie gut hineinwerfen können.«

Ladislaus Malinowski zuckte die Achseln. »Damit habe ich nichts zu tun — ich habe sie nicht hineingeworfen. Sie war vor ein paar Tagen noch in meinem Wagen. Man sieht nicht fortwährend nach, ob alle Dinge noch an ihrem Platz liegen. Das nimmt man einfach an.«

»Wissen Sie eigentlich, Mr. Malinowski, daß das die Pistole ist, mit der Michael Gorman in der Nacht des 26. November erschossen wurde?«

»Michael Gorman? Kenne ich nicht.«

»Der Portier von *Bertrams Hotel.*«

»Ach ja, der Mann, der erschossen wurde. Ich habe davon in der Zeitung gelesen. Und Sie sagen, es sei mit *meiner* Pistole geschehen? Unsinn!«

»Es ist kein Unsinn. Die Experten für Ballistik haben sie untersucht, und Sie verstehen genug von Feuerwaffen, um zu wissen, daß ihr Befund zuverlässig ist.«

»Sie versuchen, mir etwas anzuhängen. Na ja, man kennt ja die Polizei.«

»Ich glaube, Sie sollten die Polizei etwas besser kennen.«

»Wollen Sie etwa behaupten, ich hätte Michael Gorman erschossen?«

»Vorläufig bitten wir nur um eine Aussage. Eine Anklage ist noch nicht erhoben worden.«

»Aber Sie nehmen an, daß ich diese lächerlich aufgetakelte Marschallsfigur erschossen habe. Warum hätte ich das tun sollen? Ich hatte nichts gegen ihn.«

»Es wurde auf eine junge Dame geschossen. Gorman rannte nur herbei, um sie zu beschützen, nachdem ein Schuß abgefeuert war, und die zweite Kugel traf ihn.«

»Auf eine junge Dame?«

»Eine junge Dame, die Ihnen, glaube ich, bekannt ist. Miß Elvira Blake.«

»Wollen Sie etwa behaupten, daß jemand versucht hat, Elvira mit *meiner* Pistole zu erschießen?« Seine Stimme klang ungläubig.

»Es könnte ja sein, daß Sie eine Meinungsverschiedenheit gehabt hätten.«

»Soll das heißen, daß ich mich mit Elvira gezankt und dann versucht hätte, sie zu erschießen? Was für ein Irrsinn! Warum sollte ich denn um Himmels willen das Mädchen töten, das ich heiraten will?«

»Gehört dies mit zu Ihrer Aussage? Daß Sie Miß Elvira Blake heiraten wollen?«

Malinowski zögerte kurz. Dann sagte er achselzuckend: »Sie ist noch sehr jung. Es muß erst besprochen werden.«

»Vielleicht hat sie Ihnen ein Heiratsversprechen gegeben — und es sich dann anders überlegt. Auf alle Fälle hat sie sich vor jemandem gefürchtet. Vor Ihnen, Mr. Malinowski?

»Warum sollte *ich* ihren Tod wünschen? Entweder liebe ich sie und will sie heiraten, oder wenn ich sie nicht heiraten will, kann ich es lassen. So einfach ist das. Warum sie also umbringen?«

»Es gibt nicht viele Menschen, die ihr nahe genug stehen, um sie töten zu wollen.« Davy wartete einen Augenblick und sagte dann fast beiläufig: »Da wäre natürlich ihre Mutter zu erwähnen.«

»Was wollen Sie damit andeuten!« Malinowski sprang auf. »*Bess?* Bess sollte ihre eigene Tochter erschießen? Sie sind ja wahnsinnig! Weshalb das?«

»Vielleicht, weil sie als nächste Verwandte ein beachtliches Vermögen erben würde.«

»Bess? Bess und für Geld töten? Sie hat eine Menge Geld von dem Amerikaner, mit dem sie verheiratet war. Jedenfalls genug.«

»Genug Geld ist nicht dasselbe wie sehr viel Geld«, sagte Vater. »Die Menschen morden tatsächlich, um reich zu werden. Es ist bekannt, daß Mütter deswegen ihre Kinder und Kinder ihre Mütter ermordet haben.«

»Und ich wiederhole: es ist heller Wahnsinn!«

»Sie sagten vorhin, daß Sie Miß Blake heiraten wollten. Vielleicht haben Sie sie schon geheiratet, wie? Wenn das zutrifft, wären Sie der glückliche Erbe.«

»Noch hirnverbrannter geht's wohl nicht! Nein, ich bin nicht mit Elvira verheiratet. Sie ist ein hübsches Mädchen. Ich mag sie gern, und sie ist in mich verliebt. Ja, das gebe ich zu. Ich habe sie in Italien kennengelernt. Wir haben uns miteinander amüsiert — aber das ist alles. Weiter ist nichts zwischen uns.«

»Wirklich? Eben gerade, Mr. Malinowski, haben Sie noch mit Bestimmtheit erklärt, daß Sie sie heiraten wollten.«

»Ach so, das.«

»Ja — das. War es die Wahrheit?«

»Ich habe es gesagt, weil . . . weil es, so ausgedrückt, züchtiger klang. Man ist so — prüde hierzulande . . .«

»Diese Erklärung kommt mir etwas unwahrscheinlich vor.«

»Sie verstehen aber auch gar nichts. Die Mutter und ich, wir haben eine Liebschaft miteinander . . . ich wollte das nicht aussprechen — statt dessen deutete ich an, daß die Tochter und ich verlobt seien. Das klingt sehr englisch und korrekt.«

»In meinen Ohren klingt das sehr gesucht. Sie brauchen ziemlich dringend Geld, nicht wahr, Mr. Malinowski?«

»Mein lieber Chefinspektor, ich brauche immer Geld. Es ist sehr betrüblich.«

»Und doch haben Sie vor einigen Monaten, soweit ich unterrichtet bin, das Geld mit vollen Händen ausgegeben.«

»Ah, ich hatte Glück im Spiel gehabt. Ich bin ein Spieler. Das gebe ich zu.«

»Es fällt mir nicht schwer, Ihnen das zu glauben. Wo hatten Sie denn so viel Glück im Spiel?«

»Das verrate ich nicht. Das können Sie kaum von mir erwarten.«

»Das tue ich auch nicht.«

»Ist das alles, was Sie von mir wissen möchten?«

»Für den Augenblick, ja. Sie haben die Pistole als Ihre erkannt. Das wird uns sehr nützlich sein.«

»Ich verstehe nicht — es ist mir unbegreiflich . . .« Er unterbrach sich. »Geben Sie sie mir bitte.«

»Leider müssen wir sie vorläufig behalten. Ich stelle Ihnen eine Quittung dafür aus.« Er schrieb sie und reichte sie Malinowski.

Malinowski verließ das Zimmer und knallte die Tür hinter sich zu. »Temperamentvoller Bursche«, bemerkte Vater.

»Sie haben ihn nicht wegen des falschen Nummernschildes und Bedhampton unter Druck gesetzt.«

»Nein. Ich wollte ihn einschüchtern, aber nicht allzusehr. Wir wollen ihn langsam in die Enge treiben. Er hat nämlich Angst.«

25

Als Miß Marple am Bahnhof Paddington aus ihrem Zug stieg, sah sie die beleibte Gestalt des Chefinspektors Davy, der auf dem Bahnsteig stand und auf sie wartete.

»Sehr nett von Ihnen, Miß Marple«, sagte er und geleitete sie durch die Sperre zu einem wartenden Wagen. Der Fahrer öffnete den Schlag, die beiden stiegen ein, und der Wagen rollte davon.

»Wohin bringen Sie mich eigentlich, Chefinspektor Davy?«
»Zu *Bertrams Hotel.*«
»Ach, du liebe Güte, wieder einmal *Bertrams Hotel.* Warum?«
»Die offizielle Antwort lautet: Die Polizei glaubt, daß Sie ihr bei ihren Ermittlungen helfen können.«
»Das klingt vertraut, wenn auch ziemlich unheilvoll. Oft der Auftakt zu einer Verhaftung, nicht wahr?«
»Ich werde Sie nicht verhaften, Miß Marple.« Vater lächelte. »Sie haben ein Alibi.«
Miß Marple verdaute dies schweigend. Auf der ganzen Fahrt zum *Bertram* sprachen sie nicht mehr miteinander. Als sie eintraten, blickte Miß Gorringe von ihrem Tisch auf, doch Chefinspektor Davy führte Miß Marple direkt zum Lift. »Zum zweiten Stock.«
Der Lift fuhr nach oben, hielt, und sie gingen ein Stückchen den Korridor entlang. Als Vater die Tür von Nummer 18 öffnete, sagte Miß Marple: »Dies ist ja dasselbe Zimmer, das ich bei meinem letzten Aufenthalt hatte.«
»Stimmt«, sagte Vater.
Miß Marple setzte sich in einen Sessel. »Ein sehr behaglicher Raum«, bemerkte sie und sah sich mit einem leichten Seufzer um.
»Auf Komfort verstehen sie sich hier, das muß man ihnen lassen«, pflichtete ihr Vater bei.
»Sie sehen müde aus, Chefinspektor«, sagte Miß Marple unerwartet.
»Ich war etwas viel unterwegs. Bin gerade erst von Irland zurückgekommen.«
»Was Sie nicht sagen. Von Ballygowlan?«
»Zum Teufel! Woher ist denn *Ihnen* dieser Name geläufig? Verzeihen Sie bitte den harten Ausdruck.« Miß Marple lächelte. »Michael Gorman hat Ihnen wohl mal erzählt, daß er aus Ballygowlan stammt?«
»Nein, das nicht gerade«, sagte Miß Marple.
»Entschuldigen Sie meine Neugierde, aber woher kennen Sie dann den Ort?«
»Oje«, sagte Miß Marple, »die Sache ist mir eigentlich etwas peinlich. Er fiel in einem Gespräch, das ich zufällig mit anhörte.«
»Ach so.«
»Ich habe jedoch nicht gelauscht. Es war in einem allen Gästen zugänglichen Raum. Ganz offen gestanden macht es mir Spaß, Menschen miteinander reden zu hören — besonders seit ich alt bin und nicht mehr so viel herumkomme. Ich will damit sagen: wenn Menschen in der Nähe reden, hört man zu.«
»Nun, das erscheint mir ganz natürlich«, sagte Vater. Dann blickte er auf seine Uhr. »Hören Sie«, sagte er, »ich möchte Näheres darüber erfahren, aber der Augenblick ist nicht günstig. Ich

habe Kanonikus Pennyfather hergebeten, und er kann jeden Augenblick eintreffen. Ich muß ihn unbedingt in Empfang nehmen. Sie verübeln es mir doch nicht?«

Miß Marple bestätigte ihm das, und Chefinspektor Davy verließ das Zimmer.

Kanonikus Pennyfather trat durch die Schwingtür in die Halle von *Bertrams Hotel*. Er runzelte ein wenig die Stirn und fragte sich, was ihm heute in diesem Hotel so fremd vorkam. Vielleicht war es frisch gestrichen oder sonstwie renoviert worden? Er schüttelte den Kopf. Nein, das war es nicht, aber irgend etwas hatte sich verändert. Er kam nicht auf den Gedanken, daß es der Unterschied war zwischen einem auffallend großen Portier mit blauen Augen und dunklem Haar und einem ziemlich winzigen Portier mit abfallenden Schultern, Sommersprossen und einem rötlichgelben Haarschopf, der unter seiner Mütze hervorquoll. Er trat zum Empfang und wurde von Miß Gorringe begrüßt. »Kanonikus Pennyfather — wie schön, Sie wiederzusehen. Sind Sie gekommen, um Ihr Gepäck abzuholen? Es steht alles für Sie bereit. Wenn Sie uns nur benachrichtigt hätten, dann hätten wir es Ihnen geschickt.«

»Danke«, sagte Kanonikus Pennyfather, »vielen Dank. Sie sind sehr freundlich, Miß Gorringe. Aber da ich heute sowieso nach London fahren mußte, dachte ich, ich könnte es gleich persönlich abholen.«

»Wir haben uns große Sorgen um Sie gemacht«, meinte Miß Gorringe. »Weil Sie doch verschollen waren, wissen Sie. Niemand konnte Sie finden. Sie hatten einen Autounfall, wie ich hörte?«

»Ja«, erwiderte Kanonikus Pennyfather. »Ja. Die Menschen fahren heutzutage viel zu schnell. Höchst gefährlich. Zwar kann ich mich nicht genau erinnern. Mein Kopf bekam dabei etwas ab. Gehirnerschütterung, sagte der Arzt. Nun ja, wenn man älter wird, ist das Gedächtnis nicht mehr das beste.« Er schüttelte traurig den Kopf. »Und wie geht es Ihnen, Miß Gorringe?«

»Oh, danke, sehr gut«, erwiderte Miß Gorringe.

In diesem Augenblick fiel Kanonikus Pennyfather auf, daß sich Miß Gorringe ebenfalls verändert hatte. Er betrachtete sie genauer und versuchte festzustellen, worin die Veränderung bestand. Ihr Haar? Das war genauso wie immer. Schwarzes Kleid, großes Medaillon, Kameenbrosche. Alles vorhanden, wie üblich. Und doch war etwas anders. War sie vielleicht etwas dünner? Oder war es — ja, natürlich, sie sah *bekümmert* aus. Es kam nicht oft vor, daß Kanonikus Pennyfather merkte, wenn andere Sorgen hatten. Er war nicht der Typ, der Gefühlsregungen in den Gesichtern seiner Mitmenschen wahrnahm. Aber heute fiel es ihm auf, vielleicht, weil Miß Gorringe ihren Gästen so viele Jahre hindurch stets dasselbe Gesicht präsentiert hatte.

»Sie sind doch hoffentlich nicht krank gewesen?« fragte er besorgt. »Sie sehen etwas dünner aus.«

»Nun, wir hatten allerlei Aufregungen, Kanonikus Pennyfather.«

»Ach, wirklich? Das tut mir aber leid. Doch nicht etwa meinetwegen?«

»O nein«, erwiderte Miß Gorringe. »Wir haben uns natürlich Gedanken gemacht, aber sobald wir hörten, daß man Sie gefunden hatte . . .« Sie unterbrach sich und fuhr fort: »Nein. Nein — es ist dieser — nun, vielleicht haben Sie es in den Zeitungen gelesen. Gorman, unser Außenportier, ist getötet worden.«

»Ach ja«, sagte Kanonikus Pennyfather. »Ich erinnere mich jetzt. Ich habe tatsächlich gelesen — daß Sie hier einen Mord hatten.«

Miß Gorringe schauderte, als das Geschehen so unverblümt beim Namen genannt wurde. »Schrecklich«, sagte sie. »Einfach schrecklich. So etwas ist im *Bertram* noch *nie* vorgekommen. Ich meine, wir sind kein Hotel, wo Morde passieren.«

»Nein, nein, ganz gewiß nicht«, sagte Kanonikus Pennyfather rasch. »Davon bin ich überzeugt. Ich meine, es wäre mir nie in den Sinn gekommen, daß so etwas *hier* passieren könnte.«

»Natürlich geschah es nicht *innerhalb* des Hotels«, erläuterte Miß Gorringe ein wenig heiterer, als ihr das in den Sinn kam: »Es ereignete sich draußen auf der Straße.«

»Also hatte es eigentlich nichts mit Ihnen zu tun«, meinte der Kanonikus hilfsbereit.

Die Feststellung war offenbar doch nicht ganz richtig. »Aber es hing mit *Bertrams Hotel* zusammen. Wir mußten die Polizei im Haus dulden, die die Leute verhörte, da es ja unser Portier war, der erschossen worden ist.«

»Dann haben Sie also einen neuen Mann da draußen. Wissen Sie, ich habe schon gedacht, daß alles ein wenig seltsam wirkte.«

»Ja, ich kann nicht gerade sagen, daß er unsere Erwartungen erfüllt. Ich meine, er entspricht nicht ganz unserem Standard. Aber wir mußten natürlich in aller Eile jemanden engagieren.«

»Ich entsinne mich jetzt an alles«, sagte Kanonikus Pennyfather, krampfhaft bemüht, ein paar Erinnerungen an das zusammenzusuchen, was er vor einer Woche in der Zeitung gelesen hatte. »Traurig, sehr traurig.«

»Für uns sind daraus schreckliche Schwierigkeiten entstanden«, klagte Miß Gorringe. »Die Polizei geht dauernd hier ein und aus. Es war wohl nicht anders zu erwarten, aber wir schätzen das hier nicht — zwar muß ich zugeben, daß Chefinspektor Davy und Sergeant Wadell sehr gediegene Leute sind. Sehr gute Umgangsformen — und Zivilkleidung, nicht der Typ mit schweren Stiefeln und Regenmänteln, wie man sie im Film sieht. Fast wie unsereins.«

»Hm — ja«, sagte Kanonikus Pennyfather.

»Mußten Sie ins Krankenhaus?« erkundigte sich Miß Gorringe.

»Nein«, erwiderte der Kanonikus, »sehr nette Leute, wirklich gute Samariter — er war, glaube ich, ein Gärtner —, fanden mich, und seine Frau hat mich wieder gesund gepflegt. Ich bin ihnen sehr dankbar. Es ist wohltuend, wenn man entdeckt, daß es noch Menschenfreundlichkeit in der Welt gibt. Meinen Sie nicht auch?«

Miß Gorringe erklärte, sie finde diese Tatsache ebenfalls sehr tröstlich. »Besonders wenn man liest, wie die Verbrechen sich häufen«, setzte sie hinzu, »alle diese schrecklichen jungen Leute, die Banken und Züge ausrauben und Menschen aus dem Hinterhalt angreifen.« Sie blickte auf und sagte: »Chefinspektor Davy kommt gerade die Treppe herunter. Ich glaube, er will mit Ihnen reden.«

»Ich weiß gar nicht, warum er mich sprechen will«, meinte Kanonikus Pennyfather verdutzt. »Er hat mich nämlich bereits in Chadminster aufgesucht und war offenbar enttäuscht, daß ich ihm nichts Brauchbares erzählen konnte.«

»War Ihnen das nicht möglich?«

Der Kanonikus schüttelte bekümmert den Kopf. »Ich konnte mich auf nichts besinnen. Der Unfall fand irgendwo in der Nähe eines Ortes namens Bedhampton statt, und ich verstehe einfach nicht, *was* ich dort getan haben könnte. Der Chefinspektor fragte mich dauernd, warum ich dort war, und ich konnte es ihm nicht sagen. Sehr merkwürdig, nicht wahr? Er schien zu glauben, daß mich ein Wagen aus der Nähe irgendeines Bahnhofs zu einem Pfarrhaus gefahren hätte.«

»Das klingt recht logisch«, meinte Miß Gorringe.

»Es ist aber ganz unlogisch«, erklärte Kanonikus Pennyfather. »Weshalb sollte ich in einer Gegend herumfahren, die ich überhaupt nicht kenne?«

Chefinspektor Davy war inzwischen bei ihnen angelangt. »Ah, da sind Sie ja, Kanonikus Pennyfather«, sagte er. »Sind Sie wieder frisch und munter?«

»Oh, ich fühle mich jetzt ganz wohl«, entgegnete der Kanonikus, »aber ich bekomme noch sehr leicht Kopfschmerzen. Und man hat mir geraten, mich nicht zu überanstrengen. An den Vorfall kann ich mich immer noch nicht erinnern, und der Arzt meinte, es würde mir vielleicht nie wieder einfallen.«

»Nun ja«, meinte Chefinspektor Davy, »wir dürfen die Hoffnung nicht aufgeben.« Er führte den Kanonikus vom Empfangstisch fort. »Ich möchte ein kleines Experiment anstellen«, sagte er, »würden Sie so freundlich sein und mir dabei helfen?«

Als Chefinspektor Davy die Tür von Nummer 18 öffnete, saß Miß Marple immer noch in ihrem Sessel am Fenster. »Ziemlich viele Menschen auf der Straße heute«, bemerkte sie. »Mehr als sonst.«

»Diese Straße ist ein Durchgang nach Berkeley Square und Shepherd's Market, wissen Sie.«

»Ich meine nicht nur die Passanten, sondern Männer, die an irgend etwas arbeiten — Straßenausbesserungen, Kabelverlegung vielleicht — ich sehe einen Wagen von der Post . . . und einen Schlachterwagen — mehrere Privatautos . . .«

»Und was schließen Sie daraus, wenn ich fragen darf?«

»Ich habe nicht gesagt, daß ich etwas daraus schließe.«

Vater blickte sie forschend an. Dann sagte er: »Ich möchte Sie bitten, mir zu helfen.«

»Natürlich. Zu dem Zweck bin ich ja hier. Was soll ich denn tun?«

»Rekonstruieren wir, was Sie in der Nacht vom 19. November getan haben. Sie schliefen — Sie wachten auf — möglicherweise infolge eines ungewöhnlichen Geräusches. Sie knipsten das Licht an, blickten zur Uhr, standen auf, öffneten die Tür und schauten hinaus. Können Sie die ganzen Bewegungen noch einmal wiederholen?«

»Gewiß«, erwiderte Miß Marple. Sie erhob sich und ging hinüber zum Bett.

»Einen Augenblick, bitte.« Chefinspektor Davy klopfte an die Wand des Nachbarzimmers.

»Sie müssen viel lauter klopfen«, rief Miß Marple. »Dieses Haus ist sehr solide gebaut.«

Der Chefinspektor hämmerte auf die Wand ein. »Ich habe Kanonikus Pennyfather gebeten, bis zehn zu zählen«, sagte er mit einem Blick auf seine Uhr. »Also, jetzt geht's los.«

Miß Marple berührte die elektrische Lampe, sah auf eine imaginäre Uhr, stand auf, ging zur Tür, öffnete sie und blickte hinaus. Zu ihrer Rechten verließ Kanonikus Pennyfather gerade sein Zimmer und schritt zur Treppe. Als er dort angelangt war und hinunterzugehen begann, hielt Miß Marple plötzlich den Atem an und trat ins Zimmer zurück.

»Nun?« sagte Chefinspektor Davy.

»Der Mann, den ich in jener Nacht gesehen habe, kann nicht Kanonikus Pennyfather gewesen sein. Nicht, wenn das eben Kanonikus Pennyfather war.«

»Sie sagten aber doch . . .«

»Ich weiß. Er sah aus wie Kanonikus Pennyfather. Dasselbe Haar, dieselbe Kleidung und alles. Aber er hatte einen anderen Gang. Ich glaube — ich glaube, es muß ein jüngerer Mann gewesen sein. Es tut mir wirklich sehr leid, daß ich mich getäuscht habe, aber der Mann in jener Nacht war nicht Kanonikus Pennyfather. Davon bin ich fest überzeugt.«

»Sind Sie denn diesmal Ihrer Sache wirklich ganz sicher, Miß Marple?«

»Ja«, erklärte Miß Marple. »Ich bedaure«, wiederholte sie, »daß ich Sie irregeführt habe.«

»Sie hatten jedoch nicht so ganz unrecht. Kanonikus Pennyfather ist tatsächlich in jener Nacht ins Hotel zurückgekehrt. Niemand sah ihn hereinkommen, aber das war keineswegs erstaunlich, denn es war bereits nach Mitternacht. Er ging dann die Treppe hinauf, öffnete die Tür seines Zimmers und trat ein. Was er sah oder was dann geschah, wissen wir nicht, weil er es uns nicht erzählen kann oder will. Wenn es doch nur eine Möglichkeit gäbe, sein blockiertes Gedächtnis zu befreien . . .«

»Es gibt ein Wort dafür . . .«, sagte Miß Marple nachdenklich.

»Ein Wort?«

»Oje, es ist mir entfallen, aber . . .«

Es klopfte an die Tür. »Darf ich hereinkommen?« fragte Kanonikus Pennyfather und trat ein. »Sind Sie zufrieden?«

»Sehr zufrieden«, antwortete Vater. »Ich erzählte Miß Marple gerade — Sie kennen Miß Marple doch?«

»O ja«, erwiderte Kanonikus Pennyfather, obgleich er nicht ganz sicher war, ob er sie wirklich kannte.

»Ich habe Miß Marple gerade geschildert, was sich an jenem Abend bis zu einem gewissen Moment abgespielt haben muß. Sie sind in dieses Hotel zurückgekehrt, und zwar nach Mitternacht. Dann sind Sie nach oben gegangen, haben die Tür Ihres Zimmers geöffnet und sind eingetreten . . .« Er machte eine erwartungsvolle Pause.

Miß Marple entfuhr ein erstickter Laut. »Das Wort ist mir soeben eingefallen«, sagte sie. »*Doppelgänger!*«

Kanonikus Pennyfather stieß einen leisen Schrei aus. »Aber natürlich«, rief er, »*natürlich!* Wie konnte ich das nur vergessen? Sie haben nämlich ganz recht. Nach dem Film *Die Mauern von Jericho* bin ich ins *Bertram* zurückgekommen und zu meinem Zimmer gegangen. Und als ich die Tür öffnete, sah ich — höchst merkwürdig! — sah ich ganz deutlich *mich selbst* vor mir in einem Sessel sitzen. Wie Sie sagen, Madam, ein *Doppelgänger*. Wie außerordentlich seltsam! Und dann — einen Augenblick mal . . .« Er hob die Augen zur Decke und versuchte nachzudenken.

»Und dann«, ergänzte Vater, »hat Ihnen jemand, zu Tode erschrocken über Ihren Anblick, einen Schlag auf den Kopf versetzt. Man nahm mit Bestimmtheit an, daß Sie in Luzern waren.«

26

Kanonikus Pennyfather war in einem Taxi zum Britischen Museum gefahren. Miß Marple hatte es sich auf Wunsch des Chefinspektors in der Hotelhalle bequem gemacht. Würde sie vielleicht so freundlich sein und hier zehn Minuten auf ihn warten? Miß Marple hatte nichts dagegen. Sie begrüßte diese Gelegenheit, hier etwas Umschau zu halten und über manches nachzudenken. Das Leben in *Bertrams Hotel* ging seinen gewohnten Gang. Nein, entschied Miß Marple, *nicht* seinen gewohnten Gang. Es war ein Unterschied da, obwohl sie nicht hätte definieren können, worin er lag. Eine unter der Oberfläche schwelende Unsicherheit vielleicht?

Die Türen schwangen auf, und der Chefinspektor, behäbig und schwerfällig wie immer, kam herein und ging direkt auf Miß Marple zu. »Startklar?« fragte er jovial.

»Wohin entführen Sie mich denn jetzt?«

»Wir wollen Lady Sedgwick einen Besuch abstatten.«

»Wohnt sie noch hier?«

»Ja. Mit ihrer Tochter.«

Sie fuhren im Lift zum oberen Stockwerk, wo Lady Sedgwick und ihre Tochter eine Zimmerflucht bewohnten. Chefinspektor Davy klopfte an die Tür, und auf das »Herein« traten er und Miß Marple ein. Bess Sedgwick saß in einem hochlehnigen Sessel am Fenster, auf ihren Knien ein geschlossenes Buch. »Sie sind's also wieder, Chefinspektor.« Ihr Blick streifte ihn und fiel dann auf Miß Marple. Sie schien etwas überrascht zu sein.

»Darf ich Sie mit Miß Marple bekannt machen?« sagte Davy. »Miß Marple — Lady Sedgwick.«

»Ich habe Sie schon gesehen«, sagte Lady Sedgwick. »Sie saßen neulich mit Selina Hazy an einem Tisch, nicht wahr? Nehmen Sie doch bitte Platz.« Dann wandte sie sich wieder an Chefinspektor Davy. »Haben Sie etwas Neues über den Mann in Erfahrung gebracht, der auf meine Tochter geschossen hat?«

»Eigentlich nichts, was man als *neu* bezeichnen könnte.«

»Ich möchte auch bezweifeln, daß Sie in der Angelegenheit weiterkommen werden. Bei einem solchen Nebel schleichen alle möglichen Gestalten herum auf der Suche nach Frauen, die allein auf der Straße sind.«

»Stimmt bis zu einem gewissen Punkt«, sagte Vater. »Wie geht es Ihrer Tochter?«

»Oh, Elvira ist wieder ganz mobil.«

»Sie haben sie hier bei sich?«

»Ja. Ich rief Colonel Luscombe, ihren Vormund, an. Er war ganz begeistert, daß ich mich um sie kümmern will.« Sie lachte plötzlich auf. »Der gute alte Knabe. Er hat immer auf eine Vereinigung von Mutter und Tochter gedrängt!«

»Daran hat er vielleicht ganz recht getan.«

»O nein, ganz und gar nicht. Im Augenblick halte ich es allerdings auch für das beste.« Sie wandte den Kopf, um aus dem Fenster zu blicken, und sprach nun in verändertem Ton. »Wie ich höre, haben Sie einen meiner Freunde verhaftet — Ladislaus Malinowski. Aufgrund welcher Anklage?«

»Nicht verhaftet«, berichtigte sie Chefinspektor Davy. »Er unterstützt uns nur bei unseren Ermittlungen.«

»Ich habe ihm meinen Anwalt geschickt, der ihn beraten soll.«

»Sehr weise«, billigte Vater. »Für jeden, der Schwierigkeiten mit der Polizei hat, ist es ratsam, einen Anwalt zu haben. Sonst kann der Betreffende leicht etwas Verkehrtes sagen.«

»Selbst wenn er völlig unschuldig ist?«

»Vielleicht ist es in dem Fall sogar noch notwendiger.«

»Sie sind ziemlich zynisch, nicht wahr? Worüber vernehmen Sie ihn, wenn ich fragen darf? Oder darf ich das nicht wissen?«

»Wir möchten zum Beispiel gern genau wissen, was er an dem Abend gemacht hat, als Michael Gorman umkam.«

Bess Sedgwick richtete sich im Sessel auf. »Sind Sie etwa auf die lächerliche Idee gekommen, daß *Ladislaus* auf Elvira geschossen hat? Sie kannten sich ja nicht einmal.«

»Es wäre möglich gewesen. Sein Wagen stand gerade um die Ecke.«

»Blödsinn«, erklärte Lady Sedgwick entschieden.

»Wie sehr hat diese Schießerei Sie eigentlich mitgenommen, Lady Sedgwick?«

Sie blickte leicht überrascht auf. »Es hat mich natürlich beunruhigt, daß meine Tochter um ein Haar ums Leben gekommen wäre.«

»Das meinte ich nicht. Ich wollte wissen, wie sehr der Tod Michael Gormans Sie berührt hat?«

»Es hat mir leid getan, daß er sterben mußte. Er war ein tapferer Mann.«

»Mehr hat es Ihnen nicht ausgemacht?«

»Weshalb?«

»Sie haben ihn gekannt, nicht wahr?«

»Natürlich. Er war hier beschäftigt.«

»Sie haben ihn doch etwas besser gekannt, nicht wahr?«

»Was wollen Sie damit sagen?«

»Na, Lady Sedgwick. Er war doch Ihr Mann. Stimmt's?«

Sie antwortete nicht sofort, obwohl man ihr weder Erregung noch Erstaunen ansah. »Sie wissen sehr viel, Chefinspektor, ja?« Sie seufzte und lehnte sich im Sessel zurück. »Ich hatte ihn seit langer Zeit nicht mehr gesehen, seit über zwanzig Jahren. Dann, als ich eines Tages aus dem Fenster sah, entdeckte ich Micky plötzlich.«

»Und er hat Sie auch erkannt?«

»Ganz erstaunlich, daß wir beide uns wiedererkannten«, sagte Bess Sedgwick. »Wir waren nur etwa eine Woche lang zusammen gewesen. Dann holte mich meine Familie in Ungnade zurück. Man zahlte Micky eine Abfindungssumme.« Sie hielt einen Moment inne. »Ich war noch sehr jung, als ich damals mit ihm durchbrannte. Ich war nur ein törichtes Mädchen, hatte nichts als romantische Ideen im Kopf. Er war in meinen Augen ein Held, hauptsächlich, weil er so gut reiten konnte. Er kannte keine Furcht und war ein hübscher Bursche, und lustig war er, wie es die Iren sind. Eigentlich bin *ich* wohl mit *ihm* davongelaufen! Ihm wäre es wahrscheinlich nie in den Sinn gekommen. Aber ich war wild, halsstarrig und rasend verliebt!« Sie schüttelte den Kopf. »Es hat nicht lange gedauert . . . Die ersten vierundzwanzig Stunden genügten, um mir meine Illusionen zu rauben. Er trank und war brutal. Als meine Familie erschien und mich wieder mit nach Hause nahm, war ich dankbar. Ich wollte ihn nie wiedersehen, nie wieder etwas von ihm hören.«

»Wußte Ihre Familie, daß Sie mit ihm verheiratet waren?«

»Nein.«

»Haben Sie es verschwiegen?«

»Ich lebte in dem Glauben, gar nicht verheiratet zu sein.«

»Weshalb das?«

»Wir wurden in Ballygowlan getraut, aber als mich meine Angehörigen zurückholten, sagte mir Micky, die Trauung sei nur ein Schwindel gewesen. Er und seine Freunde hätten die ganze Sache inszeniert. Damals hielt ich es für durchaus möglich, daß er sich so etwas geleistet haben könnte. Ob er die Abfindung haben wollte oder ob er fürchtete, gegen das Gesetz verstoßen zu haben, weil er eine Minderjährige heiratete, weiß ich nicht. Jedenfalls zweifelte ich auch nicht einen Augenblick daran, daß er mir die Wahrheit gesagt hatte — damals nicht.«

»Und später?«

Sie schien in Gedanken versunken. »Erst etliche Jahre hinterher, als ich etwas mehr vom Leben und von juristischen Dingen wußte, ging es mir plötzlich auf, daß ich wahrscheinlich doch mit Micky Gorman verheiratet war!«

»Ihre erste Eheschließung mit Lord Coniston war demnach Bigamie.«

»Ja, und auch die mit Johnny Sedgwick und ebenfalls die mit dem Amerikaner, Ridgway Becker.« Sie blickte Chefinspektor Davy an und lachte. Ihre Heiterkeit war offenbar echt. »So viel Bigamie«, fuhr sie fort. »Es kommt einem wirklich lächerlich vor.«

»Haben Sie nie an eine Scheidung gedacht?«

Sie zuckte die Achseln. »Die ganze Episode erschien mir wie ein törichter Traum. Warum sollte man alles wieder aufrühren?

Johnny habe ich es natürlich gestanden.« Ihre Stimme klang weicher und wärmer, als sie seinen Namen erwähnte.

»Und was hat er dazu gesagt?«

»Ihm machte es nichts aus. Weder Johnny noch ich haben uns je streng nach den Buchstaben des Gesetzes gerichtet.«

»Bigamie ist strafbar, Lady Sedgwick.«

Sie blickte ihn an und lachte. »Wer sollte sich je Gedanken machen über etwas, was vor Jahren in Irland geschah? Micky hatte sein Geld genommen und war abgezogen. Oh, verstehen Sie das denn nicht? Es war in meinen Augen nur ein dummer kleiner Zwischenfall, den ich vergessen wollte. Für mich war die Geschichte erledigt — genauso wie viele andere Dinge, die im Leben keine Rolle spielen.«

»Und dann«, sagte Vater in gelassenem Ton, »tauchte Michael Gorman eines Tages im November wieder auf und versuchte Sie zu erpressen.«

»Unsinn! Wer behauptet denn so etwas?«

Langsam wanderten Vaters Augen zu der alten Dame, die so ruhig und kerzengerade in ihrem Sessel saß.

»Sie?« Bess Sedgwick starrte Miß Marple an. »Was können Sie schon davon wissen?« Ihre Stimme klang eher neugierig als anklagend.

»Die Sessel in diesem Hotel haben sehr hohe Rückenlehnen«, sagte Miß Marple. »Äußerst bequeme Lehnen. Eines Morgens saß ich im Schreibzimmer in einem solchen Sessel vor dem Feuer, um mich etwas auszuruhen, ehe ich ausging. Sie kamen herein, um einen Brief zu schreiben. Vermutlich haben Sie nicht gemerkt, daß noch jemand im Zimmer war. Und so — wurde ich Zeuge Ihrer Unterhaltung mit diesem Gorman.«

»Haben Sie etwa zugehört?«

»Natürlich. Warum auch nicht? Es war ja ein allgemein zugänglicher Raum. Als Sie das Fenster aufstießen und dem Mann da draußen etwas zuriefen, hatte ich keine Ahnung, daß sich daraus ein vertrauliches Gespräch zwischen Ihnen entwickeln würde.«

Bess starrte sie eine Weile an, dann nickte sie langsam. »Nun, das lasse ich gelten«, sagte sie. »Dennoch haben Sie das, was Sie gehört haben, falsch ausgelegt. Micky hat mich nicht erpreßt. Er hat vielleicht mit dem Gedanken gespielt, aber ich habe ihn gewarnt, ehe er einen Versuch unternehmen konnte!« Ihre Lippen verzogen sich wieder zu dem breiten, großzügigen Lächeln, das ihr Gesicht so anziehend machte. »Ich habe ihn abgeschreckt.«

»Ja«, pflichtete ihr Miß Marple bei. »Ich glaube, das ist Ihnen wohl gelungen. Sie drohten, ihn zu erschießen. In der Tat, Sie haben die ganze Sache sehr gut geschaukelt, wenn ich mir diese Bemerkung gestatten darf, ohne unverschämt zu erscheinen.« Bess Sedgwick zog amüsiert die Augenbrauen hoch.

»Aber ich war nicht die einzige, die Ihre Unterhaltung mit angehört hat«, fuhr Miß Marple fort.

»Du lieber Himmel! War das ganze Hotel im Zimmer?«

»Im anderen Sessel saß auch jemand.«

»Und wer?«

Miß Marple preßte die Lippen zusammen. Sie schaute zu Chefinspektor Davy hinüber, und es war ein fast flehender Blick, der besagte: Wenn es unbedingt sein muß, dann sagen *Sie* es ihr, aber ich kann es nicht . . .

»Ihre Tochter saß in dem anderen Sessel«, sagte Chefinspektor Davy.

»Nein!« Heftige Abwehr lag in ihrer Simme. »O nein. Nicht Elvira! Nun verstehe ich. Sie muß gedacht haben . . .«

»Sie war so beeindruckt von dem, was sie hörte, daß sie nach Irland geflogen ist, um nach der Wahrheit zu forschen. Es war nicht schwierig, sie herauszufinden.«

Abermals sagte Bess Sedgwick bestürzt: »O nein . . .« Und dann: »Armes Kind! . . . Sie hat nie eine Frage an mich gestellt, selbst jetzt nicht. Sie hat alles für sich behalten, alles in sich hineingefressen. Wenn sie sich nur ausgesprochen hätte, dann hätte ich ihr alles erklären können — hätte ihr zeigen können, daß es unbedeutend ist.«

»Darüber hätte sie vielleicht ganz anders gedacht«, sagte Chefinspektor Davy. »Es ist eigentlich komisch, wissen Sie«, fuhr er in einer beinahe geschwätzigen Art fort, wobei er wie ein Farmer aussah, der über sein Vieh und sein Land spricht, »jahrelange Erfahrung hat mich gelehrt, einer Sache nicht zu trauen, wenn sie zu einfach und logisch aussieht. Einfache Kausalzusammenhänge sind oft zu schön, um wahr zu sein. Der Mord neulich abends gehörte auch in die Kategorie. Das Mädchen sagte, jemand habe auf sie geschossen und sein Ziel verfehlt. Der Portier lief herbei, um sie zu retten, und die zweite Kugel erwischte ihn. Das kann ja alles stimmen. So mag es in den Augen ihrer Tochter ausgesehen haben. Aber in Wirklichkeit können die Dinge ganz anders liegen.

Sie behaupteten soeben mit ziemlicher Heftigkeit, Lady Sedgwick, daß Ladislaus Malinowski keinen Grund gehabt habe, einen Anschlag auf das Leben Ihrer Tochter zu machen. Nun, ich möchte Ihnen da recht geben. Ich glaube, es war kein Grund für ihn vorhanden. Er ist der Typ, der bei einem Streit mit einer Frau vielleicht ein Messer zieht und sie damit ersticht. Aber wahrscheinlich würde er sich nicht in einem Kellervorhof verstecken und kaltblütig warten, um sie zu erschießen. Nehmen wir jedoch einmal an, er wollte *jemand anders* erschießen. Schreie und Schüsse — das tatsächliche Ereignis aber ist, daß Michael Gorman getötet wurde. Vielleicht war das beabsichtigt. Malinowski legt sich sorgfältig einen Plan zurecht. Er wählt eine neblige Nacht, versteckt sich in dem Kellervorhof und wartet, bis Ihre Tochter die Straße entlangkommt. Er weiß, daß sie kommt, da er es so eingerichtet hat. Er feuert einen Schuß ab, der das Mädchen aber gar nicht treffen soll. Im Gegenteil, Malinowski schießt absichtlich daneben. *Sie* aber nimmt an, daß man auf sie gezielt habe. Sie schreit. Der Portier des Hotels, der den Schuß und den Schrei gehört hat, stürzt auf die Straße, *und dann erschießt Malinowski den Mann, dem er die Kugel zugedacht hat. Michael Gorman.*«

»Ich glaube kein Wort davon! Warum in aller Welt hätte Ladislaus Michael Gorman erschießen wollen?«

»Ein kleiner Erpressungsversuch könnte der Grund gewesen sein.«

»Wollen Sie damit sagen, daß Micky *Ladislaus* erpreßte? Weshalb?«

»Vielleicht«, erwiderte Vater, »wegen der Dinge, die in *Bertrams Hotel* vor sich gehen. Michael Gorman war möglicherweise in dieser Hinsicht hinter allerlei gekommen.«

»Dinge, die in *Bertrams Hotel* vor sich gehen? Was soll das heißen?«

»Es war ein tadellos geplantes Unternehmen, glänzend durchgeführt«, sagte Vater. »Aber nichts währt ewig. Miß Marple fragte mich vor kurzen, was eigentlich in diesem Hotel nicht stimme. Diese Frage will ich jetzt beantworten. *Bertrams Hotel* ist in Wirklichkeit das Hauptquartier eines der besten und größten Verbrechersyndikate, dem wir seit Jahren begegnet sind.«

27

Es folgte ein kurzes Schweigen. Dann ergriff Miß Marple das Wort. »Das ist *sehr* interessant«, bemerkte sie im Konversationston.

Bess Sedgwick wandte sich ihr zu. »Sie scheinen gar nicht überrascht zu sein, Miß Marple.«

»Das bin ich auch nicht. Jedenfalls nicht sehr. Es gab da so viele seltsame Dinge, die nicht zusammenpaßten. Es war alles zu schön, um wahr zu sein — wenn Sie mich richtig verstehen. Beim Theater würde man es als gute Bühnenleistung bezeichnen. Aber es war eben Bühne — keine Wirklichkeit. Und dann die vielen Kleinigkeiten: Leute, die Freunde oder Bekannte zu entdecken glaubten — und dann feststellen mußten, daß sie sich geirrt hatten.«

»So etwas kann natürlich vorkommen«, warf Chefinspektor Davy ein, »aber hier passierte es zu oft. Nicht wahr, Miß Marple?«

»Ja«, gab Miß Marple zu. »Menschen wie Selina Hazy unterlaufen solche Irrtümer häufig. Aber vielen anderen erging es ebenso. Es war geradezu auffallend.«

»Sie paßt scharf auf«, sagte Chefinspektor Davy zu Bess Sedgwick, als wäre Miß Marple sein bester Dressurhund.

Bess Sedgwick wandte sich heftig gegen ihn. »Was bedeutet eigentlich Ihre Bemerkung, dieses Hotel sei das Hauptquartier eines Verbrechersyndikats? Meiner Meinung nach ist *Bertrams Hotel* das respektabelste Haus der Welt.«

»Natürlich«, sagte Vater. »Das hat es auch zu sein. Viel Geld, Zeit und Phantasie sind darauf verwendet worden, aus dem Hotel das zu machen, was es jetzt ist. Das Echte und das Falsche sind sehr raffiniert miteinander vermischt. In Henry hat man einen prachtvollen Schauspieler-Manager, der intern die Regie führt, und dieser Humfries ist eine wunderbar glaubwürdige Figur. In unserem Land ist er noch nicht vorbestraft, aber er war in einige sehr merkwürdige Fälle im Ausland verwickelt. Ein paar sehr gute Charakterdarsteller spielen hier die verschiedenen Rollen. Ich will gern zugeben, daß mir die ganze Organisation eine ziemliche Bewunderung abnötigt. Sie hat dieses Land schon eine Stange Geld gekostet. Sie hat der Kriminalpolizei und den lokalen Polizeibehörden sehr viel Kopfzerbrechen verursacht. Jedesmal, wenn wir uns scheinbar unserem Ziel näherten und auf einen besonderen Vorfall stießen, dann stellte sich heraus, daß er mit unseren anderen Feststellungen nichts zu tun hatte. Aber wir haben nicht lockergelassen und mühsam die Steinchen zusammengetragen, die jetzt ein Mosaik bilden. Eine Garage, in der Haufen von Nummernschildern aufgestapelt waren, die im Handumdrehen an gewisse Wagen montiert werden konnten. Eine Firma, die Möbelwagen stellte, der Lieferwagen eines Schlachters, eines Lebensmittelhändlers, sogar ein paar nachgeahmte der Post. Ein Rennfahrer mit einem Rennwagen, der unglaubliche Entfernungen in unglaublich kurzer Zeit zurücklegt, und andererseits ein alter Geistlicher, der in seinem alten Morris Oxford dahinschunkelt. Ein Gärtner, der Erste Hilfe leistet, wenn Not am Mann ist, und mit einem brauchbaren Arzt in Verbindung steht. Ich brauche nicht alles aufzuführen. Die Verflechtungen scheinen endlos. Dies ist die eine Hälfte. Die ausländischen Besucher, die *Bertrams Hotel* aufsuchen, stellen die andere dar. Meistens stammen sie aus Amerika oder aus den Dominien. Reiche, über jeglichen Verdacht erhabene Leute, die hier mit einem Haufen von luxuriösem Gepäck abziehen, das dasselbe zu sein scheint, es aber nicht ist. Reiche Touristen, die in Frankreich ankommen und von den Zollbeamten nicht sonderlich belästigt werden, weil die Zollbeamten Touristen, die Geld ins Land bringen, in Ruhe lassen. Aber es waren nicht zu oft dieselben Touristen. Der Krug darf nicht zu häufig zum Brunnen gehen. Es wird ganz schön schwer sein, die nötigen Beweise zu erbringen und die Zusammenhänge festzustellen, aber am Ende wird es uns gelingen. Wir haben einen guten Anfang gemacht. Die Cabots, zum Beispiel . . .«

»Was ist mit den Cabots?« fragte Bess scharf.

»Ah, Sie erinnern sich an sie? Sehr nette Amerikaner. In der Tat, sehr nett. Sie wohnten im vergangenen Jahr hier und waren dieses Jahr auch wieder da. Ein drittes Mal wären sie nicht gekommen. Niemand erscheint hier öfter als zweimal in Verbindung mit demselben Schwindel. Ja, bei ihrer Ankunft in Calais haben wir sie verhaftet. Sehr geschickt konstruiert, dieser Schrankkoffer, den sie bei sich hatten. Er enthielt über dreihunderttausend Pfund, schlau versteckt. Erlös aus dem Eisenbahnüberfall von Bedhampton. Das ist natürlich nur ein Bruchteil.

Bertrams Hotel — das kann ich Ihnen versichern — ist das Hauptquartier der ganzen Bande. Das halbe Personal gehört dazu. Auch einige Gäste. Manche Gäste sind wirkliche Gäste — andere aber nicht. Die richtigen Cabots zum Beispiel halten sich im Augenblick in Yukatan auf. Dann dieser Schwindel, Personen nachzuahmen. Nehmen wir mal Richter Ludgrove. Ein bekanntes Gesicht mit Knollennase und Warze. Ganz leicht zu imitieren. Kanonikus Pennyfather, ein sanfter Geistlicher vom Land, mit einem dicken weißen Haarschopf und auffallend zerstreutem Benehmen. Sein Gehabe, seine Art, über die Brillengläser hinwegzuschielen — alles von einem guten Charakterdarsteller leicht nachzumachen . . .«

»Aber zu welchem Zweck dies alles?« fragte Bess.

»Liegt das denn nicht klar auf der Hand? Richter Ludgrove wird in der Nähe eines Banküberfalls gesehen. Irgend jemand erkennt ihn und erwähnt es. Wir prüfen nach und entdecken, daß es ein Irrtum ist. Er war zu der Zeit woanders. Aber es dauerte eine ganze Weile, bis wir dahinterkamen, daß dies alles sogenannte ›absichtliche Fehler‹ waren. Niemand wurde auf den Mann aufmerksam, der dem Richter so ähnlich sah. Und in Wirklichkeit ähnelte er ihm auch nicht besonders. Er entfernt sein Make-up und legt seine Rolle ab. Das Ganze stiftet heillose Verwirrung. Ein Richter vom Hohen Gerichtshof, ein Erzdiakon, ein Admiral und ein Generalmajor sind schon in der Nähe von Schauplätzen eines Verbrechens gesehen worden. Nach dem Eisenbahnüberfall von Bedhampton waren mindestens vier Fahrzeuge daran beteiligt, die Beute nach London zu schaffen: ein von Malinowski gefahrener Rennwagen, ein falscher Lieferwagen, ein altmodischer Daimler mit einem Admiral am Steuer und ein Morris Oxford, den ein alter Geistlicher mit einem weißen Haarschopf lenkte. Es war ein großangelegtes Unternehmen, generalstabsmäßig geplant.

Und eines Tages dann hatte die Bande ein bißchen Pech. Der alte konfuse Geistliche, Kanonikus Pennyfather, machte sich am verkehrten Tag auf den Weg zum Flughafen. Bei der Abfertigung schickte man ihn fort. Er wanderte durch die Cromwell Road, besuchte ein Kino, kehrte nach Mitternacht hierher zurück, ging nach oben in sein Zimmer, für das er den Schlüssel in der Tasche trug, öffnete die Tür, marschierte hinein und bekam fast einen Schlaganfall, als er *sich selbst* in einem Sessel sitzen sah! Den wirklichen Kanonikus Pennyfather, den sie sicher in der Schweiz wähnten, ins Zimmer kommen zu sehen — damit hatte die Bande am allerwenigsten gerechnet. Sein Double war gerade drauf und dran, aufzubrechen, um seine Rolle in Bedhampton zu spielen, als der wirkliche Kanonikus hereinspazierte. Sie wußten nicht, was sie machen sollten, aber einer reagierte mit einer raschen Reflexbewegung — Humfries, nehme ich an. Er versetzte dem alten Mann einen Schlag auf den Kopf, und dieser sank bewußtlos zu Boden. Irgend jemand war, glaube ich, sehr aufgebracht darüber. Sie untersuchten den alten Herrn und stellten fest, daß er nur k. o. war und wahrscheinlich nach einiger Zeit wieder zu sich kommen würde. Sie ließen sich also von ihrem Plan nicht abbringen. Der falsche Kanonikus Pennyfather verließ das Hotel und fuhr zum verabredeten Ort, wo er seine Rolle beim Stafettenlauf spielen sollte. Was sie mit dem wirklichen Kanonikus Pennyfather anstellten, weiß ich nicht. Ich kann nur raten. Vermutlich haben sie ihn später in der Nacht zum Haus des Gärtners gefahren, das nicht weit vom Schauplatz des Zugüberfalls war und wo ein Arzt nach dem Rechten sehen konnte. Wenn dann Meldungen durchkamen, daß man Kanonikus Pennyfather in der Gegend gesehen habe, würde ja alles schön übereinstimmen. Alle Beteiligten müssen in Angst und Unruhe geschwebt haben, bis er wieder zu Bewußtsein kam und sie entdeckten, daß der Schlag mindestens drei Tage aus seinem Gedächtnis ausgelöscht hatte.«

»Hätten sie ihn sonst getötet?« erkundigte sich Miß Marple.

»Nein«, erwiderte Vater, »das hätten sie, glaube ich, nicht getan. Das hätte jemand nicht zugelassen. Es ist von Anfang an deutlich zutage getreten, daß der Leiter dieser Organisation eine Abneigung gegen Mord hatte.«

»Das klingt phantastisch«, bemerkte Bess Sedgwick. »Völlig phantastisch! Und ich glaube nicht, daß Sie den geringsten Beweis haben, der Ladislaus Malinowski mit diesem Hirngespinst verbände.«

»Ich habe allerlei Beweismaterial gegen Ladislaus Malinowski«, erklärte Vater. »Er ist nämlich etwas fahrlässig. Er lungerte im unangebrachten Moment hier herum. Zuallererst kam er, um sich mit Ihrer Tochter in Verbindung zu setzen. Sie hatten einen Kode vereinbart.«

»Unsinn. Sie hat Ihnen ja selbst erklärt, daß sie ihn nicht kennt.«

»Das hat sie zwar gesagt, aber es stimmt nicht. Sie ist in ihn verliebt und will ihn heiraten.«

»Das kann nicht wahr sein!«

»Sie können es wohl kaum beurteilen«, bemerkte Chefinspektor Davy. »Malinowski ist nicht der Mann, der alle seine Geheimnisse ausplaudert, und ihre Tochter kennen Sie überhaupt nicht. Das haben Sie selbst zugegeben. Sie waren gewiß recht ärgerlich, als Sie entdeckten, daß Malinowski in *Bertrams Hotel* gekommen war.«

»Warum ärgerlich?«

»*Weil Sie die treibende Kraft des Unternehmens sind*«, sagte Vater. »Sie und Henry. Die finanzielle Seite wurde von den Gebrüdern Hoffman geregelt. Die beiden richteten bei den Banken im Ausland Konten ein und dergleichen, aber der Boß des Syndikats, das Gehirn, das alles plante und die Sache schmiß, das waren Sie, Lady Sedgwick.«

Bess blickte ihn an und lachte. »Noch nie in meinem Leben habe ich so etwas Lächerliches gehört!« erklärte sie.

»Es ist durchaus nicht lächerlich. Sie besitzen Verstand, Mut und Kühnheit. Sie hatten alle möglichen Experimente angestellt und versuchten es dann einmal mit dem Verbrechen. Es war ein großes Wagnis, das Aufregung versprach. Es war wohl nicht das Geld, das Sie lockte; Sie hatten Spaß an der ganzen Sache. Aber Sie duldeten keinen Mord, keine unnötige Gewalttätigkeit. Es gab keine Leichen, keine brutalen Angriffe, nur einen angenehmen, friedlichen, gutgezielten Schlag auf den Kopf, falls es der Augenblick erforderte. Wissen Sie, Sie sind eine sehr interessante Frau. Eine der wenigen wirklich interessanten großen Verbrecherinnen.«

Ein langes Schweigen folgte. Dann erhob sich Bess Sedgwick. »Sie sind wohl ganz von Sinnen.« Sie streckte die Hand nach dem Telefon aus.

»Wollen Sie Ihren Rechtsanwalt anrufen? Eine gute Idee, ehe Sie sich verplappern.«

Energisch knallte sie den Hörer wieder auf die Gabel. »Ich habe es mir anders überlegt, ich mag keine Rechtsanwälte . . . Na schön. Meinetwegen. Ja, ich habe diesen Laden geschmissen. Und wenn Sie sagen, es hat mir Spaß gemacht, so haben Sie durchaus recht. Es war mir von der ersten bis zur letzten Minute ein Genuß. Was für ein Vergnügen, Geld zu scheffeln aus Banken, Zügen, Postämtern und sogenannten Panzerwagen; Pläne zu schmieden und Entscheidungen zu treffen! Ein herrlicher Spaß, und ich bin froh, daß ich ihn gehabt habe. Der Krug geht so lange zum Brunnen, bis er bricht. Das haben Sie doch soeben gesagt, nicht wahr? Nun, ich bin auf meine Kosten gekommen! Aber Sie irren sich, wenn Sie annehmen, daß Ladislaus Malinowski Michael Gorman erschossen hat! Er war's nicht. *Ich* hab's getan.« Sie lachte plötzlich hell auf. »Es ist unwesentlich, was er getan, womit er mir gedroht hat . . . Ich sagte ihm, ich würde ihn erschießen — Miß Marple hat es ja gehört —, und ich habe mein Wort gehalten. Es hat sich so abgespielt, wie Sie es von Ladislaus annehmen. Ich versteckte mich in dem Kellervorhof. Als Elvira vorbeikam, schoß ich in die Luft. Als sie schrie und Micky herbeilief, hatte ich ihn da, wo ich ihn haben wollte, und ich knallte ihn nieder! Ich besitze natürlich Schlüssel für sämtliche Hoteleingänge. Also bin ich einfach durch die Kellertür und von da aus auf mein Zimmer gegangen. Ich hätte nie gedacht, Sie könnten herausfinden, daß die Pistole Ladislaus gehörte, oder daß Sie ihn gar verdächtigen würden. Ich hatte sie aus seinem Wagen entwendet, ohne daß er es wußte. Aber bestimmt nicht — das schwöre ich Ihnen — mit der Absicht, den Verdacht auf *ihn* zu lenken.« Mit einer raschen Bewegung wandte sie sich an Miß Marple. »Sie sind Zeuge für das, was ich gesagt habe, denken Sie daran. *Ich habe Gorman getötet.*«

»Vielleicht sagen Sie das auch nur, weil Sie in Malinowski verliebt sind«, behauptete Davy.

»Das bin ich nicht.« Ihre Antwort klang scharf. »Wir sind gute Freunde, weiter nichts. Allerdings haben wir eine oberflächliche Liebschaft gehabt, aber ich liebe ihn nicht. In meinem ganzen Leben habe ich nur einen Menschen geliebt — John Sedgwick.« Ihre Stimme war weich, als sie diesen Namen aussprach. »Aber Ladislaus ist mein Freund, und ich wünsche nicht, daß er für etwas eingesperrt wird, was er gar nicht getan hat. *Ich habe Michael Gorman getötet.* Die Absicht habe ich damals geäußert, und Miß Marple hat es gehört . . . Und jetzt, lieber Chefinspektor« — sie hob erregt die Stimme und lachte laut — *»fangen Sie mich, wenn Sie können.«*

Mit einem Griff packte sie den schweren Telefonapparat und zerschmetterte das Fenster damit. Und ehe Vater aufstehen konnte, war sie zum Fenster hinaus und kletterte geschickt die schmale Brüstung entlang. Aber schon hatte sich Vater an das andere Fenster gestürzt und es in die Höhe geschoben. Gleichzeitig riß er seine Pfeife aus der Tasche und pfiff.

Miß Marple, die sich etwas schwerfällig aus ihrem Sessel erhoben hatte, stellte sich neben ihn. Zusammen lehnten sie sich aus dem Fenster und starrten die Fassade von *Bertrams Hotel* entlang.

»Sie wird bestimmt fallen. Sie klettert am Abflußrohr hoch«, rief Miß Marple. »Aber warum denn nach *oben?«*

»Aufs Dach. Es ist ihre einzige Chance, und das weiß sie auch. Mein Gott, sehen Sie doch bloß. Sie klettert wie eine Katze. Sieht aus wie eine Fliege an der Wand. Wie mutig sie ist!«

Miß Marple murmelte mit halbgeschlossenen Augen: »Sie wird fallen. Es gelingt ihr nicht . . .«

Bess Sedgwick verschwand aus ihrem Blickfeld. Vater zog den Kopf etwas zurück.

Miß Marple fragte: »Aber wollen Sie denn nicht gehen und . . .«

Vater schüttelte den Kopf. »Was kann ich mit meinem Umfang

schon ausrichten? Ich habe meine Leute postiert für den Fall, daß so etwas passiert. Sie wissen, was sie zu tun haben. Wir werden ja bald hören . . . Es sollte mich nicht wundern, wenn sie allen miteinander ein Schnippchen schlägt! Sie ist nämlich eine Frau, wie es unter tausend nur eine gibt.« Er seufzte. »Eine von der wilden Sorte. Oh, wir haben in jeder Generation ein paar davon. Sie lassen sich nicht zähmen, sie ordnen sich nicht in die Gesellschaft ein und fügen sich dem Gesetz und der Ordnung nicht.«

»Wußten Sie, daß sie so etwas tun würde?«

»Eigentlich nicht. Als sie sich mit uns unterhielt, muß sie sich das ausgedacht haben. Sie wußte, was kam. Also saß sie da, blickte uns an — hielt das Gespräch in Gang — und überlegte. Ich glaube — aha —«

Plötzlich drang das Knattern eines Auspuffrohrs, das Quietschen von Rädern und das Heulen eines großen Rennwagenmotors herauf. Er lehnte sich zum Fenster hinaus. »Sie hat es tatsächlich fertiggebracht, zu ihrem Wagen zu gelangen.«

Sie hörten ein noch lauteres Kreischen, als der Wagen auf zwei Rädern um die Ecke bog, ein gewaltiges Dröhnen, und das schöne weiße Ungetüm raste die Straße entlang.

»Sie wird noch jemand überfahren«, meinte Vater. »Sie wird eine ganze Reihe von Leuten umlegen . . . und vielleicht selbst dabei nicht einmal umkommen.«

Sie hörten, wie der Wagen mit lautem Getöse und heulender Hupe davonraste, hörten, wie der Lärm allmählich schwächer wurde. Dann Schreie, Rufe, das Geräusch quietschender Bremsen, das Hupen von Autos und schließlich ein lautes Kreischen von Rädern und ein gewaltiges Donnern und . . .

»Jetzt hat's geknallt!« sagte Vater. Er stand ruhig da und wartete mit einer Geduld, die für ihn charakteristisch war. Miß Marple stand schweigend neben ihm. Dann, wie bei einem Stafettenlauf, eilte die Nachricht die Straße entlang. Ein Mann auf dem gegenüberliegenden Gehsteig blickte zu Chefinspektor Davy hinauf und gab ihm ein paar Zeichen.

»Es hat sie erwischt«, sagte Vater traurig. »Tot! Raste mit hundertvierzig gegen das Parkgeländer. Keine anderen Opfer, nur ein paar leichte Blechschäden. Großartige Fahrerin. Ja, sie ist tot.« Er kam zurück ins Zimmer und sagte ernst: »Nun, sie hat vorher ihr Geständnis abgelegt. Sie haben es ja gehört.«

»Ja«, erwiderte Miß Marple. »Ich habe es gehört.« Es entstand eine kleine Pause. »Es stimmte natürlich nicht«, fuhr Miß Marple gelassen fort.

Vater blickte sie an. »Sie haben ihr nicht geglaubt, wie?«

»Sie etwa?«

»Nein«, sagte Vater. »Nein, das Geständnis war falsch. Sie hat sich alles so zurechtgelegt, daß es mit den Tatsachen übereinstimmte, aber es war nicht die Wahrheit. Sie hat Michael Gorman nicht erschossen. Wissen Sie zufällig, wer es getan hat?«

»Natürlich weiß ich das«, erklärte Miß Marple. »Das Mädchen.«

»Aha! Wann ist Ihnen dieser Gedanke gekommen?«

»Er ging mir von Anfang an im Kopf herum«, erwiderte Miß Marple.

»Mir auch«, gestand Vater. »Sie hatte an dem Abend panische Angst. Und die Lügen, die sie uns aufband, waren recht kümmerlich. Aber ich konnte mir zunächst kein Motiv denken.«

»Das ist mir auch ein Rätsel«, gab Miß Marple zu. »Sie entdeckte, daß ihre Mutter und ihr Vater in Bigamie gelebt hatten. Doch würde ein Mädchen deswegen einen Mord begehen? Heutzutage nicht! Spielte Geld dabei vielleicht eine Rolle?«

»Ja, es ging um Geld«, sagte Chefinspektor Davy. »Ihr Vater hat ihr ein kolossales Vermögen hinterlassen. Als sie dahinterkam, daß ihre Mutter mit Michael Gorman verheiratet war, wurde ihr klar, daß die Ehe mit Coniston nicht rechtsgültig gewesen war. Sie nahm an, daß sie da nicht erben würde, weil sie ja nicht die legitime Tochter ihres Vaters war. Natürlich irrte sie sich. Wir hatten mal einen ähnlichen Fall. Es kommt dabei auf den genauen Wortlaut des Testaments an. Coniston hatte ihr das Vermögen ganz unzweideutig hinterlassen, da er sie namentlich nannte. Sie hätte es also auf alle Fälle bekommen, aber das wußte sie nicht. Und sie wollte sich die Moneten nicht entgehen lassen.«

»Weshalb brauchte sie es denn so dringend?«

»Um sich Ladislaus Malinowski zu kaufen. Mit dem Geld hätte er sie geheiratet, aber nicht ohne. Das wußte sie ganz genau. Sie war nicht dumm, dieses Mädchen. Aber sie wollte ihn um jeden Preis haben. Sie war leidenschaftlich in ihn verliebt.«

»Ich weiß«, sagte Miß Marple und setzte erläuternd hinzu: »Ich habe an jenem Tag im Battersea Park ihr Gesicht beobachtet . . .«

»Also plante sie einen kaltblütigen Mord«, sagte Vater. »Sie hatte sich natürlich nicht in dem Kellervorhof versteckt. Dort war niemand. Sie stand einfach am Geländer, feuerte einen Schuß ab und schrie. Und als Michael Gorman vom Hotel her auf sie zurannte, erschoß sie ihn ganz aus der Nähe. Dann schrie sie weiter. Ein kaltblütiges Geschöpf! Sie beabsichtigte keineswegs, Ladislaus zu belasten. Seine Pistole hat sie nur entwendet, weil sie keine andere Möglichkeit hatte, sich eine zu verschaffen — sie dachte nicht im Traum daran, daß man ihn verdächtigen könnte oder daß er sich an diesem Abend irgendwo in der Nähe aufhielte. Sie nahm an, daß man die Tat einem Gauner in die Schuhe schieben würde, der sich den Nebel zunutze gemacht hatte. — Aber es packte sie die Furcht an jenem Abend — hinterher!«

»Und jetzt — was gedenken Sie zu tun?«

»Ich weiß zwar, daß sie es getan hat«, sagte Vater. »Aber ich habe keine Beweise. Vielleicht hat sie Anfängerglück . . . Selbst die Gerichte scheinen heutzutage nach dem Prinzip zu verfahren, man solle einen Hund einmal zubeißen lassen . . . Ein gewiegter Verteidiger . . . Ein Druck auf die Tränendrüse — ein so junges Mädchen, unglückselige Erziehung — außerdem ist sie schön.«

»Ja«, sagte Miß Marple sentenziös. »Luzifers Kinder sind oft sehr schön — und wie wir alle wissen, grünt der Gottlose wie ein Lorbeerbaum.«

»Aber wie ich Ihnen schon sagte, es wird wahrscheinlich gar nicht einmal zur Verhandlung kommen — es sind keine Beweise vorhanden. Sie beispielsweise würden als Zeugin geladen — und Sie müßten bezeugen, daß ihre Mutter das Verbrechen gestanden hat.«

»Ich weiß. Sie hat mir das Geständnis auf die Seele gebunden, nicht wahr? Sie wählte den Tod, damit ihre Tochter ungestraft davonkommen sollte. Sie hat es mir aufgezwungen, sozusagen als die letzte Bitte einer Sterbenden . . .«

Die Verbindungstür zum Schlafzimmer öffnete sich, und Elvira Blake trat in den Raum. Sie trug ein glattes hellblaues Hemdblusenkleid. Ihr blondes Haar fiel lose auf die Schultern herab. Sie sah aus wie ein Engel in einem Gemälde der frühen Meister. Sie blickte den Chefinspektor und Miß Marple fragend an und sagte: »Ich hörte einen Wagen und dann einen furchtbaren Krach und Schreie . . . Hat es einen Unfall gegeben?«

»Ich bedaure, Ihnen sagen zu müssen, Miß Blake«, sagte Chefinspektor Davy formell, »daß Ihre Mutter tot ist.«

Elvira rang ein wenig nach Luft. »O nein«, sagte sie. Es war ein schwacher, unsicherer Protest.

»Ehe sie flüchtete«, sagte Chefinspektor Davy — »denn es war eine Flucht —, bekannte sie sich zum Mord an Michael Gorman.«

»Sie meinen — sie sagte — daß *sie* es war . . .«

»Ja«, sagte Vater. »Das hat sie *gesagt*. Haben Sie etwas hinzuzufügen?

Elvira blickte ihn lange an. Dann schüttelte sie leicht den Kopf. »Nein«, erklärte sie, »ich habe nichts hinzuzufügen.« Sie drehte sich um und verließ das Zimmer.

»Na«, sagte Miß Marple. »Wollen Sie sie etwa davonkommen lassen?«

Es entstand eine kleine Pause. Dann schlug Vater mit der Faust auf den Tisch, daß es krachte. »Nein«, brüllte er, »nein, bei Gott, das darf nicht sein!«

Miß Marple nickte ernst und bedächtig. »Gott sei ihrer Seele gnädig«, sagte sie.